Paul Schaffrath

Bonner Fenstersturz

Rheinland-Krimi

cmz

Bibliografische Information der Deutschen Nationalbibliothek

Die Deutsche Nationalbibliothek verzeichnet diese Publikation
in der Deutschen Nationalbibliografie; detaillierte bibliografische Daten
sind im Internet über http://dnb.d-nb.de abrufbar.

An der Glasfachschule 48, 53359 Rheinbach
Tel. 02226-9126-26, Fax 02226-9126-27, info@cmz.de

Satz
(Aldine 401 BT 11 auf 14,5 Punkt)
mit Adobe InDesign CS 5.5:
Winrich C.-W. Clasen, Rheinbach

Papier (Muncken Print Cream 90 g mit 1,5f. Vol.):
Grycksbo Paper AB, Grycksbo/Schweden

Umschlagfoto (Koblenzer Tor, Bonn):
Klaus-Oliver Welsow, Paderborn

Umschlaggestaltung:
Lina C. Schwerin, Hamburg

Gesamtherstellung:
Livonia Print Ltd., Riga/Lettland

ISBN 978-3-87062-161-2

20150318

www.cmz.de

An' I told you, as you clawed out my eyes
That I never really meant to do you any harm

Bob Dylan

1

Freitag, 21. Mai 2010 – Bonn

»Und Sie haben wirklich nichts gehört?«

Wolfgang Schmidtbauer schwieg.

»Keinen Schrei, gar nichts?«

Immer noch keine Reaktion.

»Aber Sie müssen doch gemerkt haben, was draußen im Hof vor der Schloßkirche passierte.«

Schmidtbauer fingerte ein Päckchen Tabak aus seinem Jackett.

»Um neunzehn Uhr ist es doch draußen nicht mehr so laut. Und gestern hat es nicht geregnet; es war windstill – da hört man doch bei geöffnetem Fenster etwas.«

Schmidtbauers Finger waren dabei, eine Zigarette zu drehen.

»Wir können uns auch in meinem Büro weiter unterhalten«, sagte Krüger.

Das rief endlich eine Reaktion hervor.

»Ich konnte gar nichts hören, weil ich Musik gehört habe«, sagte Schmidtbauer.

»Im Dekanat? Gibt's da eine Stereoanlage?«

»Nein, mit meinem alten Walkman und Kopfhörern.«

»Und Sie wollen nicht einmal die Studentin bemerkt haben, die lautstark schrie, als Professor Minski aus dem Fenster im zweiten Stock fiel?«

»Nein.« Schmidtbauer hatte inzwischen die Zigarette angezündet und inhalierte tief.

»Kein Rauchverbot?« fragte Krüger.

»Ich bin der Dekan!« sagte Schmidtbauer, der Krüger nach wie vor keines Blickes würdigte. Statt dessen stellte er einen Bilderrahmen auf seinem Schreibtisch wieder auf, der umgekippt war. Der Silberrahmen stand mit dem Rücken zu Krüger, der sich kurz über die Aufstellmechanik wunderte, ein einfaches Stück Pappe.

»Sie können also nichts zur Aufklärung des Geschehens beitragen?« Krüger stolperte innerlich über seinen Satz aus dem Lehrbuch.

»Nein.«

Krüger seufzte und stand auf. »Danke für Ihre Zeit«, sagte er und verließ das Dienstzimmer des Dekans der Evangelisch-Theologischen Fakultät der Universität Bonn.

Krüger passierte die drei Flurtüren auf seinem Weg zum Innenhof der Universität, den er durch die »Blaue Grotte« wieder verließ. In diesem blau gestrichenen Raum – dem Durchgang zur Schloßkirche und weiter zur Innenstadt – hingen die Nachrichten aller Fakultäten in Schaukästen; Flyer jeglicher Art lagen in der Regel nicht mehr in den dafür vorgesehenen Halterungen, sondern auf dem Fußboden. Krüger bückte sich kurz, um einen Flyer mit der reißerischen Überschrift »Mord in Hörsaal V« aufzulesen, warf ihn aber wieder weg, da es sich um eine Aufführung eines Laientheaters handelte. Mit Laien hatte er so seine Schwierigkeiten; meistens wußten sie mehr als die Fachleute.

Draußen nickte er kurz den weißgekleideten Leuten von der Spurensicherung zu, die den Fundort der Leiche auf dem Schloßkirchenparkplatz rechts neben dem Eingang zur »Blauen Grotte« untersuchten. Glücklicherweise standen am Freitagabend keine Fahrräder vor den Fenstern im Erdgeschoß, so daß Minski direkt auf das Pflaster gestürzt war.

Die Spurensicherung war bereits in einem Plastikzelt beschäftigt, das vor neugierigen Blicken schützte und weitere Verunreinigungen und Spuren vom Fundort der Leiche fernhielt. Ein einsames Blaulicht flackerte nur noch; wahrscheinlich war demnächst die Autobatterie leer, dachte Krüger.

Die zahlreichen Schaulustigen hatten sich wieder verlaufen; nur zwei unentwegte Gaffer hatten die Hoffnung nicht aufgegeben, doch noch etwas Sensationelles auf ihre Mobiltelefone speichern zu können.

Krüger kletterte über das Plastikabsperrband und überquerte die Straße vor der Universität in Richtung Marktplatz. Er ging schnurstracks zum neben dem *Stern-Hotel* liegenden *Bistro Miebach*, das erst in einer Stunde schließen würde, und steuerte seinen Stammplatz im hinteren Teil des Lokals an. Ungeachtet der fortgeschrittenen Uhrzeit bestellte er bei dem dienstältesten Kellner, den er seit langen Jahren kannte, wie üblich einen Cappuccino mit einem Glas Wasser und klappte dann sein kleines Moleskine-Tagebuch auf, das er sich zu Weihnachten gekauft hatte. Krüger schlug eine neue Seite auf und setzte mit seinem wie immer in der Brusttasche seines Hemdes steckenden Füller (eine Marotte, die er trotz der Gefahr von Tintenflecken von einem befreundeten Anwalt übernommen hatte) die Überschrift hin: *21. Mai 2010 – Professor Dr. Maximilian Minski †*. Er rührte den Inhalt von drei länglichen Zuckertüten in den Kaffee und überlegte, was er bisher zu diesem ersten Mordfall im neuen Jahr erfahren hatte.

Minski war Jahrgang 1955, Professor für Sozialethik an der Evangelisch-Theologischen Fakultät, hatte sein Dienstzimmer im zweiten Stock des Ostflügels der Universität und war ein unauffälliger Wissenschaftler, bei seinen Studenten weder beliebt noch verhaßt. Er war nicht verheiratet, hatte wenig veröffentlicht und war nie sonderlich aufgefallen.

Krüger seufzte.

Ein Frauenschwarm war Minski wohl auch nicht gewesen; jedenfalls hatte er weder Bilder mit hübschen Studentinnen noch überhaupt irgendwelche Familienbilder bei seinem Besuch im Dienstzimmer des Professors gesehen. Nur ein verstaubtes Porträt einer längst vergessenen Theologengröße hing an einer Wand.

Die schnelle Erstdurchsicht der E-Mails im Professorenrechner war ohne Ergebnis geblieben – nur die üblichen Kollegenschreiben, ein paar Bestätigungen von Bestellungen bei Amazon und die Mahnung eines Zweitgutachters, ihm doch endlich sein Dissertationsgutachten zukommen zu lassen.

Krüger fuhr sich durch sein volles Haar, auf das er stolz war und das ihn erst seit einigen Wochen im Stich zu lassen schien, indem es an den Schläfen zehn Prozent Grau entwickelte und oben in der Mitte etwas schütterer wurde. Vielleicht lag es aber auch an seinen stets zu trockenen Fingern, deren Gefühl nicht mehr dem früherer Tage entsprach. Zuviel Papierarbeit.

Als weiteren Punkt notierte er: »Tod durch Gewalteinwirkung.« Komisch, daß ihm das für seine Liste erst jetzt einfiel. Wie immer interessierte ihn das eventuelle Motiv bei einem ungeklärten Todesfall mehr als die Art des Todes. Daß Professor Minskis Tod kein natürlicher war, war offensichtlich: In seinem Dienstzimmer war die einzige Blume, eine kleine Zimmerpalme, von der Fensterbank gefallen und enttopft worden; der Fußboden, immerhin Parkett, wies Schleifspuren durch die verstreute Blumenerde auf – als ob zwei Leute miteinander gerungen hätten.

Krüger gähnte. Immerhin hatte sein Dienst als Hauptkommissar um acht Uhr morgens begonnen, und jetzt war es schon nach zehn am Abend. Er riß sich zusammen und begann in seiner kleinen Schrift eine Liste zu erstellen, deren Punkte er morgen abarbeiten wollte. Er schaute noch einmal auf seine Uhr und entschied sich, doch seinem Gewissen zu folgen und zu versuchen, heute abend noch mindestens eine Zeugenbefragung durchzuführen. Er sah auf den Computerausdruck, den ihm Markus Schneider, ein Mitglied des hastig zusammengestellten Ermittlungsteams, zugesteckt hatte. Die Dekanatssekretärin hatte trotz des Schocks über den gewaltsamen Tod von Professor Minski in ihrer planmäßigen Weise eine Liste aller in der Fakultät arbeitenden Professoren, Angestellten, wissenschaftlichen Mitarbeiter und studentischen Hilfskräfte erstellt, sortiert nach Lehrstühlen.

Neben Minski standen drei Namen, Tobias Frölig, cand. theol., Carmen Rasche, Sekretärin, und Dr. Nicole Metzig, Privatdozentin am Lehrstuhl. Dahinter waren die Adressen vermerkt. Krüger bezweifelte, daß seine eigene Dienststelle ähnlich effektiv arbeitete wie die Dekanatssekretärin.

Krüger zahlte und holte sein Auto, das er vor der Schloßkirche geparkt hatte.

Schloßstraße 124, so lautete die Anschrift der studentischen Hilfskraft. Eine gute Adresse in der Bonner Südstadt, lag die Straße doch in der Nähe der von großen Kastanien beschatteten Poppelsdorfer Allee, die seit Jahrhunderten das gleichnamige Schloß mit der Universität verband. Krüger stellte sein Auto auf einem Anwohnerparkplatz ab, legte seine Parkerlaubnis (»Polizei im Einsatz«) hinter die Windschutzscheibe und stieg aus.

Das Haus aus der Gründerzeit war anscheinend in den siebziger Jahren zuletzt renoviert worden. Die mattgelb gestrichene Fassade wies an mehreren Stellen Risse auf; der Putz blätterte ab. In dem kleinen ungepflegten Vorgarten standen zwei wahrscheinlich ebenfalls seit den siebziger Jahren nicht mehr geputzte Fahrräder, ein Kinderwagen neueren Datums und die für Bonn inzwischen üblichen drei Mülltonnen, zu denen sich demnächst eine vierte für Plastik und Elektrokleinteile gesellen sollte. Krüger fragte sich, wo Reihenhausbewohner ihre vier Mülltonnen hinstellen sollten. Unter den Fenstern des Hauses waren Wappenreliefs zu sehen. Wie üblich bei solchen vom Eigentümer nicht gepflegten Häusern war die Eingangstür alt. Immerhin schien sie seit dem Erstbezug gehalten zu haben. Krüger ging die sieben Stufen zur Haustür hoch.

Die Klingelschilder boten das übliche Sammelsurium auf: ein paar sauber ausgedruckte Namen wie Barbara + Boris Schmidt, einige handschriftliche Namen wie Özdemir und Tukan, dann allen Ernstes ein kleines Keramikschild mit der kryptischen Inschrift »Hier wohnen Anna-Lena, Fynn, Ulrike und Thomas Hauser mit Fassmann« und der erhoffte Name, der auf einem mit Tesafilm befestigten kleinen Zettel stand: »Manu Brabert / Tobias Frölig«. Krüger fragte sich, wer hier die Hosen anhatte. Er klingelte.

Ungeachtet der Tageszeit rief jemand aus einem der oberen Fenster: »Tür ist offen!«

Krüger trat ein und überlegte, ob man der Tatsache, daß das Namensschild neben der untersten Klingel hing, entnehmen konnte, daß damit auch eine Wohnung im Erdgeschoß gemeint war. Oben waren die Wohnungen wohl preiswerter, zumal das Dach kaum isoliert sein dürfte. Er ging also die Treppe hinauf.

»Tür ist offen!« rief jemand noch einmal.

Krüger glaubte, zwei Stock höher eine weibliche Stimme zu hören.

»Wo bleibst du denn solange!«

»Ich bin gleich oben«, rief Krüger. Er war dann doch etwas überrascht, als ein unrasierter Jüngling seinen Kopf durch die Tür steckte und freundlich sagte: »Oh, ich dachte, es sei Manu. Was möchten Sie denn?«

»Kriminalpolizei.« Krüger holte seine Dienstmarke heraus, die auch mal wieder poliert werden mußte. Messing lief immer so schnell an. »Mein Name ist Krüger. Wer sind Sie?«

»Tobias Frölig«, antwortete der junge Mann genauso freundlich wie eben, schwieg dann aber.

»Darf ich hereinkommen, oder sollen wir die Nachbarn gleich mit befragen?« Krüger grinste.

Frölig drehte sich und ging voran.

Die Wohnung sah aus wie viele der Studentenwohnungen, die Krüger bisher gesehen hatte: vieles von IKEA, ein Langflorteppich, ein hinter einem Vorhang herausguckender Staubsauger, das alte Plakat von Che Guevara gegenüber dem runden Flurspiegel, eine aufgeräumte Küche, zumindest auf den ersten Blick, Blumen vor dem Wohnzimmerfenster, ein kleiner Eßtisch, eine Cordcouch mit niedrigem Glastisch davor, ein paar Bücherregale. In allem war eine weibliche Hand zu merken: ein paar künstliche, fast echt wirkende Rosen in einer Vase, Tageszeitungen ordentlich zusammengefaltet auf einem Stapel, eine Karaffe mit Wasser und zwei Gläsern auf dem Sofatisch.

»Ich habe gerade aufgeräumt«, sagte Tobias Frölig. »Manu mag es nicht, wenn man ihre Wohnung durcheinanderbringt.«

Soviel zu den Hosen, dachte Krüger.

»Setzen Sie sich doch bitte.«

Krüger nahm am Eßtisch Platz.

»Also, was gibt es?« fragte die studentische Hilfskraft.

Cool, der junge Mann, dachte Krüger. Er räusperte sich.

»Wann haben Sie Professor Minski zuletzt gesehen?«

Frölig sah überrascht aus. »Wieso, heute mittag während seiner Vorlesung. Und hinterher in seinem Dienstzimmer, als wir meine Aufgaben für die nächste Woche besprochen haben.«

»Sie wissen es also nicht?«

»Was?«

»Ihr Chef ist heute abend aus dem Fenster seines Dienstzimmers gestürzt.«

Tobias Fröligs Unterlippe zitterte, als wolle er gleich zu weinen beginnen.

»Ist er, ich meine, ist er ...«

Krüger sah seinem Gegenüber direkt in die Augen. »Ich glaube nicht, daß man einen Sturz aus dem zweiten Stock der Universität überlebt.«

»Jaja, natürlich.« Frölig fuhr sich über die Augen. »Ich meine, was kann ich ...« Er verstummte wieder und schien nachzudenken. Krüger unterbrach ihn nicht.

»Er war immer nett zu mir. Wissen Sie, wie es passiert ist?« fragte Frölig schließlich.

»Eigentlich stelle ich hier die Fragen.« Krüger versuchte, freundlich zu gucken. »Nein, wir haben keine begründete Vermutung. Und keine Anzeichen für ein Fremdverschulden.« Bereiche der Wahrheit wegzulassen, war immer ganz günstig bei Befragungen. »Wissen Sie, ob er Neider hatte, Krach mit Kollegen, irgendetwas in der Art?«

Frölig schüttelte den Kopf.

»Nein, er ist, nein, war, muß ich jetzt ja leider sagen, einfach unauffällig, ein stiller, aber solider Wissenschaftler ...«

»Hatte er Familie?«

»Er war mal vor vielen Jahren verheiratet, glaube ich, und seitdem …«

Frölig schien ein Talent für halbe Sätze zu haben.

»Freundinnen?«

Krüger konnte auch kurze Sätze.

»Weiß ich echt nicht. Ich habe ihn nie außerhalb der Uni getroffen.«

»Freunde?«

Und kürzere.

»Schwul, meinen Sie? Glaube ich nicht, nicht wie Professor Lauterberg aus der Germanistik, der noch zu Hause bei seiner Mutter wohnt.« Frölig grinste. Als er Krügers Blick auffing, blickte er zu Boden.

»Seit wann wohnen Sie denn hier?« Krüger konnte auch unfreundlich sein. Und er war müde.

Frölig wurde rot.

»Seit drei Wochen. Manu und ich kennen uns schon länger, aber sie wollte nicht so nahe sein. Erst als mein altes Zimmer plötzlich gekündigt wurde, mußte ich ja ein neues Dach über dem Kopf haben.« Er lächelte leise.

Du wirst noch manches Mal enttäuscht werden, dachte Krüger.

»Familie?«

Frölig guckte irritiert.

»Mein Vater ist vor zwei Jahren gestorben, aber was hat das …«

»Entschuldigung – ich meinte Professor Minski.«

»Nur eine alte Tante in Berlin, soviel ich weiß, und eine Schwester, mit der er wohl keinen Kontakt hat, in England.«

Krüger stand auf.

»Sie haben mir sehr geholfen.«

Er drehte sich um. In der Tür stand eine junge Frau, langes, dunkelblondes Haar, eines dieser merkwürdigen Hängekleidchen in weißbunt, die jetzt Mode waren und nur bis knapp über den Po reichten, schwarze Strumpfhose, Ballerinas, schöne Figur, soweit man das sehen konnte. Sie schien schon länger zugehört zu haben.

»Wer sind Sie?« fragte die junge Frau.

»Das kann Ihnen Ihr Freund gleich erklären. Ich muß los.«

Krüger grüßte und schloß die Wohnungstür hinter sich. Er hörte nur noch mit halbem Ohr, wie Manu Brabert sagte: »Warum hast du ihm nichts von diesem komischen Typ erzählt, der vor zwei Wochen hier ...«

* * *

Montag, 21. April. *Es fühlt sich an, als ob ich schon ewig in Bonn bin. Dabei kenne ich die Stadt erst seit Oktober. Heute scheint endlich mal die Sonne, und man kann auf dem Marktplatz draußen sitzen, zumindest mit Jacke. Nur im Kleid wäre noch zu kalt. Die Leute sind vom »Bonner Kaffeehaus« hinübergewandert. Und ich sitze mittendrin, schreibe in mein neues Tagebuch, das ich für das Sommersemester gekauft habe, und freue mich, daß ich mein Leben schon seit Oktober alleine bestimmen kann. Im zweiten Semester Geschichte zu studieren, macht Spaß. Und Germanistik ist auch nicht so schlecht. Nur das Erziehungswissenschaftliche Begleitstudium ist blöd, die Pädagogik-Proseminare sind so was von langweilig, und Philosophie ist auch nicht ohne, obwohl mir das in der Schule immer Spaß gemacht hat. Aber ich habe gestern M. wiedergesehen!*

2

Freitag, 14. Mai 2010 – Oxford

Die Sonne schien, und DCI John Blackmore freute sich auf seinen Feierabend. Seit einigen Wochen war er auf der Polizeiwache St Aldate's in Oxford tätig, die nur einen Steinwurf vom Zentrum entfernt lag. Er genoß, hier zu arbeiten statt im Hauptquartier der Thames Valley Police in Kidlington zwischen Oxford und Woodstock. Man war irgendwie näher am Geschehen dran, fand er. Er blickte vom Schreibtisch auf, als es klopfte.

»Ein Todesfall«, sagte der diensthabende Constable. »Sir, geht Ihr Telefon immer noch nicht?«

Im Stillen war der Detective Chief Inspector dankbar für die Ruhe, aber laut sagte er: »Der Techniker war noch immer nicht da. Erzählen Sie.«

Der junge Mann räusperte sich.

»Zwei Mitarbeiter einer Gartenfirma, die die Anlagen im St John's College pflegt, haben vor einer Viertelstunde im Rhododendrongebüsch im Innenhof des Hauptgebäudes eine Leiche gefunden. Wie es aussieht, ein Mitglied des Lehrkörpers, Sir. Sie haben dann die uniformierte Polizei gerufen, die alles abgesperrt hat und ihrerseits Verstärkung angefordert hat.«

Blackmore konnte sich ein kleines Lächeln nicht verkneifen – daß sie den Jungs und Mädchen auf der Polizeischule immer noch Lehrbuchtext beibrachten!

»Gut, ich fahre sofort los. Rufen Sie bitte DS Rosie Mannering; sie soll mitkommen.«

Blackmore schätzte die junge Kollegin, die vor zwei Jahren nach Oxford versetzt worden war, nachdem sie zum Detective Sergeant befördert worden war. Sie war pfiffig, schlagfertig und sah gut aus. Letzteres war ihm zur Zeit allerdings gleichgültig; seine jüngste Wunde war noch nicht allzu lange verheilt.

»Wir nehmen mein Auto«, sagte Blackmore hinter dem Gebäude der Polizeiwache zu seiner Kollegin. Sonst hatte er immer ein Auto der Fahrbereitschaft entliehen. Aber heute stand nur noch der tschechische Skoda draußen; die anderen Fahrzeuge waren wohl alle unterwegs.

Rosie Mannering hatte eine wundervolle Art, ihre linke Augenbraue hochzuziehen. Kannte sie sein Auto nicht oder hatte sie Vorurteile seiner Fahrweise gegenüber? Der DCI wunderte sich.

Er ging zum Mitarbeiterparkplatz hinter dem Gebäude, nahm den scheckkartengroßen und ebenso flachen Autoschlüssel aus der Hosentasche und drückte einmal darauf. Die Rücklichter eines etwas älteren dunkelblauen Mercedes der E-Klasse blitzten zweimal auf. Blackmore stieg ein und ließ den Motor an.

»Geerbt?«

Blackmore konnte ihr nicht ganz folgen.

»Das Auto, meine ich.« Rosie konnte ziemlich freundlich lächeln.

»Nein, das stammt noch aus meinem anderen Leben. Wir haben damals die uns jeweils wichtigen Dinge aufgeteilt«, sagte Blackmore in dem Bewußtsein, daß Rosie Mannering diesen Satz nur so verstehen konnte, daß er sein Herz an Autos und Technik, wie viele andere Männer auch, verloren hatte. Sie konnte nicht wissen, daß seine Ex-Frau das blaue Auto immer abscheulich gefunden hatte. Es war nicht britisch, es hatte ihrer Meinung nach die falsche Farbe, und es war teuer im Unterhalt. Außerdem war es ein Geschenk von Blackmores Mutter zu seiner Beförderung zum DCI. Aber das alles ging die junge Sergeantin nichts an.

Blackmore steuerte sein Auto aus der Floys Row auf die breite Straße, die vor der Polizeiwache verlief und gleichzeitig die A420 stadtaus- und stadteinwärts war. Er schwieg während der Fahrt durch das Zentrum und hing seinen Gedanken nach.

Erst als sie St Giles passiert hatten, fragte Rosie: »Was soll ich machen?« Sie war wohl unsicher, zum ersten Mal neben einem der erfahrenen Detectives zu sitzen.

»Zuhören und lernen.« Blackmore versuchte, aus seinem linken Augenwinkel heraus eine Reaktion festzustellen.

Rosie war aber nicht auf den Mund gefallen. »*Midsomer Murders* habe ich zuhause bei meinen DVDs und schon zweimal gesehen. Aber ich bevorzuge doch das wirkliche Leben.«

»Fragen Sie nachher, was Sie möchten.« Blackmore versuchte, aufmunternd zu lächeln, und bog in die Einfahrt zum College ein. Dieses Mal war er vor der Spurensicherung da.

Der DCI war schon häufiger privat zu Gast gewesen im College. Die zweistöckige Fassade des Hauptgebäudes mit seinen unzähligen Erkern im Dachgeschoß und den zahllosen Kaminen nahm er längst nicht mehr wahr. Mittelalter und Neuzeit lagen so dicht beieinander in Oxford, daß einem erst nach längerer Abwesenheit aus der Universitätsstadt wieder bewußt wurde, in welcher besonderen Umgebung sein Arbeitsplatz lag, dachte er.

Der Hausmeister hatte den Fundort der Leiche notdürftig mit ein paar Wolldecken abgeschirmt und diskutierte aufgeregt mit einem der grün gekleideten Angestellten der Gartenfirma.

»Und wenn das hundertmal deine Schaufel ist – ich habe genügend TV-Serien gesehen: Hier wird nichts angefaßt, bis die Polizei kommt!«

Blackmore hielt seinen Ausweis hoch. »Laßt mich mal durch.« Er duckte sich unter den tiefgehängten Wolldecken weg und betrachtete den Toten aus der Entfernung, um nicht seinerseits Spuren zu verursachen: männlich, etwa fünfzig Jahre, dunkelgrüne Cordhose, brauner Strickpullover mit weißem Hemd darunter, nicht geputzte Schuhe. Ein Blick genügte ihm, um zu wissen, wie es passiert war. Allerdings war das auch nicht schwer. Der Tote lag auf dem Bauch, das Gesicht halb zur Seite gewandt, neben und auf ihm die Scherben einiger Blumentöpfe. Im zweiten Stock stand ein Fenster offen; eine Gardine hing halb heraus und wehte im Wind.

»Wissen Sie, was das für ein Zimmer ist?« fragte er den Hausmeister.

»Jenkins, Sir. Ich arbeite seit über zwanzig Jahren hier. So etwas ist hier noch nie passiert. Und so ein netter Herr.«

»Das Zimmer«, erinnerte ihn Blackmore.

»Ach so, ja, gehört zur Theologischen Fakultät.«

»Und der Tote?«

»Ist Deutscher. War auch nicht zu überhören, Sir.«

»Wissen Sie, wie er hieß?« fragte Rosie.

Jenkins guckte irritiert, weil die Frage jetzt von der anderen Seite kam.

»Schubert oder war es Schumann? Ich kann diese deutschen Komponisten nie auseinanderhalten.«

Ein musikalischer Hausmeister? Blackmore wunderte sich, aber auch über seine Vorurteile. »Ich dachte, er wäre bei der Theologie gewesen.«

»War er auch. Arbeitet seit fast zwanzig Jahren da«, sagte Jenkins. »Sir«, setzte er noch hinzu.

Mit quietschenden Bremsen bog der Wagen der Spurensicherung in die Einfahrt, bemerkte gerade noch rechtzeitig Blackmores Mercedes und kam knapp dahinter zum Stehen. Zwei Männer mittleren Alters sprangen heraus und rannten in den Innenhof.

Blackmore hatte das Bremsmanöver gehört und seufzte. Ausgerechnet Whitefriar und Nun, insgeheim auf der Wache The Monks genannt. Und Nun war auch noch schwul, was er bei jeder Gelegenheit betonte.

»Platz da. Weiträumig absperren«, herrschte Whitefriar den Hausmeister an.

Der blickte fragend zu Blackmore.

»Lassen Sie, ich mache das schon«, sagte Rosie Mannering und nahm Nun das Absperrband aus der Hand, der mit einer weiblichen Berührung wohl nicht viel anzufangen wußte und seine Hand unbewußt am Hosenbein abwischte. Rosie zog eine Augenbraue hoch, sagte aber nichts.

Weitere Bremsmanöver folgten, die Blackmore mit einem Ohr verfolgte. Der Kleinbus brachte den Rest des Teams. Mit Schwung hörte er ein weiteres Fahrzeug in der Einfahrt ankommen, wahrscheinlich der alte Jaguar. Blackmore schmunzelte. Vor seinem inneren Auge sah er einen kleinen, fast kahlköpfigen Mann mit Kugelbauch aussteigen, einen schwarzen Koffer in der einen Hand, ein Tweedjackett in der anderen. Der Fahrer würde anschließend den Koffer abstellen, das Jackett anziehen und die Autotür umständlich abschließen.

Blackmore hatte ein Herz für Klischees – das hier war ein lebendes: das eines kurzatmigen *Home Office Forensic Pathologist*, der sein Fach bestens beherrschte und nun in den Innenhof kam. Blackmore kannte den Arzt schon so lange, daß er ihn als zu seiner Dienststelle gehörig betrachtete und nur als *Polizeiarzt* titulierte, was dem Pathologen immer etwas zu wenig war.

»Hallo, Dr Fortescue, wie geht's?«

Fortescue ignorierte die Frage und wartete geduldig, bis die Spurensicherung mit den beiden Polizeikonstablern einen Zugangsweg zur Leiche angelegt hatten. Dann streifte er seine Schutzkleidung über. Blackmore und Rosie schlossen sich ihm an, inzwischen ebenfalls mit einem weißen Overall bekleidet.

»Seit wann ist er tot?« versuchte Rosie Mannering die Unterhaltung in Gang zu bringen.

»Grünschnabel«, brummte der Doktor und beugte sich über die Leiche. »Was ist passiert?« fragte er. »Und hat jemand den *Coroner* verständigt?«

Einer der Polizisten bejahte das.

Blackmore referierte kurz den Telefonanruf der Gartenfirma, die Fahrt hierher und seine Vermutung, der Tote sei aus dem zweiten Stock gestürzt.

»Worden«, sagte Fortescue.

»Wie bitte?« Blackmore kam nicht ganz mit.

»Er ist nicht freiwillig heruntergefallen«, sagte der Arzt. »Sehen Sie hier die Nagelspuren im Gesicht? Und hier an der Stirn das Hämatom?«

»Irgendjemand hat also nachgeholfen?« fragte Rosie.

»Scheint so. Ein Streit, ein Sturz, das Leben war nur kurz. Entschuldigung, das Letzte können Sie streichen.« Fortescue blickte auf. »Außerdem kenne ich ihn. Friedrich Schubert. Wir haben uns mal länger über Musik im *Victorian Arms* unterhalten. Was er allerdings beruflich genau gemacht hat, habe ich damals nicht verstanden.«

Blackmore seufzte. Ein absichtlicher Sturz bedeutete mindestens Totschlag, involvierte immer mindestens eine zweite Person und hatte mindestens ein arbeitsreiches Wochenende zur Folge. Er sah auf die Uhr. Wie üblich bei solchen Gelegenheiten war es Freitag kurz vor zwei, und er hatte für den frühen Abend Karten für eine Shakespeare-Aufführung, Open Air zu dieser Jahreszeit. Er sah Rosie an.

»Was machen wir zuerst?«

»Nun, Sir, ich würde vorschlagen, ich besorge eine Liste der Fakultätsmitarbeiter; Sie informieren die Familie.«

Blackmore nickte und überlegte, ob die Tatsache, daß das St John's College eines der angesehensten Colleges der Universität Oxford war, die Aufklärung des Mordfalls verkomplizierte. Das öffentliche Aufsehen, daß der Mord verursachen würde, war sicher größer als bei einem Wald- und Wiesenmord in einer der großen Industriestädte des Nordens. Und die Universität von Oxford war weltberühmt, was die Pressewellen noch höher schlagen lassen würde.

»Wir telefonieren«, sagte der DCI noch und stieg in sein Auto ein. Nach kurzer Fahrt parkte er wieder hinter der Polizeiwache St Aldate's und verschwand nachdenklich in seinem Zimmer. Er rief die Universitätsverwaltung an, die schon von dem tragischen Unglück gehört hatte, und ließ sich Näheres über den Toten berichten.

Friedrich Hugo Schubert war 1955 geboren, hatte in Bonn und Tübingen Geschichte, Philosophie und Evangelische Theologie studiert, war nach seinem Examen 1981 und seiner Promotion 1988 relativ schnell nach einigen Lehrstuhlvertretungen Professor geworden und lehrte nach zwei Jahren in Berlin seit 1992 in Oxford – wofür ein Deutscher ziemlich gut sein mußte, fand Blackmore. Schubert war unverheiratet und hatte seit fünf Jahren eine Kollegin als Freundin, wie die Dame von der Universitätsverwaltung etwas vorsichtig sagte. Margaret Dunwood war einige Jahre jünger als Schubert, lehrte ebenfalls Theologie und wohnte etwas außerhalb von Oxford in Woodstock. Soviel zur Familie, dachte Blackmore.

Ein weiteres Telefonat mit dem Sekretariat der Theologischen Fakultät, das erstaunlicherweise Freitagnachmittag noch besetzt war, ergab die gewünschte Adresse.

Blackmore setzte sich in sein Auto und fuhr los. Im Radio liefen die Vorberichte zum Wochenendspiel von Aldershot Town gegen Rotherham United aus der zweiten Fußball-Liga, weshalb er schnell auf seinen CD-Wechsler umschaltete, der seit Monaten mit den gleichen sechs CDs bestückt war, die er nicht oft genug hören konnte, darunter Dylans *Blonde on Blonde*, Springsteens *The Ghost of Tom Joad* und Johann Sebastian Bachs *Kaffee-Kantate*. Der Wechsler setzte die Wiedergabe bei dem Stück fort, das er vor der Umschaltung zum Radio gerade begonnen hatte, Dylans *One Of Us Must Know*, was Blackmore ziemlich passend fand.

Trotz des dichten Berufsverkehrs schaffte Blackmore es in vierzig Minuten bis nach Woodstock. Er durchfuhr das kleine Ortszentrum mit den wohl eher für Touristen interessanten Geschäften, die von ihrer unmittelbaren Nähe zu Blenheim Palace profitierten, ließ die alte Steinbrücke vor dem *Black Prince* mit den anschließenden kleinen Arbeiterhäusern den Hügel hinauf hinter sich und bog in dem moderneren Ortsteil nach rechts in eine kleine Seitenstraße. Er folgte ihr, bis er schließlich in einer Sackgasse vor einem der Backsteinhäuser hielt, in dem er selber auch gerne wohnen würde, obwohl er es wirklich nicht schlecht getroffen hatte.

Das Haus war eines in einer langen Reihe ähnlicher Doppelhäuser, etwa 1950, Ziegelstein, nicht der schöne Goldton des Codswoldssteins, weiße Fensterrahmen, Rosen davor, eine kleine Sitzbank. Ziemlich viel Beatrix Potter, fand Blackmore. Irgendwie war hier wie auch andernorts im Vereinigten Königreich die Zeit stehen geblieben. Als im Nachbarhaus eine pakistanische Hausfrau den Müllsack herausbrachte, war er wieder beruhigt.

Blackmore stieg aus, öffnete die kleine Tür im weißen Holzzaun, die etwas schief in den Angeln hing, und klingelte. Eine kleine mittelalterliche Frau öffnete.

»Ja bitte?«

Blackmore hatte sich entschlossen, nicht mit der Tür ins Haus zu fallen. Er sagte: »Haben Sie ein paar Minuten Zeit für mich? Entschuldigen Sie, ich habe vergessen, mich vorzustellen.« Er holte seinen Ausweis aus der Brusttasche seines Jacketts, wo er immer steckte. »DCI John Blackmore, Thames Valley Police. Ich wollte ...«

Weiter kam er nicht.

»Ist etwas passiert? Ist etwas mit Friedrick?« Selbst fünf Jahre hatten anscheinend nicht gereicht, um den Namen ihres deutschen Freundes korrekt aussprechen zu können. Wobei das deutsche ch selbst ausgebildeten Sängern Schwierigkeiten machte, wie Blackmore vom Polizeiarzt wußte.

»Darf ich hereinkommen?«

»Ach ja, natürlich.« Margaret Dunwood trat zur Seite, und Blackmore folgte ihr ins Wohnzimmer, das auf den etwas tiefer gelegenen Ortskern von Woodstock blickte. Der Raum war liebevoll eingerichtet. Es gab einen echten Kamin, nicht bloß das übliche Gasfeuer, ein paar Bücherborde, Skizzen aus Rom an der Wand, kleine Beistelltischchen, kein Sofa, ein paar gemütliche ältere Sessel, eine Stehlampe. Eine Zeitung war aufgeschlagen; eine Brille lag darauf.

»Eine Tasse Tee?«

»Gerne«, sagte Blackmore und trat ans Fenster. Professor Dunwood beschäftigte sich nur kurze Zeit in der Küche; das Wasser hatte wohl gerade gekocht. Sie kam mit einem Tablett, zwei dampfenden Bechern Tee und einigen Keksen zurück.

»Bitte setzen Sie sich doch.« Sie nahm ihm gegenüber Platz, blieb jedoch auf der äußersten Sesselkante sitzen, die Knie zusammengepreßt, den Wollrock glattgestrichen, die ganze Haltung Angst ausdrückend.

Blackmore räusperte sich. »Wie lange kennen Sie und Professor Schubert sich schon?«

»Als Kollegen schon seit zehn Jahren, seit ich ans College gekommen bin. Befreundet sind wir seit etwa fünf Jahren, nach einer gemeinsamen Studenten-Lehrer-Exkursion nach Rom. Aber was ist eigentlich los?«

Blackmore sagte es ihr.

Margaret Dunwood senkte den Kopf; eine Träne rollte langsam ihre linke Wange herab. »Ich habe so etwas befürchtet, seit ich Ihr Auto draußen gesehen habe. Irgendwie hatte ich ein schlechtes Gefühl. Aber daß ihn jemand ...«

»Können Sie das genauer erklären?«

»Nun, Friedrick war seit einigen Tagen etwas seltsam, unruhig, geistesabwesend. Er hat sogar seine Vorlesung ausfallen lassen, weil er sich nicht wohlfühlte. Das hat er noch nie getan. Dann hat er oben alte Papiere durchgesehen, als ob er etwas suchte.«

»Oben?« fragte Blackmore.

Mrs. Dunwood errötete. »Wir haben mehr oder minder hier gelebt. Seine kleine Wohnung in Jericho ...« Sie verstummte.

Blackmore war etwas irritiert. Wieso wohnte ein deutscher Professor im ehemaligen Arbeiterviertel der Stadt? Nur weil es inzwischen angesagt war? Oder weil er Abstand brauchte?

»Meinen Sie, ich dürfte mal sein Zimmer sehen?«

»Oh natürlich, kommen Sie.«

Die Professorin stieg vor ihm die kleine Holztreppe hoch, deren dicker Teppich jeden Schritt verschluckte. Oben öffnete sie die erste Tür und trat ins Zimmer. Blackmore folgte ihr.

Ein Bett, ein kleiner Schreibtisch, zwei Bücherregale, gefüllt mit deutschen und englischen Büchern, ein Stapel Zeitschriften, eine alte Stereoanlage, Schallplatten, ein Kassettenrecorder. Dabei war der Professor doch erst Mitte fünfzig gewesen. Anscheinend hatte er seine Studentenzeit nie wirklich beendet. Es roch nach Zigarre.

Auf dem Fußboden stand ein Koffer mit Aktenordnern, Briefen und Kladden. Tagebücher?

Keine Bilder an den Wänden, dafür ein altes Thermometer, das Fahrenheit- und Celsius-Werte anzeigen konnte. Ein gerahmtes Foto auf dem Schreibtisch. Blackmore trat näher. Vier junge Männer, eine junge Frau, vielleicht Studenten? Das Foto war farbig, etwa postkartengroß und ziemlich verblichen. Wahrscheinlich Kodak-Farben, dachte Blackmore, die wurden immer schnell grünstichig und verblaßten dann.

»Es tut mir leid, ich muß die Spurensicherung hierhinschikken«, sagte Blackmore.

»Natürlich. Wann denn?« Margaret Dunwood wirkte hilflos. Friedrich Schubert war wohl die bessere (und stärkere) Hälfte gewesen.

»Sofort. Ich rufe eben an.« Blackmore nahm sein Mobiltelefon aus einer Jackettasche, wählte die eingespeicherte Nummer, sagte ein paar Worte und beendete das Gespräch. »Wir können unten warten.«

Im Wohnzimmer stellte er die üblichen Fragen. Irgendwelche Feinde? Beruflichen Ärger? Schulden? Studentinnen, denen er zunahe gekommen war? Diese letzte Frage beantwortete Professor Dunwood ziemlich unwirsch mit einem entschiedenen »Nein!«. Die anderen hatte sie höflich verneint.

Blackmore versuchte es nun anders herum.

»Freunde?«

»Ein, zwei Kollegen.«

»Alte Freunde?«

»Er hat wohl noch einen Kollegen in Berlin, dem er regelmäßig schreibt, aber zumindest wohl teilweise beruflich.«

»Familie?«

Blackmores Sätze waren wieder sehr kurz.

»Die Eltern sind schon in den neunziger Jahren gestorben. Ein Bruder lebt, glaube ich, in Bonn. Er hat wenig Kontakt zu ihm.« Sie machte eine Pause. »Hatte, muß ich jetzt ja sagen.« Wieder rollte eine Träne die Wange herab.

Blackmore versuchte, freundlich zu gucken. Margaret Dunwood tat ihm leid.

Es klingelte. Blackmore stand auf und ging zur Tür. »Bleiben Sie ruhig sitzen. Ich mache das schon.« Er öffnete. Draußen standen The Monks in weißen Plastikoveralls und grinsten.

»Die *Crime Scene* ist beim College, Jungs«, sagte Blackmore und betrachtete die knisternde Kleidung der beiden. »Aber da ihr nun schon mal da seid … Oben. Erste Tür links. Fotos, Fingerabdrücke. Den Koffer mit Papier bitte in mein Büro. Ich bin dann mal weg. Habt ihr übrigens alle Zimmer im zweiten Stock des College durchsucht?«

»Nein, Sir, nein! Machen wir, wenn wir hier fertig sind.«

Blackmore ging kurz ins Wohnzimmer und verabschiedete sich. Dann fuhr er zurück zum Revier.

Rosie Mannering versuchte zum wiederholten Male, dem Blick von Professor Watkins auf ihre Knie auszuweichen, und strich den Rock glatt. Watkins war Nr. 2 auf ihrer Liste der Fakultätsmitarbeiter, die sie von der völlig verweinten Sekretärin erhalten hatte. Nr. 1 war Professor für Biblische Studien an der Fakultät für Theologie und Religion, hatte ein Forschungsfreisemester und war nicht vorhanden. Wenn sie es richtig verstanden hatte, forschte er in Äthiopien. Sie hatte immer gedacht, daß Theologie in Rom entstanden war, aber Afrika?

»Können Sie das bitte noch einmal wiederholen?« fragte sie.

Watkins blickte sie wie eine unaufmerksame Schülerin an. »Professor Schubert war am vergangenen Dienstag krank; seine Vorlesung fiel aus; telefonisch war er nicht zu erreichen. Und den Bridgeabend mit mir und zwei Freunden hat er auch vergessen. Das alles ist ziemlich untypisch für ihn.«

»Wie haben Sie ihn denn sonst erlebt?«

»Pünktlich, zuverlässig, genau, fast pedantisch, möchte ich sagen – typisch deutsch eben.« Sein dazugehöriges Lächeln mißglückte.

Rosie Mannering hakte für die weiteren Fragen ihre Liste im Geiste ab: irgendwelche Feinde undsoweiter, erhielt aber keine befriedigende Antwort mehr. Sie seufzte und stand auf.

»Danke für Ihre Zeit, Herr Professor.«

»Gern geschehen.« Watkins sah wieder auf ihre Knie und ließ seinen Blick nach oben wandern.

Rosie drehte sich schnell um und verließ das Zimmer. Draußen studierte sie ihren Zettel, klopfte vergeblich an zwei weitere Türen und ging schließlich noch einmal ins Sekretariat zurück. Debbie Reyman sah noch genauso verheult aus wie vor einer Stunde.

»Ist schon schlimm«, sagte Rosie.

»Er war immer so nett zu mir, ein richtiger feiner Herr, auch wenn er von der falschen Seite des Kanals stammte.«

»Haben Sie in den letzten Tagen etwas an ihm bemerkt?« fragte Rosie.

»Nein, er war weder zerstreut, noch unfreundlich. Er hat mich all die Jahre, seit ich hier arbeite, und das sind jetzt schon zwölf, gleich freundlich behandelt, gefragt, wie mein Tag so war, was meine Katzen machen, wie es meiner Mutter geht, das Übliche eben.«

»Hat er viel Besuch gehabt?«

»Nur seine Sprechstunden für die Studenten, ab und zu eine Tagung mit auswärtigen Professoren. Doch, warten Sie mal.« Debbie Reyman überlegte. »Letzten Dienstag, also nicht diese Woche, sondern der Dienstag davor, da war ein etwas merkwürdiger Besucher hier.«

»Wieso merkwürdig?«

»Nun, er war viel besser gekleidet als alle hier: Maßschuhe, ein perfekt sitzender Anzug von Dolce & Gabbana ...« Debbie errötete. »Mein Vater war Schuhmacher. Ich wollte mal auf die Modeschule, vor langen Jahren; seitdem versuche ich, auf dem Laufenden zu bleiben.«

»Wie sah er denn aus?«

Debbie wurde wieder rot. »Genau darauf achte ich nie. Ich kann Ihnen nicht einmal sagen, ob er einen Bart gehabt hat oder nicht. Kleidung, das war's.«

»Und was wollte er?«

»Er hat sich nach Professor Schubert erkundigt, ist dann aber wieder gegangen, als er hörte, daß er Dienstagnachmittag nicht da ist. Ach ja, und er hinkte ganz leicht.«

»Vielen Dank, Sie haben mir sehr geholfen«, bemühte Rosie diesen Lieblingssatz aller Kommissare und ging.

Vor dem Gebäude waren die Leute von der Spurensicherung mit ihrer Arbeit fertig. Der Polizeifotograf packte gerade seine Kameraobjektive ein. Die Wolldecken waren verschwunden, und den Leichnam hatte man augenscheinlich schon ins Leichenschauhaus verbracht. Vor dem Wochenende ging das alles schneller.

Rosie blickte noch einmal zum zweiten Stock hoch. Täuschte sie sich, oder hatte sich gerade eine Gardine hinter einem geschlossenen Fenster bewegt? Wenn sie sich nicht irrte, war das das Zimmer von Cornelia Stockport, der studentischen Hilfskraft und Tutorin von Professor Schubert.

Sie sah auf die Uhr. Spät genug. Sie würde ohnehin die Befragungen am Montag fortsetzen müssen. Zeit genug, um sich dann der wissenschaftlichen Mitarbeiterin zu widmen.

Rosie ging zur nächstgelegenen Bushaltestelle, um in die Stadt zur Dienststelle zurückzufahren. Im Bus sah sie ihre Notizen und die Liste der Mitarbeiter der Fakultät noch einmal durch. Andererseits – vielleicht konnte es der Karriere nicht schaden, Überstunden zu machen und Cornelia Stockport zu Hause zu befragen. Old Marston war keine schlechte Gegend zum Wohnen, und den Abend konnte man dann im *Victorian Arms* an der Isis ausklingen lassen. Auch wenn man alleine war.

3

Freitag, 21. Mai 2010, und Pfingstsamstag, 22. Mai 2010 – Bonn

Draußen stolperte Krüger und mußte sich fast von einer jungen Frau auffangen lassen. Sein Jackett verrutschte, und seine Visitenkarten fielen auf die Straße. Die junge Frau reagierte schnell, bückte sich und hob sie wieder auf.

»Hier, Herr Kommissar.«

»Danke«, sagte Krüger, »und mit wem habe ich die Ehre?«

»Carmen Rasche.«

»Dann arbeiten Sie für Professor Minski?«

Die junge Frau guckte irritiert. »Ja schon, aber Freitagnachmittag habe ich frei.«

»Dann wissen Sie also noch nichts?«

»Was soll ich denn wissen?«

Krüger schaute auf die Uhr. »Wenn es Ihnen trotz der vorgerückten Stunde recht ist, würde ich das gerne mit Ihnen bei einem Glas Wein besprechen.«

»Wein im Dienst?« fragte Carmen Rasche freundlich.

»Nun, streng genommen ist meine Dienstzeit seit zwei vorbei, außerdem kann ich diverse Überstunden abfeiern, und die Paragraphenreiter sind ja glücklicherweise nach Berlin umgezogen worden.«

Die junge Frau lachte. »Okay. In der Nähe ist *Rietbrocks Weinhaus*; wenn wir Glück haben, bekommen wir noch etwas zu essen.«

Krügers Magen knurrte. Ihm fiel wieder ein, daß das einzige feste Essen heute der Zucker zum Cappucchino im *Bistro Miebach* gewesen war. Erfreulicherweise war seine Müdigkeit verflogen.

»Einverstanden. Aber ich bezahle. Zeugenbefragungen gehen auf Spesen. Das Finanzamt soll leben!«

Der Kellner des Weinhauses in der Königstraße nickte Carmen Rasche zu; anscheinend war sie hier bekannt. Dann glitt sein Blick über ihren Begleiter, und er grinste, nun, fast schmierig, dachte Krüger. Wenn ihn seine Menschenkenntnis nicht täuschte, hatte sich der Mann in Frau Rasche wohl getäuscht.

Sie steuerten einen Tisch hinten links in der Ecke an, von der Theke und vom Eingang nicht direkt einsehbar. Krüger bestellte einen Chardonnay; die junge Frau schloß sich ihm an. Es gab noch eine Käseplatte; das mußte für heute abend reichen.

Krüger räusperte sich. »Seit wann arbeiten Sie eigentlich am Lehrstuhl?«

»Seit zwei Jahren. Ich bin selber Theologin, habe aber trotz Pfarrermangels in der Rheinischen Kirche vor einigen Jahren keine Anstellung bekommen. Ich könnte auch sagen: nicht haben wollen, denn Köln-Weidenbrück oder Prüm in der finstersten Eifel kamen nun wirklich nicht in Frage. So habe ich gerne die Stellung im Sekretariat angenommen, erledige die Korrespondenz für den Herrn Professor, redigiere ab und an wissenschaftliche Aufsätze, organisiere die eine große Tagung des Lehrstuhls im Jahr und und und.« Sie lächelte. »Aber warum sitzen wir eigentlich hier? Dienstlich, meine ich.«

Krüger machte ein ernstes Gesicht. »Es hat einen Unfall gegeben.« Die übliche Kunstpause, um die Reaktion des Gegenübers zu verfolgen.

Carmen Rasche tat ihm den Gefallen und wurde blaß. »Doch nicht Professor Minski?«

»Leider doch. Er ist heute abend gegen neunzehn Uhr aus dem Fenster seines Zimmers auf den Schloßkirchenplatz gestürzt.«

»Tot?« Carmen Rasche bemühte sich, ihre Fassung zu wahren.

»Leider ja. Und wie es aussieht, hat jemand nachgeholfen.«

Krüger biß sich auf die Zähne. Eigentlich hatte er nichts sagen wollen.

Die Sekretärin sah ungläubig aus. »Bei uns im Seminar ein Mord? Allen Ernstes?«

Krüger nickte. »Es sieht so aus. Aber jetzt stelle ich mal die Fragen, wenn Sie erlauben. Ist Ihnen heute, da haben Sie doch gearbeitet? Ist Ihnen heute etwas aufgefallen, was anders war als sonst?«

Carmen Rasche überlegte. Es dauerte etwas länger, während Krüger sie unverwandt ansah. Sie hatte dunkle schulterlange Haare, wohl echte Locken, und trug eine schwarze Jeans und einen bunten Pullover. Ihren Anorak hatte sie neben sich auf einen Stuhl gelegt. Ihre Finger waren außerordentlich gepflegt, die Nägel, wenn überhaupt, nur matt lackiert. Beide Mundwinkel besaßen ein kleines Grübchen, so daß es aussah, als ob sie sich ständig über etwas leise amüsierte.

Die junge Frau unterbrach seinen Gedankengang und sagte: »Er wirkte vielleicht etwas hektischer als sonst. Als müsse er pünktlich zu einer Verabredung kommen.«

»Wann haben Sie ihn zuletzt gesehen? Und was für eine Verabredung?«

»Mein Dienst endete ausnahmsweise pünktlich um zwei. Und von einem Termin weiß ich nichts. Aber er schaute, während wir seinen letzten Aufsatz durchgingen, mehrfach auf die Uhr und fragte auch einmal, ob die Uhr über meinem Arbeitsplatz pünktlich gehe.«

»Hatte er irgendwelche Besucher während der Woche?«

»Nein, nur ein Treffen mit dem Fakultätsrat und eines mit dem Rektor in dessen Dienstzimmer wegen der Einwerbung von Drittmitteln.«

Ohne Sponsoring lief auch hier nichts mehr, da die Regierung ja lieber die ohnehin leck gelaufene Hypo Real Estate Bank subventionierte, statt den Schotter in die Bildung zu stecken, dachte Krüger. Von seinem Berufsstand ganz zu schweigen. Seine Dienststelle verwendete immer noch Aktenordner der längst verschiedenen Bonner Firma Soennecken aus den siebziger Jahren, mit zigfach neu beklebten Rücken.

Er räusperte sich. »Was können Sie sonst von Professor Minski berichten?«

»Nun, er stand mir nicht sehr nahe, wenn Sie das meinen. Wir haben keine *social events* zusammen verbracht, von Geburtstagen und Empfängen in der Fakultät mit dem obligatorischen Gläschen Sekt abgesehen.«

Sie hatte anscheinend die nötige Distanz zu ihrer Arbeit und ihrem Arbeitsplatz, dachte Krüger.

»Er war ein ruhiger Wissenschaftler, nichts Besonderes. Aber, wenn wir schon in TV-Sprache reden wollen: Dunkle Geheimnisse hatte er wohl auch keine.« Sie lächelte.

»Meine Frage nach Leuten, die ein Motiv gehabt hätten, kann ich mir also sparen?«

»Ich wüßte niemanden. Selbst der Student, der seine Doktorarbeit zu großen Teilen aus Wikipedia bestritten hat, was ihm Professor Minski nachgewiesen hat, ist so harmlos, daß er keiner Fliege etwas zuleide tun könnte. Er arbeitet jetzt als Animateur beim Club Méditerranée und ist viel glücklicher als hier während seiner ganzen Studienzeit. Seine Eltern sind angesehene Mediziner, und deswegen mußte der Sohn wohl ebenfalls ...«

Sie lächelte wieder, was sie ziemlich gut konnte und was sie noch hübscher machte, dachte Krüger.

»Ärger in der Familie?« fragte Krüger.

»Seine Schwester, meinen Sie? Die lebt in England, soviel ich weiß, und Professor Minski hat sie kaum mehr als ein- oder zweimal erwähnt.«

»Ach ja, der Form halber: Wo waren Sie heute abend zwischen achtzehn und neunzehn Uhr? Ich muß das fragen.«

»Schon klar«, sagte Carmen. »Schuhe kaufen.«

Krüger guckte ungläubig.

»Doch, echt. Ich kann Ihnen den Kassenbon zeigen. Da steht doch immer die Uhrzeit drauf. Und Schuhe anprobieren dauert.«

Daran konnte Krüger sich noch zu Genüge aus seinem früheren Leben erinnern. »Danke. Mehr fällt mir nicht ein«, sagte er. »Doch, noch eines: Wissen Sie, wo ich morgen Frau Dr. Metzig erreichen kann?«

»Den jungen Drachen? Entschuldigen Sie meine Offenheit, aber das wird Ihnen jeder in der Fakultät sagen. Die hat keine Haare auf den Zähnen, sondern Stacheldraht.« Dieses Mal lächelte Carmen Rasche nicht. »Ich weiß es nicht. Ehrlich. Sie hat zwar ein Zimmer in Bad Godesberg, aber gemeldet ist sie immer noch irgendwo in Brandenburg.«

Dieses Mal grinste Krüger. Wieso mußte er bei Brandenburg immer an das Lied von Rainald Grebe denken?

Er stand auf.

»Wie, Sie wollen schon gehen? Den dienstlichen Teil haben wir doch hinter uns, und den Käse haben Sie noch nicht einmal angefaßt.« Wieder dieses Lächeln.

Krüger setzte sich wieder. »Okay. Das ist nun wirklich außerhalb jeglicher Dienstzeit.« Er hob sein Glas: »Prost.«

Mühsam setzte Krüger sich auf. Das Zimmer kannte er nun wirklich nicht. Und wie er dahin gekommen war, wußte er ebenfalls nicht mehr. Ein weibliches Zimmer, zumindest ein Wohnzimmer mit weiblicher Note, worunter er in erster Linie frische Schnittblumen verstand. Seine vergammelten regelmäßig, weshalb er irgendwann auf Hydrokulturen ausgewichen war. Diese mußte man jedoch auch regelmäßig wässern, was er beim Kauf überhört hatte. Inzwischen besaß er einen täuschend echt aussehenden Rosenstrauß, den man wenigstens nicht gießen mußte.

Ein freundlicher dunkelhaariger Kopf erschien in der Zimmertür. »Kaffee? Oder lieber Tee? Aspirin habe ich auch, wenn du möchtest.«

Krüger rieb seine Augen und fragte sich, ob er noch träumte. Die junge Dame mußte Carmen Rasche sein, wenn ihn seine weinvernebelte Erinnerung nicht trog. Er hatte sein Herz vor langen Jahren an italienischen Chardonnay aus dem Trentino verloren, aber noch immer nicht gelernt, bei einer guten Unterhaltung die Zahl der Gläser im Auge zu behalten. Meistens rächte sich das am nächsten Tag.

Und an ein Du konnte er sich ebenfalls nicht erinnern. Immerhin lag er auf einer Couch unter einem schönen englischen Plaid und war voll bekleidet.

Krüger stand auf, zog seine Schuhe an und ging ins Bad.

Carmen rief aus der Küche: »Geh ruhig duschen. Frühstück ist gleich fertig.« Anscheinend war sie trinkfester als er.

Krüger kam zehn Minuten später deutlich erfrischt und mit reduzierten Kopfschmerzen in die Küche. Carmen hatte den kleinen Tisch hübsch gedeckt, es gab Servietten, frische Brötchen und Sekt.

Krüger stöhnte. »Nicht schon wieder Alkohol. Wußtest du, daß viel mehr Leute durch Al-Kohol als durch Al-Queida umgekommen sind?«

Carmen lachte. »Ein Gläschen, und dein Pegel ist wieder auf Normal-Null. Du wirst sehen.«

»Was ist denn überhaupt passiert?« Krüger gähnte.

»Überhaupt nichts.«

Das Lächeln sah heute morgen noch schöner aus.

»Wir haben die eine Flasche zum Käse ausgetrunken und dann eine zweite bestellt. Irgendwie war die dann auch alle. Und dann wolltest du noch einen Malteser und anschließend einen Grappa.«

Das erklärte natürlich einiges.

»Und weil ich um die Ecke wohne und du nicht mehr so ganz *straight* laufen konntest, habe ich mir die Freiheit genommen, dich hier aufs Sofa zu legen. Polizeikommissare sind in der Regel harmlos, glaube ich. Immer mache ich das nicht!«

Krüger sah sie freundlich an. Eine bemerkenswerte Frau, dachte er.

»Wie spät ist es überhaupt?«

»Kurz nach zehn. Was mußt du denn heute noch machen?«

Krüger antwortete mit vollem Mund. »Ins Präsidium, die Ergebnisse der Spurensicherung durchlesen und dann überlegen, wie es weitergehen soll. Außerdem muß ich mich nach meinem Kollegen erkundigen, mit dem ich sonst die Ermittlungen zusammen durchführe. Leider liegt er seit zehn Tagen in der Uniklinik, Hausarbeit und dann von der Leiter gefallen. Und ich muß meinen Chef anrufen. Wundert mich sowieso, daß er sich noch nicht gemeldet hat. Mein Mobiltelefon ist immer eingeschaltet.«

»Außer, wenn der Akku leer ist«, sagte Carmen und deutete auf das flache Gerät, das neben dem Brotkorb lag.

»Wenn das man keinen Ärger gibt!« sagte Krüger und stand auf. »Vielen Dank für alles. Ich versuche, mich mal zwischendurch zu melden, wenn ich darf.«

Carmen sah etwas traurig aus; vielleicht hatte sie insgeheim auf einen Vormittag zu zweit gehofft. »Geht schon klar.«

Früher war die deutsche Sprache etwas einfacher gewesen; »Gerne!« hätte durchaus gereicht, dachte Krüger und schloß die Wohnungstür hinter sich.

Hinter dem linken Scheibenwischer seines Autos steckte ein Knöllchen. Krüger nahm den Strafzettel, knüllte ihn zusammen und warf ihn in den nächsten Vorgarten. Die meisten Auseinandersetzungen mit dem Bonner Ordnungsamt hatte er bislang für sich entscheiden können. Nach dem Skandal um das WCCB war er sich aber nicht mehr ganz so sicher, was seine Erfolgschancen angingen. Die Stadt brauchte jeden Cent.

Krüger fuhr zu seiner Junggesellenwohnung in der Adolfstraße, parkte – es war samstags – die Einfahrt zum türkischen Supermarkt im Nachbarhaus zu, der merkwürdigerweise geschlossen hatte, und ging in seine Wohnung. Sie lag im zweiten Stock über einer Bäckerei. Wie immer roch es im Treppenhaus nach frischen Brötchen und anderen leckeren Dingen. Krüger liebte diesen Geruch; wahrscheinlich war er einer der Gründe, weshalb er nach zehn Jahren noch immer hier wohnte und noch nicht wie viele seiner Kollegen ins Bonner Umland gezogen war. Oben steckte er den leeren Akku des Mobiltelefons ins Aufladegerät, einen neuen ins Telefon und zog seine schwarze Lieblingsjeans von Jokers an. Dann wählte er die Nummer seines Chefs.

»Krüger hier.«

»Das sehe ich«, sagte die wie immer leicht gereizt klingende Stimme von Kriminaloberrat Walther »mit TH« Langenargen. »Wieso waren Sie nicht zu erreichen? Wir haben Sie heute morgen bei der Großen Lagebesprechung um halb neun vermißt.«

»Kein Strom vielleicht?« sagte Krüger.

»Schon wieder kein Saft in der Nordstadt?« versuchte sich Langenargen an einem Witz.

»Nein, der Akku war leer.«

»Und das Festnetz?«

»Die übliche Störung«, log Krüger. »Unten ist der Bürgersteig immer noch aufgerissen. Die suchen immer noch die Ursache, warum die alte Frau Schmitz von gegenüber kein Telefon hat.«

»Lassen wir das mal. Was haben Sie denn bis jetzt herausgefunden?«

Krüger informierte ihn über die Vernehmung der studentischen Hilfskraft und die der Sekretärin, verschwieg jedoch die Dauer der letzteren. »Und jetzt wollte ich versuchen, die Privatdozentin Dr. Nicole Metzig zu erreichen, falls sie nicht kurz vor dem Ural steckt.«

Langenargen war irritiert. »Was will sie denn in Rußland?«

Krüger amüsierte sich insgeheim. »Die Dame hat nur ein Zimmer in Bad Godesberg. Ansonsten muß ich zu ihrem ersten Wohnsitz eine Dienstreise nach Brandenburg machen.«

Langenargen pfiff den Refrain von »Brandenburg«.

Manchmal war sein Chef doch zu genießen, fand Krüger.

»Rufen Sie mich an, wenn es etwas Neues gibt.« sagte Langenargen und legte auf.

»Jawohl, Chef«, sagte Krüger in die leere Leitung. Fast hätte er salutiert.

Krüger entschloß sich, einen Umweg über das Polizeipräsidium in Beuel zu machen und erst danach nach Bad Godesberg zu fahren.

Die Parkplatzsuche heute morgen war nicht so langwierig wie sonst. In der Woche mußte man gefühlte zehn lange Minuten zusätzlich einkalkulieren, weil die Anwohnerstraßen rund ums Präsidium zugeparkt waren, gar nicht einmal von den Anwohnern, sondern von den Angestellten und Beamten der Polizei. An das Desaster bei der Fertigstellung der Tiefgarage inklusive Verletzten wollte er lieber nicht denken.

Er nahm die Treppen zu seinem Bürozimmer im Laufschritt, wo er – wenigstens das hatte er seinen Mitarbeitern beibringen können – auf seinem Schreibtisch bereits das Ergebnis der Spurensicherung und einen vorläufigen Bericht des Rechtsmediziners vorfand. Beides überraschte ihn nicht.

Professor Minski war vor seinem Tod gewürgt worden; daß es Streit und mindestens eine Rangelei gegeben hatte, war an Blutergüssen an den Handgelenken und am Hals sichtbar. Gestorben war er dann an den Folgen des Sturzes aus dem zweiten Stock: Schädelbasisbruch, mehrere Knochenbrüche und innere Verletzungen. Die Obduktion würde noch weitere Aufschlüsse bringen.

Die Spurensicherung hatte nichts Auffälliges finden können; die Auswertung der gefundenen Fingerabdrücke stand noch aus, ebenso die Untersuchung des dienstlichen Computers des Professors.

Krüger überflog die noch handschriftlich erstellte Liste der Kollegen bei der Mordkommission »Promi«. Es dauerte einen Moment, bis er begriff. Irgendein Witzbold hatte »Professor Minski« abgekürzt. Wahrscheinlich war es Farnschläger, der für seinen Humor oder das, was er dafür hielt, berüchtigt war. (»Wo Farnschläger hinhaut, wächst kein Farn mehr.« Dieser Satz eines Kollegen war allerdings auch nicht viel besser.) Dafür konnte Farnschläger sehr gut organisieren und war im Umgang mit dem Internet unschlagbar. Wie erwartet, lag der akademische Werdegang von Minski bei, am Ende versehen mit Farnschlägers Kürzel. Auch hier nichts Neues.

Weitere Namen auf der Liste der Mordkommission waren Kriminaloberkommissar Markus Schneider in Vertretung von Kriminaloberkommissar Dolf Mesmer; der Vermerk zu ihm lautete »leitersturzbedingt dienstunfähig« – manchmal war Behördendeutsch durchaus erheiternd. Kriminalhauptkommissarin Dr. Simone Winterthur, Kriminaloberkommissar Peter Paulsen (in Husum geboren und stolz darauf), Kriminalkommissar Manfred Schumacher, der erst seit dem ersten April in Bonn arbeitete, und Kriminalkommissar Harald Kaul waren die weiteren Mitglieder der Mordkommission. Was auch reichte, fand Krüger; mehr Leute behinderten sich nur gegenseitig. Er arbeitete am liebsten allein. Unten entdeckte er noch drei in einer anderen Handschrift hinzugefügte Namen von Kommissaren aus anderen Abteilungen. Professor Minski war wohl doch so wichtig, daß die Chefetage eine Mordkommission von zehn Leuten gegenüber den sonst üblichen acht beschlossen hatte.

Anscheinend waren alle schon wieder aus- beziehungsweise noch nicht eingeflogen. Das erfahrene Team kam auch ohne ihn klar. Und die nächste Dienstbesprechung war erst für heute nachmittag um vier angesetzt, wie er aus dem Vermerk seines Chefs ersah. Montag hätte durchaus gereicht, fand Krüger, aber wie man ja wußte, waren die ersten achtundvierzig Stunden bei einer Mordermittlung stets kritisch.

Krüger seufzte und ging zu seinem Auto zurück.

»Was machst du denn am Samstag hier?«

Krüger drehte sich um.

Polizeioberkommissarin Angelika Winterstein kam hinter ihm hergelaufen. Sie schob ihr Fahrrad, mit dem sie jeden Tag aus Mehlem nach Beuel fuhr. Sie hatte die Beine ihrer Stoffhose wie üblich mit zwei Wäscheklammern versehen, damit sie nicht an die Fahrradkette gerieten. Den schwarzen Pullover kannte er schon seit Jahren. Mit der Gehaltsstufe A 10 im Öffentlichen Dienst kam man eben nicht so weit. Krüger fand, daß jahrzehntelange Zugehörigkeit zu einer Dienststelle durchaus etwas mehr Geld bedeuten müsse. POK Winterstein war als Sachbearbeiterin eingesetzt – Akten-, nicht Wasserträgerin, dachte Krüger. Er versuchte, freundlich zu bleiben. Angelika Winterstein galt als das Schwarze Brett seiner Abteilung und des ganzen Präsidiums; man mußte vorsichtig sein, was man ihr sagte. Manchmal konnte man jedoch auch zügig über sie Informationen in Umlauf bringen. Desinteresse an allem konnte man ihr wirklich nicht vorwerfen; der gemeine Rheinländer kannte für sie und ihresgleichen den schönen Begriff »Schwaadlappe«.

»Post erledigen. Mein Notebook ist kaputt.« Wenn Krüger zuviel sagte, landete das manchmal sogar in der Lokalpresse.

»Bist du mit Minski befaßt?«

Woher wußte sie denn das schon wieder?

»Ja, aber wir haben noch nichts Brauchbares gefunden. Ich halte dich auf dem Laufenden.«

»Oh, das ist ja sehr nett von dir. Dann noch einen schönen Tag«, sagte sie und schloß ihr Fahrrad an.

Krüger kam eine Idee.

»Kannst du vielleicht rauskriegen, ob Minski in Bonn in irgendwelchen Vereinen, Verbänden und dergleichen war? Wäre hilfreich.« Mal sehen, ob Montag was in der Zeitung stand.

»Geht schon klar.« Aus Carmen Rasches Mund hatte das irgendwie netter und authentischer geklungen.

Krüger schlug die Fahrertür zu und fuhr los.

In der Lukas-Cranach-Straße in Bad Godesberg hatte Frau Dr. Metzig ein Zimmer zur Untermiete. Die Straße war eine Sackgasse mit Stichwegen zu Reihenhäusern aus den siebziger Jahren und etwas größeren Gärten, als es heute üblich war. Der Asphalt war aufgerissen, so daß Krüger vor der Einmündung parken mußte. Das kleine Stück zur Nr. 103 ging er zu Fuß. »Weber« und »Dr. Metzig 2x« las er auf dem Klingelschild.

Gehorsam klingelte er zweimal.

Keine Reaktion.

Krüger klingelte einmal.

Die Tür wurde aufgerissen, so daß Krüger beim unwillkürlichen Zurücktreten fast gestolpert wäre. Eine ältere Frau stand in der Tür und musterte ihn von oben bis unten.

»Frau Dr. Metzig ist nicht da. Zu der wollten Sie doch?«

Krüger verzichtete darauf, sich auszuweisen, und sagte stattdessen freundlich: »Wann kann ich sie denn erreichen?«

»Die läuft gerade unten am Rhein. Macht sie häufiger. Sie können gerne warten; sie müßte eigentlich um zwölf wieder hier sein. Eine Tasse Kaffee?«

»Danke«, sagte Krüger und folgte der Vermieterin in die Küche, die links vom Eingang lag. Er setzte sich an den kleinen Tisch, an dem zwei unterschiedliche Stühle standen. Die Küche selber war älter, aber gut gepflegt. Krüger bemerkte zwei Ringe am Ringfinger von Frau Weber und schloß daraus, daß sie wohl ihre Rente mit der Zimmervermietung aufbessern mußte.

»Seit wann wohnt Frau Dr. Metzig denn bei Ihnen?«

»Ich glaube, schon fast zwei Jahre.«

»Seit Antritt ihrer Stelle an der Uni? Zum Sommersemester 2008?«

»Das kann gut sein. Ich kann das aber nicht genau sagen.«

»Vielleicht steht es im Mietvertrag?« Krüger konnte gemein sein.

Frau Weber wurde rot, sagte aber nichts. Soviel zu Rentenanpassungen, dachte Krüger. Er nahm einen Schluck aus der Tasse und versuchte gleichzeitig, die Luft anzuhalten, so stark war der Kaffee. Der Löffel konnte fast darin stehen – Witwenkaffee, damit das Herz in Gang kam.

»Kommen Sie denn mit Dr. Metzig klar?«

»Sie ist immer nett zu mir. Ab und zu bringt sie Blumen mit. Manchmal essen wir zusammen.«

Die karikative Ader der Privatdozentin hatte man ihm bisher verschwiegen.

»Haben Sie Ihren Chef mal gesehen?«

»Nein, außer einem jungen Mann mit Locken und Ihnen war hier noch nie ein Herr.«

Frölig, dachte Krüger. Wahrscheinlich nur ein harmloser Botengang.

»Ist Frau Dr. Metzig jedes Wochenende hier?«

»Nein, sie fährt oft nach Hause, zu ihren Eltern. Aber – Sie fragen fast wie der Kommissar im Fernsehen.«

Allmählich wurde Frau Weber doch mißtrauisch.

Die Haustür wurde aufgeschlossen, und eine junge Frau kam in die Küche, blieb aber irritiert stehen, als sie Krüger entdeckte. »Oh, ich wollte nicht stören.« Sie drehte sich um, aber Krüger stand auf und sagte: »Ich bin Ihretwegen da.«

Frau Dr. Metzig sah hilfesuchend zu Frau Weber. »Ich muß erstmal duschen. Könnten Sie …«

»Der Herr kann gerne im Wohnzimmer warten«, sagte Frau Weber.

»Was wollen Sie überhaupt?« fragte die Privatdozentin ziemlich spitz.

»Krüger, Kriminalpolizei«, sagte er in seinem Dienstton.

Frau Weber wurde blaß.

»Keine Sorge«, sagte Krüger, »ich komme wegen Professor Minski, Frau Dr. Metzigs Chef.«

»Ich beeile mich.« Frau Dr. Metzig verließ die Küche und lief über die Treppe nach oben.

Krüger folgte der Vermieterin ins Wohnzimmer. Ihren fragenden Blick beantwortete er mit: »Es tut mir leid. Kein Kommentar.«

»Nehmen Sie doch Platz. Ich muß in die Küche, Essen vorbereiten. Ihren Kaffee bringe ich gleich mit dem von Frau Dr. Metzig.« Sie ließ ihn alleine.

Krüger sah sich im Wohnzimmer um. Alles war aufgeräumt und sauber. Der alte Ohrensessel hatte auf den Armlehnen Schondeckchen; auf dem Couchtisch stand eine Vase mit weißen Tulpen; der Teppich sah etwas abgelaufen aus. Er betrachtete gerade den Inhalt des einzigen schmalen Bücherregals, als die Wohnzimmertür energisch aufgestoßen wurde. Frau Dr. Metzig kam herein, gefolgt von Frau Weber mit einem Tablett, auf dem sich drei Tassen Kaffee befanden.

Krüger wartete, bis zwei Tassen auf dem Couchtisch standen, dann sagte er: »Vielen Dank. Wenn Sie uns jetzt bitte alleine lassen.«

Frau Weber verschwand etwas beleidigt. Krüger glaubte jedoch nicht, daß sie hinter der Tür stand und lauschte. Er musterte Frau Dr. Metzig: Kurze, fast schwarze, noch feuchte Haare, Strumpfhose, kurzer Rock, schwarzes T-Shirt, bunte Wolljacke, kein Schmuck. Dafür war sie etwas geschminkt und duftete dezent.

»Und?« Mehr sagte sie nicht. Sie machte auch keine Anstalten, sich hinzusetzen. Krüger bot ihr einen Platz über Eck an. Das hatte er bei der letzten Fortbildung zu Körpersprache gelernt: Man erfuhr mehr, wenn das Gegenüber neben oder schräg neben einem saß und nicht den Eindruck hatte, es würde noch über den Tisch gezogen werden im Laufe der Unterhaltung.

»Wann haben Sie Professor Minski zuletzt gesehen?«

»Darf ich mal Ihren Ausweis sehen?« war die Gegenfrage.

Krüger holte seinen Dienstausweis aus seiner Brieftasche, den sie ausführlich durchlas.

»Aha, Jahrgang 1965. Dann sind Sie ja nur unwesentlich jünger als Professor Minski.« Sie lächelte nicht.

Zehn Jahre waren machmal ein ganzes Leben, fand Krüger, und Minski, Jahrgang 1955, sah auf seinem Paßfoto so alt aus, daß er durchaus sein Vater hätte sein können. Krüger hielt sich für jünger, als er aussah, aber wenn man jeden Morgen die Falten des Lebens und der harten Fälle im Spiegel sah, sah man irgendwann nur noch das, was man sehen wollte. Aber Krüger *fühlte* sich jünger als er war, und *das* zählte, glaubte er jedenfalls.

»Und Sie? Sie werden doch bestimmt noch von allen geduzt.«

Da hatte er ihren wunden Punkt entdeckt.

»Im Gegenteil«, fauchte Frau Dr. Metzig. »Seit ich den Doktortitel habe – und den habe ich, seit ich sechsundzwanzig bin –, hat mich niemand mehr geduzt. Schon gar nicht, seit ich mit knapp einunddreißig Privatdozentin geworden bin mit einer Arbeit zum Thema ›Die Gerechtigkeit des Theologen unter besonderer Berücksichtigung der evangelischen Fakultäten‹«.

Krüger fragte sich, ob sich seit 1944 bei Aufsatz- und Buchtiteln nichts geändert hatte. Schießlich war er Cineast und konnte »Die Feuerzangenbowle« auswendig. Einige Male war er sogar zu den inzwischen legendären Vorführungen des Films in Hörsaal I der Universität gegangen.

»Also noch einmal«, sagte Krüger. »Wann haben Sie Professor Minski zuletzt gesehen?«

»Freitag vor seiner Vorlesung. Wir haben meinen Aufsatz zur Ethik bei Facebook-Profilen besprochen und die Tagesordnung der Fakultätsratssitzung in der kommenden Woche.«

»Ist Ihnen irgendetwas Besonderes aufgefallen?«

»Professor Minski war müde. Aber wenn man auf die Sechzig zugeht ...« Wieder kein Lächeln.

»Bedrückte ihn irgendetwas? War er geistesabwesend? Oder war er im Gegenteil aufgekratzt und fröhlich?«

»Nein. Nichts von allem«, sagte Dr. Metzig.

Krüger versuchte, sie bei ihrem Ehrgeiz zu packen. »Aber Ihnen als junger aufstrebender Theologin entgeht doch bestimmt nichts?«

»Auch wenn Sie versuchen, sich einzuschmeicheln: Ich habe nichts gesehen, nichts gehört, nichts ...« Sie verstummte.

Krüger fühlte sich an die drei Affen erinnert. Er stand auf und verabschiedete sich. Seinen Kaffee hatte er nicht wieder angerührt. Er grüßte Frau Weber, die mit einem Geschirrtuch in der Hand in der Küchentür stand, und öffnete die Haustür.

Hinter ihm sagte Frau Dr. Metzig: »Warten Sie. Da war doch noch etwas. Vor zehn Tagen hat jemand nach ihm gefragt.«

Krüger drehte sich um. »Mögen Sie mich zum Auto begleiten? Frische Luft tut gut.«

Dr. Metzig warf eine leichte Windjacke über, die an der Garderobe hing, und folgte ihm.

»Vermieter müssen nicht alles hören, auch wenn ich Frau Weber zuerst einen Schreck eingejagt habe, weil sie dachte, ich käme vom Finanzamt, der Zimmervermietung wegen.«

Jetzt errötete Frau Dr. Metzig. »Gibt es Amtshilfe zwischen der Kripo und dem Finanzamt? Ich wollte Frau Weber nur unterstützen; sie hat wirklich eine schmale Rente.«

Krüger sagte: »Nichts, was mich interessiert. Also: Wer hat nach Professor Minski gefragt?«

»Ein Mann, circa fünfzig, etwas größer als ich, etwas kleiner als Sie. Er hinkte leicht auf dem linken Bein, fast nur ein Gehfehler, braune Haare, runde randlose Brille, Bluejeans, braune Lederjacke, Cowboystiefel. Ach ja, ein ganz leichter Akzent. Vielleicht Englisch?«

Krüger war sprachlos.

»Eine bemerkenswerte Beobachtungsgabe.«

Frau Dr. Metzig lächelte bescheiden. »Ich habe früher jedes *Memory*-Spiel gewonnen, und meine Beobachtungsgabe versuche ich mit regelmäßigem Gedächtnistraining auszubauen. Es reizt mich einfach, sie manchmal unter Beweis zu stellen.«

»Kannten Sie den Mann?«

»Nein, und gesehen habe ich ihn auch noch nie.«

Krüger schloß seine Autotür auf. »Was hat er denn gesagt?«

»Wo finde ich Professor Minski? Ich bin ein alter Freund.«

* * *

Sonntag, 27. April. *Seit einer halben Stunde bin ich wieder zuhause. Ja, zuhause. Das ist jetzt in Bonn und nicht mehr in Gummersbach bei meinen Eltern. Die haben sowieso nur ihre Firma und ihre Empfänge im Kopf. Mann, wie mir das zum Hals heraushängt! Und etwas fürs Studium geschafft habe ich dort auch nicht. Stattdessen konnte ich den Rasen mähen, weil mein großer Bruder nicht zu Hause war. Wie in alten Zeiten, als ich noch aus der Schule kam: Die Haushälterin hatte das Essen vorbereitet, meine Eltern waren gestern und heute vormittag auf einer Messe in Köln, und ich war alleine. Ich frage mich, warum ich überhaupt nach Hause gefahren bin, wenn sich keiner für mich interessiert. Wenigstens Gabriele war da, aber diese Kindergartenfreundschaft ist merklich abgekühlt, seit ich studiere. Mal sehen, vielleicht rufe ich M. an, dann können wir noch etwas trinken gehen. Vielleicht auch nicht; meine italienische Großmutter hat immer gesagt, ich soll mich rar machen. Bin gespannt, wo das hinführt!*

4

Freitag, 14. Mai 2010 – Oxford

Blackmore grüßte den diensthabenden Sergeanten und ging einen Stock höher in sein Zimmer. Er schaltete seinen Rechner an und machte ein Gedächtnisprotokoll seiner Unterhaltung mit Margaret Dunwood. Schuberts Freundin hatte ihm den Vornamen seines Bruders nennen können, nicht aber dessen Adresse.

Google ist dein Freund, dachte Blackmore und ging ins Internet. »Johannes Schubert, Bonn« brachte ungefähr 153.000 Treffer, von denen wahrscheinlich 97% bei genauerer Suche wegfielen. »Johannes Schubert, 1859–1947« war schon mal falsch. Blackmore seufzte. So kam er nicht weiter. Vielleicht hatte er in Schuberts Privatwohnung in Jericho mehr Glück.

Er betrachtete den Stapel mit zu erledigender Dienstpost und den Stapel aktueller Fallakten. Er überlegte und rief dann seinen Kollegen an, der – herzklappenbedingt – ruhiger treten sollte und nur noch zehn Monate bis zur Pensionierung vor sich hatte. Praktisch war DC Fred Moreland freigestellt.

»Freddie, was macht deine linke Klappe?« Das war der Standardwitz; der Detective Constable hatte eine völlig intakte linke Herzklappe; die rechte war altersschwach gewesen und ausgetauscht worden.

»Danke, leiert etwas in den Angeln.« Die Standardantwort. »Was gibt's?«

»Ich habe einen neuen Todesfall, ein Mitglied der Universität. Kannst du mir ein paar Akten abnehmen?«

»Natürlich. Pro Akte zwei Pints im *Eagle and Child*.«

Blackmore grinste. »Das reicht dann, um deinen Pegel dem der letzten großen Überflutung der Wiesen beim New College anzugleichen. Geht klar. Ich lasse sie dir hinüberbringen, die Akten, meine ich.« Er legte auf und ging zu seinem Auto.

Mit dem Navigationssystem fand Blackmore rasch Friedrich Schuberts Haus, ein kleines Arbeiterhaus über zwei Stockwerke, eingeengt zwischen genau gleich aussehenden Häusern. Etwas mehr Individualität und etwas weniger Uniformität hätte seinen Landsleuten gut gestanden, fand Blackmore. Andererseits ging inzwischen bei vielen neuen Wohnvierteln, die um die Großstädte wuchsen, alles drunter und drüber; schön sah das alles nicht mehr aus. Da fand er noch die Architekturideen von Prinz Charles besser, der mit Poundbury, an dessen Entwurf und Planung er zusammen mit dem Architekten maßgeblich beteiligt gewesen war, bewiesen hatte, daß auch ein erst in den letzten zwanzig Jahren errichteter Stadtteil gewachsen aussehen konnte. »Zuckerbäckerstil« – diesen Vorwurf wollte er allerdings nicht auf Prinz Charles' und seinem Geschmack sitzen lassen.

Am Eingang wartete schon der polizeiinterne »Schlüsseldienst«, der heute aus seinem alten Kollegen Harry Ness bestand. Harrys Haare waren zur Gänze verschwunden, weshalb er auf dem Revier nur »hairless« hieß.

Harry schloß auf, was etwas umständlicher ging, da Schubert sein Haus mit immerhin drei Schlössern und der üblichen Alarmanlage hinter der Haustür gesichert hatte. Die Alarmanlage war ebenfalls schnell außer Gefecht gesetzt.

»Brauchst du mich noch?«

»Nein, geh ruhig nach Hause. Ich will mir hier Zeit lassen. Vielleicht finde ich etwas.«

Harry nickte und ging.

Blackmore betrat das Wohnzimmer und sah sich um. Ein typisches Junggesellenzimmer, fand er. Bei ihm zuhause sah es manchmal ähnlich aus: diverse Bücherstapel auf dem Fußboden und auf einem dunkelroten Ledersofa, das Blackmore ziemlich geschmacklos fand. Ein Stapel Zeitungen und Zeitschriften, die meisten davon das *Times Literary Supplement*. Eine Flasche Rotwein (halb voll), ein benutztes Weinglas (ganz leer). Ein alter Fernseher mit Zimmerantenne, eine alte Akai-Stereoanlage – Schubert war definitiv nicht an den neuen Medien interessiert. Ein verschlissener Teppich auf den Dielen, die auch schon bessere Zeiten gesehen hatten und abgeschliffen werden mußten. Eine alte Stehlampe mit Papierschirm, wie man sie nach dem Krieg aus alten Ofenrohren gefertigt hatte. Mehrere Stahlstiche an der Wand. Blackmore erkannte das Brandenburger Tor in Berlin und das Magdalen College in Oxford. Ein barockes Schloß hielt er für die Universität Bonn, da Schubert augenscheinlich Stiche aus seinen Lehrorten aufgehängt hatte.

Blackmore ging in die Küche. Hier war es einigermaßen aufgeräumt. In der Spüle stand nur das Frühstücksgeschirr. Der Kühlschrank war ziemlich leer. Einige ältere Äpfel warteten auf einem Teller.

Die Treppe nach oben war ausgetreten, einige der Teppichstangen aus Messing aus ihrer Halterung gerutscht, und der Teppich warf Falten. Oben wiederholte sich der Junggeselleneindruck: ein einigermaßen sauberes Bad mit einem Flokati-Teppich und zwei Schlafzimmer, das eine mit einem Doppelbett ausgestattet, das andere in ein kleines Arbeitszimmer umgewandelt. Die Tagesdecke auf dem Doppelbett war angestaubt, was Margaret Dunwoods Aussage bestätigte, daß Schubert und sie mehr oder weniger zusammen in Woodstock gelebt hatten.

Blackmore wandte sich dem Arbeitszimmer zu. In einem Wandregal standen etwa zehn Aktenordner, alle säuberlich beschriftet, alle jeweils vier Semester umfassend, was den zwanzig Jahren entsprach, die Schubert in Oxford gelehrt und geforscht hatte. Ein flüchtiger Blick in zwei der Aktenordner zeigte, daß sie nur die gehaltenen Vorlesungen und Seminare von Professor Schubert enthielten. Weitere Aktenordner besaßen handschriftliche Etiketten wie »Korrespondenz«, »Korrespondenz privat«, »Studium«, »Versicherungen«, »Diverses« oder »Fotos«. Schubert schien ein planvoller Mensch gewesen zu sein.

Der Ordner »Diverses« enthielt in Klarsichthüllen Tagebücher in Heftform und einen Stapel mit Briefen, die mit einem roten

Band umwickelt waren. Blackmore legte den Ordner zur Seite und durchblätterte den nächsten Ordner, »Fotos«. Es soll ja so etwas wie Fotoalben vor dem digitalen Zeitalter gegeben haben, dachte er; das hier war anscheinend der Ersatz: auf gelochter Pappe aufgeklebte Bilder von Urlaubsreisen, Exkursionen (erkenntlich an jungen Leuten mit Schubert in der Mitte vor europäischen Kirchen), Weihnachtsfeiern – alles säuberlich beschriftet. Der Ordner begann mit »Studium WS 1974«. Blackmore durchblätterte die Seiten und stutzte plötzlich. Das Bild mit der Unterschrift »Seminarfete Juli 1975« fehlte. Es war mit Gewalt herausgerissen worden, so daß die glänzende Rückseite in kleinen Teilen noch auf der Pappe haftete.

Blackmore legte den Ordner mit spitzen Fingern weg und überlegte, wer das Bild an sich genommen haben könnte, vor allem nach so langer Zeit. Der Herausriß sah frisch aus. Er beschloß, den Ordner von der Spurensicherung auf Fingerabdrücke untersuchen zu lassen, besonders die Klarsichthüllen, in denen die Einzelseiten aufbewahrt wurden.

Auf dem Schreibtisch lagen einige alte Zeitungen und ein neuer Schreibblock. Ein Bilderrahmen zeigte eine Aufnahme von Margaret Dunwood, anscheinend fünf Jahre jünger.

Mehr war nicht zu entdecken.

Blackmore rief die Spurensicherung an. Erfreulicherweise tauchten zwanzig Minuten später nicht The Monks auf, die sich wahrscheinlich in Woodstock Zeit ließen, sondern die Damen Hethercott und Blackfriar. Letztere war ein hübsches Mädchen, wie er fand, aber sie litt sehr unter ihrem Nachnamen, der sie dem Spott von Whitefriar & Nun aussetzte.

Blackmore bat um Fingerabdrücke von allen relevanten Orten, wies auf die Ordner hin und deren anschließende Übergabe an ihn und beschloß, daß der tote Professor bis Montag warten konnte. Vielleicht kam er noch rechtzeitig zum zweiten Akt. Shakespeare war wichtiger.

Rosie wohnte im Oxforder Stadtteil Headington, von wo aus sie mit dem Fahrrad schnell in die Innenstadt gelangen konnte. Sie hatte sich umgezogen, blauer Rock und weiße Bluse waren verschwunden, und sie sah entschieden mehr nach Wochenende aus. Statt den Bus zu nehmen und sogar umzusteigen, hatte sie ihren Drahtesel vorgezogen und war das Stück zu Cornelia Stockports Adresse auf zwei Rädern gefahren. Die Nicholson Road lag ruhig da; der Feierabend hatte begonnen. Von irgendwo her hörte sie Kinderlachen; irgendjemand hatte tatsächlich seinen Gartengrill angeworfen, und irgendwelche Studenten hörten bei offenem Fenster laute Musik. Etwas früh für eine Party, dachte sie; zu ihrer Zeit mußte man nicht vor elf Uhr abends kommen. Sie schmunzelte innerlich: »Zu ihrer Zeit« war gerade neun Jahre her.

Die laute Musik kam tatsächlich von der gesuchten Adresse. Rosie klingelte. Nichts tat sich, was bei einem Studentenhaus auch kein Wunder war. Sie klingelte erneut, dieses Mal etwas länger. Beim dritten Mal ließ sie den Finger solange auf der Klingel, bis eine Stimme laut rief: »Tür ist offen.«

Natürlich, darauf hätte sie auch selbst kommen können. Zu ihrer Zeit – schon wieder! – war die Haustür nie verschlossen, was sie anfangs gestört hatte. Aber ihre Studentenbude lag im dritten Stock, und sie hatte sich nach kurzer Zeit daran gewöhnt, daß immer mal wieder jemand Neues in die Wohngemeinschaft schneite.

Der kleine Flur sah aus wie in vielen WGs: ein Schwarzes Brett mit Mitteilungen und dem Plan der Müllabfuhr, ein Papierkorb mit Werbepost, ein Mountain Bike, der nicht weggeräumte Schneeschieber vom vergangenen Winter und eine völlig überfüllte Garderobe.

Ein junges Mädchen kam aus der hinter der nach oben führenden Treppe liegenden Küche heraus, eine Schüssel mit Salat in der Hand.

»Suchst du Stan und Holly?«

Na bitte; sie sah noch nicht so alt aus, daß man sie siezen mußte.

»Nein, danke«, sagte Rosie, »weißt du, wo ich Connie finde?« Sie nahm an, daß auch die Mädchennamen abgekürzt wurden. Wobei Stan & Holly natürlich besser klang, als Stanley (definitiv Vorkriegszeit) und ...

Die Stimme des Mädchens riß sie aus ihren Gedanken.

»Connie? Die sitzt bestimmt wieder in ihrem Zimmer, entweder eine Fleißarbeit für ihren Chef oder *Coronation Street* auf Dose.« Rosie hatte der Dauerserie, die schon ihre Großeltern gesehen hatten, noch nie viel abgewinnen können – aber vielleicht schlug das Pendel bei der jungen Generation jetzt wieder zurück. »The Pendulum strikes back« – nein, der Kalauer war wirklich zu schlimm.

»Connies Zimmer?«

»Erster Stock, hinter dem Bad.«

Rosie bedankte sich und ging nach oben.

Die Musik wurde lauter, kam aber wohl doch aus dem Garten. Irgendwo stand bestimmt ein Fenster auf.

Das Bad war nicht zu überriechen – einer der Bewohner hatte anscheinend eine Vorliebe für ein schweres, mit Moschus versetztes Parfum. Die nächste Tür war geschlossen. Ein Zettel mit dem handschriftlichen Vermerk »Bitte nicht stören, lese gerade!« versuchte, unliebsame Besucher fernzuhalten.

Rosie klopfte.

Keine Antwort.

Auch ein zweites Klopfen brachte nicht das gewünschte Ergebnis. Rosie probierte die Türklinke und öffnete die Tür.

Ein Mädchen lag bäuchlings auf dem Bett, iPod-Kopfhörer in den Ohren, und beschrieb ein Blatt, das bereits – auch von weitem erkennbar – Verzierungen trug, ein paar gemalte Herzen, eine Blume und diverse Sterne. Das Fenster zum Garten stand offen. Draußen machte die Musik gerade Pause; dafür waren die Stimmen lauter geworden, und es qualmte.

Das Mädchen blickte auf, nahm die Kopfhörer aus den Ohren, stellte die Musik ab und grüßte.

»Was gibt's?«

»Sind Sie Cornelia Stockport?«

»Ja, aber …«

Rosie stellte sich vor. Wie immer hatte die Nennung ihrer Tätigkeit zur Folge, daß ihr Gegenüber aus einer legeren in eine formelle Haltung überging. Das Mädchen setzte sich auf die Bettkante, strich ihr Top über dem ausladenden Busen glatt und zupfte an der ausgeleierten Cargohose. Jedenfalls fand Rosie, daß Cargohosen immer ausgeleiert aussahen, und hatte deswegen noch nie eine anprobiert.

»Ich wollte Sie einiges zu Ihrem Chef fragen«, sagte Rosie.

»Wieso, ist irgendwas passiert?«

»Sagen Sie bloß, Sie haben noch nichts gehört.« Rosie fiel die wehende Gardine wieder ein. »Wo waren Sie denn heute mittag?«

»Na, hier natürlich. Freitags ist mein freier Tag. Meistens arbeite ich in der Woche liegengebliebene Sachen von meiner Tutorenstelle auf oder lese für mein Studium. Was ist denn eigentlich los?«

Rosie sagte es ihr.

Cornelia fing an zu weinen.

Rosie überlegte, ob sie sie in den Arm nehmen sollte, entschied sich dann aber dagegen; etwas professionelle Distanz – auch wenn sie ihr immer noch schwerfiel – war bestimmt ganz gut.

Cornelia angelte ein Papiertaschentuch aus ihrer Hose, schneuzte sich lautstark die Nase und sah Rosie an. »Wer soll denn so etwas getan haben?«

Rosie ignorierte die Frage und sagte stattdessen: »Wie war denn Ihr Verhältnis zu Ihrem Chef?«

»Nun, sehr gut, würde ich sagen, obwohl man sich selbst immer schwer beurteilen kann. Er war immer freundlich; die Arbeit für seinen Lehrstuhl hielt sich in Grenzen, und ich hatte viel Freiraum.«

»Haben Sie privaten Kontakt gehabt?«

Cornelia wurde rot und blickte zu Boden. »Wir sind manchmal mit anderen Studenten einen trinken gegangen.«

»Manchmal?«

»Donnerstags, abends, nach seinem Seminar.«

»Regelmäßig?«

»Im Semester eigentlich immer.«

»Wie spät wurde es denn so?« Rosie fand, daß es keine überflüssigen Informationen gab.

»So halb eins.«

Das war allerdings spät für einen älteren Professor, fand Rosie.

»Wo haben Sie sich denn getroffen?«

»Im *King's Arms*, Cornmarket, neben ...«

Rosie unterbrach sie. »Ich weiß, wo das ist. Und wie sind Sie dann nachts nach Hause gekommen?«

Cornelia wurde wieder rot. »Professor Schubert hat mich oft nach Hause begleitet. Er sagte, er wolle sicher sein, daß mir nichts passierte.«

Rosie beschloß, daß es fürs erste reichte. Sie wechselte das Thema.

»Seit wann arbeiten Sie denn für Professor Schubert?«

»Seit meiner Zwischenprüfung vor zwei Jahren. Ich habe einige Vorlesungen bei ihm gehört, und er hat mir dann die Tutorenstelle angeboten.«

»Hat er viele Kontakte in der Fakultät gehabt?«

Cornelia überlegte. »Eigenbrötler wäre etwas böse, aber er hielt schon sehr auf Distanz. Die üblichen dienstlichen Treffen, der Fakultätsrat, die eine oder andere Exkursion, ein runder Geburtstag – das Übliche eben. Ach ja, manchmal war er mit Professor Macdonnell zusammen, ähnliche Interessen, denke ich.«

Rosie schrieb sich den Namen auf und nahm sich vor, den Professor aufzusuchen.

»Hat er viel publiziert?«

»Sie meinen, ob er viel für sich allein war?«

Das Mädchen hatte wohl nicht ohne Grund ihre Stelle bekommen, mitdenken konnte sie jedenfalls, dachte Rosie. »Könnte man so sagen«, sagte sie.

Cornelia lächelte zaghaft. »Er hat schon veröffentlicht, Aufsätze, Vorträge, nur eben keine großen Standardwerke wie seine Kollegen. Und er war, nun, nicht direkt beliebt, aber angesehen, bei den Studenten und beim«, sie mußte erneut lächeln, »Lehrkörper.«

Rosie stand auf. »Das reicht wohl für heute. Hier ist meine Karte, falls Ihnen noch etwas einfällt.« Cornelia ließ die Visitenkarte achtlos aufs Bett fallen und erhob sich ebenfalls. »Ich glaube, ich muß an die frische Luft, eine Runde Fahrrad in die Stadt.« Sie nahm ihre Jacke vom Stuhl, schob Rosie fast zur Tür hinaus und hatte es auf einmal eilig, das Haus zu verlassen.

Rosie folgte ihr und beschloß, den angefangenen Abend im *Victorian Arms* fortzusetzen. Bevor die Zimmertür ins Schloß fiel, konnte sie an der Wand noch ein Gruppenfoto sehen, eine durchmischte Gruppe älterer und jüngerer Leute mit, wenn sie sich nicht täuschte, Professor Schubert, der eine fröhliche Cornelia im Arm hielt.

Blackmore wollte gerade seine Autotür abschließen, als sein Mobiltelefon klingelte. »Sympathy for the devil« war etwas zu laut eingestellt, zumindest hier vor dem Theater, so daß er schnell dranging.

»Chef, ich bin's«, hörte er Rosies fröhliche Stimme. »Wollen Sie nicht auf einen Pint ins *Victorian Arms* kommen? Dann können wir den aktuellen Stand austauschen.«

Rosies Englisch war auch schon mal besser gewesen, fand Blackmore. Er sah auf die Uhr. Zu Shakespeare würde er heute wohl nicht mehr kommen. »Ist gut, ich kann in zehn Minuten dort sein; die Straßen dürften um diese Uhrzeit frei sein.«

Elf Minuten später parkte er sein Auto auf dem Parkplatz vor dem Pub. Rosie saß auf der Rückseite des Gasthauses, dem Fluß zugewandt. Ihr Glas war zur Hälfte geleert, ihre Wangen machten ihrem Vornamen alle Ehre. John Blackmore setzte sich neben sie auf die Holzbank und stellte sein Real Ale vor sich auf den Tisch. »Was gibt's denn noch um diese Uhrzeit?«

»Chef, Sie haben doch immer gesagt, daß die ersten Stunden nach einem Mord am wichtigsten sind, und ehe wir uns in drei Tagen erinnern müssen, was heute passiert ist …«

»Sie haben ja recht, Rosie. Was 'rausbekommen?«

Rosie erzählte von der Unterhaltung mit der Sekretärin, Cornelia Stockports Befragung, dem Foto, ihrer Meinung, daß der verstorbene Professor sozialen Kontakten nicht ganz abgeneigt war, und von dem wehenden Vorhang im zweiten Stock.

Blackmore horchte auf. »Das bedeutet, daß der Täter vielleicht noch im Gebäude war! Ich werde die Spurensicherung um eine Nachtschicht bitten.« Er grinste wie ein ungezogener kleiner Junge, dem soeben ein Streich eingefallen war, fand Rosie. The Monks waren eben nicht *sehr* beliebt auf dem Revier. Blackmore wählte, sagte, was zu tun war, und beendete den Anruf mit einem ziemlich bestimmten: »Nun, dann klingeln Sie den Hausmeister eben aus dem Bett, wenn die Tür zu ist!« Er blickte Rosie an. »Vielen Dank fürs Hinsehen!« Ein ehrgeiziges Mädchen, dachte er, und dabei hübsch *und* freundlich.

»Und was haben Sie herausbekommen?« fragte Rosie.

Blackmore berichtete von seiner Begegnung mit Margaret Dunwood, der Wohnung des Professors und verschwieg auch nicht seinen Eindruck, daß Professor Dunwood auf die jüngeren Studentinnen eifersüchtig zu sein schien. »Also kommt noch einiges an Arbeit auf uns zu: Wir müssen ein Bewegungsprofil von Professor Schubert erstellen, sämtliche Fakultätsmitarbeiter befragen, seine Bankkonten kontrollieren, Verbindung zur Universitätsverwaltung aufnehmen, um seinen sozialen Status zu ermitteln …«

Rosie unterbrach ihn: »Das Wichtigste ist doch das Motiv, Sir. Fast immer kommt man mit den sieben Todsünden weiter: Gier, Eifersucht, Völlerei, äh …« Sie schwieg und sagte. »Da habe ich wohl gefehlt, als wir das durchgenommen haben.«

Blackmore hatte anscheinend nicht zugehört. »Ich habe heute noch gar nichts gegessen. Soll ich uns etwas bestellen?«

Rosie musste lachen. »›Völlerei‹ haben Sie aber noch gehört? Für mich bitte das beste Pubessen überhaupt, *Fish & Chips*.«

Blackmore kam von der Theke wieder und hatte zwei neu gefüllte Gläser in der Hand. Auf Rosies fragenden Blick sagte er: »Der örtliche Taxibetrieb soll auch leben.«

Wenig später aßen beide schweigend in die Dämmerung hinein ihr Essen und hingen ihren Gedanken nach. Plötzlich klingelte Blackmores Mobiltelefon. Er nahm ab, sagte zweimal »Was?«, dann »wir kommen sofort« und stand auf. Ernst sah er Rosie an: »Der Hausmeister hat im zweiten Stock der Fakultät eine Tote entdeckt.«

5

Pfingstsamstag, 22. Mai 2010 – Bonn

Krüger setzte sich in sein Auto und holte sein kleines Notizbuch heraus, um sich Stichworte zum Gespräch mit Frau Dr. Metzig zu notieren. Dann überlegte er, was er als nächstes tun mußte. Vielleicht war ein Besuch in Minskis Wohnung sinnvoll. Er blätterte zwei Seiten zurück, überflog seine Zeilen vom Vorabend, suchte aber die Privatadresse von Professor Minski vergeblich. Naja, er war schon ziemlich müde gewesen. Die Universitätsverwaltung hatte eine Fünf-Tage-Woche; sie kam also für eine heutige Nachfrage nicht in Betracht. Plötzlich mußte er lächeln. Ein dienstlicher Grund, um Carmen anzurufen! Er sah auf die Uhr. Keine anderthalb Stunden weg, und schon durfte er ihre Stimme wieder hören. Gar nicht eingebildet, dachte er von sich, paß auf – zu oft hatte er sich vorschnell etwas ausgemalt. Immerhin hatte er gestern im Weinhaus noch Carmens Telefonnummer aufgeschrieben. Er wählte und hörte nach dem dritten Klingeln ihre fröhliche Stimme: »21 36 51, hallo?«

Krüger grinste. »Mal in England gewesen?«

»Nein«, Carmen hatte seine Stimme sofort erkannt, »aber bei *Inspector Barnaby* melden sich immer alle so. Und ein bißchen anonym ist ja nicht falsch, weil, wenn man nicht weiß, bei ohne Kennung, wer dran ist.«

›ugs.‹ hätte bei dieser Art von Grammatik im Duden gestanden, dachte Krüger.

»Was verschafft mir die Ehre?« wollte Carmen wissen.

»Hast du Professor Minskis Privatanschrift?«

»Ich ja, aber er hat immer ein großes Geheimnis darum gemacht. Es gab sogar eine schriftliche Anweisung in meinem Dienstvertrag, keine Privatadressen und -telefonnummern weiterzugeben. Bad Honnef, Breitbacher Graben 124.«

Krüger seufzte. »Weiter weg ging wohl nicht.«

»Du kannst mit dem Telekom-Express hinfahren und das letzte Stück laufen. Etwas Bewegung schadet nie.«

Jetzt klang sie wie seine Mutter, fand Krüger. »Wenn du wüßtest, wieviele Kilometer ich im Jahr bei den Ermittlungen zu Fuß unterwegs bin.«

Carmen mußte lachen. »Und du kannst in der Bahn Akten durchlesen!«

Jetzt amüsierte sich Krüger, der in der Bahn viel lieber aus dem Fenster sah und seinen Gedanken nachhing. »Genau, unter jedem Arm einen vollen Ordner!« Andererseits war es vielleicht interessant zu erfahren, welche Haltepunkte an Professor Minskis Weg lagen; man konnte ja nie wissen. »Vielen Dank jedenfalls. Ich fahr dann mal los.«

Täuschte er sich, oder klang Carmens Stimme wieder etwas enttäuscht?

»Wie lange mußt du denn heute arbeiten?« Sie schien ihren ganzen Mut für diese Frage zusammenzunehmen.

»Möglichst lange und das Gleiche eigentlich morgen auch, Sonntag hin oder her. Die ersten Stunden nach einem Mordfall sind entscheidend. Aber«, Krüger machte eine Kunstpause, »manchmal muß ich auch etwas essen. Weißt du, ob das Weinhaus heute abend aufhat?«

Carmens Stimme klang jetzt noch fröhlicher als ohnehin schon. »Hat es, aber vielleicht ist es sinnvoller, das Lokal zu wechseln. Du erinnerst dich, der Kellner.«

Krüger fand irgendeine anzügliche Bemerkung im Nebel seiner Erinnerung. »Du hast vollkommen recht. Kennst du das *La Vita* in Kessenich?«

»Kannst du mich abholen? Um sieben?«

Krüger mochte Frauen, die wußten, was sie wollten. »Okay. Ich warte im Auto.«

Er legte auf und startete den Motor.

Im Polizeipräsidium ging er in sein Zimmer und nahm Professor Minskis Schlüsselbund an sich, den die Spurensicherung ihm gestern abend übergeben hatte.

Auf dem Flur traf er das Schwarze Brett wieder. Krüger hatte den Spitznamen einmal in Gegenwart der Gleichstellungsbeauftragten verwendet, was ihm anschließend mehrere anstrengende Minuten bei seinem Chef eingebracht hatte.

Angelika Winterstein strahlte ihn an und sagte: »Nirgendwo!«

Krüger guckte irritiert.

»Was meinst du?«

»Minski ist in keinem Verein Mitglied, weder bei den Rotariern, noch im Lions Club, nicht bei den Johannitern, den Maltesern, der Kardinal-Höffner-Gesellschaft, der Stiftung Deutscher Denkmalschutz, noch …«

Krüger unterbrach sie: »Wie um alles in der Welt hast du das an einem Samstagmorgen herausgefunden?«

Angelika Winterstein strahlte weiter. »Wegen der Rotarier habe ich Langenargen gefragt; im Lions Club kenne ich die Regionalsekretärin, die Krankenhäuser sind immer besetzt – als ich Polizei sagte, bekam ich sofort Auskunft; bei der Kardinal-Höffner-Gesellschaft kenne ich diesen schwarzen CDU-Journalisten, die Anfrage war allerdings sinnlos, weil Kardinal Höffner katholisch war und Minski evangelisch, und bei der Stiftung Deutscher Denkmalschutz …«

Krüger unterbrach sie etwas unfreundlich; mehr wollte er über funktionierende Netzwerke nicht wissen. »Vielen Dank, Angelika. Wenn du noch mehr herausfindest …«

»Ein Bier?«

Jetzt guckte Krüger ziemlich irritiert. »Wir sind hier nicht in England, wo der Dienst immer im Pub endet. Gerne einen Cappuccino irgendwann.«

Angelika Winterstein sah enttäuscht aus. Krüger beeilte sich hinzuzufügen: »Irgendwann sofort nach Beendigung dieser Ermittlungen. Wir sind auf einem guten Wege.« Er ließ allerdings weg, daß der Weg mit Carmen ihm um ein Vielfaches schöner erschien.

Die Polizeioberkommissarin sah wieder zufrieden aus. »Du hast ja recht. Erst die Arbeit ...« Sie verschwand in einem der nächsten Zimmer.

Das war knapp, dachte Krüger. Eine Verabredung mit dem Schwarzen Brett war das dümmste, was man im Polizeipräsidium als Mann machen konnte.

Er ging zu Fuß zur Haltestelle und nahm die nächste Bahn nach Bad Honnef.

Zwanzig Minuten und vierzehn mehr oder minder uninteressante Haltestellen später marschierte Krüger in Bad Honnef vom Bahnhof zum Haus des Professors, das er sich als Gründerzeitbau mit vorspringendem Wohnzimmererkerfenster vorgestellt hatte. Vor seinem inneren Auge standen bei solchen Vorstellungen immer die Häuser in der Bennauerstraße, die wie die gesamte Bonner Südstadt den Zweiten Weltkrieg unbeschadet überstanden hatten. Etwas enttäuscht bog er jedoch nach einer halben Stunde in die kleine Seitenstraße im Bad Honnefer Gewerbegebiet ein, etwas außerhalb des Stadtzentrums, die von Reihenhäusern gesäumt war. Minskis Haus lag auf der rechten Seite, eingequetscht zwischen Häusern gleichen Typs, nur etwa fünf Meter breit. Akademikerintensivhaltung, dachte er.

Er streifte ein Paar Einmalhandschuhe über, nahm den Schlüsselbund aus seiner ausgebeulten Jackettasche (in einem früheren Leben ein beliebtes Streitthema seiner Frau) und fand auf Anhieb den passenden BKS-Schlüssel. Besonders gesichert schien das Haus nicht zu sein. Hinter der Eingangstür stieß Krüger aber auf eine ausgefeilte Alarmanlage. Zwei rote LCD-Lämpchen blinkten hektisch und warteten offensichtlich auf einen Zahlencode. Ein kleines Display zählte rückwärts und war inzwischen bei 48 angelangt – Sekunden zum Alarm, vermutete Krüger. Er sah sich um, entdeckte einen mittelgroßen Wandspiegel, der mit einer Scharnierhalterung an der Wand befestigt war, schwang ihn zur Seite und fand den vermuteten Sicherungskasten. Die Hauptsicherung war schnell umgelegt.

Die Lämpchen blinkten weiter.

Krüger machte sich schon auf den Alarm gefaßt, als das Blinken schwächer wurde und schließlich ganz aufhörte. Na bitte, ging doch. Was ein Glück, daß das Gerät keine autonome Stromversorgung besaß. Blieb allerdings die Frage, was Minski überhaupt zu sichern hatte. Mehr als alte und oder viele Bücher besaß ein Professor doch eigentlich nicht.

An zwei Gemälden vorbei – das eine sah nach Klassischer Moderne aus, das andere nach moderner Kleckserei – ging Krüger ins Wohnzimmer.

Alles war perfekt aufgeräumt. Im Gegensatz zu seinem Dienstzimmer sah es hier wohnlich aus – und nach Geld, fand Krüger. Ein Sofa in Dunkelrot von Rolf Benz stand vor dem großen Fenster zum Garten, davor zwei pechschwarze niedrige Couchtischchen. An der Wand ein weiteres Gemälde, eine Landschaft im Winter; Krüger entzifferte Münter oder so ähnlich in einer Ecke. An der Wand rechts von der Tür paßgerechte Bücherborde (Paschen? Er hatte sich irgendwann mal für Maßanfertigungen interessiert, dann aber rasch wegen der Unvereinbarkeit des Kaufpreises mit der Höhe seines Beamtengehalts davon abgesehen), in der Mitte eine kleine Vitrine mit Glasobjekten. Weitere Antiquitäten. Auf dem Boden ein Orientteppich.

Krüger war irritiert. Zusammenpassend sah das alles nicht aus, irgendwie nach Katalog, und besonders alt schien die Einrichtung nicht zu sein, was die modernen Möbel anging.

Krüger ging in den Flur zurück, warf einen kurzen Blick ins Gäste-WC mit einem alten Stich an der Wand, einen weiteren in die Küche und ging nach oben. Bei der Hausbreite reichte der Platz für ein Bad und zwei Zimmer. Das zur Straße hin war etwas kleiner, als Schlafzimmer eingerichtet und sah ziemlich nach Junggeselle aus. Das zum Garten hin war etwas größer und augenscheinlich das Arbeitszimmer des Herrn Professor. Auch hier war alles penibel aufgeräumt, ganz so, als habe der Besitzer eine längere Reise vor, die er nun auch tatsächlich angetreten hatte.

Der Schreibtisch war großzügig: rechts und links jeweils zwei Schubladen und eine Tür. Die Schubladen waren unverschlossen. Krüger zog sie der Reihe nach auf, entdeckte aber nichts wirklich Interessantes: eine Schublade enthielt Stifte, Kleber, eine Papierschere und andere Büroutensilien; eine andere Kontoauszüge, eine weitere Briefe, gebündelt und mit einem Band versehen. Die vierte Schublade barg einen halbdicken Aktenordner, beschriftet mit »Urkunden«. Hinter den beiden Türen befanden sich Druk-kerpapier, eine Dokumentenmappe und diverse Papierkisten in verschiedenen Größen, in denen sich nichts Besonderes fand.

Das kleine Adreßbuch mit handgeschriebenen Anschriften blätterte er durch, fand aber auf den ersten Blick nichts Auffälliges. Er steckte es ein.

Neben dem Schreibtisch stand im rechten Winkel ein kleiner Wagen aus Stahl und Holz, der Computer und Drucker sowie einem Scanner als Untersatz diente. Krüger versuchte, den Rechner einzuschalten, bis ihm einfiel, daß er unten den Strom abgedreht hatte. Sollte sich doch die Spurensicherung auch darum kümmern.

Die Wände enthielten viel weniger Bücherborde, als er bei einem Professor für Evangelische Theologie vermutet hätte. Ein Mathematiker, okay, der benötigte ja keine Bücher, sondern nur einen Taschenrechner, aber ein Professor für Theologie? Krüger wunderte sich. Er zählte die Bücher nach. Zwar stand die neueste Auflage der *Theologischen Realenzyklopädie* im Regal (sechsunddreißig Bände), aber sonst gab es nur noch siebenunddreißig andere Theologiebücher, dafür aber etwa fünfzig Taschenbücher (Belletristik, hauptsächlich Kriminalromane).

Kein Schrank stand hier; dafür hing noch ein Bild an der Wand, unsigniert, 200 × 100 cm, wie ein überschlägliches Messen mit dem

Lineal ergab, das Krüger auf dem Schreibtisch gefunden hatte. Das Bild sah nach altem Öl aus. Einem Gefühl folgend, hängte Krüger es von der Wand ab. Es war erstaunlich leicht. Auf der Rückseite war die Leinwand signiert: »Chaim Fraenkel 2005« stand in großer Handschrift da. Auch nicht ganz preiswert. Zufällig hatte Krüger vor einigen Jahren bei einer seiner Städtereisen die Ausstellung des Künstlers in Rom gesehen.

Er wunderte sich immer mehr über den toten Professor. Warum diese Ordnung? Woher das Geld? Warum dieses Desinteresse an seinem Beruf, zumindest nach der Anzahl seiner Bücher zu urteilen?

Krüger warf einen zweiten Blick ins Schlafzimmer, der jedoch auch keinen Aufschluß brachte. Er seufzte und ging wieder nach unten. Er setzte sich auf das rote Sofa, stand jedoch sofort wieder auf, weil er es trotz seiner Jeans zu kalt fand. Leder mochte er nicht, jedenfalls nicht zum Sitzen. Bei Kleidung war das etwas anderes, schon gerade bei Frauen. Jeans und Lederjacke, dachte er. Ihm fiel Carmen wieder ein. Er sah auf die Uhr, erst eins. Noch sechs Stunden.

Krüger konzentrierte sich auf seine Arbeit, nahm sein Notizbuch heraus, schraubte den Füller auf und erstellte eine Liste von Punkten, die am Montag erledigt werden mußten: *Minskis soziales Netzwerk erfassen. Bankverbindungen überprüfen (Kontostände, Festgelder, Anlagen). Verwandte feststellen.*

Irgendwo klingelte ein Telefon. Hellhörig auch noch, dachte Krüger, bis er merkte, daß das Klingeln von oben kam.

Er stürmte die Treppe hinauf und hoffte, daß das Klingeln nicht plötzlich abbrechen würde. Im Schlafzimmer schließlich fand Krüger im Schrank unter den Oberhemden ein Mobiltelefon, das natürlich in dem Moment zu klingeln aufhörte, als er es in der Hand hielt. »Unbekannte Nummer« teilte das Display lakonisch mit. Krüger steckte das Gerät ein, ging wieder ins Wohnzimmer und fügte seiner Liste als vierten Punkt »Telekom/E-Plus« hinzu. Vielleicht ließ sich über einen der Netzbetreiber und die

Uhrzeit der Anrufer ermitteln. Allerdings hieß das wieder, einen richterlichen Beschluß zu bekommen, damit die Telefonfirma auch spurte.

Krüger stand auf, steckte sein Notizbuch ein und blickte sich noch einmal um. Irgendetwas störte ihn, er wußte nur nicht, was es war. Er seufzte wieder, schaltete die Hauptsicherung wieder ein – das Display nahm brav seinen Betrieb bei 27 wieder auf –, verließ das Haus und schloß ab. Draußen klebte er ein Siegel in den rechten Winkel zwischen Tür und Wange und ging zum Bahnhof zurück.

Die große Uhr zeigte zwei. Noch fünf Stunden. Krüger mußte über sich selbst lachen. Nur Teenager waren schlimmer.

Punkt sechzehn Uhr betrat Krüger das große Besprechungszimmer im ersten Stock des Polizeipräsidiums. Er hatte mit seinem Auto noch eine ziellose Runde gedreht und in Königswinter auf dem Parkplatz unter der Umgehungsstraßenbrücke bei der Talstation der Drachenfelsbahn ein Nickerchen gemacht. Tatsächlich war er fest eingeschlafen – in seinem Alter rächten sich lange Nächte sofort. Nun konnte er sehr erfrischt die Lagebesprechung hinter sich bringen. Wie immer war er der erste. Er setzte sich auf seinen üblichen Platz dem Fenster gegenüber, die Wand im Rücken und wartete auf Langenargen, der – ebenfalls wie immer – exakt zwei Minuten nach ihm den Raum betrat, eine dünne Akte unter dem Arm.

»Sollen wir anfangen?« Die übliche Begrüßung, nichts Neues.

»Fünf Minuten«, sagte Krüger.

Langenargen sah ihm direkt in die Augen. »Nein, heute fangen wir sofort an. Man muß doch mal ein Zeichen setzen.«

Doch etwas Neues, dachte Krüger. »Okay. Soll ich anfangen?« fragte er.

»Jetzt übertreiben Sie mal nicht. Etwas Neues?«

Bevor Krüger antworten konnte, ging die Tür auf, und Peter Paulsen kam mit seinem »Moin, moin« herein, was Krüger gut ertragen konnte, schließlich war er selbst in Hamburg geboren und mehr oder minder versehentlich nach diversen Umzügen als Kind im Rheinland gelandet. Sprachlich konnte man Krüger durchaus noch im Norden festmachen. Paulsen setzte sich unters Fenster, so daß man die Augen zusammenkneifen mußte, wenn man ihn ansehen wollte. Was nicht wirklich nötig war, weil Paulsens Redebeitrag in der Regel mit seinem Gruß beendet war.

Hinter ihm betrat Dr. Simone Winterthur den Raum, wie üblich im grauen Kostüm mit Halskette. Sie nahm rechts neben Langenargen Platz, wo in den vielen Jahren seiner Amtszeit immer diejenigen Kolleginnen gesessen hatten, die relativ rasch nach oben weggelobt worden und im Ministerium verschwunden waren.

Die Tür öffnete sich erneut, und Farnschläger kam herein, gefolgt von den drei Kollegen, die ebenfalls dieser Mordkommission angehörten.

»Dann sind wir vollzählig. Ging doch schneller als ich dachte«, sagte Langenargen mit einem dezenten Blick auf seine Uhr. Krüger sah ihn fragend an. »Kaul ist in der Gerichtsmedizin und Schneider bei Mesmer im Krankenhaus. Und der neue Kollege, wie hieß er noch mal …«

»Schuster«, sagte Krüger.

»Schumacher«, sagte Langenargen. »Der ist schon wieder weg. Muß einen anderen Fall bearbeiten. Dann sind wir nur noch zu neunt.«

Farnschläger pfiff »Zehn kleine Negerlein«.

»Danke, das reicht«, sagte Langenargen.

»Mir auch«, sagte Krüger. »Ich fang dann mal an.«

Er nahm sein Notizbuch heraus, referierte seine Befragungen seit gestern und berichtete von der Ausstattung von Minskis Wohnung.

»Lotto oder was?« fragte Langenargen.

»Überprüfen wir alles«, sagte Krüger. »Die Bankkonten kann Kaul machen.«

Langenargen nickte.

Dann faßte Krüger das kurze Gespräch mit dem Schwarzen Brett zusammen.

»Und? Ein Bier?« fragte Langenargen.

»Wieso?« fragte Krüger.

»Das fragt sie doch jeden, wenn sie irgendetwas erledigt hat. Hat aber noch keiner Ja gesagt«, sagte Langenargen.

Krüger tat die Frau leid. »Autopsie?«

Jetzt sah Langenargen verständnislos aus.

»Ich meine, wann soll die Autopsie durchgeführt werden?« fragte Krüger.

»Ich habe kurz mit der Rechtsmedizin telefoniert. Die sind auch personell unterbesetzt, seit die Regierung …«

Krüger unterbrach ihn, um die politischen Ausführungen seines Chefs zur Stellensituation im Öffentlichen Dienst nicht zum hundertsten Mal anhören zu müssen. »Ein Termin?«

»Sonntagmorgen. Elf Uhr. Sie und ich,« sagte Langenargen ungehalten.

Krüger fing an zu schwitzen. Seine letzte Autopsie war für ihn nicht ganz so gut gelaufen. »Okay. Ich bin dann da.«

»Was wollen Sie übers Wochenende erledigen?« fragte Langenargen.

»In der Universität Minskis letzte Veröffentlichungen wegen Kontakten im akademischen Bereich durchsehen. Ach ja, irgendjemand muß seinen Computer in Bad Honnef überprüfen.« Krüger warf den Schlüsselbund auf den Tisch.

»Das kann Frau Dr. Winterthur machen«, sagte Langenargen.

Frau Dr. Winterthur strahlte. »Soll ich auch bei Facebook und Twitter nachsehen?«

Das kannst du dann im Ministerium dauernd machen, dachte Krüger.

»Da Professor Minski aus der staubtrockenen Theologie kommt, glaube ich kaum, daß er schon davon gehört hat«, sagte Langenargen etwas spitz.

Krüger grinste. Frau Dr. Winterthur sah ihn kühl an.

»Möchten Sie dazu etwas sagen?« fragte Langenargen.

Krüger versuchte, wieder seriös zu gucken, und tat so, als habe er die Frage nicht gehört. »Außerdem wollte ich eine Tür-zu-Tür-Befragung in der Universität durchführen, ob jemandem am Freitagabend etwas aufgefallen ist.«

»Sind das nicht ein paar Türen zuviel?« fragte Frau Dr. Winterthur. »Und heißt das bei uns nicht Umfeldbefragung?«

»Das reicht jetzt«, sagte Langenargen. »Sie fahren nach Bad Honnef, wegen des Rechners; Kaul sucht die Banken auf; ich sage ihm das selbst, wenn er wieder vorhanden ist. Paulsen kümmert sich um eventuelle Angehörige.«

Und Sie?, dachte Krüger.

»Und ich bin mit dem Polizeipräsidenten verabredet«, sagte Langenargen.

Es klopfte. Ein uniformierter Polizist steckte seinen Kopf zur Tür herein. »Unten ist eine Dame, die nach dem Leiter der Mordkommission gefragt hat. Sie möchte eine Aussage machen.«

* * *

Mittwoch, 30. April. *Sich rar machen, was ich letzten Sonntag geschrieben habe, ist gar nicht so einfach, wenn man verschiedene »Verehrer« hat, wie meine Mutter das für sich von früher umschrieben hat. Inzwischen ist nämlich auch Beethoven aufgetaucht. Ob er tatsächlich so heißt, ich glaube es eigentlich nicht; aber alle nennen ihn so. Seine Mähne sieht ähnlich aus wie auf den Bildern, die ich von Beethoven kenne. Außerdem spielt er Klavier. Und dann natürlich Hendrix, den ich noch nie ohne Gitarre gesehen habe. Selbst in der Vorlesung von Prof. Dauer hat er sie mit. Meistens sitzt er in der letzten Reihe, die Gitarre neben sich. Und M. natürlich. Alle drei haben mich ins »Bonner Kaffeehaus« eingeladen. Und ich war gemein! Ich habe allen für den gleichen Zeitpunkt zugesagt. Die haben ganz schön blöde ausgesehen. Aber dann wurde es doch noch ein guter Vormittag. Zwei Stunden haben wir herumgeblödelt. Das Pädagogik-Seminar mußte diesmal leider ausfallen …*

6

Freitag, 14. Mai 2010, und Samstag, 15. Mai 2010 – Oxford

Blackmore nahm mit Schwung die Einfahrt zum College. Dieses Mal parkte er sein Fahrzeug schräg, damit ihm nicht wieder die Spurensicherung zu dicht auffuhr. Tatsächlich hörte er es hinter sich scharf bremsen. Aber es war nur der mürrisch gelaunte Dr Fortescue, den man aus seinem wohlverdienten Feierabend gerufen hatte.

»Wo?« fragte Fortescue.

»Wir können zusammen nach oben gehen«, sagte Blackmore.

»Wahrscheinlich das Zimmer neben dem mit dem offenen Fenster von vorhin«, sagte Rosie. »Ich hatte die Gardine sich bewegen sehen.«

»Und wieso sind Sie nicht sofort nach oben gelaufen?« wollte der Polizeiarzt wissen.

Rosie wurde rot. »Das Fenster, aus dem der Ermordete gestürzt worden ist, stand ja offen. Und ich dachte, dann zieht es wohl in dem Stockwerk. Tut es doch bei uns auf der Polizeiwache ja auch dauernd.«

Blackmore nahm sie in Schutz. »Nicht jede verdächtige Bewegung hat eine illegale Ursache.«

Fortescue brummte etwas Unverständliches.

In der Eingangstür zum College wartete der Hausmeister. »Zweiter Stock diesmal, Sir. Wieder ein Mord, Sir. Die Sekretärin sitzt oben; ich habe mir erlaubt, sie zu bitten, auf Sie zu warten. Sie brauchen bestimmt Auskünfte über die Studentin.«

»Danke«, sagte Rosie, während der DCI und der Arzt grußlos an Jenkins vorbeigingen.

»Warum fragen Sie ihn nicht, woher er das weiß?« wollte Rosie von ihrem Chef wissen.

»Kann ich immer noch«, sagte Blackmore, der mit seinen Gedanken offenbar ganz woanders war.

Im zweiten Stock standen zwei uniformierte Polizisten. »Dritte Tür links«, sagte der größere der beiden.

»Wo sind die Tatortermittler?« fragte Blackmore.

»Die Leute von der Spurensuche sind benachrichtigt, Sir«, sagte der kleinere der beiden.

Im Sekretariat hörte man leises Schluchzen. Debbie Reyman sah mit verquollenen Augen auf, als Rosie hineinkam. »Jessica Boulton«, sagte sie.

Rosie war irritiert. »Sie heißen doch Reyman, oder?«

»Ich meine die Studentin, die da liegt.« Sie deutete unbestimmt in den Flur.

»Können Sie mir etwas zu ihr sagen?« fragte Rosie.

»Siebenundzwanzig Jahre alt, eins achtzig groß, sitzt an ihrer Doktorarbeit, zur Zeit kein fester Freund, soviel ich weiß. Wohnt in Marston, alleine.«

Rosie sah überrascht aus. »Woher wissen Sie das so genau?«

Debbie Reyman sagte leise: »Sie war eine meiner engeren Freundinnen.«

»Danke«, sagte die junge Sergeantin. Im genannten Zimmer fand sie ihren Chef und den neben der Leiche knieenden Polizeiarzt. »Jessica Boulton«, sagte sie.

»Das habe ich schon gesagt«, brummelte Fortescue.

»Woher …« Weiter kam Rosie nicht.

Fortescue schwieg.

Blackmore erbarmte sich. »*Christ Church Cathedral Choir.* Dr Fortescue singt dort seit zwanzig Jahren, und Ms Boulton tat es anscheinend auch.«

Die junge Frau lag auf dem Rücken. Ihr kurzer auberginefarbener Rock war hochgerutscht. Das farblich passende T-Shirt war über der Brust zerrissen. Einen BH schien sie nicht zu tragen; etwas ungewöhnlich für Oxford und für die Jahreszeit, fand Rosie. Ihre linke Schläfe war eingedrückt. Unter ihrem Hinterkopf hatte sich eine große Blutlache gebildet. Die Mordwaffe lag daneben, ein kleines, aber wohl sehr schweres gußeisernes antikes Bügeleisen.

»Zumindest hat sie ihre letzten Minuten nicht mehr mitbekommen«, sagte Fortescue ungewöhnlich freundlich. Anscheinend ging ihm der Tod seiner Gesangskollegin doch näher als er zeigen wollte. »Sie ist nach dem ersten Schlag, der etwas ungenau gezielt gewesen ist, gegen die Kante des Schreibtisches gefallen. Der zweite Schlag ist ihr dann im Liegen versetzt worden.« Er deutete auf die starke Kontur, die das Bügeleisen hinterlassen hatte. »Das Blut hat dann die Spuren des ersten Schlages verdeckt; ich habe sie nur mit dem Vergrößerungsglas sehen können.«

Blackmore deutete auf die Kratzspuren am rechten Oberschenkel. »Und vorher hat es einen Kampf gegeben. Da wollte ihr wohl einer …«

Fortescue unterbrach ihn. »Nein, nein, erst die beiden Schläge, dann die Kratzer. Sehen Sie hier?« Er deutete auf den Oberschenkel. »Kaum ausgetretenes Blut. Das ist erst einige Zeit nach den Schlägen erfolgt.«

Blackmore war irritiert. »Ohne die geänderte Reihenfolge hätte ich gesagt, jemand hat sich ihr nähern wollen, sie hat sich gewehrt und dann …«

»Nein, nein.« Fortescue zeigte auf das zerrissene T-Shirt und hob sein Vergrößerungsglas hoch. »Hier hat auch jemand nachgeholfen: Ein kaum sichtbarer Schnitt am Beginn des Risses. Und auf ihrer Haut keine Spuren. Jemand hat den Stoff des T-Shirts angehoben, den kleinen Schnitt gemacht und anschließend den Stoff zerrissen. Es sollte alles so aussehen, als ob …«

Blackmore fragte mit einem Blick auf seine Armbanduhr: »Und wann war das etwa?«

Fortescue seufzte. »Genaues kann ich erst nach …«

»Weiß ich doch«, sagte Blackmore. »Aber vielleicht so ungefähr genau, bitte.«

»Zwischen neunzehn und zwanzig Uhr«, antwortete Fortescue. Für seine Verhältnisse war das ungeheuer genau.

»Gut. Rosie, Sie kümmern sich um die Verbindungen der Ermordeten in der Universität, ich mich um die Verwandten. Wir sehen uns morgen um neun Uhr im *Major Incident Room* auf der Polizeiwache.« Blackmore nickte Rosie kurz zu und verließ das Gebäude. Er war müde. Jetzt um dreiundzwanzig Uhr würde er nichts mehr herausfinden.

Rosie war vorgegangen; Debbie Reyman folgte ihr. Die Sergeantin stieß die Tür zum *Lamb & Flag* auf, dem Pub, der seit einigen Jahren vom St John's College selbst betrieben wurde. Der Besitzerwechsel hatte sich aber nicht in der Ausstattung niedergeschlagen; wahrscheinlich sah der Pub immer noch aus wie zu Thomas Hardys Zeiten, dachte Rosie. Zielstrebig steuerte sie einen Tisch am für die Dauer der warmen Jahreszeit erloschenen Kamin an und sagte zur Fakultätssekretärin: »Was möchten Sie trinken? Ich bezahle.«

»Nur einen Orangensaft, vielen Dank!«

An der Bar schien man Rosie zu kennen, jedenfalls servierte ihr der junge Mann hinter der Bar – wohl ein Student – vor den anderen Gästen den bestellten Saft und ein Pint Lager Shandy. Rosie setzte sich mit den Getränken wieder zur Sekretärin.

Debbie Reyman schüttelte den Kopf. »Schlimm, gleich zwei an einem Tag ...« Sie fing erneut an zu weinen.

»Trinken Sie doch erst mal einen Schluck«, sagte Rosie. »Und dann sagen Sie mir, was Sie wissen.«

Gehorsam hob Debbie das Glas, trank und setzte es wieder ab. »Und dabei wollten wir am Sonntag zusammen ins Konzert gehen.« Eine Träne rollte ihre Wange hinunter.

»Seit wann kennen Sie sie?« fragte Rosie.

»Beim letzten Fakultätsfest saßen wir nebeneinander. Ist schon ein paar Monate her, aber wir waren auf der gleichen Wellenlänge und so.«

Und so, dachte Rosie, kann man sich eigentlich immer sparen, irgendwie oder so. »Hat Jessica« – sie hielt es für angebracht, den

Vornamen zu benutzen, um eine gewisse Vertrautheit zu signalisieren – »sich irgendwie merkwürdig verhalten in letzter Zeit? Irgendwelche kleinen Geheimnisse?«

Debbie überlegte. »Was ihr Privatleben anging, so war sie immer sehr zugeknüpft. Sie hat eigentlich nie erzählt, mit wem sie gerade zusammen war.«

»Und woher wissen Sie dann, daß sie zur Zeit keinen Freund hatte?«

Debbie errötete. »Das kennen Sie doch selbst: plötzliche Anrufe, wenn man zusammensitzt und redet, die andere aufsteht und sagt, ich komme gleich wieder, das Telefon am Ohr. Oder relativ kurzfristige Absagen von Verabredungen. Alles das gab es die letzten Wochen nicht.«

»Also waren durchaus Männer in ihrem Leben, oder?«

»Sicher«, sagte Debbie.

»Aber warum machte sie ein Geheimnis daraus? Man kann doch durchaus mit mehreren Leuten befreundet sein. Nacheinander«, setzte sie hinzu.

»Sie war immer schweigsam, was ihre, nun, Liebschaften anging.«

»Oder handelte es sich um gefährliche Liebschaften?«

Debbie wurde wieder rot, sagte aber nichts.

Rosie setzte nach. »Vielleicht waren die Herren verheiratet. Oder sie wollte nicht mit ihnen gesehen werden.«

Debbie wich Rosies Blick aus und blickte auf den Tisch.

»Hier in der Universität vielleicht? Arbeitete sie für einen Lehrstuhl?«

»Sie werden es ja doch erfahren«, sagte die Sekretärin. »Ich glaube, daß sie ihre letzte Beziehung mit Professor Schubert hatte.«

Rosie nickte; überrascht hatte sie die Aussage der Sekretärin nicht. »Noch was zu trinken?«

»Ich glaube, ich brauche jetzt doch ein Bier. Wenn ich das vom letzten Mal richtig behalten habe, gibt es hier immer noch sieben Sorten. Ein *Old Peculier* bitte.«

Rosie ging zur Theke und sah dem jungen Mann zu, der mit einer Kollegin virtuos die Zapfhähne bediente. Zwölf waren es, wenn sie sich nicht verzählt hatte. Mit den Getränken ging sie zum Tisch zurück und kramte ihr Notizbuch aus ihrer Handtasche.

»Ich mache mir jetzt ein paar Notizen. Und weiter geht's. Hatte Jessica einen Hang zu älteren Herren? Der Professor war doch bestimmt doppelt so alt wie sie.«

Debbie sah aus, als wäre sie persönlich gemeint. »Ja und? Heutzutage ist das doch egal, alte Männer, junge Mädchen – alte Frauen, junge, äh, Jungs.«

»Sie müssen sie nicht verteidigen«, sagte Rosie. »Ich versuche nur herauszubekommen, welche Charakterseiten Jessica hatte. Änderten sich die Altersstufen ihrer Herren oder suchte sie sich immer irgendwelche Vaterfiguren aus?«

Jetzt sah Debbie richtig beleidigt aus.

»Sie müssen mich wirklich verstehen«, sagte Rosie und wechselte in den Plural. »Wir versuchen in der Tat herauszufinden, wen«, sie machte eine Pause, um zu verdeutlichen, daß es sich nicht nur um ein privates Gespräch, sondern durchaus um eine amtliche Angelegenheit handelte, »Jessica wirklich mochte.«

Die Sekretärin versuchte, etwas freundlicher zu gucken. »Vor drei Jahren hatte Jessica einen sehr netten Kommilitonen, der, glaube ich, zwei Jahre älter war. Aber als sie dann hörte, daß sie seine erste Freundin war und er immer noch zuhause bei seiner Mutter lebte, hat sie die Beziehung rasch beendet. Zu mir hat sie etwas von Muttersöhnchen gemurmelt. Davor war sie einige Monate mit einem Immobilienmakler zusammen, und davor, soviel ich mich erinnere, zwei Jahre solo. Professor Schubert hatte vor einigen Monaten eine Studienfahrt nach Rom unternommen; da ist sie mitgefahren und kam dann ausgesprochen fröhlich wieder. Ich weiß nicht, ob irgendetwas in Rom zwischen den beiden vorgefallen ist, aber hinterher habe ich Jessica ein paarmal zu seinem Dienstzimmer gehen sehen. Dabei war sie weder Hilfskraft noch Doktorandin bei ihm.«

Rosie hatte mitgeschrieben. Sie sah Debbie direkt an. »Ich dachte, Professor Schubert sei mit seiner Kollegin Professor Dunwood befreundet. Jedenfalls wohnte er doch die meiste Zeit da, oder?«

Debbie lächelte zaghaft. »Gelegenheit macht Liebe oder so ähnlich …« Sie verstummte.

Rosie klappte ihr Notizbuch zu, gähnte und sagte zu Debbie: »Ich mache jetzt Feierabend. Und Sie sollten auch sehen, daß Sie zu Bett kommen. Mehr dann morgen. Und«, sie grinste, »verlassen Sie nicht die Stadt.«

Der Wecker auf dem Nachttisch blinkte und piepte heftig. John Blackmore machte ein Auge auf und versuchte, die Digitalanzeige zu entziffern. 6:15 Uhr. Etwas früh für Samstagmorgen. Er beschloß, sich auf die andere Seite zu drehen und den Wecker Wecker sein zu lassen, als ihm gerade noch rechtzeitig die Ereignisse des gestrigen Tages einfielen. Er stand auf, schlurfte ins Bad und duschte erst einmal kalt. Nachdem er sich angezogen hatte, überlegte er, ob er in der Küche frühstücken sollte, entschied sich jedoch dagegen. Er steckte sein über Nacht aufgeladenes Mobiltelefon ein und verließ das Haus. Aus der Garage holte er seinen Mercedes, schaltete die Musik ein – die Anlage nahm ihren Betrieb mit Dylans *Sad Eyed Lady of the Lowlands* wieder auf, passend für den letzten Mord, dachte er – und fuhr zur Polizeiwache. Unterwegs holte er sich aus einem der vernünftigeren Sandwichläden Oxfords ein frisches mit Schinken, das er an seinem Schreibtisch bei einer guten Tasse Kaffee essen wollte. Müsli fiel heute aus.

»Morgen, Sir«, sagte der uniformierte Constable.

»Morgen«, brummte der DCI. »Kaffee fertig?«

»Kommt gleich«, sagte der Constable.

Blackmore verschwand in sein Zimmer und packte das Sandwich aus. Als er hineinbeißen wollte, klingelte das Telefon. Gleichzeitig klopfte es an der Tür, und ohne seine Antwort abzuwarten, kam der Constable mit einem Pappbecher in der Hand herein.

Blackmore hob den Hörer ab und sagte: »Moment!« Dann blickte er auf den Pappbecher und sagte: »Sind die Porzellanbecher alle?«

Der Constable stellte den heißen Pappbecher vorsichtig auf Blackmores Schreibtisch. »Entschuldigung, Sir, die Geschirrspülmaschine ist wieder defekt.«

Blackmore fand es sinnlos, den Constable darauf hinzuweisen, daß man die Arbeit von Maschinen auch oft selbst erledigen konnte. »Danke«, sagte er.

Der Polizist schloß die Tür hinter sich.

Blackmore nahm den Hörer wieder auf und fragte: »Was gibt's so früh?« Die Uhr zeigte 7:30 Uhr. Er hörte seinem Gesprächspartner zu. »Mach ich, Sir. Ich wollte sowieso zur Wohnung der Studentin fahren, dann kann ich eben auch bei der Leichenhalle vorbeifahren und den Autopsiebericht von Professor Schubert holen.«

Blackmore biß in das Brot und wollte den Pappbecher mit dem Kaffee in die Hand nehmen. Dieser war jedoch so heiß, daß er sich fragte, ob der Polizist eben Handschuhe getragen hatte. Er stand auf, ließ das angebissene Sandwich liegen und ging wieder zu seinem Auto. Vielleicht konnte er mit Rosie Mannering irgendwo einen *guten* Cappuccino trinken. Bei seinen beiden bisherigen Versuchen hatte sich dieses italienische Modegetränk als *Crap*puccino herausgestellt. Blackmore programmierte in sein Navigationsgerät die Adresse der ermordeten Studentin und fuhr los.

Um diese Zeit waren die Straßen noch leer. Seit die Innenstadt für Touristenfahrzeuge jeglicher Art (selbst Behindertenfahrzeuge hatten Schwierigkeiten, ins Zentrum zu gelangen) gesperrt war und alle, Bewohner wie Fremde, von den Park & Ride-Parkplätzen am Stadtrand aus die Busse nehmen mußten, brauchte man eigentlich nur noch auf Fahrräder zu achten. Und die Studenten standen ja selten vor elf Uhr auf.

Zwanzig Minuten später bog Blackmore in Marston in die Edgeway Road und hielt vor Nr. 187. Sein Chef hatte ihm gesagt, er solle unbedingt in der Wohnung der Studentin nach einem Foto suchen. Blackmore war zwar irritiert, hielt sich jedoch wie meistens an die Anweisung.

Der DCI besah sich das Haus von außen. Es handelte sich um ein kleines Einfamilienhaus, keine der häufigen Doppelhaushälften. Jessica Boulton hatte offensichtlich genügend Geld zur Verfügung gehabt. Miete oder Kauf? dachte Blackmore und beschloß, Harry Ness um eine Überprüfung zu bitten. In der schmalen Einfahrt stand ein Fiat Panda; Blackmore wußte gar nicht, daß dieses ulkige italienische Auto auch rechtsgesteuert zu kaufen war. Die Einfahrt war so schmal, daß man über den Rasen um das Auto herum zur Haustür gehen mußte. Die Tür war angelehnt, was den Detective etwas irritierte; seiner bescheidenen Erfahrung nach ließen junge Frauen eher nicht jeden ins Haus.

Der kleine Flur führte geradeaus in die Küche; links lag das Wohnzimmer mit dem üblichen halbrunden Erker zur Straße hin. Rechts gelangte man über die schmale Treppe ins Obergeschoß.

Blackmore warf einen Blick ins Wohnzimmer: eine zerschlissene Couchgarnitur, ein niedriger Tisch davor, darauf ein voller Aschenbecher und ein sortierter Zeitungsstapel. In der Ecke ein altes Röhrenfernsehgerät, eine moderne Stehlampe, ein Cordsessel. Auf dem kleinen Kamin einige Bilder im Bilderrahmen.

Die Küche bot nichts Auffälliges, abgesehen davon, daß Jessica nicht besonders ordnungsliebend gewesen zu sein schien; jedenfalls stapelte sich benutztes Geschirr in der Spüle. Über einer kleinen Obstschale surrten einige Fruchtfliegen.

Im ersten Stock lag nach vorne heraus Jessicas Schlafzimmer, also zur Straße hin. Nachts war hier wahrscheinlich wenig Autoverkehr. Das breite Doppelbett war gemacht; auf dem Nachttisch lagen drei Bücher, *Lady Chatterley's Lover*, *The Greatest Show on Earth* und ein in Oxford spielender Krimi aus einer Serie, die Blackmore gedruckt und verfilmt sich immer zu übersehen bemühte. Der Lesestoff war eine interessante Kombination aus *sex & crime* und Evolution, dachte er. Im Nachttisch die üblichen weiblichen Utensilien, dazu ein angefangenes Päckchen Kondome und etwas Schmuck, dem man keine eigene Richtung, geschweige denn Persönlichkeit zuordnen konnte. Genauso beliebig wie die Lektüre, dachte er. Im Kleiderschrank Mode für alle Jahreszeiten, viele neue, fast ungetragene Sachen, aber auch ohne eigene Note, fand Blackmore. Vielleicht hatte jemand der jungen Dame Bücher, Schmuck und Kleidung geschenkt? Ihm fiel das häßliche Wort *sugardaddy* ein. Würde ja auf den Professor passen.

Blackmore ging zum Arbeitszimmer weiter. Vom Fenster aus hatte man einen Einblick in den kleinen Garten, dessen Rasen dringend wieder gemäht werden mußte. Auf dem Schreibtisch identifizierte er auf einem Foto seinen Vorgesetzten, irgendwo in einem Park mit Leuten verschiedener Altersstufen. Jessica Boulton stand links neben ihm und sah sehr vergnügt aus. Der Detective nahm den Bilderrahmen vorsichtig mit seinem sauberen Taschentuch in die Hand und drehte ihn um. Auf die Papprückseite hatte sein Chef in seiner ordentlichen Kleine-Jungen-Handschrift geschrieben: »Für Jessica. Danke für alles. James.«

Blackmore steckte das Bild in eine der kleinen Plastiktüten, die er für solche Fälle immer bei sich trug.

Sonst entdeckte er nichts Ungewöhnliches. Auf einem Regal an der Wand die üblichen Studienordner, eine kleine Musikanlage auf einer ähnlich kleinen Truhe, in allen Schubladen des Raumes das normale Gewirr aus Büromaterial, CDs, DVDs und Briefen. Auf einem Computertisch ein älteres Notebook. Sollte sich doch die Technik darum kümmern: die E-Mails durchforsten, die Festplatte durchsehen und gelöschte Dateien wiederherstellen – das Gleiche wie bei jeder Mordermittlung. Blackmore, der kein technisches Genie war, wollte seine Zeit nicht mit Bytes vertrödeln.

Das Badezimmer war aufgeräumt und sauber. Wenigstens dafür hatte Jessica Sinn, dachte Blackmore. Er sah auf die Uhr, neun Uhr, Zeit, bei Dr Fortescue vorbeizufahren, der tagaus, tagein wie ein Uhrwerk lief und immer auf die Minute pünktlich, falls kein Mordfall dazwischen kam, mit seiner Arbeit begann.

Vor der Haustür warf Blackmore einen letzten Blick ins Wohnzimmer und ging wieder zu seinem Auto. Vor der Fahrertür blieb er abrupt stehen; irgendetwas nagte an seinem Unterbewußtsein. Er ging wieder ins Haus zurück, nahm die Treppe nach oben und machte einen erneuten Rundgang durch alle Zimmer. Nichts.

Unten das gleiche Ergebnis mit Küche, Abstellkammer unter der Treppe und dem Wohnzimmer. Plötzlich stutzte Blackmore. Er war sozusagen gedanklich über den vollen Aschenbecher auf dem kleinen Tisch gestolpert: mitten zwischen den ganzen Zigarettenresten lag eine halbe dicke Zigarre, eine Sumatra, wenn ihn nicht alles täuschte. Wie beim Stäbchenspiel Mikado fischte Blackmore mit zwei spitzen Fingern den Stumpen heraus, wickelte ihn in ein Papiertaschentuch und steckte beides ein. Die letzte rauchende Sumatra hatte er beim Polizeifest im vergangenen Jahr bei seinem Chef gesehen.

7

Pfingstsamstag, 22. Mai 2010 – Bonn

»Nach Ihnen«, sagte Krüger und stieß die Tür zu seinem Dienstzimmer auf.

»Danke«, sagte Nicole Metzig und nahm ungebeten auf einem der beiden Besuchersessel Platz.

Krüger setzte sich auf seinen Lederchefsessel, den er sich vor einigen Jahren auf eigene Kosten gekauft hatte, um etwas gegen seinen maroden Rücken zu unternehmen. Kriminalkommissar war immer noch besser als Finanzbeamter, fand er; immerhin gab es ab und zu in der Gegend herumliegende Leichen, derentwegen man aus seinem Sessel aufstehen mußte und herumlaufen durfte.

»Was kann ich für Sie tun?« fragte er und musterte sein Gegenüber. Frau Dr. Metzig war jetzt *businesslike* gekleidet: graue Tuchhose, weiße Bluse, klassisches Jackett mit schmalen Revers und ein nicht zu buntes Halstuch. Wahrscheinlich verdeckte letzteres ihre Perlenkette, dachte Krüger. Nein, halt, das mit der Kette galt ja nur im Polizeipräsidium.

»Ich wollte Ihnen eine Beobachtung mitteilen«, sagte sie.

Krüger wartete.

»Eine, die ich selber gemacht habe«, sagte sie.

Was denn sonst, dachte Krüger; wohl kaum eine, die du gehört hast. Den letzten Satz streichen, dachte er; er war doch sehr unfreundlich. »Geht es um Professor Minski?« fragte er.

»Nicht direkt«, sagte Frau Dr. Metzig. »Eher um einen seiner Kollegen.«

»Machen Sie es doch nicht so spannend.« sagte Krüger. »Erzählen Sie einfach.«

Die Privatdozentin setzte sich kerzengerade auf. »Also – Sie wissen doch, daß das Dienstzimmer von Professor Minski neben dem Zimmer der wissenschaftlichen Mitarbeiter liegt. Und neulich, nicht zum ersten Mal, habe ich eine etwas lautere Auseinandersetzung zwischen zwei Personen auf dem Flur gehört.«

»Haben Sie die beiden dabei gesehen?«

Frau Dr. Metzig guckte irritiert.

»Ja, wenn sich die beiden doch auf dem Flur gestritten haben.«

»Nein, im Dienstzimmer, habe ich doch gerade gesagt.«

»Sie haben gesagt«, korrigierte Krüger sie, »ich zitiere, ›eine etwas lautere Auseinandersetzung auf dem Flur‹«. So viel zu präzisen Zeugenaussagen, dachte er; bei sämtlichen Fällen konnte man auf mündliche Reden eigentlich verzichten. Meistens fehlte die Hälfte, zwei Zeugen hatten völlig gegensätzliches Wetter in Erinnerung oder widersprachen sich in entscheidenden Punkten. Dann schon lieber das unbestechliche Auge des Forensikers.

»Ich war auf dem Weg nach Hause und ging an dem Zimmer nur vorbei. Die Herren waren drinnen, ich war draußen; so einfach ist das.« Sie preßte ihren Mund zusammen.

Krüger beschloß, etwas freundlicher zu sein. »Sie sind sich sicher, daß es Ihnen bekannte Stimmen waren?«

»Ganz sicher.« sagte Frau Dr. Metzig. »Die von Professor Minski und Professor Schmidtbauer. Immerhin arbeite ich seit längerer Zeit mit beiden zusammen.« Sie wartete.

Jetzt soll ich sicher sagen, dachte Krüger, wie toll ich die Zusammenarbeit einer jungen Privatdozentin mit zwei älteren Professoren finde. Er sagte gar nichts.

Irritiert zu gucken, schien das Hauptmerkmal von Frau Dr. Metzig zu sein. Sie räusperte sich und fuhr fort: »Und Professor Schmidtbauer sagte, jedenfalls so ungefähr, daß es das letzte Mal sei, daß er davon in seiner Fakultät hören wollte.«

»Hat er tatsächlich ›seiner Fakultät‹ gesagt?« fragte Krüger.

»Hat er.«

Wieder Schweigen.

Krüger beschloß, dieses Spielchen nicht fortzusetzen. Er hatte heute noch etwas anderes vor. Unauffällig schielte er auf die Uhr über der Tür, die viertel vor fünf anzeigte. Noch gut zwei Stunden.

»Wissen Sie, was er damit gemeint hat?«

Frau Dr. Metzig schüttelte den Kopf. »Keine Ahnung.«

»Haben Sie sonst noch etwas gehört?« fragte Krüger.

»Nein. Ich bin ja nur an dem Zimmer vorbeigegangen, und vorher und am Ende des Flures waren die Stimmen wieder sehr leise.«

Jetzt war Krüger sauer. »Mehr haben Sie nicht gehört? Wissen Sie, wie das in England heißt? *Wasting police time.*« sagte er. »Dafür gibt es sogar einen Paragraphen, und man kann für einige Zeit aus dem Verkehr gezogen werden.«

Frau Dr. Metzig konnte auch sauer aussehen. »Ich dachte, Sie benötigen jede, auch noch so kleine Information für Ihre Untersuchung. *Ich* fahre am Samstagnachmittag eigens auf die andere Rheinseite, um Ihnen zu helfen, und *ich* habe keine Lust, mir Beleidigungen anhören zu müssen.« Sie stand auf und blickte auf ihre Armbanduhr. » Ich habe noch etwas Besseres vor. Guten Tag!«

Die Tür fiel energisch ins Schloß.

Was Frau Dr. Metzig wohl unter »etwas Besseres« verstand? Ihm selber schwebte etwas mit dunklen Locken vor.

Auf dem Flur traf Krüger Kaul, der höchst vergnügt aussah. »Was ist denn mit dir los?« fragte Krüger.

»Du hast doch gehört, was der Chef gesagt hat. Ich soll die Banken machen, und die Banken sind«, er machte eine Kunstpause, »am Wochenende geschlossen! Ich hab sowieso viel zu viele Überstunden, dann feiere ich eben davon jetzt ein paar ab.«

Krüger, der fand, daß seine Untergebenen auch durchaus eigenen Spielraum ausnutzen können sollen dürfen – er fing den Satz noch einmal von vorne an: der fand, seine Untergebenen müßten auch genügend Freizeit haben, sagte nur: »Dann man viel Spaß!«

Einen Stock tiefer wäre er beinahe über Langenargen gestolpert, der in Freizeitkleidung – karierte Hose, Polo-Shirt, farblich passender Pullover – aus seinem Zimmer kam. War es seine Golfgarderobe? Krüger, der versuchte, in seinem Leben jeglichen Ballkontakt zu vermeiden, sagte nur: »Polizeipräsident?«

Langenhagen hatte sofort verstanden. »Auf dem Golfplatz! Bis ich in Schloß Miel bin, muß ich mich beeilen. Und nur, damit Sie Ihre gute Meinung von mir weiterhin beibehalten können: Wir haben dort schon so manchen Fall gelöst!«

Krüger war versucht zu fragen, warum sein Chef *im* Schloß Golf spielte und nicht draußen und um welche Fälle es sich im Speziellen handelte, unterließ das aber lieber und sagte nur: »Gut Holz!«

Vor dem Gebäude stieß er auf Schneider, der gerade sein Fahrrad abstellte.

»Wie geht es Mesmer? Weißt du, wann er wieder arbeiten kann?«

Schneider schüttelte den Kopf.

Krüger grinste. »Soviel zur Fragetechnik von Profis. Die Sache mit der Frage bei Aldi habe ich dir doch schon erzählt, oder?«

Schneider schüttelte erneut den Kopf.

Krügers Grinsen wurde breiter. »Zahlen Sie bar oder mit Karte? Das fragt doch die Kassiererin von morgens bis abends. Ich sage dann immer Ja. Eine der fröhlichen Frauen unterbrach sich neulich noch gerade rechtzeitig, lächelte freundlich und fragte: ›Wie möchten Sie heute Ihre Rechnung begleichen?‹«

Schneider lachte. »Es geht ihm schon viel besser. Erst hat er nach einem Stapel Akten gefragt, da er sich langweile. Als er dann von unserem neuen Fall hörte, wollte er allen Ernstes sein mobiles Diensttelefon haben, um uns zu helfen. Ich hab nur gesagt, er käme wahrscheinlich früher, als ihm lieb wäre, zu mehr Arbeit, als ihm lieb wäre.«

Krüger berichtete kurz von der Dienstbesprechung, nicht ohne Frau Dr. Winterthur mit ihrer Bemerkung über die Türen in der Universität zu zitieren. Dann sagte er: »Ich hab heute noch etwas vor. Könntest du mir die Recherche bezüglich der Aufsätze und Bücher von Professor Minski abnehmen?«

»Aber die Universität ist doch am Wochenende geschlossen«, sagte Schneider.

»Dann ruf die Hausverwaltung an und laß dir aufschließen.«

» Und wenn sein Computer mich nach einem Paßwort fragt?«

»Dann ruf mich noch einmal an«, sagte Krüger und beließ es dabei.

Schneider grüßte und verschwand im Gebäude. Krüger blickte auf die Uhr. Kurz vor fünf. Noch zwei Stunden. Er beschloß, mit seinem Auto in die Tiefgarage der Universität zu fahren und sich anschließend an den Rhein zu setzen. Vielleicht konnte er dort seine Gedanken sortieren, die, die Minski, und die, die die braunen Locken betrafen.

Punkt neunzehn Uhr bog Krüger in den Venusbergweg ein. Über sprechende Namen wollte er jetzt lieber nicht nachdenken, und so groß waren Unterschiede zwischen Bergen und Hügeln nun auch wieder nicht. Der Venusbergweg war eine seiner Lieblingsstraßen in Bonn. Sie zweigte von der Poppelsdorfer Allee ab, der grünen Achse der ehemaligen Bundeshauptstadt zwischen Universität und Poppelsdorfer Schloß, und schlängelte sich parallel zum »Poppelsdorfer Weiher« am Botanischen Garten bis zur Reuterstraße entlang. Alte Gründerzeithäuser säumten sie, bewohnt von der für Bonn so typischen und so reizvollen Mischung aus Studenten, Rentnerehepaaren, Professorenfamilien, Ausländern – beziehungsweise seit kurzem: Migranten – und ganz normalen Angestellten. An der Ecke zur Königstraße befand sich die *Evangelische Studierendengemeinde*, die nochmal für zusätzliches Leben im Viertel sorgte.

Krüger drehte sein Auto und hielt vor der Hausnummer 146, einer Doppelhaushälfte von 1880 mit gelben Backsteinen und weißen Verzierungen. Im ersten Stock bewegte sich hinter dem Balkon eine Gardine; wenig später trat Carmen auf die Straße.

Krüger kurbelte das Seitenfenster hinunter und sagte: »Taxi, Ma'am?«

Carmen lachte. »Zur Pizzeria *La Vita*. Statt Essen auf Rädern zu bestellen, fahre ich lieber auf Rädern zum Essen.«

Krüger liebte Kalauer, auch die schlechteren, besonders, wenn sie aus dem Mund einer so reizenden jungen Dame kamen. Er überlegte, ob er das starke Geschlecht in Frauen und Damen einteilte, war sich aber nicht sicher.

Carmen unterbrach seine Gedanken. »Muß ich hinten sitzen, oder darf ich nach vorne?«

»Ja«, sagte Krüger.

Carmen lachte erneut und setzte sich auf den Beifahrersitz.

»Hast du mich ankommen sehen?« fragte Krüger.

Carmen guckte verständnislos.

»Oben im ersten Stock wehte eine Gardine.«

»*This is a Neighbourhood Watch Area.* Nee, ich wohne *parterre.*« Sie sprach das Wort französisch aus. »Und meine alte Vermieterin im ersten Stock ist verreist. Wahrscheinlich habe ich nur vergessen, nach dem Gießen der Geranien das Fenster wieder zu schließen, Herr Detektiv.« Ihre Grübchen vertieften sich.

Krüger fuhr in die Schloßstraße und folgte anschließend der Argelanderstraße bis zur Abbiegung nach links auf die wie immer zu volle Reuterstraße. Von rechts kam der abendliche Verkehr von der Autobahn, die die Stadtväter und Bundesautobahnplaner still und leise auf Höhe des Botanischen Gartens in eine städtische Straße hatten einmünden lassen. Vor der Esso-Tankstelle bog er in die Hausdorffstraße ein, an deren Ende sie sich in einer Linkskurve in die Dottendorfer Straße verwandelte. In der Kessenicher Straße schließlich fand er einen Anwohnerparkplatz. Die letzten hundert Meter zum Restaurant gingen sie zu Fuß.

Der Kellner bot ihnen einen Platz auf der Terrasse an, was Carmen jedoch zu kühl erschien. Krüger hatte auf Heizpilze ebenfalls keine Lust. Daher setzten sie sich an einen Zweiertisch am Fenster, mit Blick auf die Straße und den großen Pizzaofen neben der Tür zum Garten.

»Ich lade dich ein«, sagte Krüger.

»Wegen des Finanzamts?« fragte Carmen.

»Ich bin eben immer im Dienst, und Zeugenbefragungen kosten Geld.«

»Den Steuerzahler«, sagte Carmen.

»Allen Ernstes«, sagte Krüger, »am Tag nach dem Mord kann die Buchhaltung wohl kaum spesenmäßig zur Tagesordnung übergehen. Ich muß soviel fragen, wie es nur irgend geht.«

»Aber doch nicht immer die selben Leute«, sagte Carmen.

Jetzt grinste Krüger. »Wieso, ich sehe hier gerade zwei hilflose Hilfskräfte aus dem Seminar sitzen, die mit allem überfordert sind.«

Carmen versuchte, ernsthaft zu gucken. »Über Ethik im allgemeinen und im Finanziellen besonders unterhalten wir uns später.« Sie machte eine Pause und sah plötzlich nachdenklich und sehr verletzlich aus. »Gibt es etwas Neues? Habt ihr den Täter?«

Jetzt war sie noch hübscher, fand Krüger.

»Du, der Mord ist gerade einmal vierundzwanzig Stunden her …« Er zögerte.

Carmen lächelte wieder. »Ich bin Theologin, weißt du doch. Schweigepflicht und so.«

Krüger gab sich einen Ruck. Immer, wenn er auf sein Gefühl gehört hatte, waren die Dinge gut verlaufen. Und jemanden zum Austausch zu haben, der beruflich nichts mit Polizeiarbeit zu tun hatte, war bestimmt nur hilfreich.

Der Kellner brachte die Speisekarte und fragte nach den Getränken.

»Einen *Pinot grigio* bitte«, sagte Carmen.

»Für mich dasselbe bitte. Und ein Glas Leitungswasser«, sagte Krüger.

Der Kellner ging wieder.

»Wo waren wir? Ach ja, viel schlauer als gestern bin ich nicht. Die Autopsie findet morgen statt. Dazu wollte ich dich nachher noch etwas fragen. Dann war ich in Bad Honnef. Warst du mal in Minskis Haus?«

»Nein«, sagte Carmen. »Er war, was sein Privatleben anging, immer sehr zugeknöpft. Wieso?«

»Seiner Kleidung nach zu urteilen, war er ein normaler Professor mit einem normalen Gehalt. Aber zuhause hat er eine ziemlich neue Wohnungseinrichtung. An der Wand hängt ein Bild von Gabriele Münter, wenn ich die Signatur richtig gelesen habe. Und noch ein paar andere teure Sachen.«

»Merkwürdig«, sagte Carmen. »Erbschaft? Lottogewinn?«

»Überprüfen wir gerade. Tobias Frölig murmelte etwas von einer Tante in Berlin. Vielleicht gibt es die ja nicht mehr, und Minski hat geerbt. Ein Lottogewinn läßt sich bestimmt über die Zentrale von WestLotto – den Bindestrich haben sie sich gespart – in Münster herausfinden. Machen wir morgen beziehungsweise hat einer meiner Mitarbeiter übernommen. Buchhonorare?«

»Ganze Sätze fände ich netter«, sagte Carmen etwas spitz.

»Entschuldige, ist eine meiner Marotten. Kommt bei Verhören manchmal ganz gut, wenn der Befragte mehr antworten muß, als er eigentlich will, weil die Frage in verschiedene Richtungen zielt. Also: Weißt du, ob er mal einen Bestseller geschrieben hat? So mit einer Auflage von zwei bis drei Millionen? Wie beispielsweise *Warum ich meine Kinder prügele und mich gut dabei fühle*. Ist bei Bertelsmann erschienen. Die Auflagenzahl habe ich mal auf der Buchmesse gehört.«

Sie lachte. »Der Titel hieß, glaube ich, etwas anders. *Mais non*, isch weiß über'aupt nischts.«

Carmen schien auch einen *tic* zu haben, wenn auch einen kleinen.

»Normales Beamtengehalt?« Krüger verbesserte sich sofort. »Also hat er nur sein normales Beamtengehalt bekommen?«

»Ja«, sagte Carmen, »und wahrscheinlich kleinere Honorare für Zeit- und Festschriftenbeiträge. Sein letztes großes Buch ist seine Habilitation gewesen. Den Ladenpreis von *Satz und Frage. Geschichte und Funktion der Altäre in der nordelbischen Landeskirche* hat sein Verlag im letzten Jahr auf neunundneunzig Euro fünfundneunzig hochgesetzt. Dann kauft das endgültig keiner mehr. Und die Lieferzeit beträgt laut Webseite zehn Wochen. Wahrscheinlich muß einer ein Exemplar aus dem Verlagsarchiv holen und für die Bestellung einmal abtippen.«

Krüger lachte.

»Hast du eine Liste der offenen Fragen erstellt?« wollte Carmen wissen. »Nein? Hast du deinen Block dabei? Alle Kommissare haben doch einen Block. Es muß allerdings ein länglicher sein, der nicht zur Seite, sondern nach oben hochgeklappt wird. Mit schwarzem Einband. So wie im Fernsehen.«

Krüger angelte sein kleines Moleskine-Büchlein aus der Tasche, schob den Gummizug über die Buchkante nach rechts und schlug es mithilfe des Lesebändchens auf.

Carmen zog nur eine Augenbraue hoch, sagte aber nichts.

Krüger holte seinen Füller aus der Brusttasche.

»Das Tintenfaß hast du aber nicht mit, oder?«

Beide mußten lachen. Irgendwie gut, wenn Flachsereien nicht weh taten und man um die gegenseitigen Grenzen wußte.

Der Kellner trat wieder an den Tisch. »*La signora*?«

»Den großen Salat mit den Lachsstücken bitte, vom *blackboard*«, sagte Carmen und deutete auf die handbeschriebene Tafel neben dem Pizzaofen, die Krüger nicht gesehen hatte.

»Für mich bitte *Saltimbocca romana*«, sagte er. Als der Kellner gegangen war, sagte er: »Mein Testgericht, wenn ich einen neuen Italiener kennenlerne.«

»Und was ißt du bei Italienerinnen?« Carmen konnte auch frech grinsen.

»Nicht ablenken, bitte. Wir waren bei der Liste. Ich fasse zusammen: Ein toter Professor mit Standardbesoldung«, Krüger schrieb *normales Gehalt* auf seine Liste, »eine teure Wohnungseinrichtung, keine Mitgliedschaften in Vereinen, Verbänden, Orden. Sagt jedenfalls eine Kollegin im Präsidium. Freunde?«

»Wenige«, sagte Carmen. »Die ausführliche Antwort lautet: Einmal im Monat ein Treffen mit dem Dekan und zwei Kollegen von der Katholischen Fakultät zum Kartenspielen. Null Bock, heißt das, soviel ich weiß. Ich mag keine Kartenspiele.«

Krüger mußte wieder lachen. »Entweder Doppelkopf oder Skat. Ist aber auch egal. Ging er in die Oper oder ins Theater?«

»Glaube ich nicht. Er mochte mittelalterliche Musik – das ist jetzt bitte kein Klischee – und *Genesis*, soviel ich weiß.«

Und der Mann sollte nur acht Jahre älter sein? Krüger war mit der Plastikmusik der 1980er Jahre aufgewachsen und hatte die richtig gute Musik, die etwas davor entstanden war – er dachte an seinen CD-Wechsler – erst zur Studienzeit entdeckt. Irgendwie fand er den Professor langweilig. Aber dafür konnte der ja nichts mehr. »Hatte er Feinde?«

Carmen amüsierte sich. »Jetzt mußt du noch fragen: Hatte er Verbindungen zur Stasi, den christlichen Taliban im *bible belt* in Amerika oder zum Verfassungsschutz in Meckenheim? Soviel zu *Lewis*.«

Mit dem Namen Lewis konnte Krüger, der kein Fernsehen sah, nichts anfangen. Carmen setzte ihm die Bedeutung des großen Detektivs aus Oxford auseinander, dessen interessanteste Fälle inzwischen verfilmt waren. Plötzlich stutzte sie.

»Warte mal, wo ich gerade Oxford sage. Professor Minski hat mal was von einer Schwester in England gemurmelt, die in einer alten Universitätsstadt wohnt. Als ich dann sagte, ich kennte nur Cambridge und Eton, wurde er unwirsch und verließ das Dekanat wieder.«

»Vielleicht hatte sie ja in der letzten Zeit mit ihrem Bruder Kontakt. Warte mal, ich habe doch sein Adreßbüchlein.« Krüger holte es aus seiner ausgebeulten Jackettasche und fing an zu blättern. »Unter Minski steht schon mal nichts. Dann fange ich bei A an. Ah, hier hab' ich was unter D: In der Silver Road, Oxford, eine Konstanze – mit k und z – Donnelly. Deutsche Vorrnamen werrden deutsch geschrrieben.«

Carmen hatte seinen Satz mit zuvielen Rs überhört. »Rufst du da jetzt einfach an und sagst, hier ist die Polizei; Ihr Bruder ist tot?«

»Nein, erst einmal versuche ich über unseren Zentralcomputer herauszubekommen, ob es mal eine Konstanze Minski verheiratete Donnelly in Deutschland gegeben hat. Und das Alter muß ungefähr stimmen. Und dann werde ich wohl anrufen. Englisch kann ich ja, falls die Dame ihr Deutsch verlernt hat.«

»Aber sonst haben wir nichts, was uns weiterhilft?« sagte Carmen mehr rhetorisch.

Krüger freute sich sehr über das Uns.

Als er gerade antworten wollte, kam der Kellner mit dem Essen, das ausgesprochen gut aussah. *»Buon appetito«*, sagte er.

»Nicht aus dem Rheinland?« fragte Krüger.

»Certo, signore«, sagte der junge Mann und dann auf Rheinisch: »Isch bin in Dottendoref jebore.« Auf Hochdeutsch fuhr er fort: »Aber unsere Gäste lieben etwas Lokalkolorit – dahinten stehen die großen Lambrusco- und Baroloflaschen, und die Musik haben Sie wohl wahrgenommen?« Nein, dachte Krüger, die achtziger Jahre nehme ich grundsätzlich nicht wahr. »Und dann eben die italienischen Floskeln, die jeder kann.« Der Kellner lächelte.

»Und was machen Sie tagsüber?« fragte Krüger.

»Ich studiere Soziologie, allerdings an der Fernuni in Hagen, damit ich hier servieren kann. Das Lokal gehört meinem Onkel.«

Aus der Küche kam ein energisches Klingelzeichen, und der Kellner verließ den Tisch.

»Außerdem repariert er Motoren und lebt seit kurzer Zeit getrennt oder ist geschieden«, sagte Krüger.

Carmen versuchte, nicht sehr beeindruckt auszusehen. »Nicht schlecht, Holmes? Woher …?«

»Er hatte sein Hemd hochgekrempelt; am linken Unterarm, fast unter dem Hemdkrempel, oder wie das heißt, hatte er einen schwarzen Fleck, der nach Motorenöl aussah. Und um den Ringfinger seiner linken Hand läuft ein fast verblaßter Kreis.«

Carmen aß schweigend.

»Entschuldige, ich wollte nicht angeben«, sagte Krüger. »Ich versuche nur immer, genau hinzusehen.«

»Daß er Geld hat, hast du auch gesehen?« fragte Carmen.

Jetzt war Krüger verblüfft. »Woher …?«

»Seine Fingernägel war sehr sorgfältig, fast professionell, gefeilt; vielleicht geht er zur Maniküre. Und die ist nicht umsonst. Die Hose, auch wenn sie getragen aussah oder aussehen sollte, war maßgeschneidert, ebenso wie die braunen Wildlederschuhe, wenn ich mich nicht irre. Oder so.« Sie lächelte wieder.

»Danke, Watson.« Krüger sah glücklich aus. Vielleicht hatte er endlich einmal wieder Glück. Beruflich. Und möglicherweise auch privat, dachte er. »Ich würde vorschlagen, daß wir nach dem Essen mit unserer Liste weitermachen.«

Inzwischen war es draußen dunkel geworden, und die beiden hatten jeder einen Espresso vor sich stehen. »Zwei Espressos bitte!« hatte Krüger mit Blick auf die Rechtschreibreform bestellt, was der studierende Kellner mit »*Due espressi,* si, *si, signore*!« gekontert hatte.

Die Professor Minski betreffende Liste war nicht länger geworden. Statt dessen hatten Carmen und Krüger sich über Gott und die Welt unterhalten. Er wußte jetzt, daß sie Jahrgang 1972 war, keinen Führerschein besaß, England als Reiseland liebte, die Rolling Stones mochte und gerne Krimis las. Außerdem fuhr sie mit ihrem Rennrad regelmäßig den Rhein rauf und runter, zumindest die Uferwege auf der Bonner Seite. Über ihre Familien, sprich Eltern und Geschwister, hatten sie gar nicht gesprochen. Das war heute abend nicht von Belang gewesen.

Krüger zahlte und schlenderte mit der Sekretärin zum Auto zurück. »Noch Lust auf einen kleinen Absacker?« fragte er.

»Bei dir oder bei mir?« konterte Carmen. »So lautet doch mein Text, oder?«

Krüger sah betreten zu Boden.

»So habe ich das nicht gemeint«, sagte Carmen. »Wir fahren jetzt zum *Wespennest*. Da gibt es das beste Weißbier, das *ich* kenne.«

Krüger sah wieder erfreut aus.

»Und mein Sofa kennst *du* ja schon.« Carmens Grübchen vertieften sich; Krügers Herz ließ einen Schlag aus. Er mochte immer noch Frauen, die wußten, was sie wollten.

* * *

Sonntag, 4. Mai. *Jetzt habe ich doch tatsächlich die Wahlen in NRW verpaßt! Blamabel für eine Geschichtsstudentin. Ich habe vergessen, Briefwahlunterlagen zu beantragen. Und nach Hause zu fahren, um in Gummersbach wählen zu gehen, hatte ich auch keine Lust. Meine Stimme gibt aber wohl nicht den Ausschlag; Heinz Kühn wird sowieso wieder Ministerpräsident. Eigentlich könnte auch mal jemand Jüngerer ran, finde ich. Aber um den Tag nicht ganz als verloren anzusehen, treffe ich mich heute nachmittag mit Max, um das Geschichtsreferat vorzubereiten. Und wir wollen überlegen, wie wir die Vorlesung von Prof. Dauer vermeiden. So was von langweilig! Erst die Ottonen, dann die Salier (oder umgekehrt). Und alle sind schon tot. Vielleicht wechsele ich im Winter zu Kunstgeschichte, da soll es die hübscheren Jungs geben. (Das darf ich nur meinen Eltern nicht laut sagen.) Obwohl Max auch interessante Freunde hat. Besonders der mit den dunklen Locken interessiert mich.*

8

Samstag, 15. Mai 2010 – Oxford

Blackmore stieg vor Dr Fortescues Arbeitsplatz aus seinem Mercedes und ging zum Eingangsbereich des aus den siebziger Jahren stammenden mehrstöckigen Hauptgebäudes des John Ratcliffe Hospitals, das aber in der Zwischenzeit modernisiert und bedeutend erweitert worden war. Das Krankenhaus lag etwa fünf Kilometer außerhalb des Stadtzentrums in Headington.

Der Detective mußte in der Nähe der Leichenhalle klingeln und wurde dann in einen Besucherraum geführt. Mehrere Türen trugen den gelbroten Hinweis *Kein Zutritt für unauthorisiertes Personal*. Fortescue kam wenig später mit einer Akte in einem schon vergilbten braunen Umschlag unter dem Arm.

»Hi«, sagte Blackmore.

Fortescue musterte den DCI von oben bis unten.

»Grünschnabel«, brummelte er. Was stimmte; er war auch zehn Jahre älter als Blackmore. Fortescue sagte schnaufend: »Dann wollen wir mal.«

»Ich dachte, die Autopsie ist schon erledigt«, sagte Blackmore.

»Es ist Samstag. Da fangen wir erst um zehn an. Wissen Sie doch.«

Blackmore hatte gehofft, um die Autopsie herumzukommen. Nun mußte er sich doch umziehen, Plastiküberschuhe benutzen und seinen Geruchssinn ausschalten.

Zwei Leichen lagen auf den Sektionstischen, beide ab dem Hals abwärts mit Tüchern zugedeckt. Fortescue steuerte auf die von Professor Schubert zu, neben der schon die Ärztin mittleren Alters vom letzten Mal stand, ihre langen Haare zu einem Knoten gebunden und unter einem Haarnetz versteckt. Ihre Brille saß wie immer leicht schief auf der Nase über dem Mundschutz. Neben ihr wippte ungeduldig ein neues Gesicht, anscheinend ein übereifriger Assistenzarzt, dem noch ein paar Leichen für seinen Pathologieschein fehlten. Der Assistenzarzt nahm das Tuch mit einer Armbewegung beiseite, die auch einem Zauberkünstler zur Ehre gereicht hätte. Fortescue brummelte etwas, das guten Morgen heißen konnte. Ein Techniker wartete auf seinen Einsatz. Der Abgesandte des *Coroners* stand wie üblich in der Ecke; seiner Miene war wie immer nichts zu entnehmen.

Blackmore, der schon zahlreiche Leichenöffnungen gesehen hatte, versuchte wie immer, ein aufmerksames Gesicht zu machen und seinen Geist mit etwas völlig anderem zu beschäftigen. Das Geräusch der Säge beim Y-förmigen Einschnitt störte ihn nicht mehr, ebenso wenig das Herausnehmen und Wiegen der Organe. Er hatte es bei eindeutigen Todesursachen schon immer überflüssig gefunden, eine Obduktion vorzunehmen. Überbeanspruchte Lebern und mit dem Alter durch das Absterben der kleinen grauen Zellen leichter gewordene Gehirne trugen seiner Meinung nach nichts zur Aufklärung eines Todesfalls bei. Nur der Geruch war ein Problem.

Fortescue diktierte seinen Befund, während der Assistenzarzt arbeitete und die Ärztin zuschaute.

Blackmore versuchte, einen Gedanken wieder zu erhaschen, der mit einem Bügeleisen zusammenhing, was ihm aber nicht gelang. Statt dessen grübelte er über alte Zigarren und junge Frauen nach. Was sein Chef wohl mit der ermordeten Studentin verband? Vielleicht sollte er ihn einfach fragen.

»Fertig!« sagte Fortescue und schaute auf die Uhr. Seine übliche Zeit von zwei Stunden hatte er um fünf Minuten unterboten.

»Danke«, sagte Blackmore. »Ich fahr dann mal wieder.«

»Halt«, sagte der Polizeiarzt. »Sind Sie wieder mit Ihren Gedanken sonstwo? Wollen Sie nicht die Todesursache wissen?«

Blackmore sah schuldbewußt aus.

»Er hat sich das Genick gebrochen.«

»Das ist doch nun nichts Neues, wenn er aus dem Fenster gefallen ist«, sagte Blackmore.

»Ja, aber es ist ihm gebrochen worden. Ich habe doch auf die Würgemale am Hals und den Bluterguß unter seinem linken Schulterblatt hingewiesen. Der ist mit solcher Wucht verursacht worden, daß man noch die Abdrücke zweier Fingerknöchel der Faust sieht, die die Verletzung verursacht hat.«

Das war jetzt aber ziemlich gestelzt formuliert, fand Blackmore. »Und was ist mit den Blumentöpfen? Zwei lagen doch neben der Leiche.«

»Mit einem ist Schubert zu Boden geschlagen worden. Wir haben außen Blut gefunden. Der andere ist wohl zu Bruch gegangen, als der Professor aus dem Fenster stürzte.«

»Danke«, sagte Blackmore. »Bis bald!«

Fortescue entgegnete wie so oft nichts.

Blackmore guckte irrtiert, sagte aber nichts mehr und ging zu seinem Auto. Auf seiner heutigen Liste standen als nächstes die Eltern der ermordeten Studentin. Er besah sich noch einmal den handgeschriebenen Briefumschlag, den er auf Jessicas Schreibtisch gefunden hatte und dessen Inhalt von ihrer Mutter stammte. Die Absenderin wohnte in Great Milton bei Oxford. Blackmore kannte dort nur das *Le Manoir aux Quat' Saisons*, in das ihn vor mehreren Jahren sein Chef nach einem schnell gelösten Mordfall eingeladen hatte. Das Restaurant war im alten Herrenhaus des Örtchens untergebracht und gehörte zur absoluten Oberklasse, nichts für seine Geldbörse.

Eine halbe Stunde später bog Blackmore in Great Milton auf den Parkplatz neben dem *Bull Inn*. Er hatte Hunger und Durst. Nach einer Obduktion fühlte er sich nach einem Pint Ale immer besser. Das *Bull Inn* war eines der vielen typischen Dorfgasthäuser in Oxfordshire, weiß gekalkte Außenmauern, ein reetgedecktes Dach, Rasen und Bänke davor. Leider gehörte es inzwischen auch zu einer der großen Pub-Ketten: Greene King besaß mittlerweile über 1.600 Pubs in Großbritannien, was die Uniformität der Biersorten und der angebotenen Speisen verstärkt hatte. Blackmore hatte in den unabhängigen kleinen Pubs dagegen oft gut gespeist:

sie hatten das bessere Bier und boten häufig neben Fish and Chips auch Spezialitäten aus der Gegend an.

Blackmore bestellte an der Theke sein Bier und Fish and Chips und suchte sich draußen einen freien Platz. Great Milton war ganz nett, aber viele Autos waren ihm zu groß und mehrere Anwesen, die er auf seiner Fahrt durch den Ort gesehen hatte, entschieden zu überdimensioniert. Auch hier klaffte die englische Schere zwischen reich und arm ziemlich auseinander. Kein Wunder, wenn inzwischen Stars aus der Musikszene hier wohnten, die zudem noch geadelt worden waren. Überall ging es bergab. Neureich war nicht alles. Ob Rosie ihn konservativ fand? Blackmore war sich nicht sicher, hielt er sich selbst doch für aufgeschlossen und liberal. Vielleicht konnte man das mal mit der jungen Frau, die er als Kollegin mit ihrer ruhigen Art nach dem einen Tag schon zu schätzen gelernt hatte, bei einem weiteren Bier klären.

Die Kellnerin hatte ihm sein Essen herausgebracht. Blackmore aß wie immer, wenn er alleine war, zu schnell. Heute hatte er auch nichts zu lesen dabei, was die Eßgeschwindigkeit etwas gesenkt hätte. Mit einem elektronischen Lesegerät von Amazon oder Waterstone's hatte er sich bisher nicht anfreunden können. Vielleicht gab sich das ja mit zunehmendem Alter.

Nach dem Essen ging Blackmore wieder zu seinem Auto und ließ sich von seinem Navigationssystem zur eingegebenen Adresse von Jessicas Mutter fahren. Am Übergang der High Road zur Lower End lag ein großes Einfamilienhaus auf der rechten Seite. Das grüngestrichene Garagentor war aus Holz, daneben rankte sich eine Rose die Hauswand hoch. In der Einfahrt stand ein Toyota Land Cruiser. »Buy British!« dachte Blackmore.

Er parkte sein Auto hinter dem Land Cruiser, stieg aus und betätigte den Türklopfer aus Messing. Als sich die Tür öffnete, sagte er nur: »Du?«

Rosie hatte tatsächlich bis neun Uhr geschlafen. Immerhin war es Samstag, so daß sie kein allzu schlechtes Gewissen haben mußte.

Gestern abend war sie nur noch todmüde ins Bett gefallen. Nach dem Duschen und dem üblichen Körnerfrühstück – an dem sie stur festhielt, auch wenn es sie vor längerer Zeit einen Verehrer gekostet hatte, der etwas von Vogelfutter gemurmelt hatte und jeden Morgen Schinken und Eier essen wollte, natürlich von ihr zubereitet, der Herr hatte sich immer an einen gedeckten Tisch gesetzt – betrachtete Rosie ihre Liste, auf der sie in ihrer sorgfältigen Handschrift (ohne Kreis über dem i) die diesen Fall betreffenden Punkte untereinander notiert hatte:

Debbie um Teilnehmerliste Rom-Reise Professor Schubert bitten
Cornelia Stockport zu Jessica befragen
Bankkonten Schubert/Jessica?
Tagebuch/Terminkalender Schubert/Jessica durchsehen
Bügeleisen (Wert? Alter?)
Autopsie Jessica

Sie seufzte. Der Punkt mit den Konten fiel wegen Wochenende aus. Wie sich das anhörte. Rosie beschloß, wieder Dickens zu lesen und ihr Englisch zu verbessern. Sie würde mit Cornelia Stockport beginnen. Debbie konnte sie immer noch heute nachmittag befragen.

Rosie schloß ihr Fahrrad auf, das sie an den Gartenzaun angekettet hatte. Die Sonne schien, und sie freute sich auf die Fahrt an der frischen Luft nach Marston. Eine halbe Stunde später schloß sie ihr Fahrrad vor Cornelias Haus wieder an. Rosie hatte sich noch eine *Sunday Times* gekauft, leicht verwegen, wie sie fand, da sie wahrscheinlich ohnehin wieder nicht zum Lesen kommen würde.

Die Haustür war wie beim letzten Mal offen. Im Flur hatte inzwischen jemand aufgeräumt: der Schneeschieber war verschwunden, der Papierkorb enthielt nur einen Werbezettel, und das beim letzten Besuch verdreckte Mountain Bike glänzte wie neu. Frühsommer allerorten, dachte Rosie. Sie ging nach oben und klopfte an Cornelias Zimmertür.

Keine Antwort.

Rosie klopfte erneut. Gleichzeitig klingelte drinnen ein nicht ganz leiser Wecker. Etwas fiel zu Boden, und und der Wecker verstummte.

»Ist da jemand?« hörte Rosie die Stimme der Studentin.

»Detective Sergeant Rosie Mannering, Thames Valley Police.«

»Tür ist offen«, war die lakonische Antwort.

Rosie trat ein. Cornelia saß verschlafen in ihrem Bett und hatte die Decke bis zum Hals hochgezogen. Ein Nachthemd lag unter dem Stuhl. Cornelia war Rosies Blick gefolgt und errötete, sagte aber nichts. Rosie ignorierte die Kleiderordnung und beschloß, mit der Tür ins Haus zu fallen. »Jessica ist tot.«

»Ich weiß«, sagte Cornelia, »Debbie hat mich angerufen.«

Mitgenommen sah sie nicht gerade aus, eher – erleichtert? Rosie war irritiert. »Kannten Sie sie näher?«

»Wir waren ja beide mit Professor Schubert in Rom, da kann man sich schlecht aus dem Weg gehen«, sagte sie.

Eifersucht? Rosie beschloß, Cornelia etwas zuzusetzen, ungeachtet der Tatsache, daß sie gerade aufgewacht war. Direkte Fragen förderten manchmal direkte Antworten zutage. »War Jessica auch mit Professor Schubert befreundet?«

»Also, nun ja, vielleicht, weiß nicht.« Cornelia fing an zu weinen. Die Bettdecke rutschte langsam von ihrer Schulter, was sie aber nicht zu bemerken schien.

Rosie stand auf. »Gehen Sie ruhig erst duschen. Dann frühstücken wir zusammen, und Sie erzählen mir, was passiert ist. Ich warte solange hier.« Sie holte die Sonntagszeitung aus ihrer Tasche und setzte sich in den einzigen freien Sessel. Cornelia warf einen Bademantel über und huschte ins Badezimmer. Barocke Figuren konnten sehr schön sein, fand Rosie. Sie faltete die Zeitung auseinander und suchte den Kulturteil.

Zehn Minuten später kam Cornelia wieder. »Kommen Sie mit in die Küche? Da sind wir auch ungestört. Die anderen sind alle übers Wochenende weggefahren.«

Rosie hatte sich schon gewundert, warum es im Haus so leise war. Auch die Küche war aufgeräumt und sauber. »Haben Sie eine neue Mitbewohnerin?« fragte sie.

Cornelia lächelte. »Sieht gut aus, das ganze Haus, oder? Mitbewoh*ner*! Er ist in einem der hiesigen Krankenhäuser für die Hygiene zuständig …«

Rosie konnte sich ebenfalls ein Grinsen nicht verbeißen. »Das heißt, im monatlichen Reinigungsplan steht jetzt nur noch sein Name?«

»So ähnlich.« Cornelia wurde wieder ernst. »Also, ich mache uns jetzt Tee und Toast. Oder möchten Sie lieber Eier und Schinken?«

Rosie mußte an ihren Verflossenen denken und sagte: »Müsli haben Sie nicht? Geht aber auch so.«

»Also, was wollen Sie wissen?« fragte Cornelia.

Rosie war sich sicher, daß Dickens in seinen Dialogen nicht so oft das Wort »also« verwendet hatte wie Cornelia, beschloß aber, nichts zu sagen.

»Wer war jetzt mit wem befreundet oder mehr?« Jetzt wurde Rosie rot und ärgerte sich gleichzeitig darüber. Etwas mehr Selbstsicherheit würde ihr sicher guttun.

Cornelia sagte leise: »Eigentlich nur ich. Ich habe neulich ja schon erzählt«, sie unterbrach sich, »neulich war ja erst gestern; es kommt mir viel länger vor. Also, in Rom hatte es angefangen. Professor Schubert hatte ein Einzelzimmer, und irgendwann nach einem feuchten und fröhlichen Abend hat er gefragt, ob ich noch einen kleinen Absacker – O-Ton – haben wollte. Und er ist, war immer sehr freundlich, da ergab das eine das andere …«

Rosie fragte sich, ab wann sich eine Mädchenschwärmerei für Lehrer und Professoren in etwas Ernsteres verwandelte, wußte aber keine Antwort. »Aber heiraten wollten Sie nicht?« Sie konnte auch böse sein.

Cornelia sah traurig aus. »Wie denn? Er hatte doch seine offizielle Freundin, diese alte Hexe.« Sie verstummte. Anscheinend hatte Rosie ihren wunden Punkt getroffen.

»Wen meinen Sie denn?«

»Ach, Professor Dunwood.«

Rosie erinnerte sich an den kleinen Bericht ihres Chefs über die Professorin. »Und wieso Hexe?«

»Ach, die war immer gegen alles: Seminare, die abends stattfanden, Studienfahrten mit Studentinnen, Semesterendfeiern ...«

Professor Dunwood hatte ihren Friedrich wohl richtig eingeschätzt, der nach Cornelias Sätzen wohl kein Kind von Traurigkeit gewesen war.

»Hat sie denn was gemerkt?« fragte Rosie.

»Eigentlich nicht. Sie wußte, daß ich Hilfskraft bei ihm war und daß er mich deswegen auch mal übers Mobiltelefon anrufen mußte. Und sie war ja selbst – wenn auch selten – auf Exkursionen. Dann hatten wir kurze Zeit Ruhe.« Sie wurde wieder rot und blickte zu Boden.

»Und Jessica?« Rosie konnte schon sehr direkt sein.

Cornelia sah auf. »Ich weiß auch nicht, was er an der fand. Jedenfalls hatte er in letzter Zeit kaum noch Zeit für mich. Vor zwei Wochen haben wir uns zuletzt in Henley-on-Thames in einem kleinen Hotel getroffen, aber das war schon irgendwie anders, nur noch horizontal, nicht mehr – *echt*.«

»Tut mir leid«, sagte Rosie. Das Ganze war von Cornelias Seite wohl doch ernsthafter gewesen als sie selbst gedacht hatte. »Wissen Sie denn, ob Professor Schubert sich mit Jessica getroffen hat, oder vermuten Sie das nur?«

»Ich habe ja Fahrkarten für seine Tagungen besorgen müssen, da er sich scheute, sie über das Internet zu buchen. Also kannte ich auch einige seiner Termine. Und in den letzten drei Monaten war vierzehntägig der Donnerstagnachmittag blockiert. Angeblich wollte er Ruhe zum Arbeiten haben, um ein neues großes Lehrbuch fertigzustellen.«

»Haben Sie die beiden mal zusammen gesehen?«

»Nicht wirklich im Sinne von«, Cornelia überlegte, »als Paar. Als Professor und als Studentin schon, aber entweder haben die beiden sich sehr gut verstellt, oder ich habe mir etwas eingebildet.« Sie fing wieder an zu weinen.

Vielleicht wollte Professor Schubert die Affäre mit Cornelia nur beenden, und Cornelia wollte sich das nicht eingestehen. Insgesamt sah der Charakter des Professors nach diesem Gespräch nicht mehr so integer aus. Rosie beschloß, ihren Chef zu fragen, was er für einen Eindruck von Margaret Dunwoods Verhältnis zu Schubert gehabt hatte. Sie biß ein Stück von ihrem Toast ab. »Und Debbie?«

Cornelia sah irritiert aus. »Der Professor und die Sekretärin? Glaub' ich nicht.«

»Nein, Entschuldigung, meinen Sie, daß Debbie etwas wußte? Von Ihnen und Professor Schubert? Oder von Jessica und Schubert?«

»Kann ich mir nicht vorstellen. Aber ihr Dienstzimmer liegt günstig, und sie beobachtet sehr gut, jedenfalls, was Mode angeht«, sagte Cornelia. »Vielleicht hat sie was gesehen.«

Rosie stand auf. »Danke für das Frühstück. Wenn noch etwas ist, rufe ich Sie an. Sie umgekehrt auch, wenn Ihnen noch etwas einfällt.«

Cornelia zögerte. »Bleiben Sie doch noch. Von dem Streit habe ich noch nichts erzählt, oder?«

Blackmore setzte die dünne Teetasse vorsichtig ab. Ein handfester Becher war ihm lieber. Er blickte sich erneut in der Küche um. Gepflegter Landhausstil, nichts Außergewöhnliches, etwas abgenutzt, aber helle, aufmunternde Farben. Die würden sich gleich ziemlich verdunkeln, dachte er. »Wann haben wir uns zuletzt gesehen?« fragte er.

Sein Gegenüber, eine zierliche Frau Ende Vierzig, Anfang Fünfzig, sah ihn fröhlich an. »Irgendwann so Mitte der Achtziger, denke ich. Im Studium, bei der Exkursion nach Inverness.«

»Das hätte ich jetzt nicht mehr gewußt«, sagte Blackmore. »Aber Studium war klar.« Er blickte gedankenverloren aus dem Küchenfenster. Der Rasen draußen war frisch gemäht, die Rosen geschnitten, die Ganzjahrestischdecke auf dem Gartentisch faltenfrei. Jemand mit viel Zeit, dachte er. Er räusperte sich. »Wieso haben wir uns eigentlich aus den Augen verloren, Julie?« Sie sah immer noch hübsch aus, auch mit den Falten in den Augenwinkeln. Und sie war immer noch eine Idee zu fein gekleidet: ein beiger Kaschmir-Pullover, ein passender Rock in Dunkelbraun, flache Lederschuhe.

»Ich weiß nicht recht. Irgendwie war da doch diese kleine Brünette bei dir, oder?«

Blackmore sah ertappt aus. »Ich dachte, das wußtest du nicht.«

Julie lachte. »Oh, ich habe so einiges bei euch Jungs mitbekommen. Die Angestellte beim Postamt, die kleine Brünette, wie gesagt, dann das Mädchen beim Bootsverleih …«

»Aber die waren nicht alle für mich.«

»Natürlich nicht. Aber du und Charlie, ihr wart schon ziemlich befreundet und habt so manches, äh, geteilt … Und dann tauchte Walter bei mir auf. Und dann war ich plötzlich verheiratet. Und dann …« Jetzt sah Julie gedankenverloren aus dem Fenster.

»Ich habe mal nach dir gesucht. Aber verheiratete Mädchen mit neuem Namen wiederzufinden, ist fast unmöglich. Heute vielleicht nicht mehr, mit dem Internet. Aber ich wußte nicht, daß du inzwischen Boulton heißt.«

»Tue ich auch nicht mehr«, sagte Julie. »Walter und ich haben uns fünf Jahre nach Jessicas Geburt getrennt, und ich habe wieder meinen Mädchennamen angenommen. Jessica hat den Namen ihres Vaters behalten wollen.«

»Nicht wieder geheiratet?« Blackmore war doch neugierig.

»Nein, einmal hat gereicht. Ich habe dann einige Freunde gehabt, auch mal etwas Festes, aber nichts auf Dauer. Und jetzt komme ich ganz gut alleine klar.«

Blackmore räusperte sich erneut. »Leider bin ich nicht deswegen gekommen. Und alte Erinnerungen läßt man besser in der Vergangenheit, wo sie hingehören. Ich glaube, ich habe eine ziemlich schlechte Nachricht für dich.«

Julie setzte sich kerzengerade auf. »Jessica?«

»Wann hast du sie zuletzt gesehen?«

»Vor einer Woche. Sie war zum Wochenende zu mir gekommen. Wir wollten den Garten herrichten und das Haus aufräumen. Wieso?«

Blackmore sagte es ihr.

Julie fing an zu weinen. Blackmore angelte ein unbenutztes weißes Stofftaschentuch aus seiner Hosentasche und gab es seiner alten Studienfreundin. Dann stand er auf, ging um den Tisch herum und legte seine Hand auf ihre Schulter. Julie griff mit ihrer linken Hand danach.

»Gut, daß wenigstens du es bist, der gekommen ist, ein bekanntes Gesicht«, sagte sie. »Was ist denn genau passiert?«

Blackmore beschrieb mit dürren Worten das Auffinden der toten Studentin. Das Bügeleisen und die Leiche des Professors ließ er erst einmal weg. »Kennst du ihre Freunde?« fragte er.

Julie schneuzte sich laut und wischte sich eine neue Träne ab. »Sie hatte wenige Freunde, soviel ich weiß. Jessica hat immer wenig erzählt. Wenn ich nachgefragt habe, was sie so macht, sagte sie meistens nur, ach, so dies und das. Selten fiel mal ein Name. Debbie, soviel ich weiß. Begeistert hat sie nur ein einziges Mal erzählt.«

Blackmore horchte auf. »Wovon denn?«

»Sie konnte vor einigen Monaten an der Romreise von Professor Schubert teilnehmen, Vatikan, Papstmesse, Travestere oder wie das hieß. Sie war so erfüllt von der Reise, daß sie sogar von einem Auslandssemester sprach, das sie machen wollte.«

Interessant, dachte Blackmore. Was auf der Reise wohl passiert war? Vielleicht hatte seine Assistentin etwas bei Jessicas Kommilitonen herausfinden können. Er räusperte sich wieder. Irgendwie war ihm die Begegnung mit seiner alten Studentenliebe auf die Stimme geschlagen.

»Kannst du eine Liste anfertigen von den Leuten, die dir in Bezug auf Jessica einfallen?« Furchtbar, dachte er, Handbuch für Verhörtechniken, drittes Kapitel. Alle Lernsätze dort waren scheußlich. »Hast du jemanden, der sich jetzt um dich kümmern kann? Soll ich irgendwen anrufen?«

»Kannst du das nicht machen, mit dem Kümmern, meine ich?« fragte Julie zaghaft und schneuzte sich erneut.

Blackmore sah schuldbewußt aus. »Das tut mir wirklich leid. Aber mit zwei Leichen ...« Das war jetzt gar nicht taktvoll, und er hatte sich verplappert.

Julie sah ihm direkt in die Augen, wie sie das schon früher gemacht hatte, wenn er mit etwas zu dünn geratenen Ausreden ein Treffen abgesagt hatte, weil die Blonde vom Bootsverleih ... »Jetzt erzählst du mal alles der Reihe nach. Ich brauche frische Luft. Komm, wir gehen in den Garten.«

Sie stand auf, ohne nach Blackmore zu sehen, und ging durch die Küchenaußentür nach draußen. Blackmore folgte ihr. Im Garten berichtete er etwas detaillierter vom Auffinden der Leiche von Professor Schubert und der von Jessica. Nur das Bügeleisen ließ er erneut weg.

»Und ihr habt niemanden im Verdacht?« fragte Julie. Plötzlich strauchelte sie, und Blackmore fing sie gerade noch auf, ehe sie umfallen konnte. Er führte sie zu einem der Gartenstühle, die schon einladend mit Kissen versehen um den Tisch herumstanden. Julie setzte sich. »'tschuldigung, mein Kreislauf.«

»Ich hole dir noch einen Tee«, sagte Blackmore und ging zur Küche zurück. Als er wiederkam und sich ihr gegenüber an den Tisch setzte, hatte Julie sich etwas gefangen und sah ihn an. »Wie geht es jetzt weiter?«

»Wir benötigen deine Liste. Dann muß einer meiner Mitarbeiter Jessicas Sachen durchsehen. Weiter müssen wir Auskünfte über Jessicas finanzielle Situation haben, Bankkonten, Gesundheit – was so üblich ist, um jemanden, der nicht mehr reden kann, kennenzulernen.« Das war auch nicht gerade behutsam formuliert, dachte er. »Weißt du denn jemanden, der nach dir gucken kann, ziemlich sofort? Glaub' mir, das ist besser so.«

»Ich kann Mrs Walters von gegenüber fragen. Die erzählt auch nicht sofort alles weiter«, sagte Julie. »Sehen wir uns noch mal?«

Blackmore stand auf und lächelte. »Dienstlich sowieso. Und wenn der Fall abgeschlossen ist, komme ich gerne wieder zu einem Tee zu dir.«

Auch Julie lächelte vorsichtig. »Vielen Dank. Ach, da fällt mir noch etwas ein. Neulich hat sie von einem Streit im Seminar erzählt.«

»Dann legen Sie mal los.« Rosie nahm wieder Platz und schenkte sich Tee nach.

Cornelia sah an die Küchendecke, als ob dort alles nachzulesen war. Sie schwieg.

»Nun machen Sie es nicht so spannend«, sagte Rosie. »Wer mit wem?«

Cornelia sah sie fragend an.

»Wer mit wem gestritten hat!«

»Also, einen richtigen Streit würde ich das nicht nennen, aber Debbie sagte, daß die Stimmen von Watkins und Schubert schon lauter als normal waren, und dann sei Watkins mit rotem Kopf ziemlich schnell aus Schuberts Zimmer gestürmt und grußlos an ihr vorbeigelaufen.«

»Wann war das?«

»Debbie hat mir das vor einer Woche erzählt, und da war das, glaube ich, auch schon wieder eine Woche her«, sagte Cornelia.

»Der Streit war demnach kurz vor oder kurz nach Ihrem letzten, nun, privaten Treffen mit Schubert?«

Cornelia wurde rot. »Kann sein.«

Rosie hatte angefangen, sich Notizen zu machen. »Hatte Watkins – Sie meinen doch Professor Watkins?«

Cornelia nickte.

Rosie hatte wieder den schleimigen Blick des Professors bei ihrem bisher einzigen Gespräch vor ihrem inneren Auge. »Hatte Watkins denn beruflich mit Schubert zu tun?«

»Nicht wirklich«, sagte Cornelia. »Watkins ist Ethiker.«

Ausgerechnet, dachte Rosie.

»Und die beruflichen Berührungspunkte waren eher wenige. Fakultätssitzungen logischerweise. Aber sonst weiß ich eigentlich nichts.«

»Also kann der Streit eigentlich nicht dienstliche Ursachen gehabt haben, wenn es denn ein Streit war.«

»Moment«, sagte Cornelia, »Watkins war aber mit in Rom.«

Rosie horchte auf. »Wie hat er sich denn da betragen? Auch die Mädchen mit seinen Blicken ausgezogen?«

»Kann ich eigentlich nicht sagen. Bei mir jedenfalls nicht. Und er war immer mit einer Gruppe von fünf, sechs Studenten alleine unterwegs.«

»Mädchen *und* Jungs?«

Cornelia nickte.

»Haben Sie abends denn nicht zusammen irgendwo etwas gegessen?«

»Doch schon, aber da war Watkins«, sie überlegte, »normal.«

»Ist er eigentlich verheiratet?« fragte Rosie.

»War wohl mal. Aber nicht lange, sagte Debbie jedenfalls. Die kennt doch alle Akten.«

»Sie meinen, Debbie schnüffelt herum?«

Jetzt sah Cornelia beleidigt aus. »Nein, überhaupt nicht. Ich meinte nur, weil sie so gewissenhaft ist, hat sie den besten Überblick.«

»Entschuldigung«, sagte Rosie. »Wie hat Watkins sich denn Ihnen gegenüber verhalten?«

Cornelia wurde wieder rot, sagte aber nichts.

»Haben Sie seine Vorlesungen gehört?«

Keine Antwort.

Rosie setzte nach. »Oder mal für ihn gearbeitet?«

Cornelia seufzte. »Sie werden es ja ohnehin erfahren. Wir waren mal zwei Monate zusammen.«

Jetzt sah Rosie irritiert aus. »Sie und der?«

»Ja, aber da war ich gerade im zweiten Semester und hatte mit meinem damaligen Freund Schluß gemacht und war ziemlich alleine und da …« Sie verstummte.

»Geht mich eigentlich auch nichts an«, sagte Rosie.

»Daß er seine Mädchen gerne wechselte, habe ich leider zu spät gemerkt«, sagte Cornelia. »Jugend schützt vor Torheit nicht«, versuchte sie einen etwas müden Scherz.

»Ist auch egal. Ich muß sowieso noch mal mit ihm reden.« Rosie sah auf die Uhr. »Schon elf. Ich will noch einmal ins Büro. Lagebesprechung. Ich rufe Sie wieder an.« Sie stand auf.

Blackmore setzte sich wieder. »Du meinst, zwischen den Professoren?«

»Nein, nein«, sagte Julie. »Zwischen Jessica und, wie hieß sie noch, die andere Studentin, Corinna sowieso.«

»Cornelia Stockport?« fragte Blackmore.

»Ich glaube, ja. Die beiden haben sich, wie Jessica sagte, ordentlich in die Haare gekriegt; es ging wohl um einen gemeinsamen Freund.«

»Einen Kommilitonen?« Blackmore fand es mühsam, immer nur einen Satz zu hören und dann nachfragen zu müssen.

»Ja, irgendwie vielleicht oder so.« Julie verstummte wieder und wischte sich eine weitere Träne aus dem Auge.

»Ich kann gerne noch einmal wiederkommen«, sagte Blackmore.

»Nein, es geht schon. Den Namen des gemeinsamen Freundes hat Jessica mir nicht genannt; er war wohl schon etwas älter. Ich weiß auch nicht, ob er auch in der Universität arbeitete. Jedenfalls haben die beiden Mädchen sich wohl darum gestritten, wer jetzt mit diesem Freund befreundet war oder nicht oder wer wann warum aufgehört hatte, befreundet zu sein …«

Julie hatte anscheinend den Faden verloren. Sehr erhellend hörte sich das alles nicht an, es klang eher nach dem üblichen Streit zwischen einer Ex- und einer Freundin. Blackmore stand wieder auf und sah auf die Uhr. »Ich muß zur Lagebesprechung. Ich rufe dich an. Dann trinken wir in Ruhe einen Tee.«

Julie lächelte wieder. »Ich geh dann mal zu meiner Nachbarin. Bis bald.« Sie stand ebenfalls auf und gab Blackmore ihre Hand und begleitete ihn zur Haustür. Im Flur hingen ein paar gerahmte Fotografien an der Wand, schon ziemlich verblichen; auf einem erkannte Blackmore eine wesentlich jüngere Julie, so wie er sie in Erinnerung hatte. Neben ihr standen drei weitere junge Leute. Irgendwoher kannte er das Bild.

9

Pfingstsonntag, 23. Mai 2010 – Bonn

Krüger sah sich um. Den Kopf durfte er allerdings nicht zu schnell drehen. Das Sofa kam ihm bekannt vor. Das Zimmer auch. War er nicht erst gestern hier aufgewacht? Er versuchte sich zu erinnern, wie der gestrige Abend ausgegangen war. Da war was mit Bier und nochmal Bier, dann was mit frischer Luft, anschließend irgendwas mit Weißwein und Kerzen ... Krüger gab auf.

»Schon wach?« Carmens Kopf lugte um die Ecke. »Dusche weißt du noch?«

Anscheinend war sie zu müde, um ganze Sätze zu machen.

»Danke«, sagte Krüger, setzte sich auf und entdeckte, daß er seine Hosen nicht mehr anhatte. Carmen sah seinen Blick und mußte lachen. »Nichts, was du bereuen müßtest, geschweige denn ich. Die Folgen der alkoholischen Gärung ... Du magst Wein, ich auch, und irgendwann bist du dann eingeschlafen. Ich habe dir mühsam deine Hose ausgezogen, damit du die nachts nicht völlig zerknitterst, und dich mit der Wolldecke zugedeckt. Das war's.«

Das war zumindest sehr fürsorglich, dachte Krüger, und außerdem waren Bettgeschichten nach erst zwei Tagen Bekannt- beziehungsweise beginnender Freundschaft wirklich etwas übereilt, wenn man länger darüber nachdachte. Oder so, dachte er.

»Gleich gibt's Frühstück«, sagte Carmen. »Etwas Beeilung, es ist schon zehn!«

»Bist du Frühaufsteher?« fragte Krüger.

»Nicht immer, aber meistens. Der Tag ist dann einfach länger. Vielleicht hast du Lust auf einen ausgedehnten Spaziergang bei der Waldau?«

»Gerne«, sagte Krüger. Plötzlich stutzte er. Da war doch irgendetwas heute morgen gewesen, etwas Dienstliches. Was war das man bloß gewesen? »Ich gehe eben duschen.«

Das kalte Wasser brachte ihn rasch zur Besinnung. Die Autopsie! Um elf! Mit ihm! Er seufzte.

Am Frühstückstisch sagte er zu Carmen: »Das wird erst einmal nichts mit unserem Weg. Ich muß zur Obduktion von Professor Minski. Das heißt, in einer halben Stunde muß ich los, damit ich nicht zu spät komme. Tut mir leid. Ich rufe dich danach wieder an.«

»Wo ist das denn?« fragte Carmen.

»Im Institut für Rechtsmedizin am Stiftsplatz. Eigentlich könnte ich mit dem Fahrrad fahren. Wenn ich laufe, komme ich zu spät. Das Auto ist wohl sicherer ...« Krüger hatte sich bei der Wahl des angebrachten Verkehrsmittels für einen Sonntagmorgen verheddert und verstummte.

»Wie war das mit dem Alkoholpegel?«

»Ach, solange der sich mit dem Blutanteil das Gleichgewicht teilt, geht's mir gut«, bemühte Krüger einen etwas müden Witz.

»Und was sagt die Polizei dazu?«

»Ich bin die Polizei«, sagte Krüger. Beide lachten. »Also, ich nehme mein Auto. Wo steht das nochmal?«

Carmen konnte sich ein etwas dreckigeres Grinsen nicht verbeißen. »In der Lotharstraße auf dem Bürgersteig. Wir sind gestern das letzte Stück zum *Wespennest* zu Fuß gegangen.«

Krüger seufzte. »Bürgersteig? Dann kann ich mich wieder mit den Kollegen vom Ordnungsamt herumschlagen, falls ich ein Knöllchen habe – vergessen, das Schild ›Polizei im Einsatz‹ hinter die Windschutzscheibe zu legen oder so. Außerdem muß ich dann sofort los, wenn ich bis dahin noch laufen soll; das sind auch zehn Minuten von hier.«

»Ich mache dir einen Vorschlag«, sagte Carmen. »Du nimmst ein Taxi zum Stiftsplatz. Du gibst mir deinen Autoschlüssel, und ich bitte meinen Nachbarn, dein Auto umzusetzen und vorschriftsmäßig zu parken.«

Krüger sah wieder erfreut aus. »I'm just speechless.« Wie immer, wenn er gerührt war, versuchte er das durch Flapsigkeit oder das Ausweichen ins Englische zu überspielen – warum, wußte er nicht.

Carmen griff zum Telefon und bestellte das Taxi.

Krüger hatte inzwischen seine Lederjacke übergezogen und sein Mobiltelefon eingeschaltet. »Ich gehe dann mal los«, sagte er. »Bis nachher!«

Carmen gab ihm einen Kuß auf seine unrasierte Wange. »Daran müssen wir aber noch arbeiten«, sagte sie.

Krüger sah nicht sehr schlau aus. »Woran?«

»An rechtzeitigem Rasieren vor plötzlichen Einsätzen.« Carmens Grübchen tauchten wieder auf.

Und Krügers Herz kam wieder mit einem ganzen Schlag weniger aus.

Unten auf der Straße griff der Kommissar zu seinem Mobiltelefon und tätigte einen Anruf. Befriedigt steckte er das Gerät wieder in die dafür vorgesehene Gürteltasche. Das Taxi kam und setzte Krüger vor dem fünfgeschossigen Gebäude der Rechtsmedizin am Stiftsplatz erst eine Viertelstunde später ab. Auch am Sonntagvormittag kam man in Bonn einfach nicht schnell von A nach B und schon gar nicht über die Bahnlinie, die die Stadt seit 1844 teilte, seit der Eröffnung der Eisenbahnstrecke von Köln über Brühl nach Bonn durch die Bonn-Cölner Eisenbahn. Entweder waren die Schranken zu, oder es regnete. Oder es war schwül, wie der alte Bönnsche Spruch hieß, den Zugereiste mit als erstes lernen mußten.

Die Tür zum Rechtsmedizinischen Institut war wie üblich verschlossen und der Pförtner nicht zu sehen. Krüger klingelte. Zu seiner Verblüffung machte ihm der grauhaarige Pathologe selbst wenig später die Tür auf.

»Pünktlich wie immer, wie schön«, sagte Professor Altendorf. »Aber Sie bleiben doch nicht lange – oder?«

Krüger guckte irritiert.

»Meistens müssen Sie doch eher wieder weg – oder?«

Krüger fand es schwierig, diese Art Fragen korrekt zu beantworten. Mit Ja oder Nein funktionierte das nie; immer war man auf einen ganzen Satz angewiesen.

»Ich glaube nicht«, sagte er daher.

Jetzt sah der Professor verständnislos aus. »Wie darf ich das verstehen?«

Das »Oder?« fehlte, dachte Krüger. »Heute ist Sonntag, und ich habe keinen weiteren Termin«, sagte er. Bis auf den ausstehenden Spaziergang mit Carmen, dachte er.

»Dann wollen wir mal«, sagte Professor Altendorf. »Ich darf vorgehen – oder?« Da er sich umdrehte und voranging, mußte Krüger nicht antworten.

Im Sektionssaal war alles vorbereitet. Die noch zugedeckte Leiche lag auf einem der metallenen Schiebetische; die Oberärztin, die Krüger noch vom letzten Mal kannte, streifte sich gerade Gummihandschuhe über, und eine ziemlich blasse, sehr junge Studentin stand etwas verloren in der Ecke. Der Assistenzarzt, ein großer junger Mann mit schwarzer Hornbrille, versuchte, unbeteiligt auszusehen. Der Präparator legte sich schon seine Instrumente bereit, um den Toten nach der Sektion wieder herzurichten. Ein dunkelhäutiger Gastarzt verfolgte mit ausdruckslosem Gesicht das Geschehen. Zwei Kollegen von der Spurensicherung grüßten Krüger, als er an ihnen vorbeiging.

»Wo ist denn der Staatsanwalt?« fragte die Studentin. Ihre Stimme zitterte ein wenig. »Muß der nicht dabei sein?«

»Im Gesetz steht nur *kann*«, sagte der Professor. »Diese Bestimmung, formuliere ich jetzt mal, nutzt Herr Jünger für sich aus.«

Konnte es sein, daß der Professor und der Staatsanwalt mal aneinandergeraten waren, fragte sich Krüger. Laut sagte er: »Wo ist Langenargen?«

»Ebenfalls verhindert«, sagte der Professor, zog seine Schürze über und griff zum Skalpell. Er sah auf die Uhr. »Elf Uhr zwölf. Sektion von Professor Doktor Maximilian Minski.« Die Titel betonte er. Dann sah er irritiert auf das kleine Diktiergerät, das neben ihm stand. »Warum blinkt das? Haben Sie das nicht eingeschaltet, Frau Wagner?«

Die Oberärztin trat neben ihm. »Doch, Herr Professor, aber Sie müssen auf die rote Aufnahmetaste drücken. Das Blinken bedeutet nur Aufnahme*bereitschaft*, Herr Professor.«

Es ging doch nichts über Hierarchien, dachte Krüger und sah verstohlen auf die große Wanduhr über der Eingangstür zum Sektionssaal. Elf Uhr dreizehn. Wo blieb bloß der Anruf?

Altendorf drückte auf die Aufnahmetaste und begann von vorne. »Elf Uhr vierzehn. Sektion von Maximilian Minski.« Dieses Mal ließ er die Titel weg. Er hob das Skalpell.

Krügers Telephon klingelte. Klingeln war nicht ganz richtig, Abspielen einer Melodie war schon besser. Laut und deutlich konnten alle im Raum die Titelmelodie der *Miss Marple*-Filme mit Margaret Rutherford hören, zuerst die Geigen, dann das einsetzende Schlagzeug und schließlich die Cembalo-Triller.

Hastig nahm Krüger den Anruf entgegen. »Ja?« Er lauschte. »Sofort? Ich bin eigentlich gerade unabkömmlich.« Er hörte zu, während sein Gesprächspartner anscheinend einen etwas längeren Satz formulierte.

Professor Altendorf sah ungeduldig auf die Wanduhr.

»Gut«, Krüger seufzte glaubwürdig, »ich fahre dann sofort los.« Er steckte das Telefon wieder weg und sagte zu niemandem im Besonderen: »Es tut mir leid. Dringender Anruf aus dem Polizeipräsidium. Der aktuelle Fall hat eine neue Entwicklung genommen. Man braucht mich sofort.«

»Hatte ich doch recht – oder?« sagte der Professor. In seinen Augenwinkeln sah Krüger so etwas wie Belustigung. »Wann war denn die letzte vollständige Obduktion, an der Sie teilgenommen haben, Herr Kommissar? 1870/71?«

Die Oberärztin lachte.

Krüger verzog seine Mundwinkel. »Ich kann doch nichts dafür, wenn ich ein vielgefragter Mann bin«, sagte er. »Sie schicken mir den Bericht bald?«

Der Professor nickte. »Heute nachmittag. Per E-Mail.«

Oha, dachte Krüger, der Professor geht mit der Zeit. Kein Papier mehr. Er grüßte und verließ den Raum.

Auf der Straße mußte er doch grinsen. Er nahm sein Telefon heraus. »Ich bin's. Danke, es war noch rechtzeitig. Er hatte gerade das Skalpell in der Hand.« Vom anderen Ende kam wieder ein längerer Satz. Krüger hörte zu und lachte dann. »Jaja, ich weiß. Bislang sind wir bei einem Drei-Gänge-Menu. Bis nachher.«

Den kurzen Weg durch die Kölnstraße bis zum Bertha-von-Suttner-Platz ging Krüger zu Fuß. Für ihn war der Platz der häßlichste von Bonn und hätte auch nach Dortmund oder Newcastle gepaßt. Die Bebauung hatte sich sogar noch zu Krügers Zeiten in Bonn immer wieder geändert, wie ihm Schneider mal auseinandergesetzt hatte, als er seinen Kollegen das erste Mal durch die Bonner Innenstadt geführt hatte. Diverse Bürohäuser standen zwischen wenigen alten Häusern. Ein Kino, ein Asia-Imbiß, mehrere Teppichhändler, eine Bäckerei, Banken, Reisebüros – das übliche gesichtslose Durcheinander für Großstädte paßte nach Krügers Meinung nicht nach Bonn. Die einzige sinnvolle Änderung war die Höherlegung der Bahnsteige für die Straßenbahn, was ihm, Frauen mit Kinderwagen und anderen gehbehinderten Zeitgenossen ein Entern der Wagen ersparte.

Mit den Linien 62 oder 66 der Bonner Stadtwerke gelangte man im Zehn-Minuten-Takt auf die andere Rheinseite. Krüger nahm die gerade einfahrende Bahn der Linie 62 und fuhr bis zur U-Bahn-Haltestelle Ramersdorf. Den Haupteingang des Polizeipräsidiums erreichte er zwei Minuten später zu Fuß.

Das Schild »Polizeipräsidium Bonn« mit seinem vertikalen Schriftzug wurde gerade zum xten Mal – trotz Sonntags – gereinigt. Krüger konnte dennoch »Polizei – Osterei« entziffern, was eher für das harmlose Umfeld des Gebäudes als für die innovative Gedankenkraft des Schmierers sprach. Aber wer ging schon mit nach links geneigtem Kopf vorbei, um die Aufschrift des Schildes lesen zu können, dachte er. Das Polizeiwappen schwebte etwas beziehungslos zum Schriftzug in der rechten oberen Ecke. Auch so ein Architektenunfug und dann noch kursiv. Aber wahrscheinlich war es nur der Praktikant des Architekturbüros gewesen, der das vielleicht ähnlich bei einem Gebäude für Softwareentwicklung gesehen hatte und für modern hielt.

Krüger betrachtete seinen Arbeitsplatz. Quadratisch, praktisch, gut. Das stimmte jedoch nicht ganz und war zudem ziemlich unfair. Von vorne waren zwei dreistöckige rote Rechtecke zu sehen, die in der Mitte durch einen Glaskubus verbunden waren, der die »Empfangshalle« des Präsidiums darstellte. Das Rot sah immerhin freundlich aus, und es gab breite und hohe Fenster in allen Zimmern, die die Schummrigkeit der Räumlichkeiten des alten Gebäudes an der B9 zwischen Bonn und Bad Godesberg vergessen ließen. Krüger grüßte die Kollegin hinter dem Empfangstresen und ging in sein Zimmer. Seine Abteilung – KK 11 – war im dritten Stock untergebracht, was er ganz gut fand. Zum einen mußte er Treppen steigen, Fitness konnte nie verkehrt sein; zum anderen saß er etwas über den niederen Dingen.

Sein Rechner lief noch, was ihm sicher wieder einen Rüffel eintragen würde, falls es jemand entdeckte. Hacker! Von außen! Und der Strom! Er hörte förmlich die Stimme der Mitarbeiterin aus ZA 13, die sich ihr Leben lang mit Haushalts- und Wirtschaftsangelegenheiten befaßte – nicht: befassen mußte, denn sie machte das freiwillig und gerne.

Krüger suchte nach »Konstanze Minski« in der hausinternen Datenbank, wurde aber nicht fündig, ebenso wenig unter »Konstanze Donnelly«. Maximilian Minski war in Essen geboren und in Gelsenkirchen zur Schule gegangen. Aber die dortigen Standesämter hatten am Sonntag geschlossen. Das mußte dann eben bis morgen warten.

Plötzlich kam ihm eine Idee. Es gab doch das Internet. »Konstanze Minski« ergab 303 Treffer, »Konstanze Donnelly« 435.000, was daran lag, daß eine bekannte Herzschmerz-Schriftstellerin dazwischenfunkte. So ging das auch nicht.

Wie war das noch mal mit der Seite, auf der man alte Schulfreunde suchen konnte? *Stay friendly* oder so ähnlich. Mittels seines für das Internet wichtigen Alter Egos namens Phil Schlauer – entstanden nach einem Besuch einer koreanischen Polizistendelegation in Bonn, deren Dolmetscher ihn immer mit Hell Klüger angeredet hatte (die zweite Silbe mit dem Schluß-r bekam er irgendwie hin; es konnte allerdings auch als »ga« durchgehen) – und der dazugehörenden ebenso falschen E-Mail-Adresse registrierte Krüger sich rasch im Schulfreunde-Netzwerk. Und tatsächlich: Eine Konstanze Minski hatte von 1967 bis 1976 das Max-Planck-Gymnasium in Gelsenkirchen-Buer besucht. Er erinnerte sich, daß bei der Tochter einer Freundin die Lehranstalt »Marx blank« geheißen hatte, was mindestens für Gelsenkirchen auch paßte. Nicht abschweifen, dachte Krüger. Und noch besser: Konstanze Donnelly hatte vor kurzen, das heißt vor drei Jahren, auf der Suche-Seite des Schüler-Netzwerks nach einer »Susanne Scheben« gefragt und nicht nur eine E-Mail-Adresse, sondern auch eine Telefonnummer angegeben. Letzteres fand Krüger doch etwas leichtsinnig. Es sollte ja auch so etwas wie Betrüger in Zeiten der Technik geben. Er sah auf die Uhr. Man konnte sein Glück ja mal versuchen. Es war zwölf, demnach in England eine Stunde früher. Falls die Dame so unkirchlich wie er selbst war, könnte sie am Sonntagvormittag zuhause sein. Krüger rechnete kurz: Abitur 1976, dann war sie etwa 1956/57 geboren, demnach Anfang fünfzig. Er griff zum Hörer.

Kurz nach eins saß Krüger in seinem abgewetzten Lehnstuhl in seiner eigenen Wohnung in der Adolfstraße und überlegte, ob er Carmen anrufen sollte. Andererseits dauerte eine Obduktion etwa zwei Stunden, und noch wollte er Carmen nicht sagen, daß er ziemlich schnell das Feld geräumt hatte …

Ein Telefon klingelte. Krüger sah sich um. Das Fenster stand offen, draußen zwitscherte ein einsamer Vogel. Konnte theoretisch auch beim Nachbarn sein.

Das Telefon klingelte lauter. Ziemlich penetrant, fand Krüger, der sich fragte, ob Telefone lauter klingeln konnten, wenn ihre Lautstärke doch einmal eingestellt worden war. Sein Mobiltelefon war es jedenfalls nicht. *Miss Marple* war immer gleich laut.

Das Telefon schien jetzt dauerzuklingeln. Krüger folgte dem Lärm und entdeckte schließlich in der Küche auf dem Tisch unter einem kleineren Stapel alter Zeitungen, der durch das gleichzeitige Vibrieren des Geräts allmählich zur Seite gerutscht war, den Mobilteil seines neuen drahtlosen Festnetz-Telefons, dessen Präsenz nicht die tieferen Schichten seines Gedächtnisses erreicht hatte.

»Ja, hallo?«

»Krüger, Mensch, sind Sie das?«

»Ja, Chef.«

»Herr Langenargen reicht, das hatte ich doch schon mal gesagt«, sagte sein Chef. »Ich habe den ganzen gestrigen Abend versucht, Sie zu erreichen.«

Krüger dachte an den studierenden Kellner und an das Weißbier und daran, daß er sein Mobiltelefon ausgeschaltet hatte, um ungestört mit Carmen reden zu können. »Sorry, Sir«, fing er an, aber Langenargen unterbrach ihn.

»Wir sind hier nicht auf der Insel!« Er war wohl wirklich sauer, sonst hatte er schon mal mit einem jovialen »Alright, son« geantwortet.

»Der Akku hat eine Macke; ich muß mich mal um einen neuen kümmern«, versuchte Krüger seine übliche Ausrede.

»Ich habe Ihnen einen neuen von der Technik besorgen lassen, den holen Sie sich bitte morgen früh bei mir persönlich ab!« sagte Langenargen.

Mist, dachte Krüger; dann muß ich wohl als nächstes das Gerät verlieren. »Was gibt es denn?« fragte er.

»Wie, was gibt es denn?« Sein Chef klang wirklich aufgebracht. »Wir haben einen Toten, und Sie sind nicht erreichbar.«

»Was hätte ich denn gestern abend tun sollen?« Krüger war jetzt auch sauer.

»Mir Bericht erstatten!« sagte sein Chef.

»Aber wir haben uns doch noch um siebzehn Uhr im Flur vor Ihrer Fahrt ins Schloß getroffen«, sagte Krüger.

»Aber wir haben uns da doch nicht über die Zeugin unterhalten, zu der Sie aus der Dienstbesprechung gerufen worden sind. Ich erwarte, und das möchte ich hier …«

»… und heute«, sagte Krüger.

»… unterstreichen, nun werden Sie mal nicht frech«, sagte Langenargen, »unterstreichen, daß ich jederzeit über alles informiert werde, was mit dem Fall zusammenhängt!«

»Dann war es also richtig, daß ich nicht zu erreichen war«, sagte Krüger.

»Wieso denn das?«

»Weil die Dame, zu der ich gerufen worden war, sich als Wichtigtuerin herausstellte, und damit wollte ich Ihre Zeit nun wirklich nicht verschwenden.«

Am anderen Ende hörte man ein leises Zischen. Wahrscheinlich war jetzt die Luft aus dem Gespräch 'raus, dachte Krüger.

»Gleich kocht mein Tee«, sagte sein Chef. »Halten Sie mich auf dem Laufenden!«

Krügers »Yes, Sir, yes!« hörte er schon nicht mehr; er hatte vorher aufgelegt. Krüger schlurfte zum Sessel zurück, schloß die Augen und dachte nach. Was hatte er denn wirklich bis jetzt?

Ein Professor war tot. Es gab Streit an der Fakultät, aber den gab es im Polizeipräsidium auch. Eine Wohnung war zu teuer ausgestattet, aber das war die des Polizeipräsidenten auch. Bei ihm gab es eine Erklärung: seine Frau hatte das Geld in die Ehe gebracht; Töchter von Brauereibesitzern waren immer eine gute Partie. Der Tote hatte keine Familie und keine Feinde, was manchmal auf das Gleiche hinauslief.

Krüger seufzte. Er überlegte, ob er eine seiner beiden noch übrigen Zigarren anzünden sollte, damit er besser nachdenken konnte. Da er aber nicht wußte, was Carmen von einer Räucheraura hielt, unterließ er das fürs erste. Allmählich bekam er Hunger.

Vielleicht konnte er am Flughafen etwas essen. Das Telefonat mit Mrs. Donnelly war vielversprechend gewesen.

Wieder klingelte ein Telefon. Dieses Mal identifizierte Krüger es sofort. *Miss Marple.*

»Ja, hallo?«

»Krüger, bist du das?« fragte Carmen. »Wie heißt du eigentlich mit Vornamen?«

Das überhörte Krüger wie immer bei allen Fragenden. Er sagte nur: »Ja?«

»Es ist leider etwas Dummes passiert«, sagte Carmen. »Dein Auto war schon abgeschleppt worden. Daher habe ich in der Rechtsmedizin angerufen, aber dort sagte man mir nur, du seiest bereits nach einer Viertelstunde wieder gegangen. Wieso denn eigentlich?«

»Das erzähle ich in Ruhe«, sagte Krüger. »Es hatte mit dem aktuellen Fall zu tun. Außerdem habe ich Hunger, und heute abend muß ich zum Flughafen. Waldau?«

Dieses Mal verstand Carmen nicht sofort. »Ich dachte, der Flughafen heißt Wahn, Köln-Wahn?«

»Hieß«, sagte Krüger, »wurde vor langen Jahren in Köln-Bonn umbenannt. Nein, ich meinte unseren Spaziergang. Und wenn ich mich nicht irre, kann man dort auch ganz gut essen. Ich lade dich ein.«

»Kommst du zu Fuß?« versuchte Carmen ihn zu necken.

»Nein, nein, ich verbrauche heute das für diesen Monat bewilligte Taxibudget. Bis gleich. Ich hole dich ab. Und die Flughafengeschichte erkläre ich dir dann.«

Krüger schob seinen Teller beiseite, um auf dem dadurch entstandenen Platz seine Stoffserviette ordentlich zusammenzufalten. Dann sagte er: »Satt!«

Carmen mußte lachen. »Das sagst du wahrscheinlich, seit du drei bist – oder?«

»Mir fiel nichts Besseres ein«, sagte Krüger.

»Möchtest du denn noch einen Espresso u dergl – oder?«

Carmen hatte tatsächlich »u dergl« gesagt. Anscheinend hatte sie auch ein Faible für Heinz Erhardt.

»Gerne«, sagte Krüger. »Aber dann brauche ich frische Luft!«

Der Espresso und ein Cappuccino kamen. Wenig später zahlte Krüger und verließ mit Carmen die *Waldau*. Draußen hakte sich die Sekretärin bei Krüger ein und dirigierte ihn vorsichtig am etwas heruntergekommen aussehenden Kinderspielplatz vorbei in Richtung Wildgehege. Ein paar Vögel zwitscherten, ein paar Kinder versuchten sich lautstark an ihrem noch begrenzten Schimpfwortrepertoire, und eine ältere Dame führte einen älteren Hund spazieren.

»Nun erzähl mal«, sagte Carmen, »beim Essen wolltest du ja nicht mit der Sprache raus – *oder*?«

Krüger guckte irritiert. Da war das »oder« wieder. Hatte Carmen mit dem Pathologen selbst telefoniert und wollte das beiläufig unterstreichen? Schnell sagte er: »Du erinnerst dich doch an gestern abend, an Minskis kleines Notizbuch? Ich habe heute vormittag telefonisch seine Schwester erreicht. Sie hat morgen Zeit, einige Fragen zu beantworten.«

»Und das kannst du nicht am Telefon erledigen?« fragte Carmen.

»Du weißt doch, wie das ist: Man muß sich schon einen Eindruck seines Gegenübers verschaffen, Körpersprache und so, Milieu, Wohnung …«

Carmen unterbrach ihn. »Das können doch die Engländer selbst besser erledigen. Ruf doch deinen Kollegen oder wie man sagt in Oxford an.«

»Ja, und dann muß ich vorher Langenargen informieren, und dann sagt er, klären Sie das bitte telefonisch, unser Reiseetat, Sie wissen schon. Und wenn er das wirklich genehmigt, dann muß ich einen Dienstreiseantrag stellen und die preiswerteste Verbindung nach Oxford nehmen …«

»Bus«, sagte Carmen.

»… und darf nicht übernachten und muß Vorschriften beachten und …« Mehr fiel ihm nicht ein.

»Du machst das lieber allein, oder?« Dieses Mal paßte das »oder« und klang wie immer, dachte Krüger. Laut sagte er: »Ich glaube schon. Jedenfalls nehme ich die Zwanzig-Uhr-Maschine, die um zwanzig Uhr zehn in London-Stansted landet, dann bin ich mit dem Mietwagen gegen …«

»Concorde?« fragte Carmen.

Krüger versuchte, nicht zu verständnislos auszusehen.

»Ich meine, nur zehn Minuten Flug?«

Krüger wartete.

»Ach nee, einundzwanzig Uhr zehn, Zeitverschiebung.« Carmen errötete, worüber Krüger jetzt lieber nicht weiter nachdenken wollte.

»Jedenfalls bin ich dann gegen dreiundzwanzig Uhr in Oxford; beim *Green Gables Guest House* habe ich ein Zimmer gebucht. Dann kann ich am Montagvormittag Minskis Schwester interviewen und die Abendmaschine um viertel vor neun zurücknehmen. Die landet um elf, dann bin ich um Mitternacht wieder zuhause.«

»Soll ich mitkommen?« fragte Carmen.

Krüger setzte seine Dienstmiene auf. »Das ist ein sehr freundliches Angebot, aber da Sie leider nicht im Polizeidienst, sondern nur im Hochschulwesen tätig sind, sehe ich mich außerstande …«

Carmen gab ihm einen freundlichen Knuff in die Seite. »Aber daß ich das würde, weißt du doch – oder?« Sie legte den Kopf schief und sah noch hübscher aus.

»Nächstes Mal«, sagte Krüger. Er wollte gerade seinen Arm aus der Unterhakung lösen, um Carmen möglicherweise einen Kuß zu geben, als sein Mobiltelefon klingelte.

Carmen grinste. »Hast du die Melodie schon auf die Insel eingestellt?«

»Ich bin im Wald«, sagte Krüger. »Nein, ich komme nicht mehr ins Präsidium.«

Sein Gegenüber schien mit Nachdruck etwas zu sagen.

»Nein, morgen bin ich nicht da. Was Privates.«

Noch ein nachdrücklicher Satz.

»Ich weiß, Mordermittlung, aber alles, was morgen zu tun sein wird, habe ich schon an die Kollegen delegiert. Tut mir leid, der Termin ist nicht zu verschieben.« Krüger machte das Gerät aus und steckte es wieder in die Brusttasche seines Oberhemdes.

»Dein Chef?«

»Nee, schlimmer; POK Winterstein.«

»?«

»Eine etwas ältere Kollegin, unbemannt – darf man das noch sagen? –, die mich unbedingt sprechen will. Das ist ein Fehler bei ihr: Wenn man nett zu ihr ist und sie um Mithilfe bei der aktuellen Ermittlung bittet, läuft sie einem die nächsten Wochen hinterher, um das sehr unverbindlich versprochene Glas Bier einzufordern. Das hört erst auf, wenn der Nächste sie um etwas bittet. Dann geht es bei dem wieder von vorne los. Eigentlich tut sie mir leid, mit ohne Sozialleben und so.« Er verstummte.

»*Anyway*«, sagte Carmen, »jetzt fehlt noch die Aufklärung über deinen kurzen Pathologietermin.«

Krüger wollte antworten, aber erneut hörte man *Miss Marple*.

»Im Wald«, sagte er. »Nein, Sir, dienstlich. Ja, ich weiß. Nein, nichts Neues. Ja, ich rufe Sie an, sobald sich etwas ergeben hat. Nein, morgen bin ich nicht da. Ja, Sie auch nicht, ich weiß. Gut, bis übermorgen.«

Er sah auf die Uhr. Inzwischen waren sie beim Wildgehege angekommen.

»Mein Chef«, sagte er erklärend. »Wir brauchen doch sicher eine gute halbe Stunde zur Bushaltestelle an der Waldau zurück. Laß uns mal umkehren. Dann kann ich in Ruhe zum Flughafen fahren. Und was die Pathologie angeht – das ist eine längere Geschichte, die ich dir in Ruhe erzählen möchte.«

* * *

Dienstag, 6. Mai. *Was ich gesagt habe: Kühn hat gewonnen. Und jetzt verhandelt wie immer die SPD mit der FDP, ob sie wieder zusammen in Düsseldorf regieren wollen. Was sie ja wollen. Was mich aber mehr beschäftigt, ist der mit den dunklen Locken, den ich im Proseminar bei den Germanisten kennengelernt habe. Ein großer, netter junger Mann, nicht mehr so ein Junge, wie Max es ist. Jetzt sind es vier Jungs, die ich sehr gut leiden kann. Mal sehen, wen ich in die engere Wahl ziehe. Selber jemand mit dunklen Locken und einer nicht allzu schlechten Figur zu sein, scheint sich auszuzahlen.*

10

Samstag, 15. Mai 2010 – Oxford

Blackmore nickte dem diensthabenden Sergeanten zu und ging zum *Major Incident Room* im ersten Stock. Die Tür war angelehnt; wie üblich war er der erste, eine Angewohnheit, die er nicht ablegen konnte.

Am Kopf des langen Tisches stand sein Stuhl, der einzige mit Armlehnen, obwohl Blackmore Hierarchien unter Stühlen albern fand. An einer Wandseite hing eine große Korkpinnwand, an der die üblichen Tatortfotos und sonstigen Informationen übersichtlich mit Stecknadeln angebracht worden waren. Ein *Whiteboard* hatte es noch nicht bis hierhin geschafft. Blackmore sah flüchtig hin. Die Bilder des jeweiligen Falles hatte er alle in seinem Kopf. Meistens blieben sie da für immer und drehten Kreise, wenn er nachts nicht schlafen konnte. Soviel Böses in der Welt. Bei einem Foto blieb sein Blick hängen. Es zeigte das Bügeleisen, das zur Tötung der jungen Studentin benutzt worden war. Irgendwo hatte er so etwas Ähnliches schon einmal gesehen. Er seufzte.

Es klopfte.

Blackmore seufzte erneut und sagte laut: »Sie werden es nie lernen, Harry. Die Tür ist offen, und Sie können, weil wir hier gleich eine Besprechung haben, jederzeit hinein.«

Harry steckte zuerst seinen Kopf in den Raum und grinste freundlich. »Tag, Chef. Etwas Neues?« Er schob seinen massigen Körper hinterher und ließ sich auf einen Stuhl mit dem Rücken zur Pinnwand fallen. Er hatte anscheinend genug gesehen in seinem Leben. Harry faltete seine Zeitung auf, wie gewöhnlich die *Oxford Mail*, die sich immer mehr zu einem Revolverblatt zu entwickeln schien. »Mann aus Abingdon belästigt Schülerinnen« war auf der Titelseite zu lesen. Immerhin hatte die Überschrift ihr Ziel erreicht – einen Käufer für die Zeitung zu finden.

Blackmore sah sich weiter um. Das Zimmer war anscheinend bei der Vorbesprechung der dringend notwendigen Modernisierungen verschlossen gewesen oder hatte während der Renovierung woanders im Gebäude gelegen. Die Holzvertäfelung müßte mal wieder lackiert werden, dachte Blackmore. Gleichzeitig könnte man vielleicht die Bildergalerie der ACCs auf den neuesten Stand bringen, deren aktuellstes Foto Assistant Chief Constable John Parker, etwa 1967, zeigte.

Die Stühle sahen verschlissen aus. Immerhin stand eine neue Kaffeemaschine in der Ecke, in der gerade das letzte Wasser in die Kanne lief und die verheißungsvoll duftete.

»Hallo«, sagte Fred Moreland und schlurfte herein. Er setzte sich neben Harry Ness, der nur etwas grunzte.

Blackmore sah auf die Uhr. »Fast vier. Rosie fehlt noch.«

»Vielleicht braucht sie länger, um sich hübsch zu machen«, sagte Moreland.

Blackmore warf ihm einen strafenden Blick zu. »Wenn ich zu spät komme, hättest du nichts gesagt!«

»Bei dir ist das auch zwecklos«, sagte Moreland. »Das Verschönern, meine ich.«

Blackmore ignorierte ihn. »Wo ist Saijjad Jarwar?«

»Auf einer Fortbildung«, sagte Moreland. »*Urdu for Beginners.*«

»Ich dachte, das könnte er schon.«

»Nein, Sir, er stammt doch aus Cardiff und nicht aus Karachi.«

Es klopfte, und fünf Sergeanten verteilten sich um den Tisch.

»Kann sich einer von Ihnen um den Kaffee kümmern?« fragte Blackmore. Chefs mußten delegieren können, fand er. Er nahm Platz und holte seinen Schreibblock aus der Tasche.

Die Tür ging auf, und Rosie kam herein. »Bin ich zu spät?« Die große digitale Wanduhr über der Tür zeigte exakt 16:00 Uhr.

»Wir wollten gerade anfangen. Setz dich!« Er deutete neben sich, was Rosie als Ehre empfand, da sie bei allen bisherigen Besprechungen irgendwo am unteren Ende des Tisches gesessen hatte.

Blackmore räusperte sich. »Sechzehn Uhr am 15. Mai 2010. Erste Besprechung in den Mordfällen Friedrich Schubert und Jessica Boulton. Der Stand der Dinge ist folgender.« Er rekapitulierte den Gang der Ereignisse, ging kurz auf die Autopsie ein und schloß mit seinem Besuch bei Julie Boulton. »Irgendwelche Fragen?«

»Sir«, meldete sich einer der fünf Sergeanten. »Sie haben nichts von seiner Familie gesagt.«

»Die scheint es auch nicht zu geben, bis auf einen Bruder in Bonn, um den ich mich aber noch nicht gekümmert habe.«

»Sir, das kann ich übernehmen«, sagte der junge Beamte. »Ich habe einen deutschen Brieffreund aus Schulzeiten, den ich allerdings vor mehreren Jahren zuletzt gesehen habe. Er war irgendwo bei der Kripo in Bonn.«

»Gut, aber sehen Sie zu, daß Sie nicht zuviel Zeit brauchen, wenn Sie ihn nicht sofort finden«, sagte Blackmore. »Noch jemand?« Er ließ seinen Blick über die Gesichter wandern und hielt bei Rosie an. »Etwas Neues?«

Rosie räusperte sich und stand auf. »Ich war zuletzt bei Cornelia Stockport, Professor Schuberts Hilfskraft. Sie war eine Zeitlang seine Geliebte. Und dann kam Professor Watkins. Und sie war eine Zeitlang seine Geliebte.«

»Wessen denn jetzt?« fragte Harry Ness und faltete geräuschvoll seine Zeitung zusammen. Anscheinend hatte er nur den letzten Teil mitbekommen.

»Watkins'«, sagte Rosie. »Aber das ist schon lange vorbei. Sie sucht wohl noch und ist eigentlich nur traurig.«

Harry wollte etwas sagen, überlegte sich das aber wieder anders, als er Rosies Blick bemerkte.

»Witze brauchen wir dazu nicht«, sagte sie. »Im Moment drehe ich mich im Kreis. Jeder mit jeder, keiner fest, und niemand mit Motiv in der Nähe.« Sie setzte sich wieder.

»Harry, du kümmerst dich am Montag um die Bankkonten der beiden Ermordeten«, sagte Blackmore. »Rosie, hast du etwas wegen des Bügeleisens herausgefunden?«

»Nein, aber ich wollte gleich zu einigen Antiquitätenhändlern; für mich sieht das Bügeleisen so aus, als könnte es aus dem letzten Jahrhundert stammen. Dem neunzehnten, meine ich.«

»Gut«, sagte Blackmore. »Ich versuche, die Sekretärin noch einmal zu erreichen. Ihr beiden«, er sah zwei der Uniformierten an, »ihr versucht, eine Aufstellung der Telefondaten der Festnetzanschlüsse und der Mobiltelefone der beiden Ermordeten zu bekommen. Es ist Samstag, da müßte das noch gehen. Die nächste Besprechung ist am Montag, ebenfalls um vier. Und du, Freddie, du siehst die Terminkalender der beiden Toten durch und machst uns für die vergangenen vier Wochen eine Synopse.«

Moreland sah verständnislos aus.

Blackmore sah ihn an und überlegte, ob Moreland es ernst meinte. »Laut *Wikipedia* ist eine Synopse eine zusammenfassende und vergleichende Übersicht und Gegenüberstellung gleichartiger Daten und Texte. Mach uns also bitte eine parallele Aufstellung der beiden Kalender.«

Moreland versuchte, ernst zu gucken. »Also ist Synopse ein Synonym für Übersicht, etwas anderes für dasselbe?«

Blackmore nickte und merkte zu spät, daß sein Kollege ihn jetzt da hatte, wo er es wollte.

»Und warum redest du dann plötzlich nicht mehr Englisch, sondern Griechisch?«

Vor dem *Grand Café* in der High Street stieg Rosie von ihrem Fahrrad, schloß es ab und betrat das daneben liegende Antiquitätengeschäft *Antiques on High*, in der Hand ein Foto des Bügeleisens, das sie von der Kriminaltechnik erhalten hatte. Sie sah sich um. Der Laden war vollgestopft mit Vitrinen, die Krimskrams jeder Richtung enthielten: Schmuck, Serviettenringe, Besteck, silberne Teekannen … Rosie wurde unterbrochen.

»Liebes, kann ich helfen?« Eine ältere Frau mit Lesebrille an einer Kette um den Hals und einem geblümten Kleid stand plötzlich neben ihr. Gewisse Stereotypen schienen so zu ihrem Mutterland zu gehören, dachte Rosie, daß sie zeitlos waren und – jeweils ziemlich hinter der Mode herhinkend – immer irgendwo die letzten hundert Jahre anzutreffen gewesen waren, meistens auf dem Land.

Rosie zeigte ihr Foto vor.

»Das tut mir wirklich leid, Liebes, aber das letzte Bügeleisen dieser Art habe ich vor zwanzig Jahren angekauft. Es muß irgendwo dahinten stehen.« Vage deutete die Angestellte in die Tiefen des Ladens.

»Ich wollte nichts verkaufen; ich brauche nur eine Auskunft.«

»Schieß los, Liebes«, sagte die geblümte Frau.

»Wissen Sie, wer mir Näheres darüber sagen kann?« fragte Rosie.

»Eigentlich Francis Stelton, der Besitzer. Aber der hängt gerade irgendwo in Spanien ab.« Offenbar hielt sie Rosie für eine Studentin und meinte, ihr sprachlich entgegenkommen zu müssen.

»Wissen Sie niemanden hier in Oxford?«

»Du kannst es immer noch im Ashmolean Museum versuchen, Liebes, der dortige Identifikationsdienst weiß sicher mehr.«

Rosie dankte der Dame und trat wieder auf die Straße. Draußen kam ihr eine Schar Japanerinnen mit großen Sonnenbrillen und kleinen Miniröcken entgegen, jede mit einem Stadtplan in der Hand, alle gleichzeitig redend und gestikulierend. Sie umringten Rosie. Die Anführerin fragte: »The Head of the River?«

Als Rosie nicht direkt verstand, sagte sie: »Pub? Punting?«

Jetzt wußte Rosie Bescheid und dirigierte die Mädchen zum großen Gasthaus am Fluß, etwas unterhalb der High Street Richtung Abingdon gelegen, wo man ganz gut essen konnte und es eine Anlegestelle für die Boote gab, die von den Studenten durch die Gewässer von Oxford gestakt wurden.

Die Japanerinnen verbeugten sich alle gleichzeitig und gingen die High Street weiter hinauf. Rosie beschloß, sich im *Queen's Lane Coffee House* gegenüber mit einem echten Cream Tea zu stärken. Leider gab es in der Nähe kein Café, bei dem man draußen sitzen konnte. Sie kaufte sich noch eine Tageszeitung und vertiefte sich in die Lektüre. Nach zwei deprimierenden Seiten Nahost und zwei nicht weniger traurigen Seiten über die Wirtschaft in Großbritannien hatte sie allerdings genug und legte das Blatt zur Seite. Stattdessen betrachtete sie das Foto des Bügeleisens. Der ovale Eisenfuß lief auf einer Seite spitz zu. Aus dem Fuß schraubten sich zwei Stangen mit etwa fünfzehn Zentimeter Abstand nach oben, die in einem hölzernen Griff endeten. Das Teil sah schwer aus. Rosie seufzte. Sie blickte auf die Uhr. Halb sechs. Wenn sie beim Museum noch etwas erreichen wollte, mußte sie sich beeilen.

Zehn Minuten später ging Rosie die wenigen Stufen zum Haupteingang des Ashmolean Museum hoch, der in der Mitte der einem griechischen Tempel nachempfundenen Fassade hinter vier wuchtigen Säulen lag. Gegenüber wurde am Haupteingang des über die Grenzen von Oxford hinaus bekannten Hotels *Randolph* gerade ein Bus aus Italien entladen. Mafiosi (oder Berlusconisti) brauchten auch Ferien und etwas Kultur, fand Rosie.

Die freundliche Studentin am Eingangstresen schüttelte bedauernd den Kopf. »Der *Identification Service* ist leider nur bis fünf besetzt, aber warten Sie ...« Sie winkte einem jungen Mann, der eiligen Schrittes an Rosie vorbei zum Ausgang wollte. »James, eine Minute bitte.«

Der mit James Angesprochene drehte sich um und kam auf die beiden jungen Frauen zu. »Irgendetwas Wichtiges?« sagte er zu niemandem Bestimmten.

»Die junge Dame hier ...«, begann die Studentin.

»Vielleicht können Sie ...«, begann Rosie gleichzeitig.

Alle drei lachten.

»Ich kann auch einen Bus später nehmen«, sagte der junge Mann, »Lust auf einen Cappuccino?« Italien schien ansteckend zu sein, dachte Rosie.

»Gerne«, sagte sie.

»Und der für Sie steht bestimmt beim nächsten Mal auch noch bereit«, sagte der junge Mann zur Studentin. »Darf ich vorgehen?«

Er schien Manieren zu haben und damit für seine Generation *leicht* untypisch zu sein, fand Rosie.

James steuerte die Aufzüge an. »Wir können im Dachrestaurant etwas trinken, bevor die Abendgäste einfallen.« Er sah sich nicht um, ob Rosie ihm folgte. Die Aufzugstüren glitten auseinander, und die beiden fuhren nach oben.

Ein Kellner wies den beiden einen Platz an der Bar zu. Rosie war zum ersten Mal hier oben. Man hatte einen großartigen Blick auf die alte Stadt mit ihren vielen Türmen und Türmchen.

Der junge Mann sah Rosie an, nachdem er seine lederne Aktentasche auf den Boden gestellt hatte. »Mein Name ist Brooks, James Brooks, und der Ihre?«

Rosie stellte sich vor.

»Ein *Cop*?« James schien verwundert zu sein, daß inzwischen Studentinnen bei der Polizei genommen wurden. »Aber Sie können mich James nennen. Hat man erst einmal eine persönliche Beziehung aufgebaut, fällt eine Verhaftung umso schwerer.«

Wider Willen mußte Rosie lachen. »Und Sie, Entschuldigung, du kannst mich Rosie nennen.«

»In echt jetzt? Nicht Rosalind oder Rosamund oder Rose?« Er hatte ein hübsches Lächeln um die Augen, fand Rosie.

»Meine Eltern hatten an Rosie nichts auszusetzen; inzwischen tut es ihnen wohl leid, daß ein Diminutiv mich mein Leben lang begleiten wird.«

James sagte nur: »Also mir gefällt der Name. Was wolltest du eigentlich identifizieren lassen?«

Beide hatten ihr Getränk vor sich stehen, James einen Gin Tonic und Rosie ihren Lager Shandy, der hier besonders gut zu schmecken schien. Oder lag das an ihrem Gegenüber?

Rosie holte das Foto aus ihrer Handtasche und gab es James.

»Laß mich raten«, sagte James. »Deine Großmutter ist tot, du hast als einziges Erbstück ein Bügeleisen erhalten und möchtest jetzt wissen, ob du damit dein mageres Polizistinnengehalt aufbessern kannst?«

Rosie lachte. »Nicht ganz. Im Zuge einer Ermittlung benötigen wir nähere Auskünfte zur Provenienz.«

»Textbaustein«, sagte James.

»Stimmt«, sagte Rosie. »Manchmal aber ganz nützlich, wenn man mehr nicht sagen kann oder will.«

Erstaunlicherweise hakte ihr Gegenüber nicht nach, sondern betrachtete das Foto eingehend. Die Technik hatte wirklich gute Arbeit geleistet: Das Bild war vernünftig ausgeleuchtet und scharf. James schien zu überlegen.

»Englisches Kasteneisen. Etwa 1880 bis 1900, irgendwo dazwischen. Gibt es zu Hunderten bei eBay. Preise wahrscheinlich zwischen drei und dreißig Pfund. Also kein wertvolles Erbstück.« Er machte eine Pause. »Muß ziemlich schwer sein.«

»Ziemlich genau vier Kilo«, sagte Rosie, die das von einem der Techniker wußte.

»Damit kann man jemanden umbringen, falls der Holzgriff nicht vorher abbricht«, sagte James Brooks. »Warte mal.« Er holte eine Lupe aus seiner Aktentasche und studierte das Bild erneut. »Siehst du das hier?« Er deutete auf einen Riß im Holzgriff. »Hier scheint mal ein Stück, nun, drangeflickt worden zu sein. Das Holz ändert seine Farbe. Was ist das überhaupt für Holz? Normalerweise nimmt man Eiche wegen der Dauerbeanspruchung.«

Rosie nahm ihm das Bild aus der Hand. »Laß mal sehen.« Eigentlich sah sie nichts, beschloß aber, gleich morgen früh, nein, das ging ja gar nicht, morgen war Sonntag, gleich am Montagmorgen den Techniker zu fragen.

»Das hat jemand mit Verstand und Können ausgebessert«, sagte James. »Magst du mir erzählen, worum es eigentlich geht?«

»Das geht nicht«, sagte Rosie. »Streng geheim.«

»Verschlußsache«, James nickte. »Dann frage ich nicht weiter. Meine Auskunft bleibt kostenlos, wenn ich dich hinterher noch zum Essen einladen darf. Oder hast du noch etwas vor?« Plötzlich sah er besorgt aus.

Rosie lächelte in sich hinein. »Nein, woran dachtest du denn?«

»*The Head of the River*?« fragte James.

»Da laufen mir entschieden zu viele Japanerinnen umher«, sagte Rosie, »das liegt ja auch ziemlich zentral. Wie ist es mit *The Trout* in Wolvercote, da können wir vielleicht noch draußen sitzen? Und wir könnten mit dem Fahrrad hinfahren.«

»Du hast Glück«, sagte James. »Ich bin auch mit dem Fahrad unterwegs, das geht hier in Oxford immer besser als mit dem Bus. Mit dem Auto kommt man ja schon seit Jahren nicht mehr in die Stadt, nicht mal als Behinderter ...« Das schien jetzt eine persönliche Bemerkung zu sein; Rosie wollte aber nicht nachhaken.

»Und was sollte der Satz mit dem Bus vorhin?« fragte Rosie.

Offenbar konnten auch Männer erröten, James jedenfalls tat es. »Ach das. Ich wollte damit nur andeuten, daß ich Zeit habe.«

Beide standen gleichzeitig auf. Als sie merkten, daß sie auch noch im Gleichschritt zum Fahrstuhl gingen, mußte Rosie lachen. »Ist schon merkwürdig«, sagte sie, »ich versuche, eine dienstliche Auskunft am Samstagabend für meinen Chef zu bekommen, und treffe jemanden, mit dem vieles selbstverständlich ist.« Sie biß sich auf die Zunge; jetzt hatte sie sich doch weit vorgewagt. Bisher war das Eis immer zu dünn gewesen und hatte irgendwann nachgegeben.

Blackmore stieg aus seinem Auto und schlug mit dem Messinglöwen dreimal mit Nachdruck auf die viktorianische Haustür. Er hatte trotz Navigationssystems etwas suchen müssen. Die Nebenstraße der Banbury Road im Norden Oxfords war ruhig, Farbige waren nicht zu sehen, die inzwischen oft ein Stadtteilbild, nun, bereicherten. Fand er jedenfalls. Viele Bewohner Oxfords hatten Vorfahren aus Pakistan und waren zu Ansehen in Universität und Wirtschaft gelangt. Aber, und da fand Blackmore sich etwas altmodisch, es fiel ihm immer noch schwer, aus einer nichtbritischen Physiognomie (auch das war falsch, wie er wußte; die Leute lebten schon seit Jahrzehnten hier und *waren* britisch durch und durch) einen *posh accent* zu hören.

Debbie Reyman öffnete die Tür und sah ziemlich verwirrt aus. »Um diese Zeit?« sagte sie statt einer ordentlichen Begrüßung.

»Wenn nicht jetzt, wann dann?« sagte Blackmore. Den Satz hatte er bei seinem letzten Besuch in Deutschland aufgeschnappt; er hatte schon oft gepaßt. »Darf ich reinkommen?«

Debbie schien zu zögern. »Hat das nicht Zeit bis Montag? Wir können dann gerne im Seminar reden.«

»Bedauerlicherweise nicht«, sagte Blackmore und machte einen Schritt auf den Eingang zu, was ihm normalerweise seine angeborene Inselhöflichkeit untersagte.

Debbie trat zur Seite und sagte: »Na gut, kommen Sie herein. Eine Tasse Tee?« Sie ging voran und führte Blackmore ins Wohnzimmer. Am Kamin saß eine alte weißhaarige Dame; augenscheinlich war sie in ihrem Sessel eingeschlafen.

»Mein Mutter«, sagte Debbie. »Sie ist über achtzig.«

Blackmore rechnete nach, was man ihm ansah.

»Sie war schon Mitte vierzig, als ich kam«, sagte Debbie. »Mein Vater ist schon lange tot, und ein Altersheim für meine Mutter kommt für mich nicht in Frage. Hier ist Platz genug. Ich hole eben den Tee.«

Blackmore sah sich um. Das Zimmer machte einen gepflegten Eindruck. Nirgendwo stand der übliche Kleinkram alleinstehender Damen: Porzellanfiguren auf Spitzendeckchen, Jahreszeitendekorationen – Kürbisse vor der Tür, bereits Wochen vor dem Erntedankfest, hatten auch schon die Insel erreicht –, und Teddybärensammlungen fehlten völlig. Statt dessen gab es einen Stapel Zeitungen neben dem älteren Sofa, ein Bord mit augenscheinlich neuen DVDs (hauptsächlich zu Reise und interessanterweise Mode), ein paar gerahmte Zeichnungen von Kleiderentwürfen an der Wand, ein kleines Bücherregal auf den sauber geschrubbten Dielen und …

Debbie kam mit einem Tablett wieder und stellte es auf ein kleines Tischchen zwischen den beiden Sesseln. »Bitte setzen Sie sich doch. Milch und Zucker?«

Blackmore vermied sein an dieser Stelle übliches Ja und sagte nur: »Danke, ein Löffel Zucker.« Er setzte sich.

Debbie nahm auf dem anderen Sessel Platz, allerdings fast auf der Kante, so ähnlich sitzend wie die Damen zu Beginn des neunzehnten Jahrhunderts in den Kostümfilmen, angespannt, übervorsichtig, ängstlich. Ihre Haltung erinnerte Blackmore an die von Professor Dunwood bei seiner ersten Begegnung. Vielleicht war es aber auch nur die Angst der Zeugen vor dem Auge des Gesetzes.

»Was ist denn so eilig?« fragte Debbie.

»Wie Sie wissen, zählen in Mordermittlungen die ersten achtundvierzig Stunden besonders. Und Jessica ist noch keine vierundzwanzig Stunden tot. Was wissen Sie über Sie?«

»Nur wenig mehr, als über die anderen Studenten auch. Aber das habe ich doch alles schon Ihrer Assistentin berichtet.« Debbie machte eine Pause.

»Soll ich Ihnen alles einzeln aus der Nase ziehen, oder wollen Sie etwas mehr erzählen?« Blackmore war jetzt ungehalten.

»Nun ja, wir sind ab und zu ins Konzert gegangen, meistens in ein klassisches; Jessica mochte die alte Musik irgendwie lieber. Hängt wohl mit ihrem Elternhaus zusammen.«

Eine neue Pause. Blackmore wartete.

»Ich meine, das war doch großbürgerlich, zuhause, meine ich. Das konnte man schon an ihrer Kleidung sehen, die war immer sehr gepflegt, eine Spur zu altmodisch, finde ich.«

»Kurzer Rock und T-Shirt – altmodisch?« fragte Blackmore.

»Nein, nur das Material. Immer Baumwolle, immer im Vereinigten Königreich hergestellt, hat sie mal erzählt, als wir bei Berufen waren und ich ihr gesagt habe, daß ich eigentlich immer in der Modebranche arbeiten wollte.«

Klassische Kleidung, klassische Musik, klassische Kleidung – etwas dünn, fand Blackmore. Aber wahrscheinlich nicht wichtig. »Und was war mit dem Streit? Können Sie mir darüber mehr sagen?«

»Was für ein Streit?« fragte Debbie Reyman.

»Über den Sie meiner Assistentin berichtet haben. Zwischen Jessica und Cornelia Stockport.«

»Ach das.« Debbie machte eine wegwerfende Handbewegung. »Görenkram, um das mal deutlich zu sagen. Zwei Hühner, die sich um den dummen Hahn streiten.«

»Und der Hahn hieß Watkins?« fragte Blackmore.

Debbie verbiß sich ein Grinsen. »Der doch nicht. Der hielt sich zwar immer für unwiderstehlich – bei mir hat er es auch versucht –, aber nur die Erstsemester fielen regelmäßig auf ihn herein. Manchmal auch ein etwas unbedarftes höheres Semester. Nein, der Streit betraf Professor Schubert. Der wechselte auch seine Frauen nach den Jahreszeiten. Nach Cornelia war jetzt wohl Jessica dran. Sie hat mir gegenüber nur Andeutungen gemacht.«

»Sie meinen, Jessica hat Cornelias Platz eingenommen? Ohne sie zu fragen?«

Debbie lachte. »Muß sie ja auch nicht. Aber ich weiß nichts Genaues.«

Womit Cornelia ein Motiv gehabt hätte, gekränkte Eifersucht oder so, dachte Blackmore, strich aber das ›oder so‹ wieder. »Und der zweite Streit?«

»Welchen meinen Sie?«

»Den zwischen den beiden Professoren«, sagte Blackmore.

»Ach das. Ich glaube, es ging um die Reisekostenerstattung für die Romreise.«

»Und da muß man laut werden?«

»Professor Watkins hatte ein Zimmer in einem Vier-Sterne-Hotel an der Via della Conciliazione gebucht, beste Lage, Sichtweite zum Petersdom; *Cardinale Cesi* oder so ähnlich hieß das. Er hat sich immer für sich gehalten, das ließ ihm wohl auch mehr Spielraum für seine Frauen, äh, -geschichten; der Professor, meine ich, nicht der Kardinal. Und Professor Schubert war mit den Studenten in einem der normalen Drei-Sterne-Hotels untergebracht, etwas außerhalb.«

»Woher wissen Sie das so genau? Sogar den Straßennamen?«

Debbie errötete. »Ich mache doch die Reisekostenabrechnungen für die Rechnungsstelle der Universität. Und ich möchte gerne auch mal nach Rom. Wenn man darauf spart, kann man sich dort auch ein etwas teureres Hotel leisten. Und ich habe einfach nachgeschlagen, wo die beiden Hotels liegen, wegen der Erstattung von U-Bahn- und Taxifahrten.«

Jetzt stand Blackmore wieder am Anfang. Frauenstreit um Männer, Männerstreit darum, wer das größere, äh, Hotel hatte. Er stand auf.

»Vielen Dank, Ms Reyman. Können Sie mir bitte eine Liste der Teilnehmer der Romfahrt zukommen lassen? Meine Karte haben Sie ja. Und wenn Ihnen sonst noch etwas einfällt …« Ihm fiel jetzt nichts mehr ein.

11

Pfingstmontag, 24. Mai 2010 – Oxford

Krügers Wecker klingelte. Und sein Kopf dröhnte. Ein Flug, eine Autofahrt und ein Bier – vielleicht waren es auch zwei Ale im *Duke of Monmouth* die Straße hinunter Richtung Oxford gewesen oder sogar drei; irgendwann hatte er aufgehört zu zählen – waren möglicherweise eine etwas unkluge Mischung vor einem Verhör, als das er das Gespräch mit Professor Minskis Schwester ansah.

Eigentlich hat er den *Fox & Hounds* besuchen sollen, der auf der anderen Straßenseite lag, ziemlich schräg gegenüber vom *Green Gables Guest House*. Langenargen hatte ihn empfohlen, der mal irgendwann in den Neunzigern in Oxford gewesen war. Leider hatte er sich sagen lassen müssen, daß der Pub seit 2007 geschlossen war. Die Eingänge seien vernagelt und mit unzähligen Veranstaltungsplakaten beklebt. Auf Nachfrage hatte der Hotelier (oder wie lautete das besitzanzeigende Substantiv zum Eigentümer des Bed & Breakfast?) gesagt, Tesco's hätte das Gelände gekauft und plane eine weitere Filiale seiner Supermarktkette. Außerdem hätte es dort praktischerweise schon gebrannt.

Mühsam setzte Krüger sich auf und verschwand unter der kalten Dusche.

Eine Viertelstunde später saß er im Frühstücksraum und wartete auf sein *Full English Breakfast*, wobei er der freundlichen Asiatin, die wohl die Managerin des kleinen Hotels war, gesagt hatte, daß er die Würstchen nicht benötigte … *Plastics* hatten sie auf der Klassenfahrt in der Oberstufe geheißen. Im Hintergrund lief *Classic FM* mit seiner urenglischen Mischung aus Häppchen von ernster Renaissance- bis hin zu aktueller Filmmusik. Alles mit Streichern und mit ohne Schlagzeug galt wohl hier als *classic*.

Krüger saß an einem Zweiertisch, leider allein. Carmen hatte ihm zwar noch einmal angeboten, mitzukommen, aber Dienst war

Dienst. Momentan jedenfalls. Sie waren gestern mit dem Bus zurückgefahren und hatten sich vor Carmens Wohnung voneinander verabschiedet. Die Obduktionsgeschichte hatte Carmen aus den Augen verloren, was ihm nur recht war. Das konnte warten.

Auch ihre Begleitung zum Flughafen hatte Krüger abgelehnt – er war nicht für lange Abschiede zu haben. Und sich Carmen dann alleine im Bus zurück nach Bonn vorstellen, wollte er auch nicht. In seiner Wohnung hatte er die gepackte kleine Reisetasche ergriffen und war dann mit dem *Airport-Express-Bus* bis zum Abflugterminal am Köln-Bonner Flughafen gefahren. Der Flug mit *Germanwings* war ereignislos gewesen. Bei *Hertz* hatte er seinen vorbestellten Mietwagen abgeholt und war nach knapp zwei Stunden über die Autobahn in Oxford angekommen.

Die Asiatin stellte den Teller vor ihm ab und lächelte. Sie hatte einen leichten Silberblick, was Blackmore immer irritierte, obwohl es nach Meinung einiger Kollegen die jeweilige Frau hübscher machte. Er beschloß, Carmen nach ihrer Meinung dazu zu fragen.

Eine halbe Stunde später war Krüger sehr satt, wogegen er nichts hatte. So kam er wohl ohne weiteres Essen über den Tag und konnte sich auf koffeinhaltige Getränke beschränken. Seine Kopfschmerzen waren auch verschwunden.

Er holte einen alten Stadtplan, der noch aus seiner Schulzeit stammte, aus seiner Jackentasche und suchte den Stadtteil Wolvercote, den er schließlich im Norden Oxfords fand. Konstanze Donnelly wohnte hier seit mehreren Jahren, wie sie am Telefon gesagt hatte. Krüger überlegte, ob er den Bus nehmen sollte, da die Innenstadt für Fahrzeuge gesperrt war. Bei seiner Ankunft in Oxford hatte er die großen Park & Ride-Parkplätze gesehen; einer lag in der Nähe seines Hotels. Allerdings war man mit dem Auto über die Western Bypass Road wohl in zehn Minuten am Ziel. Sicher konnte er den Mietwagen auch in Wolvercote stehenlassen und zu Fuß oder per Taxi in die Innenstadt gelangen, die er sich auf jeden Fall wieder ansehen wollte. Er war vor vielen Jahren als Student einmal in Oxford gewesen und hatte die alte Universitätsstadt mit ihren bernsteinfarbenen alten Universitätsgebäuden aus dem warmen *Cotswolds' Stone* sofort lieben gelernt.

Krüger sah auf die Uhr. Halb zehn. In einer halben Stunde war er mit Professor Minskis Schwester verabredet.

Natürlich kam er zu spät an. Auf der Umgehungsstraße war der Stau, den es am Montagmorgen auch in Bonn gab. Stop and go, ersteres leider mehr als letzteres. War eben nicht zu ändern. Wenn er schon eigens vom Kontinent kam, spielte eine halbe Stunde mehr oder weniger keine Rolle, fand Krüger.

Er schloß seinen Mietwagen ab, den er auf der Straße geparkt hatte. 132 Southdale Road sah genauso aus wie 134 Southdale Road oder 136 Southdale Road. Wie die Engländer wohl nachts ihre Häuser fanden, fragte er sich, wenn sich die Doppelhaushälften ähnelten wie ein braunes einem weißen Ei – rötlicher Backstein, Efeu oder nicht im Erdgeschoß, Fachwerk oder nicht im ersten Stock, Giebel zur Straße hin oder nicht, geschotterte oder besteinte Einfahrt.

Konstanze Donnellys Doppelhaushälfte hatte einen breiteren Vorgarten und dafür nur einen schmalen geplatteten Weg zur Haustür. Alles sah sehr gepflegt aus. Die kleine Hecke zur Straße hin war sauber gestutzt, das Haus frisch gestrichen, die Haustür kürzlich tiefblau lackiert.

Krüger betätigte den messingnen Türklopfer – der übliche Löwe – und wartete.

Drinnen fiel eine Tür ins Schloß, und die Haustür öffnete sich. Konstanze Donnelly war eine großgewachsene Frau mit dem blonden Haar der Gelsenkirchnerinnen; jedenfalls hatte Krüger in einem seiner früheren Fälle mal eine Frau aus dem Ruhrgebiet verhören müssen, die blonde Haare gehabt hatte. Seitdem war dieser Frauentyp stereotyp für das Kohlenrevier für ihn geworden. Nichts geht über gesunde Vorurteile, dachte er.

»Krüger«, sagte er.

»Das habe ich mir gedacht. So kann nur ein deutscher Beamter in Zivil aussehen«, sagte Konstanze Donnelly.

Krüger sah an sich hinunter – Jeans, Lederjacke, Schuhe mit Fußbett; eigentlich sah er aus wie immer.

»Haben Sie sich mal hier umgesehen? Oder vielleicht auch in Bonn? Niemand hat mehr Jeans und Lederjacke an, es sei denn, er ist deutlich über Fünfzig …«

»Vielen Dank«, sagte Krüger.

»… oder Beamter, der versucht, in Zivil unauffällig auszusehen.« Sie lächelte. »Kommen Sie doch herein. Ich mache uns einen Tee, und dann müssen Sie erzählen, was Sie nach Oxford geführt hat.«

Sie führte Krüger durch einen kleinen Flur mit Wandspiegel ins Wohnzimmer, das zur Straße lag und den üblichen halbrunden Erker hatte. Ein großer Flügel nahm fast den gesamten Platz in Anspruch, trotzdem waren noch eine Couch und zwei Sessel, ein Flachbildschirm und ein Tischchen untergekommen.

»Ich komme gleich wieder. Sie dürfen sich gerne schon setzen.«

Krüger fand den Empfang für eine Frau des Ruhrgebiets fast herzlich, aber vielleicht sollte er anfangen, seine Urteile erst nach und nicht vor Gesprächen zu bilden. Er sah sich um. An der Wand hingen Fotografien hinter Glas mit Goldrahmen, fast alles Bilder der Colleges in Oxford, unten rechts auf dem jeweiligen Passepartout signiert. Eine aufgeschlagene Tageszeitung nebst Lesebrille lag auf einem kleinen Beistelltischchen. Der echte Kamin war leer. Auch hier war Frühsommer.

Hinter sich hörte er Schritte und drehte sich um. Konstanze Donnelly trug ein Tablett mit zwei dampfenden Bechern und einen kleinen Teller mit Muffins ins Zimmer. Innerlich seufzte er; das Frühstück war doch sehr reichhaltig gewesen. Laut sagte er: »Das war doch nicht nötig.«

»Das ist doch selbstverständlich, wenn ein Landsmann zu Besuch kommt. Dann schießen Sie mal los. Warum wollten Sie mich persönlich sprechen?«

Krüger überlegte, wie er sinnvoll beginnen konnte, ohne mit der Tür ins Haus zu fallen. Er hatte am Telefon nichts von Minskis Tod gesagt; ihm war die erste Reaktion seiner Schwester wichtig.

»Sie sind doch von der Kripo, oder?«

»Das ist ganz richtig«, sagte Krüger. »Wir ermitteln in einer Strafsache, in der der Name Ihres Bruders aufgetaucht ist. Wann haben Sie sich denn zuletzt gesehen?«

»1975«, sagte Konstanze Donnelly.

Krüger konnte sein Erstaunen nicht verbergen. »Aber – am Telefon sagten Sie doch ...«

»Sie haben gefragt, wann wir uns zuletzt gesprochen haben, und das ist ungefähr vierzehn Tage her. Gesehen haben wir uns allerdings tatsächlich zuletzt als Studenten. Wir hatten uns nie viel zu sagen. Max hat sich immer an seinen großen Bruder gehalten.«

Jetzt war Krüger überrascht. »Von einem Bruder weiß ich nichts.«

»Können Sie auch nicht«, sagte Minskis Schwester. »Der war fünf Jahre älter und starb 1974. Seitdem war mein Bruder ziemlich eigenbrötlerisch geworden. Er hatte sehr an seinem Bruder gehangen. Max und ich haben uns noch einmal im Studium gesehen, im Wintersemester 1975/76, uns mal zu Weihnachten geschrieben, aber nie wieder getroffen. Warum auch? Er machte Karriere in Deutschland, und ich bin nach England gegangen, wo ich schon immer hinwollte. Ein faszinierendes Land.« Sie lächelte versonnen.

»Was machen Sie denn beruflich?«

»Eigentlich bin ich Software-Entwicklerin. Darüber hatte ich auch meinen Mann kennengelernt. Er hatte eine Firma, die er mit großem Gewinn weiterverkauft hatte, so daß wir nicht mehr arbeiten mußten.«

Praktisch, dachte Krüger, so etwas brauche ich auch noch.

»Vor zwei Jahren ist er leider verstorben, Krebs. Ich habe ihn gepflegt und finde allmählich zu mir wieder zurück. Die Fotos hier sind alle von mir. In der kommenden Woche habe ich meine erste Ausstellung.«

»Das mit Ihrem Mann tut mir leid«, sagte Krüger. »Aber nochmal zu meinem Besuch …«

»Eine Strafsache, sagten Sie?« fragte Konstanze Donnelly. »Aber mein Bruder ist angesehener Theologieprofessor, damit auch Geistlicher und …«

»Das schützt nicht vor Vergehen«, sagte Krüger, »auch wenn man Pastoren immer etwas zugute halten möchte. Nein, es ist leider etwas Ernstes, was Ihren Bruder betrifft.« Er machte eine Pause.

»Braucht er Geld?«

Jetzt war Krüger verblüfft. »Wieso?«

»Er hat bei unserem Gespräch angedeutet, daß er Ärger hat. Es ging irgendwie um eine alte Sache, ich glaube, noch aus dem Studium.«

»Ich muß es Ihnen ja doch sagen«, sagte Krüger. »Ihr Bruder ist ermordet worden.«

Konstanze Donnelly holte tief Luft und faltete ihre Hände im Schoß. Sie macht einen sehr gefaßten Eindruck, dachte Krüger. Vielleicht trennte der englische Kanal die beiden Geschwister noch mehr als die Zeit, die sie sich nicht mehr gesehen hatten.

»Wissen Sie, wer es war?«

»Nein, deswegen bin ich ja hier. Im Augenblick bin ich so ratlos wie Sie.« Er überlegte, ob er ihr Minskis Wohnungseinrichtung schildern sollte. »Wissen Sie denn, wo und wie er wohnte? Hatte er Freunde, eine Freundin, Lebensgefährtin? Wir sind mit unseren Ermittlungen noch ganz am Anfang.«

»Er war mal ein halbes Jahr verheiratet«, sagte seine Schwester. »Irgendwann Ende der Achtziger. Aber seine Frau hat sich dann mit jemand anderem davongemacht. Er ist, war, muß ich jetzt besser sagen, längst geschieden. Von einer Freundin weiß ich nichts; manchmal hat er jemanden erwähnt, mit dem er in Urlaub gefahren ist. Aber nichts Festes, glaube ich. Die Namen habe ich mir jedenfalls nicht gemerkt. Er schien ganz zufrieden mit seinem Leben zu sein, und die Lehre machte ihm Freude.« Jetzt holte sie doch ein Taschentuch aus einer Sesselecke und tupfte sich den linken Augenwinkel trocken.

»Diese Sache, die Sie eben angesprochen haben,« sagte Krüger.

»Welche?«

»Die aus dem Studium. Wann war das denn?«

»1975. Kurz bevor wir uns das letzte Mal gesehen haben, Entschuldigung, hatten. Wir hatten uns im November voneinander verabschiedet. 1976 hatte ich zum Wintersemester ebenfalls in Bonn angefangen zu studieren, Informatik, habe dann aber ein Stipendium für Oxford erhalten, bin hierher gekommen und geblieben.«

»Ihr Bruder …«, erinnerte Krüger sie.

»Ja, der war irgendwie verändert. 1974 der Tod seines Bruders, ein Jahr später dann diese Sache mit seinen Freunden …«

Sie schwieg und betrachtete ihre Fingernägel, was irgendwie nicht zu ihrem Alter zu passen schien. Das taten eigentlich immer nur die jungen Mädchen, dachte Krüger. Oder so.

»Mein Bruder hatte seit seinem ersten Semester eine Clique, er, drei Jungs und ein Mädchen. Und schlagartig war Schluß. Er hat sie nie wieder erwähnt.«

»Namen?« fragte Krüger.

»Ich weiß nur noch die Spitznamen«, sagte Konstanze Donnelly. »Da ich noch auf der Schule war und er der große Bruder, habe ich die vier Freunde auch nur einmal zufällig in der Universität gesehen, als mein Bruder mir seinen, wie er es nannte, Arbeitsplatz gezeigt hat. Und in meinem ersten Semester war es ja längst vorbei.« Sie machte wieder eine Pause.

»Die Namen?«

»Ich weiß nur, daß die drei Jungs musikalische Namen hatten. Der eine hieß Beethoven, der zweite Hendrix und der dritte …« Sie überlegte. »Nein, irgendetwas Literarisches. Ach ja, Hölderlin. Mein Bruder hat mal erzählt, den hat er nur bekommen, weil er *Der Gott der Jugend* auch nach zwei Flaschen Wein noch fehlerfrei deklamieren konnte.« Sie lächelte.

Krüger sagte das Gedicht nichts. »Und Ihr Bruder?«

»Was meinen Sie?«

»Welchen Spitznamen hatte er?«

»Ich glaube, keinen.«

Das paßt, dachte Krüger, dessen Informationen sich zum Bild eines farblosen Menschen zusammenfügten. Nur die Wohnungseinrichtung schien nicht dazu zu gehören.

»Was ist mit dem Mädchen? Wie hieß die? Wie sah sie aus?«

»Keine Ahnung; ich weiß es wirklich nicht. Keinen Namen und keinen Spitznamen. Und wie sie aussah? Meine Bruder hat ein einziges Mal etwas mehr von ihr erzählt. Aber ich war mit Schulsachen beschäftigt und erinnere mich nur noch an lange dunkle Haare aus seiner Schilderung.«

»Wissen Sie denn, was die fünf studiert haben?«

»Alle hatten Geschichte als Hauptfach, das weiß ich noch. Mein Bruder hat damals begeistert von den alten Bibliotheksräumen im Historischen Seminar erzählt mit Blick auf den Rhein.«

Interessant, dachte Krüger. Wieso ist Minski dann Theologieprofessor geworden?

»Haben Sie irgendetwas aus der Zeit? Briefe, Bilder, ein Tagebuch?«

»Warten Sie mal.« Konstanze Donnelly stand auf. »Beim Aufräumen habe ich neulich einen Stapel alter Briefe in der Hand gehabt. Ich bin gleich wieder da.«

Kurz darauf kam sie mit zwei vergilbten Umschlägen wieder. »Sie können sie mitnehmen; ich brauche sie nicht mehr. In einem sind sogar zwei Fotos, beide von einer Schiffstour. Wahrscheinlich hat er sie mir geschickt, um zu zeigen, wo und«, sie lächelte, »vor allen Dingen, *wie* er studiert. Ich war ja noch zuhause.«

Krüger stand auf.

»Das war sehr nett von Ihnen. Wenn Ihnen noch etwas einfällt?« Er holte seine Karte aus seiner Brieftasche und verabschiedete sich.

Krüger fuhr das kleine Stück zur Banbury Road zurück. Kurz vorher parkte er am Straßenrand, um mit einem der doppelstöckigen roten Busse weiter in die Innenstadt zu fahren. Es war inzwischen fast zwölf Uhr; das Gespräch hatte länger gedauert, als er gedacht hatte, war aber auch ergiebiger gewesen als erhofft. Für den Weg zum Flughafen hatte er drei Stunden einkalkuliert, das bedeutete eine Abfahrt aus Oxford spätestens um fünf. Wenn man den Weg in die Innenstadt und wieder zurück zum Auto rechnete, hatte er knapp vier Stunden für etwas Sightseeing. Vielleicht fand er eine Kleinigkeit für Carmen? Aus *Green Gables* hatte er in weiser Voraussicht heute morgen schon ausgecheckt und sich das gemütliche kleine Hotel noch einmal von außen bei Tageslicht angesehen. Das Gebäude bestand aus fünf miteinander verbundenen Häuschen mit zur Straße liegenden Giebeln. *Green* stimmte allerdings nicht; die Fassaden waren weiß und die Dachsparren in den Giebeln braun gestrichen. Dafür gab es einen großen Baum vor der Tür und einen im Garten, den man aus dem Wintergarten, der zum gemütlichen Lesen einlud, sehen konnte. Ein schönes Hotel für Liebespaare, dachte Krüger. Mal sehen, ob er mit Carmen eines Tages hierhin fahren konnte.

Er stieg am Cornmarket aus und sah sich um. Die breite Straße war noch so, wie er sie aus Studienzeiten in Erinnerung hatte. Die Läden hatten sich aber fast komplett geändert; die großen Ketten hatten wie überall die Innenstadt erobert: die Klamottengeschäfte Next, Pimkie, GAP, die unzähligen Mobiltelefonläden, die Musikalien- und DVD-Handlung HMW, Zeitschriften und Bürobedarf WHSmith.

Beim Carfax Tower ging Krüger nach links in die High Street. Hier sah es noch etwas besser aus. Der überdachte Markt war noch da und viele Antiquitätengeschäfte. Und natürlich die Eingänge zu den vielen Colleges. Er lief die Straße hinunter bis zur Magdalen Bridge und überlegte, ob er sich zu einer kleinen Verschnaufpause in den Botanischen Garten setzen sollte. Aber so warm fand er es nicht. Stattdessen kehrte er um und entschied sich für einen

Cream Tea bei *The Rose*, der seine Erwartungen noch übertraf: Starker schwarzer Tee, *clotted cream* – die dicke Sahne, in der der Löffel steckenblieb –, Butter, Erdbeermarmelade und zwei *scones* mit Rosinen. Nach einer halben Stunde stand Krüger auf, zahlte und schlenderte die High Street zurück. Bei *Reginald Davis Silversmith Jewellery* fand er eine kleine schmale Goldkette für Carmen. Mal sehen, was sie sagte.

Krüger sah auf die Uhr. Schon halb fünf. Rechtzeitig zu seinem Mietauto zurück konnte er es nur mit einem Taxi schaffen, von denen glücklicherweise einige beim Carfax Tower herumstanden.

Um zwanzig Uhr saß Krüger etwas abgehetzt am Flughafen. Das Auto hatte er zurückgegeben, seinen kleinen Koffer neben sich und las die *Oxford Mail*, die er in der Innenstadt erworben hatte. Lesenswert fand er das Blatt eigentlich nicht: Berichte von Besuchen auswärtiger Professoren, Sportergebnisse von Collegemannschaften, eine etwas dünn geratene Kulturseite mit Hinweisen auf die nächsten studentischen Shakespeare-Aufführungen. Mord und Totschlag standen wahrscheinlich auf der letzten Seite.

Krüger seufzte und packte die Zeitung in die Kofferaußentasche. Er wollte sie Carmen mitbringen, die sich bestimmt für englischen Universitätskram interessierte.

Im Flugzeug nickte Krüger ein; es war doch ein langer Tag gewesen. Und dann noch die lange Busrückfahrt nach Bonn, dachte Krüger, bevor er einschlief.

Die Maschine von Germanwings landete pünktlich in Köln. Am Ausgang von Terminal 2 stand Carmen im Geschäftsfrauenlook – Pumps, weiße Bluse, grauer Rock, graues Jackett – und hielt ein Pappschild in der Hand. *KRÜGER* las Krüger.

Carmen lächelte.

* * *

Montag, 12. Mai. *Beethoven hat mich geküßt! Das heißt, eigentlich ich ihn. Hat sich so ergeben. Wir standen vor Hörsaal I, wo es sowieso etwas schummrig ist. Plötzlich hatte er mich in seinem Arm, irgendwie. Hinterher waren wir beide sehr verlegen und haben dann gleichzeitig gesagt, worüber wir wieder lachen mußten: »Na, dann bis morgen!« Jetzt habe ich ein schlechtes Gewissen wegen Max, der immer so nett zu mir ist. Aber irgendwie ist er mehr wie ein großer Bruder. Er sieht nicht schlecht aus, nur etwas zu dick; dabei fährt er immer mit dem Fahrrad zur Uni. Vielleicht muß ich mal mit ihm schwimmen gehen. Er wohnt, glaube ich, in der Nähe vom Römerbad. Dann kann ich immer noch morgen mit meinem Kommilitonen aus der Germanistik, dem mit den dunklen Locken, ins Melbbad.*

12

Montag, 17. Mai 2010 – Oxford

Blackmore ließ sich in seinen Schreibtischstuhl fallen. Sein Büro sah aufgeräumt aus wie immer, nur der Korb mit der Eingangspost war voller als am Samstag; es war auch Wochenanfang.

Der Sonntag war ereignislos verlaufen. Er hatte versucht, Rosie zu erreichen, um mit ihr das weitere Vorgehen zu besprechen. Sie hatte jedoch furchtbar verschlafen geklungen und irgendetwas von »versackt« gemurmelt, womit er es hatte bewenden lassen. Fortescue war auch nichts Neues zu entlocken gewesen; der Polizeiarzt hatte etwas von »Ergebnisse der Toxikologie und der Autopsie der Studentin am Montag« gesagt und den Hörer wieder aufgelegt. Das Mobiltelefon seines Chefs war ausgeschaltet gewesen; vielleicht konnte er ihn heute treffen. Und seine Kollegen hatten nur die Fußballergebnisse im Kopf, wie immer am Montagmorgen.

Draußen goß es in Strömen, und er hatte keine Lust, das Gebäude heute vor Dienstschluß zu verlassen. Er seufzte. Eigentlich mußte er Professor Watkins befragen. Moment – das konnte doch auch in seinem Büro stattfinden! Etwas Druck durch eine ungewohnte Umgebung schadete bei dem Herrn bestimmt nicht. Blackmore griff zum Hörer.

Watkins versuchte, gleichzeitig wie ein Häufchen Elend auszusehen, das versehentlich auf eine Polizeiwache geraten war, und wie ein erboster Professor, der gerade seinen Studenten in der Prüfung durchfallen ließ. »Hätte das nicht Zeit gehabt?«

»Was genau?« fragte Blackmore und trank einen Schluck Tee. »Sie auch?«

Watkins verstand nicht. »Was meinen Sie?«

»Erstens, möchten Sie auch einen Tee, und zweitens, was hätte Zeit gehabt haben sollen?«

»Nein danke, lieber einen Kaffee. Unser Gespräch, meine ich. Sie haben mich gerade bei der Abfassung eines Vortrags gestört.«

»Ich würde von Verhör sprechen«, sagte Blackmore. Manchmal war es ganz gut, seinem Gegenüber die Regeln deutlich mitzuteilen. Und hier war er zweierlei – die Gegenpartei und der Schiedsrichter. Er griff zum Hörer. »Einen Kaffee, bitte.« Er lauschte. »Dann nehmen Sie eben einen Pappbecher!« Er sah Watkins an. »Im Zuge einer Mordermittlung hat nichts Zeit.« Er machte eine Kunstpause.

Gleichzeitig klopfte es, und der diensthabende Sergeant kam mit einem Pappbecher voll dampfenden Kaffees ins Zimmer. »Entschuldigung, Sir, Milch und Zucker sind leider alle.« Er stellte den Becher auf den kleinen Tisch in der Besucherecke vor Professor Watkins ab, der nur nickte. Der Sergeant verließ den Raum wieder.

»Und schon gar nicht nach dem zweiten Mord«, sagte Blackmore.

Watkins wurde blaß. »Ein zweiter Mord?« wiederholte er monoton. »Wer denn? Und wo? Und warum?«

»Die berühmten Fragen, ich weiß«, sagte der Inspektor. Er wartete.

Watkins griff nach dem Pappbecher, zog aber die Hand sofort zurück. »Verdammt, ist das heiß!«

Blackmore verbiß sich ein Grinsen. Irgendwann mußte er den Sergeanten einmal fragen, wie er es fertigbrachte, derart heißen Kaffee mit der bloßen Hand zu transportieren. »Das zweite Mordopfer ist eine junge Studentin aus Ihrer Fakultät.«

Watkins wurde noch blasser. »Doch nicht Cornelia?«

Merkwürdig, dachte Blackmore, irgendwie sah sein Gegenüber erleichtert aus.

»Es handelt sich um Jessica Boulton.«

Watkins senkte seinen Kopf und wischte sich eine Träne aus dem Auge. Dann holte er ein nicht mehr ganz sauberes Taschentuch aus seiner Hosentasche und schneuzte sich geräuschvoll.

Blackmore arrangierte den Stapel Papier neu, den er aus Dekorationsgründen vor sich liegen hatte und der hauptsächlich aus einem längeren Bericht der *Independent Police Complaints Commission* (IPCC) bestand und mit dem aktuellen Fall nichts zu tun hatte. Er nahm ein Blatt in die Hand und studierte es.

Watkins sagte: »Nun sagen Sie doch etwas. Wann ist es denn passiert und wo?«

Blackmore sah das Blatt und danach sein Gegenüber an. »Am Freitagabend. Im St John's College. Im Zimmer der studentischen Hilfskräfte.« Er schwieg.

»Aber ich habe doch noch mit ihr gesprochen«, sagte Watkins. »Mittags. Am Freitagmittag.«

»Wann genau?« fragte Blackmore.

»Gegen eins. Wir haben uns zufällig bei Blackwell's getroffen, wo ich ein Buch bestellt hatte. Sie war wie immer.« Eine weitere Träne rollte seine Wange hinunter.

»Hat sie gesagt, was sie nachmittags vorhatte?«

»Sie wollte, glaube ich, noch einmal ins College zurück, um für eine schriftliche Arbeit etwas nachzuschlagen.«

»Und abends?«

Watkins konnte tatsächlich rot werden. »Ich weiß nicht …«

»Haben Sie sich verabredet?«

»Wieso, woher …?«

»Das spricht sich manchmal schneller herum, als man denkt. Sie waren wohl seit einiger Zeit mit Ms Boulton zusammen, nachdem Sie Cornelia Stockport, nun, abgelegt hatten«, sagte Blackmore.

»Ja, aber nur als Professor und Studentin. Sie wollte bei mir Examen machen«, sagte Watkins.

»Und was war in Rom?«

»Woher …? Ach ja, Sie sind ja der Kommissar. Und der weiß immer alles.«

»Jetzt werden Sie mal nicht zynisch«, sagte Blackmore. »Zwei Menschen sind ermordet worden, und ich möchte möglichst schnell herausfinden, von wem, ohne dumme Sprüche hören zu müssen.«

»'tschuldigung«, sagte Watkins, schien es aber nicht so zu meinen.

Blackmore konnte auch *bad cop* spielen: »Wo waren Sie am Freitag, dem 14. Mai 2010, um die Mittagszeit?«

»Das habe ich doch gerade gesagt«, sagte Watkins. »Bei Blackwell's.« Wie passend, dachte Blackmore. Die dafür zu befragende Zeugin war tot.

»Und wo waren Sie am Freitagabend?«

»Zuhause«, sagte Watkins.

»Gibt es dafür Zeugen?«

»Nein, ich wohne allein.«

»In Oxford?«

»Etwas außerhalb«, sagte Watkins und knetete seine Finger. »In Bicester. Ich besitze dort eine Doppelhaushälfte.«

»Mit dem Auto?«

Das war für Watkins zu kurz, der fragend aufsah.

»Ich meine, wie kommen Sie dahin?«

»Meistens mit dem Bus. S5 oder X5, die beide im Zentrum abfahren, Magdalen Bridge. Manchmal mit dem Zug. Ganz selten mit dem Auto.«

»Was fahren Sie denn, wenn Sie fahren?« fragte Blackmore.

»Einen alten Morris Minor. Die Traveller-Ausführung. Von 1971«, sagte Watkins stolz.

»Wie sind Sie denn am Freitagabend nach Hause gekommen?«

Watkins sah wieder auf seine Hände, die sich unablässig bewegten. Nervös, der Mann, dachte Blackmore.

»Mit dem Bus.«

»Kann das jemand bezeugen? Haben Sie noch den Fahrschein?«

»Der Busfahrer. Und nein, ich habe eine Monatskarte.«

»Danke«, sagte Blackmore. »Nun zu etwas völlig anderem.«

»Monty Python«, sagte Watkins.

Blackmore konnte auch verständnislos blicken.

»Der Satz eben. *Nun zu etwas völlig anderem.*«

Blackmore sagte nur: »Nicht ablenken. Wie war das mit dem Streit mit Professor Schubert?«

Watkins wiederholte Blackmores Blick. »Was für ein Streit?«

»Nun, Sie haben sich lautstark in Professor Schuberts Dienstzimmer unterhalten. Ziemlich bald nach der Romreise.«

»Kann ich mich nicht dran erinnern. Wer hat das denn gesagt?« Die Finger seiner linken Hand verdeckten den Daumen der rechten.

Blackmore stand auf. »Ich glaube, wir beenden das für erste. Bitte halten Sie sich zur Verfügung und teilen Sie uns mit, wenn Sie eine Reise vorhaben. Solange, bis wir Ihre Alibis überprüft haben.«

»Guten Tag«, sagte Watkins und streckte seine Hand aus, die Blackmore aber ignorierte. Watkins zuckte die Achseln und verließ das Büro. Der Becher Kaffee stand noch unberührt auf dem Tisch.

Blackmore ließ sich wieder in seinen Sessel fallen. Irgendetwas war ihm gerade aufgefallen. Stimmt, der Daumen rechts. Er hatte es zwar nicht genau gesehen, aber es schien ihm, als habe Watkins rechter Daumen an der Seite zum Zeigefinger hin eine Schnittverletzung gehabt. Er griff zum Telefonhörer.

Rosie klopfte an die Tür zu Professor Macdonnells Dienstzimmer. Eine dünne Stimme rief von drinnen: »Tür ist offen.« Vor ihrem geistigen Auge sah Rosie einen älteren Herrn kurz vor der Pensionierung, mit schütterem Haar, leicht verschlissenem grauen Anzug und einer etwas zu bunten Krawatte. Sie trat ein und blieb irritiert stehen.

Hinter einem übervollen Schreibtisch erhob sich ein Mann unbestimmbaren Alters, vielleicht Ende Vierzig, Anfang Fünfzig, volles leicht gelocktes dunkles Haar, gestutzter Vollbart. Er trug einen dunkelblauen Rollkragenpullover, eine hellbraune Cordhose und ein dunkelbraunes Jackett. Er ging um den Schreibtisch herum und streckte seine Hand aus.

»Macdonnell, Salvatore Macdonnell.«

Rosie starrte ihn an, was ihr Gegenüber anscheinend gewohnt war.

»Mein Vorname, nicht wahr?«

Seine dünne Stimme war wirklich nicht optimal für einen Mann, dachte Rosie.

»Meine Großmutter war Italienerin, wollte in den 1920er Jahren nach Amerika auswandern, ist aber bei meinem Großvater in Aberdeen hängengeblieben. Und Sie?«

»Detective Sergeant Rosie Mannering, Thames Valley Police.«

»Ach ja, mein toter Kollege«, sagte Macdonnell.

Mitfühlend klang das nicht gerade, dachte Rosie.

»Wer, wie, warum – oder?« sagte Macdonnell.

Rosie kam nicht ganz mit. Ihre Fragezeichen konnte man sehen.

»Erstens«, sagte Macdonnell, »bin ich der Täter? Zweitens, was war vor dem Blumentopf? Drittens, welches Motiv hatte ich?«

»Woher wissen Sie von dem Blumentopf?« fragte Rosie.

»Hat mir der Hausmeister erzählt.«

»Und Ihr Motiv?«

»Weniger Drittmittel zur Verfügung als Professor Schubert«, sagte Macdonnell.

Rosie sah ihn an: »Das ist jetzt nicht Ihr Ernst, oder?«

»Denken Sie doch mal nach«, sagte Macdonnell, der seinen Professorenblick für kleine Studentinnen auf- und wieder absetzen konnte. »Warum sollte ich so etwas tun? Wir haben außer einigen turnusmäßigen Sitzungen wenig miteinander zu tun gehabt.«

»Wo waren Sie am Freitag, dem 14. Mai 2010, um die Mittagszeit?« fragte Rosie und holte ihren Block aus der Tasche.

»Das muß ich nachsehen.« Macdonnell ging wieder zu seinem Schreibtisch, schob einen Stapel Akten zur Seite und fischte nach einem kleinen schwarzen Notizbuch. Er blätterte und sagte dann: »Aha, merkwürdig, daß mir das entfallen ist. Aber der Film war nicht so besonders. Ich war im Kino, *Shutter Island*.«

»Und wo?«

»Im Odeon in der George Street. Die fängt da an, wo Debenham's aufhört«, versuchte er sich an einem Witz.

»Ich weiß, ich arbeite auch in Oxford«, sagte Rosie. »Können Sie das beweisen? Hat Sie jemand gesehen? Die Kinokarte vielleicht?«

Macdonnell hatte dreimal den Kopf geschüttelt. »Ich hebe nur die Eintrittskarten zu Konzerten auf. Tut mir leid.«

»Und der Film hat Ihnen nicht gefallen? Ich habe mich ziemlich gegruselt«, sagte Rosie.

»War doch alles vorhersehbar«, sagte Macdonnell. »Und die Schlußvolte – ich weiß nicht. Kam mir ziemlich an den Haaren herbeigezogen vor.«

Ein großer Cineast war er nicht, dachte Rosie, die mit Interesse die fast einhellig positiven Besprechungen des Films gelesen hatte.

»Okay. Nächste Frage. Wo waren Sie am Freitag, den 14. Mai 2010 …«

»Das hatten wir schon«, sagte Macdonnell. »Das haben Sie vor zwei Minuten schon mal gefragt. Im Kino, aber …«

»Ausreden lassen hilft manchmal«, sagte Rosie. »Also noch einmal: Wo waren Sie am Freitag, den 14. Mai 2010, *abends*?«

»Warum wollen Sie das wissen?«

»Ich stelle hier die Fragen«, sagte Rosie. »Also wo?«

Macdonnell blätterte wieder in seinem Notizbuch. »Bei einem Konzert in der *Jericho Tavern*.«

»Und wer hat gespielt?«

»Irgendwelche mir unbekannten Kapellen, war ganz nett. Organisiert von *Ladyfest*, so einer Feministentruppe.«

»Und was macht ein Professor wie Sie da?«

»Feldstudien«, Macdonnell grinste, etwas schmierig, fand Rosie. Vielleicht hatte Watkins' Benehmen abgefärbt.

»Eine meiner Studentinnen hat mich mitgenommen.«

»Freundin?«

»Nein, überhaupt nicht. Sie ist nett, und ich hatte Zeit. Sonst nichts.«

»Und die Eintrittskarte?«

»Habe ich nicht mehr.«

»Ich dachte, Sie heben die Eintrittskarten von Konzerten auf?« fragte Rosie.

»Nur die von *richtigen* Konzerten, klassischen, meine ich. Nicht solche Tavernengigs«, sagte Macdonnell etwas abfällig.

»Und der Name Ihrer Studentin?«

»Barbara Myers.«

»Telefon?«

»Weiß ich nicht, müssen Sie Debbie fragen.«

Auf welchem Fuße er wohl mit der Sekretärin stand, dachte Rosie.

»Sonst noch was? Ich habe zu tun«, sagte Macdonnell.

»Halten Sie sich bitte zur Verfügung. Und verlassen Sie nicht das Land.«

Macdonnell guckte sehr irritiert. War das jetzt ernst gemeint? Er setzte sich wieder, nickte Rosie zu und begann, sich wieder mit seinen Papierstapeln zu beschäftigen.

Im Flur klingelte Rosies Mobiltelefon. »Wirklich? Ich rufe gleich zurück.«

»Fortescue? Sind Sie das?« Blackmore wunderte sich über die schlechte Telefonverbindung. Wahrscheinlich hatte der Rechtsmediziner ein altes Telefon mit Wählscheibe und Wandkabel in Gebrauch.

»Was gibt es denn?« Fortescues Stimme klang wie immer leicht genervt, aber zumindest mußte er am Telefon reden und nicht nur brummen.

»Ich hätte da mal eine Frage«, sagte Blackmore.

»Füllsatz!« grummelte Fortescue.

»Entschuldigung. Also: Kann der Mörder von Professor Schubert eine Verletzung am rechten Daumen haben?«

»Wo denn genau?«

»An der Innenseite des rechten Daumens«, sagte Blackmore. »Ein etwa zwei Zentimeter langer glatter Schnitt.«

»Glaube ich eigentlich nicht«, sagte Fortescue. »Erstens, wenn der Mörder Rechtshänder ist und den Blumentopf mit der rechten Hand umklammert hatte und der dann beim Hieb – wie soll man das jetzt nennen – zu Bruch geht, also in Teile zerbricht, dann schneiden die Teile wohl nicht in die Innenkante des rechten Daumens ein. Und zweitens, der Schnitt dürfte nicht glatt sein, sondern müßte unregelmäßig sein, wie die entsprechende Kante des zerbrochenen Blumentopfs.«

Das war eine der längsten Ausführungen, die er bisher vom Polizeiarzt gehört hatte, dachte Blackmore. Und sie war präzise wie immer. »Haben Sie denn Blut am Topf gefunden?« fragte er.

»Haben wir«, sagte Fortescue. »Allerdings nur vom Ermordeten. Bisher. Der Topf liegt momentan unter dem Elektronenmikroskop. Zwecks Feinspuren.«

»Vielen Dank«, sagte Blackmore und wollte das Gespräch schon beenden, als Fortescue sich noch einmal räusperte.

»Meiner Meinung nach war der Mörder Linkshänder. Und etwa einen Meter achtzig groß.«

Jetzt war Blackmore überrascht. »Wie kommen Sie denn darauf?«

»Alles eine Folge von logischen Schlußfolgerungen.«

Er schwieg. Anscheinend benötigte er etwas Beifall, dachte Blackmore. »Machen Sie es nicht so spannend«, sagte der DCI. »Ich würde gerne hören, warum Sie das annehmen.«

»Der Schlag – als ob man einen Sportdiskus wirft – kam vom Mörder aus gesehen von links, weil er Schuberts rechte Schläfe erwischt hat, allerdings leicht von unten; die Wange ist aufgeratscht. Schubert mißt einen Meter neunundachtzig, schon groß für sein Alter. Heutzutage werden ja alle so groß, aber vor fünfzig Jahren …« Fortescues Stimme wurde leiser; nur das Knacken in der Telefonleitung war zu hören.

»Dann ist Schubert zu Boden gegangen, der Mörder hat ihn wieder aufgesammelt und aus dem Fenster geworfen?« Blackmore konnte sich etwas Spott nicht verkneifen.

»So ungefähr«, sagte Fortescue. »Der Mörder hat ihn erwürgt; das habe ich bei der Autopsie schon gesagt. Danach hat er ihn aufgerichtet, mit dem Rücken zum offenen Fenster, vor der zugezogenen Gardine. Die hat nämlich einen kleinen Riß auf Höhe seiner Schulter. Mit dem Oberkörper mußte ihn der Mörder nur noch gegen das offene Fenster lehnen und mit einem kleinen Stoß nachhelfen.«

»Woher wissen Sie das mit dem Gardinenriß?«

»Hat mir die Spurensicherung gesagt. Der Riß sei auch neu, haben sie gesagt. Und sie haben gesagt ...« Er machte eine längere Pause. Blackmore fand die Wortwahl des Polizeiarztes etwas eintönig.

»Was haben sie noch gesagt?«

»Der Täter muß Mitglied des National Trust sein.«

»Woher ...?« Jetzt war Blackmore wirklich verblüfft. Woher wollte die Spurensicherung das wissen? Und ausgerechnet Blackfriar und Nun, die nicht als besonders intelligent galten. Und ohnehin half das auch nicht weiter. Mit über dreieinhalb Millionen Mitgliedern grenzte eine Zugehörigkeit zum National Trust, der größten Kultur- und Naturschutzorganisation in Europa, den Täterkreis nicht wirklich ein.

»Das war jetzt einfach«, sagte Fortescue. »Das hätten Sie auch herausfinden können. Schubert hatte die Nadel mit dem Eichenblatt des National Trust mit seiner rechten Faust umklammert. Er muß demnach seinen Mörder an dessen Revers gepackt haben, um sich zu verteidigen. An der Nadel hing noch ein kaum sichtbarer, kleiner grauer Anzugfaden, sagte die Spurensicherung.«

Blackmore beschloß, beim nächsten Mal freundlicher zu den beiden Herren zu sein. Anscheinend verstanden sie ihr Geschäft besser, als es die vorherrschende Meinung im Polizeipräsidium annahm.

»Vielen Dank, Sie haben mir sehr geholfen«, sagte er und legte auf. Er schielte auf die Uhr über der Eingangstür zu seinem Büro. Fast zwölf. Eigentlich Zeit für einen kleinen Mittagsimbiß. *The Head of the River*. Bratfisch und Pommes frites, und dann zurück an die Arbeit. Bis zum Pub konnte man gut zu Fuß gehen, was er immer genoß. Erfreulicherweise brachte es seine Tätigkeit mit sich, daß er nicht nur am Schreibtisch und in Konferenzen saß, sondern draußen, in der richtigen Welt, an der frischen Luft ermitteln konnte.

Vor der Polizeiwache traf Blackmore auf Rosie, die ihm die Eingangstür aufhielt.

»Ich wollte gerade etwas essen gehen«, sagte Blackmore. »Haben Sie Hunger?«

»Stimmt, habe ich«, sagte Rosie, die nur wenig gefrühstückt hatte.

»Ich lade Sie ein«, sagte Blackmore.

»Auf Staatskosten?« fragte Rosie.

»Ich versuche das mal. Das Kantinenessen liegt mir nicht so sehr, meistens jedenfalls. Manchmal gibt es freitags *Irish Stew* und das, aber nur das, für fünfzig Leute gekocht, schmeckt wirklich gut.«

Blackmore spannte seinen Regenschirm auf. Der Dauerregen hatte sich in einen leichten Nieselregen verwandelt, so daß die beiden relativ trocken zum Pub gelangten. Blackmore steuerte auf den Zweiertisch unter dem kleinen Hängebücherbord zu und hängte seine Jacke über die Stuhllehne. Rosie tat das gleiche mit ihrer Handtasche und setzte sich.

»Ale?« fragte Blackmore.

»Tut mir leid, Sir, ich bin im Dienst.« Sie lächelte. Ein nettes Mädchen, dachte Blackmore.

»Die Dienstzeit endet vor der Mittagspause – und geht nach ihr weiter«, sagte Blackmore freundlich.

»Gut, einen Lager Shandy bitte«, sagte Rosie. »Dann hält sich der Alkoholgehalt in Grenzen.«

Wenig später kam Blackmore mit einem Pint für sie und einem für sich zurück. Er hatte wie immer hier ein Pint *London Pride* bestellt. »Ich habe gar nicht gefragt und für uns beide gebackenen Schellfisch bestellt, ist doch in Ordnung, oder?« Er guckte unsicher.

Rosie lächelte: »Ich mag eigentlich alles, Sir.«

Hieß das nun, daß sie alles mochte oder daß sie das nur aß, weil ihr Chef es bestellt hatte? Vielleicht war er nach dem Essen schlauer, dachte Blackmore. »Was haben Sie denn heute vormittag unternommen, während ich Watkins einbestellt hatte?«

Rosie berichtete von ihrem Besuch bei Professor Macdonnell und seinem Auftreten. »Jetzt muß ich alle Angaben überprüfen. Lief *Shutter Island* tatsächlich um die von ihm angegebene Uhrzeit? Gab es diese Feministenmusik an dem angegebenen Abend?«

Blackmore lachte. »Mögen Sie keine Feministen?«

»Weiß ich nicht genau. Jedenfalls keine Sekten und ihre Mitglieder. Vernünftige Ansichten sind schon in Ordnung. Aber in Maßen und nicht dauernd.«

»Aber nun mal im Ernst: Glauben Sie, daß Macdonnell …«

Rosie unterbrach ihn sofort: »Im Studium habe ich gelernt, daß der gemeine Ermittler als solcher nichts glauben soll, sondern nur den Tatsachen folgen darf. Von daher – ich weiß es nicht. Bei den wenigen Todesfällen, bei denen ich bisher an der Ermittlung beteiligt war, habe ich gelernt, daß der äußere Anschein oft trügt. Ich erinnere mich an einen Fall, bei dem …«

Jetzt unterbrach Blackmore sie: »Wir vertagen das. Sie überprüfen gleich nach dem Essen die Alibis, und bei der Besprechung um vier sehen wir dann weiter.«

»Und was hat Watkins gesagt? Das paßte ihm doch bestimmt nicht, daß Sie die Bedingungen des Gesprächs diktiert haben, oder?«

Blackmore erzählte von Watkins und dem Oldtimer.

Das Essen kam, und beide aßen schweigend und hingen ihren Gedanken nach. Plötzlich legte Rosie die Gabel zur Seite und sagte: »Ich weiß nicht, wie ich jetzt darauf komme, Sir, aber: Haben Sie seinen Terminkalender überprüft?«

Blackmore sagte nur: »Wessen?«

»Entschuldigung, ich meine den von Professor Schubert. Debbie Reynolds hat doch etwas von einem verdächtigen Besucher gesagt. Habe ich das nicht erzählt?« Sie wiederholte die Bemerkungen der Sekretärin. »Vielleicht steht für die Mittagszeit am vergangenen Freitag jemand in seinem Terminkalender?«

»Gute Idee«, sagte Blackmore. »Ein weiterer Punkt für die Bestandsaufnahme nachher.«

Rosie aß zu Ende, legte das Besteck ordentlich auf den Teller und sagte: »Lecker. Kommt fast an den Fish & Chips-Laden in Long Melford heran, wo ich mal war.«

»Wo ist das denn?« fragte Blackmore.

»In Suffolk. Geführt von zwei kleinen Asiatinnen. Großartig.«

»Pleonasmus«, sagte Blackmore. Rosies Fragezeichen hörte er, bevor sie etwas sagen konnte. »Eine Stilfigur, bei der dasselbe mit verschiedenen Worten gesagt wird, *runde Kugel* beispielsweise. Sind Asiatinnen nicht immer klein?« Er lächelte.

»Das lassen wir jetzt besser mal, Sir. Und in Sussex war ich beruflich – Sie erinnern sich? Letztes Jahr? Der Fall des griechischen Übersetzers?«

Blackmore schüttelte den Kopf. »Nicht wirklich.« Er sah auf die Uhr. »Schon zwei. Dann schaffe ich noch etwas Papier- und Mailkram.« Er stand auf.

Rosie erhob sich ebenfalls. »Vielen Dank für die Einladung, Sir!«

Zusammen gingen die beiden zur Polizeiwache zurück. Im ersten Stock nickte Blackmore der Sergeantin zu und verschwand dann in seinem Zimmer. Rosie war eine Idee gekommen. Sie stieß die Tür zum Computerraum auf.

Blackmore sortierte seine Unterlagen und hob dann den Kopf: »Punkt vier. Alle vorhanden?«

»Sir, Harry Ness kommt etwas später; er wollte noch etwas nachsehen«, sagte der junge Kollege vom letzten Mal, der einen Freund in Deutschland hatte.

»Gut«, sagte Blackmore. »Wir fangen trotzdem an. Rosie, du berichtest von *beiden* Professoren. Dann weiß ich gleich, ob du bei meiner Schilderung von Watkins' Verhör aufgepaßt hast.« Er lächelte. »Ich sage anschließend etwas zur Autopsie von Professor Schubert.«

Rosies Schilderung wurde schweigend quittiert. Auf Interesse stieß Fortescues Anmerkung zur Größe des Täters. »Und«, sagte Blackmore, »eben erhielt ich noch einen Anruf von der Spurensicherung. Der graue Anzugfaden – eine relativ seltene ägyptische Baumwolle – kann tatsächlich zu einem Schneideratelier in der Londoner Saville Row gehören. Wer kümmert sich darum?«

Fred Moreland sagte: »Ich kann das übernehmen. Ich wollte schon immer mal einen schicken Anzug haben.« Rosie sah ihren Kollegen an und versuchte, ein Grinsen zu unterdrücken. Fred war dafür bekannt, daß er tagaus, tagein mit dem gleichen dunkelgrünen Pullover und einer grauen Cordhose zum Dienst kam. Sie wollte ihm aber nicht Unrecht tun – wahrscheinlich hatte er mehrere jeweils identische Kleidungsstücke. Aber im Anzug konnte sie ihn sich nicht vorstellen.

Blackmore nickte. »Außerdem hat das Labor eine zweite Blutgruppe am Blumentopf entdeckt, 0 negativ, wenn ich das richtig behalten habe.«

»Die hat ja nun wirklich jeder«, sagte Fred.

»Das ist nicht ganz richtig«, sagte Rosie. »Nur etwa 15% der Westeuropäer haben diese Konstellation. Die meisten sind positiv, rhesuspositiv.«

»Also suchen wir nach einem normalen Geschäftsmann mit viel Geld und einer seltenen Blutgruppe?« fragte Fred.

»Falls das Blut am Topf von ihm ist«, sagte Blackmore. »Wir brauchen also eine Blutprobe von jedem in Frage kommenden Angestellten, Professor *et cetera* im College.«

»Auch noch Latein!« sagte Fred Moreland bewundernd.

»Ich mache das«, sagte der junge Kollege, der aufmerksam zugehört hatte und anscheinend seine Jugend durch Eifer überspielen wollte.

Blackmore nickte ihm zu. »War es das? Dann beende ich hiermit die Besprechung.« Er wollte aufstehen, aber Rosie kam ihm zuvor.

»Sir, ich habe noch etwas.«

Blackmore sah auf seine Uhr. Halb fünf. »Ich muß gleich zum Chef. Was gibt es denn noch?«

»Ich habe den Terminkalender von Professor Schubert durchgesehen. Für den vergangenen Freitag steht für vierzehn Uhr drin: *Klärung – M.* Könnte als Abkürzung für Macdonnell vewendet worden sein.«

»Haben Sie weitere Termine mit *M* gefunden?« fragte Blackmore.

»Nein, Sir, das war der einzige. Und ein Adreßverzeichnis von Schubert, um Nachnamen seiner Kontakte, die mit M anfangen, durchzusehen, habe ich nicht.«

Kontakte klang nach Facebook, fand Blackmore. Früher hätte man wahrscheinlich »Kollegen« gesagt.

Die Tür ging, und Harry Ness kam herein und setzte sich.

»Auch schon da?« fragte Blackmore.

»Entschuldigung, John, aber ich hatte noch etwas überprüft. Möchtest du wissen, was?«

Das war jetzt nach dem Arzt der zweite, der Beifallsrhetorik einsetzte.

»Nun sag schon, was«, sagte er nur.

»Ich sollte doch die Konten durchgehen, die von Schubert, meine ich. Und ich habe wohl etwas gefunden.«

Er machte eine Kunstpause.

Rosie kam ihrem Vorgesetzten zu Hilfe. »Harry, unser ermittelnder Detective hat gleich eine Besprechung beim Chef.«

Blackmore nickte ihr dankbar zu.

»Also«, sagte Harry und wiederholte, um es etwas spannender zu machen, seinen Satz: »Ich sollte doch die Konten durchgehen, die von Schubert. Und es gibt zwei regelmäßige monatliche Zahlungen, die mich irrtiert haben. Die eine ist ein Eingang von dreitausend Pfund, monatlich. Den Absender habe ich noch nicht ermitteln können; es ist jedenfalls nicht die Universitätsverwaltung mit seinem Gehalt. Und der zweite Posten ist ein monatlicher Abgang von zweitausendfünfhundert Pfund. Und nun ratet mal, wohin das Geld geht?« Er blickte sich triumphierend um.

»Harry!« sagte Rosie.

»Entschuldigung. Es geht als Dauerauftrag auf ein Konto bei einer Bank in Köln.«

»Köln, Minnesota oder Köln, Deutschland?«

»Fred, wir wissen, daß du in Geographie aufgepaßt hast«, sagte Blackmore. »Harry, bitte in kurzen Sätzen den Rest.«

»Das war alles, Sir. Ich will jetzt mit der Bank in Deutschland Kontakt aufnehmen, um Näheres zu erfahren, was den Geldabgang angeht. Und woher das Geld kommt, kann ich beim nächsten Mal berichten«, sagte er.

Ganz schön selbstbewußt, dachte Blackmore. Aber auf Fred war Verlaß. Er stand auf.

»Entschuldigung, Sir«, sagte Rosie, »aber ich habe auch noch etwas.«

Blackmore setzte sich wieder.

»Professor Watkins hat doch gesagt, er sei am vergangenen Freitagabend mit dem Bus nach Hause gefahren. Ich habe mir daraufhin erlaubt, von den in der Nähe des College befindlichen Kameras zur Verkehrsüberwachung die Aufzeichnungen vom Freitagabend anzusehen.« Sie machte eine Pause.

Blackmore zog die Augenbrauen hoch, sagte aber nichts.

»Und, bingo, Sir! Bei St Giles hat eine Kamera einen Oldtimer erfaßt, einen Morris Minor.«

13

Pfingstdienstag, 25. Mai 2010 – Bonn

Krüger stieß die Tür zu seinem Büro im Polizeipräsidium auf. Hinter seinem Schreibtisch saß in seinem Sessel sein Chef.

»Morgen, Krüger. Wo waren Sie heute morgen? Sie kennen doch unsere regelmäßige Große Lagebesprechung um halb neun?«

Krüger sah auf die Uhr. Es war zehn Uhr, und sein Chef war Frühaufsteher.

»Guten Morgen. Gefrühstückt.«

»Bis jetzt? Ist auch egal. Und gestern?«

»Auf der Insel.« Etwas Irritation konnte nicht schaden, fand Krüger; sein Chef sagte ihm auch nicht immer alles sofort.

»Da waren Sie doch schon im April über Ostern. Und zweimal Norderney hintereinander – ich weiß ja nicht. Und überhaupt: Wo waren Sie am Sonntag? Ein Tag Norderney lohnt doch nicht. Und das mitten in einer Mordermittlung.«

»Am Sonntag war ich bei der Obduktion am Stiftsplatz.« Krüger machte eine Pause.

Langenargen tat ihm den Gefallen: »Und gestern?«

»In Oxford«, sagte Krüger und machte ein unbeteiligtes Gesicht.

»Ochsenfurt? In Franken?« Langenargen hatte anscheinend nicht richtig zugehört.

»Nein, Sir«, Krüger legte wieder eine Kunstpause ein.

»Nun sagen Sie schon.« Langenargen guckte grimmig; mehr Plänkeleien waren unklug.

»Oxford in England, Herr Langenargen.« Er schwieg wieder.

»Muß ich Sie mühsam zu jedem Satz bewegen? Erzählen Sie schon!«

Krüger berichtete von seiner Internetrecherche, dem Telefonat und dem Gespräch einen Tag später mit Minskis Schwester.

»Und wer soll das bezahlen?« fragte Langenargen.

Krüger murmelte etwas von »Billigflug«.

»Und das Hotel? Oder sind Sie morgens hin- und abends zurückgeflogen?«

Krüger murmelte etwas von »Bed & Breakfast«.

»Und Ihre Spesen?«

Krüger murmelte etwas von »Taschengeld«.

»Jetzt reicht es!« Langenargen wurde laut; zu Recht, fand Krüger. Dieses Mal hatte er den Bogen wohl überspannt.

»Entschuldigung, aber ich glaube wirklich, daß ich die Informationen über Minski zu seiner Studienzeit nicht am Telefon erhalten hätte.«

»Und die sind relevant für die laufende Mordermittlung?«

Krüger wurde unsicher. Am Wochenende hatte alles vernünftig geklungen: die verschollen geglaubte Schwester hatte er ausfindig machen können, sie hatte ihn sofort empfangen, und er hatte eine wichtige Information zu Professor Minski erhalten. Aber jetzt? Wahrscheinlich hatte sein Chef recht; er wäre besser in Bonn geblieben und hätte sich mit Minskis Umfeld befaßt. Betreten blickte er zu Boden.

»Kopf hoch«, hörte er zu seiner Überraschung seinen Chef sagen. »Ich habe Ihnen immer vertraut, und manches Mal lagen Sie mit Ihrem Bauchgefühl richtig. Warten wir's ab!« Langenargen stand auf und ging zur Tür. Dort drehte er sich noch einmal um und sagte: »Was haben Sie heute vor?«

»Noch einmal mit Frau Dr. Metzig reden. Und erfahren, was Schneider erfahren hat, in der Universität, meine ich.«

Die Tür fiel ins Schloß. Krüger seufzte und steuerte auf seinen Schreibtischstuhl zu. Sein Telefon klingelte.

»Ja, ich bin's.« Warum fragte Schneider immer, ob er es selber sei? Er wußte doch, wen er anrief.

»Jetzt? Wieder in die Stadt zurück? Jaja, ist gut; ich komme. Bis gleich.« Krüger legte auf.

Krüger stand vor dem *Bistro Miebach* am Bonner Markt und überlegte wieder. Ging die äußere Tür jetzt nach außen auf und die innere nach innen oder umgekehrt? Er konnte sich das nie merken. Dankenswerterweise kam ihm jemand entgegen und hielt die Tür auf. Gut, äußere Tür nach innen, innere nach außen. Immerhin stießen die Türen nicht zusammen, wenn sie gleichzeitig geöffnet wurden. Krüger steuerte auf »seinen« Platz am Fenster ganz hinten links auf der langen Lederbank zu. Schneider kehrte ihm den Rücken zu und saß seinem Stammplatz gegenüber. Er hatte ihn im Spiegel kommen gesehen.

»Hier fehlt nur noch eine Messingtafel«, sagte er.

Krüger setzte sich und fragte: »Wo? Und wozu?«

»Über deiner Kopfstütze. *Hier speist der Kommissar seit* … Seit wann kennst du das hier?«

Krüger grinste. »Bestimmt seit zwanzig Jahren. Aber richtig hier arbeiten tue ich erst seit ein paar Jahren, seit dem Fall des überarbeiteten Straßenbahnfahrers.«

»Davon hast du mir nie erzählt. Mach mal!« sagte Schneider.

»Ein anderes Mal«, sagte Krüger. »Das ist eine Geschichte für viel Rotwein. War ziemlich schräg. Aber jetzt sag mir mal, was so geheim ist, daß du nicht ins Präsidium kommen wolltest.«

»Erstens hatte ich keine Lust, Langenargen über den Weg zu laufen. Der meckert mich jedes Mal an: *Sie hier? Im Präsidium? Haben Sie nichts zu tun?* Oder so ähnlich. Dabei habe ich ihm noch nie etwas getan.«

»Langenargen beneidet dich wohl nur um deine Ermittlungen im Freien. Er hat ja nur das Golfspiel, und das nur am Wochenende. Und zweitens?«

»Zweitens gibt es hier besseren Kaffee als in der Kantine.«

»Wo du recht hast, hast du recht«, sagte Krüger und bestellte seinen ersten Cappuccino und ein Glas Leitungswasser. »Dann leg mal los. Allzu viel Zeit habe ich nicht. Ich wollte noch in die Universität und versuchen, Minskis Beziehungsstrukturen zu entwirren.«

»Da gibt es nicht viel zu entwirren«, sagte Schneider. »Ein Lehrstuhl, eine Privatdozentin, eine Hilfskraft. Oder so.«

»Also?«

Schneider seufzte. »Ich bin gestern morgen um zehn Uhr in die Universität gegangen, habe mir Minskis Dienstzimmer aufschließen lassen – die Spurensicherung hatte den Raum am Sonntag wieder freigegeben – und mir als erstes seinen Computer angesehen. Das Paßwort war einfach: sechs – kleines k – fünf – kleines s – neun – kleines n – eins – großes M.«

»Das nennst du einfach?« fragte Krüger.

»Wieso«, sagte Schneider. »Ist doch einfach: Sein Jahrgang und die Konsonanten seines Namens, beides rückwärts. Nur mit der Groß- und Kleinschreibung mußte ich etwas experimentieren.« Er trank einen Schluck Kaffee. »Den Tip hat mir Farnschläger mal gegeben. Funktioniert oft.«

»Und dann?« fragte Krüger.

»Dann habe ich mir die Verzeichnisse auf dem Rechner angesehen. Und nach versteckten Dateien gesucht. Gab aber keine. Alles war sorgfältig sortiert. Minski muß ein pedantischer Mensch gewesen sein.«

Das paßt zu seiner Wohnung, dachte Krüger.

»Veröffentlichungen nach Jahren geordnet. Ein Verzeichnis mit Bildern von Fakultätsfesten. Eines mit dem Namen *Memoiren* versehen. War aber leer. Ich habe dann auch den Papierkorb des Rechners überprüft. Da waren die üblichen Sachen drin: ein paar gelöschte Bilder, einige Briefentwürfe, Spam-E-Mails …«

»Dafür läßt du mich hier herkommen«, sagte Krüger, allerdings mehr rhetorisch; er wußte, daß auf seinen Kollegen Verlaß war und noch etwas kommen mußte.

»Nun warte doch mal ab. Und dann habe ich die E-Mails durchgesehen. Nichts Weltbewegendes. Aber es gab einen mit einem Paßwort geschützten Ordner.« Schneider machte eine Kunstpause.

»Und?« mußte Krüger nur sagen, damit es weiterging.

»Rate mal, welches Paßwort er verwendet hat? Das gleiche!«

»Was war denn in dem Ordner?« fragte Krüger.

»Sehr interessante E-Mails, von Minski und an ihn, unter anderem von Frau Dr. Metzig. Hier, ich habe sie für dich ausgedruckt.« Er reichte Krüger ein Blatt Papier.

»Soll ich laut vorlesen?« fragte Krüger.

»Mach ruhig, dann sind wir beide gleich auf dem gleichen Stand – bei meinem schlechten Gedächtnis.«

»Liebe Nicole, es tut mir leid – aber ich sehe das ganz anders. Du bist einfach noch nicht weit genug, um eine eigene Professur auszufüllen. Noch zwei, drei Jahre mit weiterer Lehrerfahrung und einer guten Monographie, dann sieht alles gleich ganz anders aus. So lange mußt Du durchhalten. Heute kann ich Dich nicht unterstützen. Herzliche Grüße, M.«

»Ziemlich nichtssagend«, sagte Krüger.

»Warte mal ab! Hier ist eine zweite E-Mail, datiert eine halbe Stunde später.« Schneider reichte seinem Gegenüber ein zweites Blatt.

Krüger las wieder laut vor: »*Hallo Max.*« Er verzog seinen Mund und sagte: »Briefe und E-Mails mit *hallo* als Anrede beantworte ich nicht mehr, das finde ich einfach unverschämt. Jaja, schreiben im Zeitalter der Elektronik … Immerhin haben sie beide die Anrede korrekt groß geschrieben, können heute auch nur noch wenige. Anyway.« Er fuhr mit der E-Mail fort.

»Das ist eine Unverschämtheit, soviel, wie ich für Dich getan habe. Du könntest mir wirklich helfen. Und – vergiß nicht – vielleicht interessiert es andere, wieso Du auf einmal so schöne Sachen in Deiner Wohnung hast und wie Du zu Deiner Stelle gekommen bist. Und Deine Veröffentlichungen natürlich. Also, ich erwarte Deine Antwort. Nicole.«

»Das paßt zu ihr«, sagte Krüger. »Man muß sie nur etwas sticheln, und schon geht sie hoch. Allerdings – wenn ich nicht wüßte, daß Minski tot ist und nicht Frau Dr. Metzig, würde ich sagen, hier gibt es ein schönes Motiv, sie umzubringen.«

»Das habe ich auch gedacht«, sagte Schneider. »Aber hier ist noch ein Blatt.«

»Liebe Nicole, Du solltest aufpassen, was Du schreibst und wem Du es schickst. Deine letzten Zeilen sind sicher auch für den Dekan interessant. Aber ich will keinen Streit. Wir sollten das Ganze noch einmal durchsprechen. Kannst Du am Freitagabend in mein Büro kommen? Maximilian.«

»Oha«, sagte Krüger. »Erstens, er haßt es, Max genannt zu werden. Zweitens, er kann auch drohen. Und drittens, wo war Frau Dr. Metzig zum Zeitpunkt des Mordes an Professor Minski?«

Eine halbe Stunde später klopfte Krüger an die Tür des Dekanats.

Eine fröhliche Stimme rief: »Herein!« Carmen strahlte ihn an. »Na, ausgeschlafen?«

Krüger versuchte, ernsthaft auszusehen: »Danke der Nachfrage. Ja, ziemlich. Mehr dazu später. Ich muß den Dekan etwas fragen. Geht das jetzt?«

»Der ist nicht da. Dienstagvormittag hat er erst von neun bis elf seine Vorlesung und dann ohne Pause das Hauptseminar bis dreizehn Uhr. Dann geht er meistens in die Stadt zum Mittagessen. Versuch es mal nach halb drei.« Carmen machte eine Pause. »Mein Dienst hier geht übrigens nur bis zwölf.«

»Und dann?« fragte Krüger.

»Dann habe ich Mittagspause. Und danach gehe ich nach oben und verwandle mich in Professor Minskis Sekretärin – die zweite halbe Stelle. Arbeiten muß ich somit ziemlich genau ungefähr hundertfünfzig Prozent, etwa fünfundsiebzig Prozent pro halber Stelle. Ist Universitätsmathematik. Macht aber Spaß, die Arbeit, meine ich. Und jetzt ist es fünf nach zwölf.« Carmen schaltete den Computer aus.

»Tut mir leid«, sagte Krüger, »aber Mittagessen geht nicht. Ich muß heute ziemlich viel erledigen. Ich rufe dich an, ja?«

»Ist schon okay«, sagte Carmen, »Dienst ist Dienst und …« Sie lächelte wieder.

Krüger zog die Tür hinter sich zu und nahm links von der Tür zum Innenhof der Universität die Treppe zur Eingangstür des Evangelisch-Theologischen Seminars im zweiten Stock. Er klingelte. Der Türsummer ging. Krüger drückte die Tür auf. Drinnen war niemand zu sehen. Von irgendwoher rief eine männliche Stimme: »Ja?«

»Polizei«, sagte Krüger und drückte die Schwingtür zur Treppe wieder hinunter in den ersten Stock auf. Unten studierte er die Postfächer der Professoren und anderer Mitarbeiter. Bei »Minski« steckte ein längerer Umschlag noch im Einwurfschlitz. Krüger angelte ihn vorsichtig heraus und las den Absender. *Eidgenössische Technische Hochschule Zürich*. Fühlte sich nach einem Heft an. Vielleicht irgendeine theologische Zeitung? Jedenfalls nichts Wichtiges für den aktuellen Fall. Im Dienstzimmerflur besah er sich die Namensschilder an den Türen. Die Namen sagten ihm nichts. Alle Zimmer waren verschlossen; nirgends waren Geräusche zu hören.

Krüger stapfte die Treppe wieder nach oben, wo sich die Stimme von eben inzwischen Verstärkung geholt hatte. Zwei junge Leute standen im Flur, ein junger Mann mit Fusselbart und eine jüngere Frau, wahrscheinlich zwei Studenten, oder hieß es jetzt politisch-korrekt und geschlechtsneutral nur noch »Studierende«?

»Können wir Ihnen weiterhelfen?« sagte die Frau.

»Polizei«, wiederholte Krüger und setzte sein Amtsgesicht auf, wie Paulsen es genannt hatte – einer der wenigen Momente, in denen er mal etwas gesagt hatte. »Wir ermitteln in Sachen Minski. Ihre Namen bitte.«

Unaufgefordert zückten die beiden ihre Studentenausweise, die Krüger flüchtig durchsah und wieder zurückgab. »Können Sie zu Professor Minskis Tod etwas sagen?«

»Tut mir leid«, sagte die Frau. »Aber ich habe das erst heute morgen gehört; ich war über das Wochenende bei meinen Eltern in Kiel. Und nein, ich habe vor zwei Semestern einmal eine Vorlesung bei ihm gehört, war ganz okay, hat mich aber nicht vom Hocker gerissen.«

»Laura!« sagte der junge Mann. »Nicht so salopp!«

»Wieso?« fragte die Studentin. »Ist doch wahr.«

»Naja«, sagte Fusselbart, »besonders fetzig war er nicht, aber solide. Wenn man seine Wissensgebiete in der Prüfung hatte, lohnte sich eine Veranstaltung von ihm immer.«

»Haben Sie ihn denn häufiger gehört?« fragte Krüger.

»Nee, auch nicht, vor zwei Jahren zuletzt.«

»Sind Sie ihm sonst mal über den Weg gelaufen?«

»Naja, hier im Seminar schon ab und zu, ein Gruß auf dem Flur oder in der Bibliothek, bevor die umgezogen ist.«

»Wie«, sagte Krüger, »gibt es hier keine Bücher mehr?«

»Doch schon, aber das Gros steht seit anderthalb Jahren gegenüber in der neugeschaffenen *Fachbibliothek Evangelische und Katholische Theologie*.«

»Wissen Sie sonst noch etwas, was im Zusammenhang mit seinem Tod steht?« fragte Krüger.

Beide sahen sich an und schwiegen. »Doch«, sagte der junge Mann plötzlich, »da war doch dieser merkwürdige Mensch, der nach ihm gefragt hat.«

Krüger war hellwach. War das die Spur, auf die er gehofft hatte? »Erzählen Sie bitte!«

»Naja«, sagte der junge Mann, »das muß nach der Vorlesung von Professor Schmidtbauer gewesen sein, vor Hörsaal römisch fünf im ersten Stock. Hat jetzt die Nummer 1.006. Liegt in der Nähe vom Festsaal.«

Krüger schüttelte den Kopf. Wieso war römisch fünf jetzt arabisch sechs? Hatte wahrscheinlich eine Universitätskommission nach langen Wochen entschieden. Aber das war jetzt tatsächlich unwichtig.

»So lange ist das noch nicht her. Warten Sie mal. Schmidtbauer liest nur dienstags. Heute ist der 25. Mai; letzte Woche war der, äh, rechne, 18. Mai. Laura, du hast ihn doch auch gesehen?«

Laura schüttelte den Kopf.

»Doch, er hat mich doch vor dem Hörsaal fast umgerannt. Ich weiß nicht, warum er es so eilig hatte.«

»Wen meinst du denn?« fragte Laura.

»Naja, den Mann mit den Cowboystiefeln. Und er hatte ein braunes Jackett an.«

»Ach den«, sagte seine Freundin, denn das war sie wohl. »Doch, den habe ich auch gesehen.«

»Können Sie ihn näher beschreiben?« fragte Krüger.

»Naja« – die Sprachmarotte hatte sie wohl schon übernommen, dachte Krüger –, »braunes Jackett, blaue Jeans, Cowboystiefel. Mehr ist mir nicht aufgefallen.«

»Wie groß war er denn?«

»Ziemlich groß«, sagte Laura, »sicher einen Kopf größer als ich.«

»Normal«, sagte ihr Freund gleichzeitig, »vielleicht einen Kopf kleiner als ich.«

Krüger versuchte, weiter ernst zu gucken. Der junge Mann war sicher 1,95 m groß und seine Freundin bestimmt nicht höher als 1,65 m. »Also etwa eins achtzig?« fragte er.

Beide nickten.

»Ist Ihnen sonst noch etwas aufgefallen?«

Beide blickten an die Decke, als ob dort die Antwort stünde. Krüger kannte das Phänomen aus langen Nachhilfestunden in Latein, die er während der Schulzeit gegeben hatte. Meistens kam dann keine Antwort mehr.

»Doch«, sagte der junge Mann plötzlich und sah seine Freundin an. »Er hinkte ganz leicht.«

»Habe ich nicht gesehen«, sagte die Studentin.

»Das ist alles?«

»Das ist alles«, sagte der junge Mann.

»Stimmt«, sagte Laura.

»Vielen Dank!« sagte Krüger. »Sie können dann gehen.« Er nickte den beiden zu und ging zu Minskis Dienstzimmer hinüber, das er mit dem von Schneider erhaltenen Ersatzschlüssel der Universitätsverwaltung aufschloß. Er wollte noch einmal zum Tatort.

Die Sonne schien, und Krüger saß am Alten Zoll auf einer Bank, in der Hand einen Döner Kebab vom türkischen Imbiß am Bahnhof und neben sich eine Cola – leider zu oft sein übliches Mittagessen. Er überlegte.

Kam Frau Dr. Metzig wirklich für die Tat in Frage? Wenn sie kein Alibi für den Mordzeitpunkt hatte, dann hatte sie zumindest ein Problem. Gegen sie sprach der E-Mail-Verkehr, was allerdings etwas dünn für eine Verhaftung war. Sympathisch war sie nicht, aber das waren viele – kein Grund, ihr etwas zu unterstellen. Daß Minski wenig publiziert hatte, wie Schneider ihm im Café noch gesagt hatte, und die einzige größere Veröffentlichung nach seiner Habilitation erst im vergangenen Jahr auf den Markt gekommen war, war auch kein Grund zu vermuten, Frau Dr. Metzig habe ihre Hände im Spiel oder besser: im Buch gehabt.

Was war mit Schmidtbauer? Den schien das alles nicht zu interessieren, jedenfalls hatte Krüger diesen Eindruck aus seinem ersten Gespräch mit dem Dekan am vergangenen Freitagabend mitgenommen. Aber auch solche Leute gab es; sie hatten ihren Wunschposten irgendwann erreicht und kümmerten sich außer um sich selbst nicht um andere Menschen. Könnte der Dekan ein Motiv haben? Um Minski umzubringen, hätte dieser gegen den Täter etwas in der Hand haben müssen, und was konnte das bei dem farblosen Professor im Dekanat schon sein? Fachliches? Finanzielles? Persönliches?

Blieb noch der große Unbekannte – falls er überhaupt etwas mit der Sache zu tun hatte. Aber es war schon merkwürdig, daß inzwischen schon zwei Zeugen – Metzig und Fusselbart – von ihm berichtet hatten. Und beide hatten angegeben, daß der Unbekannte nach Minski gefragt hatte.

Krüger beschloß, Kauls Kontenklärung und Winterthurs Ergebnisse der Untersuchung von Minskis Privatcomputer abzuwarten. Und Farnschlägers Bericht – sein Kollege war gerade gekommen, als Krüger das Dienstzimmer des ermordeten Professors wieder abschließen wollte; Schneider hatte ihn angerufen und gebeten, sich den Rechner noch einmal genauer anzusehen. Und das Gespräch mit Schmidtbauer natürlich. Und sein Auto mußte er wieder auslösen, wohin auch immer die Kollegen von der Straßenwacht es verbracht hatten. Er sah auf die Uhr – erst viertel vor zwei. Krüger schloß die Augen.

»Nicht einschlafen!« sagte plötzlich eine fröhliche Stimme.

Mühsam öffnete Krüger die Augen. Carmen stand ihm gegenüber und grinste.

»Soso, sein Geld verdient der Herr Kommissar im Schlaf! Darf ich mich setzen?«

»Wie spät ist es denn?« Krüger blinzelte in die Sonne.

»Gerade zwei. Du hast noch eine halbe Stunde bis zum Herrn Dekan. Gibt es etwas Neues?«

Krüger berichtete von den E-Mails und von Fusselbart mit Anhang.

»Ach der«, sagte Carmen. »Der ist eigentlich ganz nett.«

»Aber man mußte ihm die Würmer einzeln aus der Nase ziehen.«

Carmen lachte. »Wie der mal eloquenter Pastor werden will, weiß ich auch nicht.«

»Jedenfalls bin ich nicht viel schlauer. Die Spurensicherung sagt, es ist ein Einzeltäter. Niemand hat jemanden außer dem Herrn mit Cowboystiefeln gesehen. Minski ist – nach meinem unmaßgeblichen Geschmack – ein durchschnittlicher, langweiliger Professor und …«

Carmen unterbrach ihn. »Bei den Studierenden galt er als solider Arbeiter.«

»Ja, aber langweilig für mich. Keine interessanten Hobbies, kein großes universitäres Netzwerk, wenige Freunde – warum soll den jemand umbringen?«

Carmen schwieg. Krüger sah sie von der Seite an. Ihm kam es vor, als kannten sie sich schon ewig. Erst am Freitag hatten sie einander getroffen. Erst gestern hatte sie ihn vom Flughafen abgeholt und wieder in ihre Wohnung mitgenommen. Erst heute morgen war er neben ihren dunklen Locken aufgewacht und …

»He, aufwachen – dein Grinsen kann man ja noch von der anderen Rheinseite erkennen!« Carmens Grübchen ... Krüger riß sich zusammen. Über Carmen konnte er immer noch nach Feierabend weiter nachdenken.

»Entschuldigung, was hast du gerade gesagt?«

»Gar nichts. Du hast was von fehlenden Motiven gesagt. Aber was wäre, wenn das Motiv schon ein paar Jahre älter ist?«

Krüger setzte sich kerzengerade hin. War das die Lösung? Irgendeine dunkle Geschichte aus Minskis Vergangenheit? Aber wo sollte er anfangen? »Wie meinst du das?« fragte er.

»Ist doch einfach«, sagte Carmen. »Hier in Bonn finden alle Professor Minski – fanden, muß es jetzt ja heißen – normal oder irgendwie langweilig. Aber was hat er vor seiner Bonner Stelle gemacht? Ist im Ausland – er war wohl mal zwei Semester in Oxford – etwas passiert? Hat er sich Feinde der unfreundlicheren Sorte gemacht, die er in der Hand hatte und die ihn zum Schweigen bringen wollten?«

»Englische Krimis, Miss Marple?« fragte Krüger.

»Wie meinst du das?« fragte Carmen.

»An den Haaren herbeigezogene Motive aus einer dunklen Vergangenheit haben doch oft einen schönen Kriminalroman am Ende bei der Auflösung verdorben, jedenfalls bei den beiden, die ich gelesen habe.«

Carmen lachte. »Und wann war das?«

»Im Studium«, sagte Krüger. »Danach habe ich nie wieder einen gelesen. Mir waren die Fachbücher immer etwas näher.«

»Das ist ein Fehler«, sagte Carmen. »Das wirkliche Leben findest du durchaus manchmal zwischen zwei Buchdeckeln ganz ordentlich wiedergegeben, jedenfalls bei den englischen Krimis, die ich gesehen habe.«

Jetzt lachte Krüger. »Buchdeckel und sehen, wie soll das denn gehen?«

»Aber mal im Ernst«, sagte Carmen. »Hast du schon irgendetwas über seinen Lebenslauf herausgefunden?«

»Konkret noch nicht«, sagte Krüger. »Mein Kollege Farnschläger wollte bis heute nachmittag ein kleines Dossier zusammenstellen.« Er sah auf die Uhr. »Zwanzig nach. Ich gehe jetzt lieber hinüber. Pünktlichkeit ist eine Zier …«

Carmen gab ihm einen kleinen Kuß auf seine Wange und sagte: »Wie lange mußt du arbeiten?«

»Weiß noch nicht. Um achtzehn Uhr hat mein Chef die nächste Dienstbesprechung angesetzt – wie ich ihn kenne, mit neuer Aufgabenverteilung. Meistens sind wir nach einer Stunde durch. Ich rufe dich dann an, wenn ich darf?«

»Klar darfst du – immer!« sagte Carmen. Die Grübchen …

Krüger stand auf. »Bis nachher. Paß auf dich auf!«

Die Tür zum Dekanat war offen. Krüger klopfte und trat ein. In der Luft hing eine Rauchwolke, deren Ursprung im an das Sekretariat anschließenden großen Zimmer des Dekans lag.

»Herein«, rief Schmidtbauer. Er erhob sich hinter seinem Schreibtisch und sagte: »Ach, Sie sind's.« Er setzte sich wieder.

Krüger nahm unaufgefordert am Besuchertisch Platz.

»Kann ich irgendetwas für Sie tun?« fragte der Dekan. »Gibt es etwas Neues?«

»Können Sie mir sagen, seit wann Ihr verstorbener Kollege am Seminar tätig war?«

»Sie meinen doch Maximilian, oder? Moment, ich hole eben seine Akte.« Schmidtbauer stand auf, schlurfte ins Sekratariat und fluchte: »Verdammt, wieso ist hier wieder alles abgeschlossen?«

Krüger nickte innerlich beifällig, als er auf diese Weise Carmens Sorgfalt mitbekam, und überlegte, ob Protestanten fluchen durften oder das auch beichten mußten.

Schmidtbauer kam mit einem hellbraunen Schnellhefter aus der Hängeregistratur wieder, setzte sich und schlug ihn auf. »Wintersemester 1998/99. Erste Vorlesung war *Im Labyrinth der Ethik*. Das erste Hauptseminar hatte das Thema *Max Weber und die protestantische Ethik – ein Modell für den Bundestag?*«

»Klingt für mich ziemlich speziell«, sagte Krüger. »Ethik im Bundestag, meine ich.«

»Das ist es aber nicht. Alles Standardthemen, nicht besonders schwierig. Seine Vorlesung hat einen großen Überblick über die wichtigsten ethischen Themen der protestantischen Theologie seit 1945 gegeben. Und das Hauptseminar beschäftigte sich mit einem der großen evangelischen Begriffe, der aus der Soziologie in die Theologie, nun: übergeschwappt ist. Sie kennen doch sicher den Unterschied zwischen Gesinnungs- und Verantwortungsethik?«

Krüger erinnerte sich dunkel an einen Vortrag auf der Polizeiakademie, in dem um das verantwortete Handeln des einzelnen gegangen war. »Ja, so ungefähr, irgendwie. Aber ehe Sie mir das auch noch auseinandersetzen – wieso erinnern Sie sich so genau an die erste Vorlesung? Immerhin ist das über zehn Jahre her.«

Schmidtbauer zögerte. Seine Hände hatten inzwischen das Päckchen Tabak ergriffen, das vor ihm auf dem Schreibtisch gelegen hatte, und drehten es unablässig hin und her. »Nun, das hat mich irgendwie beeindruckt. Fundiert, gut vorbereitet, unterhaltsam. Soweit ich mich erinnere.« Er schwieg.

»Oder haben Sie ihm ein wenig unter die Arme gegriffen?« Krüger hatte beschlossen, einen Schuß ins Blaue abzugeben. Manchmal traf man ja.

Schmidtbauer wurde blaß. »Woher … ich meine, wie kommen Sie darauf?«

»Gleich. Ich stelle hier die Fragen. Wo waren Sie am vergangenen Freitag?«

Schmidtbauer schlug seinen Terminkalender auf und sagte: »Vormittags beim Arzt, Name und Adresse kann ich Ihnen geben. Nachmittags Doktorandenkolloquium. Am frühen Abend Arbeit hier am Schreibtisch.«

»Kann das jemand bezeugen?«

»Kurz nach sechs habe ich mit zwei Kollegen telefoniert, Namen kann ich Ihnen ebenfalls nennen. Gegen halb sieben klopfte eine Studentin an meine Tür, Namen …«

»Ich weiß, haben Sie auch parat.« Etwas merkwürdig, daß sein Gegenüber so präzise Angaben machen konnte. »Und von halb bis sieben?«

»Haben Sie das schon vergessen? Musik gehört!« sagte Schmidtbauer. »Habe ich Ihnen schon Freitagabend gesagt. Ach ja, und ein paar E-Mails geschrieben. Das weiß vielleicht das Universitätsrechenzentrum noch. Sind Sie jetzt fertig?«

Krüger überlegte. Ziemlich unsympathisch, der Herr. Wie er wohl bei den Studenten ankam? Aber sein Alibi klang ziemlich glaubwürdig. Er beschloß, von den versteckten E-Mails in Minskis Computer zu berichten. »Was übrigens Ihre mögliche Mithilfe bei den Veranstaltungen Ihres Kollegen angeht, so haben wir einige interessante E-Mails in seinem Rechner gefunden, die Ihnen unterstellen, Sie hätten bei den Publikationen, Vorlesungen und so weiter mitgewirkt.« Das mit den Veranstaltungen war genauso gelogen wie der Bezug auf Schmidtbauer.

Der Dekan setzte wieder eine Zigarette zusammen und zündete sie an. Eine graue Rauchwolke zog in Richtung der bodentiefen Vorhänge an den Fenstern. Schmidtbauer sah Krüger an, ohne eine Miene zu verziehen. »Wer behauptet das?«

»Dienstgeheimnis«, sagte Krüger. Der Schuß war wohl zu schlecht gezielt gewesen.

»Gut«, sagte Schmidtbauer und stand auf, »wenn Sie nicht mehr haben, ich habe zu tun.«

»Sie hören von mir«, sagte Krüger, was auch in seinen Ohren etwas dünn klang. Er erhob sich ebenfalls, grüßte und verließ das Dekanat. Es half nichts, dachte Krüger, jemand mußte sich mit Frau Dr. Metzig beschäftigen. Er jedenfalls nicht, er hatte noch vom letzten Mal im Polizeipräsidium genug. Doch halt – vielleicht konnte Carmen … Krüger hatte eine vage Idee, wie er zu den gewünschten Informationen kommen könnte.

* * *

Freitag, 16. Mai. *Beethoven raucht zuviel. Der ist nie ohne Zigarette anzutreffen, den blauen Gauloises. Und das stört beim Küssen, finde ich. Komischerweise macht mir der Qualm in den Kneipen nichts aus – im Gegenteil, in der »Kerze« gehört er geradezu dazu. (Das war jetzt sprachlich ganz geschickt. Vielleicht werde ich auch Journalistin, so gerne, wie ich schreibe.) Inzwischen habe ich vier weitere Küsse bekommen oder gegeben, ja nach Standpunkt, alle in der Uni. Aber vor der nächsten Phase grusele ich mich etwas; die Jungs sind doch alle sehr ungeschickt.– Komisch, gerade fällt mir auf, daß ich über das Studium seit einigen Tagen nichts mehr geschrieben habe. Aber dient die Studienzeit nicht eher zur Selbstfindung und zum unendlichen Ausdehnen der Freiräume?!*

14

Montag, 17. Mai 2010 – Oxford

Blackmore klopfte an die Tür seines Chefs. Es war viertel vor fünf, etwas später als vorgesehen. Er hatte den zweiten Teil der Dienstbesprechung auf halb sechs festgelegt. Vielleicht fand Rosie bis dahin etwas mehr über den Oldtimer im abendlichen Berufsverkehr heraus.

»Herein!« Chief Constable James Thorowgoods sonore Stimme übertönte mühelos das gleichzeitige laute Klingeln des Telefons.

Blackmore setzte sich in einen der beiden bequemen, dick gepolsterten Besucherstühle und sah sich um, während sein Chef telefonierte. Schon sein Vorgänger hatte den Teppich gekauft, der augenscheinlich teuer gewesen war, denn nach zwanzig Jahren wäre ein preiswerterer bestimmt vollkommen verschlissen. In einer Ecke des Raums befand sich ein halbhohes Bücherregal aus Mahagoni, das viele Nachschlagewerke zu Kunst & Antiquitäten enthielt – Thorowgoods Steckenpferd. Darüber hingen verschiedene Auszeichnungen, u.a. eine Ehrendoktorurkunde der heute eher technisch-naturwissenschaftlich ausgerichteten Oxford Brookes University, der Nachfolgerin der 1865 gegründeten Oxford School of Art, wie sein Chef ihm mal erklärt hatte. Auf dem Bücherbord stand ein leerer gläserner Aschenbecher; inzwischen war das Rauchen in allen öffentlichen Gebäuden in Großbritannien verboten.

»Nein«, sagte Thorowgood, »für morgen abend hatte ich bereits abgesagt. Danke.« Er legte den Hörer auf. »John, schön, Sie zu sehen. Ein Glas Wasser?«

Die Zeiten mit Whisky waren wohl vorbei, dachte Blackmore. Ob sein Chef eine Flasche Glenmorangie Lasanta wohl noch immer hinter der linken Schreibtischtür stehen hatte? »Danke, sehr gerne.«

Sein Chef füllte zwei Gläser und reichte seinem Untergebenen eines. »Gibt es etwas Neues?«

Wie immer war der CC freundlich; sein einnehmendes Wesen hatte ihm selbst in Gefängniskreisen Respekt eingebracht.

Blackmore berichtete von den neuesten Entwicklungen. Dann holte er tief Luft und sagte: »Wann haben Sie zuletzt eine Ihrer Zigarren geraucht?«

Thorowgood guckte verständnislos. »Was hat das mit unserem aktuellen Fall zu tun?«

»Sir, wir hatten doch telefoniert. Am Samstag habe ich mir das Haus der ermordeten Studentin angesehen. Auf dem Wohnzimmertisch habe ich das Ende einer Zigarre gefunden. Hier.« Er wickelte den Stumpen aus dem Papiertaschentuch und reichte ihn seinem Chef.

»Und?« fragte Thorowgood, ohne das Zigarrenteil entgegenzunehmen.

»Ist das nicht Ihre Marke?«

»Und?« fragte Thorowgood erneut. »Ich bin bestimmt nicht der einzige in Oxford, der raucht.«

»Und es gab im Wohnzimmer ein Foto mit Ihnen und anderen jungen Leuten, darunter auch der Ermordeten.« Blackmore reichte seinem Chef das Foto, das er von Jessicas Schreibtisch mitgenommen hatte.

»Ach ja, ich erinnere mich; ich bin schließlich eine öffentliche Person. Manchmal unterrichte ich auch Studenten. Gut möglich, daß das eines der Fotos ist, die dann manchmal im Anschluß an Veranstaltungen gemacht worden sind«, sagte Thorowgood und betrachtete gleichzeitig das Bild, das er dann achtlos zur Seite legte.

Blackmore konnte mit der zurückhaltenden Reaktion seines Chefs nichts anfangen. Er beschloß, die Karten auf den Tisch zu legen. »Sir, darf ich offen sein? Auf der Rückseite des Fotos steht eine Widmung, die ich eigentlich zum Anlaß nehmen müßte, auch in Ihre Richtung zu ermitteln.«

Sein Chef sah ihn ernst an. »John, denken Sie doch mal nach. Wenn Sie die möglichen Dinge abgehakt haben, bleiben die unmöglichen. Was hätte ich für ein Interesse daran, eine Studentin zu ermorden? Also, das kennen Sie doch: Motiv, Gelegenheit, Mittel. Und Flucht natürlich. Die meisten Täter denken nämlich nur bis zur Tat, aber was danach geschehen soll, das planen sie nicht.« Er schwieg. Irgendwie sah er bedrückt aus, fand Blackmore. Hatte sein Chef geweint?

Blackmore nahm den Ball auf. »Motiv? Erpressung. Alter Mann trifft junges Mädchen und möchte nicht, daß seine Familie das erfährt. Das kommt in den besten Kreisen vor.«

»Mensch, John – vor zwei Monaten hatten meine Frau und ich Silberhochzeit, und da soll ich jetzt mit einem jungen Mädchen … Ihre Ideen waren schon mal besser.«

»Gelegenheit? Sir, wo waren Sie am Freitag, den 14. Mai 2010, um neunzehn Uhr?«

»John, Sie enttäuschen mich«, sagte Thorowgood. »Glauben Sie im Ernst …? Nein, nicht wirklich, oder?«

»Ich kann es mir nicht vorstellen«, sagte Blackmore etwas sperrig. »Aber klären Sie mich doch bitte über Zigarre und Bild auf.«

Thorowgood stellte einen Bilderrahmen wieder auf, der vor ihm auf dem Schreibtisch gelegen hatte, und drehte die Porträtseite zu Blackmore. Jessica Boulton sah fröhlich in die Kamera. In der linken oberen Ecke des Rahmens war ein schwarzer Trauerflor befestigt worden.

Blackmore war sprachlos.

»Jessica war mein Patenkind«, sagte Thorowgood.

Rosie saß im Computerraum, aß ein Thunfisch-Sandwich – soviel zu bedrohten Fischarten, dachte sie – und redete gleichzeitig mit dem Sergeanten vor dem Rechner mit dem größten Bildschirm. »Noch mal zurück!«

Der junge Polizeibeamte drehte das Rad, das den Film der Verkehrskamera auf dem Bildschirm steuerte, entgegengesetzt dem

Uhrzeigersinn. Der Morris Minor verschwand wieder aus dem Blickfeld.

»Jetzt wieder vorwärts, aber langsam.«

Der Oldtimer tauchte langsam von links wieder auf. Der Mann am Steuer – war es ein Mann? – hatte seine Baseballmütze tief in die Stirn gezogen und war nicht zu erkennen. Das Nummernschild war aus dieser Perspektive unscharf.

»Langsam weiterlaufen lassen.«

Der Wagen fuhr an der Kamera vorbei und verschwand nach rechts. Das rückwärtige Nummernschild war nicht zu erkennen.

»Wo steht die nächste Kamera?« fragte Rosie.

»Stadtauswärts«, sagte der Sergeant. »Beim St Antony's College.«

»Kommen Sie an die Daten?«

»Moment, Ma'am«, sagte der junge Mann. Rosie fühlte sich mit der Anrede fast als Chefin der Abteilung.

Der Computerspezialist wühlte sich durch verschiedene Internetadressen des internen Polizeinetzwerkes und sagte dann: »Jetzt habe ich es, glaube ich.«

Auf dem Bildschirm erschien die Woodstock Road. Rosie sah auf die in der unteren linken Ecke des Bildschirms eingeblendete Uhrzeit. »Bitte fünf Minuten vorspulen.«

Tatsächlich tauchte wenig später der Morris Minor auf. Da er von hinten aufgenommen worden war, war auch das Nummernschild gut zu lesen: BA51 THE.

»Das stimmt schon mal«, sagte Rosie. »Ist in Oxford zugelassen worden. Und THE steht bestimmt für Theologie!«

Der Sergeant grinste.

»Kannst du jetzt noch den Halter ermitteln?«

»Ich versuch's«, sagte der junge Mann. »Soll ich dann sofort Bescheid sagen?«

»Das wäre wirklich nett«, sagte Rosie und setzte ihr Dankelächeln für das männliche Geschlecht auf, das nur »Danke« bedeutete und nichts anderes. Sie stand auf und ging zum Besprechungszimmer hinüber.

Alle saßen schon, als Blackmore zurückkam. »Der Chef hat sich über den Stand der Ermittlungen berichten lassen«, sagte der DCI. »Was das ermordete Mädchen angeht, so hat er ein besonderes Interesse daran, schnell den Täter zu finden – Jessica Boulton war sein Patenkind.«

Rosie sah bestürzt aus. »Das ist ja schlimm. Aber wo sollen wir anfangen? Und hängen die beiden Morde zusammen? Was meint ihr?« Sie sah ihre Kollegen an.

Fred sagte: »Was ich interessant finde, ist die Tatsache, daß Professor Schubert über Geldeingänge verfügte und Jessica – nach dem, was Sie erzählt haben, Chef – nicht gerade preiswerte Kleidung in ihrer Wohnung hatte. Vielleicht gibt es da eine Querverbindung.«

»Dem widerspricht aber ziemlich«, sagte Rosie, »daß der Geldabfluß von Schuberts Konto um fünfhundert Pfund höher war als der Zufluß. Dann hätte er sie ja von seinem Professorengehalt aushalten müssen ...«

»Harry, stell mal fest, wie es um Jessicas Konten, falls sie mehrere hatte, bestellt ist«, sagte Blackmore.

»Wird gemacht, Sir«, sagte Harry und salutierte, was Blackmore wie immer übersah.

»Motiv, Gelegenheit, Mittel. Und Flucht natürlich.« Blackmore zitierte seinen Chef. »Darum müssen wir uns jetzt kümmern. Fred, du machst eine Liste aller in Frage kommenden Personen am College und guckst besonders nach denen, die mit den beiden Opfern in Verbindung standen. Gab es irgendwo Ärger, Streit oder so etwas? Wer war am Freitag im College, wer war verreist, wer hatte ein Freisemester oder wie das heißt? Wer war am Freitag da und ist es jetzt nicht mehr, sprich: ist geflohen? Und wer war Mitglied des National Trust?«

Verblüfftes Schweigen. Blackmore erklärte Fortescues Beobachtung.

»Ich mache das, Sir.« sagte Fred. »Kostet mich ein Telefonat.«

»Das sind über drei Millionen Mitglieder«, sagte Rosie.

»Ich wollte nicht alle anrufen«, sagte Fred. »Die Geschäftsführung des Vereins reicht.«

»Hast du was wegen des Morris Minor herausgefunden, Rosie?« fragte Blackmore.

»Wir haben das Kennzeichen. Und Alan versucht gerade, den Halter zu ermitteln.«

Wie auf Stichwort klopfte es, und der junge Computerspezialist kam herein. Er blickte unsicher auf Blackmore und die anderen Anwesenden, bis er Rosie entdeckte. Er ging zu ihr und reichte ihr einen Zettel. »Steht alles drauf. Brauchst du mich noch?«

»Nein, und vielen Dank für deine rasche Arbeit!« sagte Rosie.

Der junge Mann schloß die Tür wieder.

Rosie faltete den Zettel auseinander und nickte. »Was ich gedacht hatte, Sir: Peter Alexander Watkins. Jetzt muß der Herr nur erklären, was er gleichzeitig im Bus und in seinem eigenen Auto gemacht hat. Das Problem der Bilokation ist doch nur für Heilige zufriedenstellend gelöst.«

Blackmore lachte. »Als Heiligen würde ich den Herrn Professor eigentlich nicht ansehen. Ich knöpfe ihn mir selbst vor. So, es fehlt jetzt noch ein *update*, was Jessica Boulton angeht. Rosie?«

»Ich, wieso?«

»Du solltest doch an der Autopsie am Sonntag teilnehmen, oder?«

Rosie errötete. »Stimmt, Sir, das habe ich schlichtweg verschlafen. Entschuldigung, Sir.«

»Hat denn jemand anderer die Ergebnisse?«

»Ich«, meldete sich der junge Beamte mit Brieffreund in Bonn. »Ich mußte mit Dr Fortescue in einer anderen Angelegenheit telefonieren, und da habe ich mir erlaubt …« Er verstummte.

»Erzählen Sie!« ermunterte Blackmore ihn.

Der junge Beamte zog ein Blatt aus seiner Brusttasche, faltete es auseinander, überflog es und sagte: »Also, die Studentin starb an den Folgen der Gewalteinwirkung auf ihren Kopf mit einem stumpfen Gegenstand. Bei diesem handelt es um das Bügeleisen, das neben der Leiche lag. Das Blut an ihm und das der Ermordeten stimmen überein. Der Todeszeitpunkt war etwa neunzehn Uhr. Die Leiche ist ja schnell gefunden worden, und die Leichenstarre hatte noch nicht eingesetzt.«

»Danke«, sagte Blackmore.

»Da ist noch etwas, Sir. Die Studentin war im zweiten Monat schwanger.«

Neunzehn Uhr. Das *Eagle and Child* war nach Feierabend voll. Trotzdem hatten Blackmore, Rosie und der junge Beamte einen Platz im »Rabbit Room« gefunden, der voller Memorabilia der *Inklings* hing, einer Oxforder Schriftstellertruppe, die sich hier von den 1930er bis zu den 1960er Jahren getroffen hatte. Ihr hatten u.a. C.S. Lewis und J.R.R. Tolkien angehört. Blackmore hatte Ale von der Theke geholt, *Real* Ale, wie er nicht müde wurde zu betonen. Dieses Mal hatte auch Rosie ein Pint bestellt.

»Jeder versorgt?« Blackmore sah seine beiden Kollegen an.

»Vielen Dank, Sir«, sagte der junge Mann.

»Wie heißen Sie eigentlich?« fragte Rosie. »Sie sind doch neu auf der Station, oder?«

»Nicht ganz. Ich arbeitet seit Jahresanfang hier; vorher war ich in Liverpool. Aber das ist mein erster Einsatz bei einer Mordermittlung.«

»Ihr Name?« erinnerte Rosie ihn.

»Oh ja, Ronald Thompson. Nicht gerade selten, steht bei Wikipedia auf Platz 11 der häufigsten Nachnamen in Großbritannien. Und Ron reicht. Außerdem haben wir, glaube ich, den gleichen Rang, oder? Sie sind doch auch Sergeantin?«

»Das stimmt.«

»Ronald«, sagte Blackmore, »ich wollte das eben nicht mit allen besprechen, weil es für den Fall wohl nicht so wichtig ist, aber: Haben Sie denn Ihren Freund in Bonn erreicht? Sie wollten doch versuchen, Kontakt zu Professor Schuberts Bruder aufzubauen, Johannes Schubert. Ich bin im Internet nicht weitergekommen.«

»Habe ich, Sir. Mein Brieffreund heißt Harald Kaul und ist bei der Mordkommission in Bonn. Er hat sich schon zu Schulzeiten für Verbrechen interessiert. Als ich ihn mal in Bonn besucht habe – das ist sicher fünfzehn Jahre her –, hat er mir seine Aktenordner mit sorgfältig aufgeklebten Zeitungsberichten zu Mordfällen gezeigt.«

»Haben Sie ihm gesagt, daß wir die Informationen für einen Mordfall benötigen?«

»Habe ich nicht, Sir. Ich habe nur gesagt, wir müßten in einer Versicherungsangelegenheit Angehörige ermitteln.«

»Sehr gut. Konnte Ihr Freund denn etwas zu Johannes Schubert sagen?«

»Nein, ich hatte ja auch nur wenige Informationen. Legt man die üblichen Statistiken bei Geschwistern zugrunde, so wird der Bruder irgendwas zwischen fünfzig und sechzig Jahren alt sein. Ich habe ihm noch Schuberts, also den Ermordeten meine ich, Geburtsdatum und -ort genannt, Sankt Augustin, dann findet er vielleicht die Familie leichter. Harry – er wird auch auf deutsch so genannt – hat versprochen, mich zurückzurufen, sobald er etwas herausgefunden hat.«

»Danke«, sagte Blackmore, »sehr effektiv. Und was machen wir mit dem anderen Fall, dem Mord an Jessica? Ich habe Fortescue eben noch telefonisch gebeten – aber das macht er wohl sowieso –, eine DNA-Probe des Fötus untersuchen zu lassen – für alle Fälle.«

Rosie berichtete von ihrem Besuch im Antiquitätenladen und im Ashmolean Museum. Als sie bei ihrer Schilderung in letzterem angekommen war, wurde sie rot, als sie das mündliche Gutachten von James Brooks zitierte. Aha, dachte Blackmore, das erklärte vielleicht den Sonntagmorgen. Er sagte aber nichts.

»Aber wer sammelt denn alte Bügeleisen?«

»Da gibt es mehr, als man denkt«, sagte Rosie. »Allein in Südengland habe ich drei Vereine für alten Hausrat aus dem neunzehnten Jahrhundert gefunden. Die interessantere Frage ist, wie kommt das Bügeleisen ins College?«

»Vielleicht wollte einer der Professoren seine Hemden aufbügeln?« sagte Ronald Thompson.

Rosie lachte. »Vorher hätte er aber das Bügeleisen irgendwo aufheizen müssen. Aber, warte mal, wenn Watkins sich für alte Autos interessiert – vielleicht tut er das auch für alte Bügeleisen?«

»Hat Watkins nicht dienstagabends eine seiner Lehrveranstaltungen? Von zwanzig bis zweiundzwanzig Uhr?« fragte Blackmore.

Rosie kramte in ihrer Handtasche und förderte das Vorlesungsverzeichnis zutage. »Doch, Sir, das stimmt.«

»Gut«, sagte Blackmore. »Dann gehen Sie gleich noch hinüber und fragen ihn nach seinem Auto, einem Bügeleisen und seinen Freundinnen.« Er sah auf die Uhr. »Und ich versuche, die heutige Post noch zu erledigen.« Sein Mobiltelefon klingelte. »Was?« sagte er nur. »Wir kommen sofort. Bleiben Sie dran.«

Mit dem Telefon in der Hand stand er auf und sagte zu seinen Kollegen nur: »Mitkommen. Debbie Reynolds hat den hinkenden Mann wiedergesehen.«

Vor der Ratcliffe Camera in der Catte Street schwenkte die Fakultätssekretärin ihr Mobiltelefon und rief Ronald Thompson zu, der als erster eintraf: »Er ist da hinten verschwunden!« Sie deutete auf den Durchgang zwischen dem All Souls College und der Kirche St Mary the Virgin. Rosie hatte die beiden inzwischen auch erreicht und den Fingerzeig mitbekommen. Zusammen mit ihrem Kollegen rannte sie in der angegebenen Richtung weiter.

Blackmore tauchte wenig später ebenfalls auf, allerdings außer Atem, mit hochrotem Gesicht und mit seiner Kondition unzufrieden. Eine Strecke von etwa achthundert Metern, nämlich vom Pub bis zum Ratcliffe Square, hätte er noch vor fünf Jahren mit Leichtigkeit geschafft. Seitdem hatten aber zuviele dienstliche Essen, zuviel Schreibtischarbeit und überhaupt zuviele Fälle für überflüssige Pfunde gesorgt. Er schnappte nach Luft und ließ sich von Debbie Reynolds kurz die Lage erklären. »Okay, weiter laufe ich nicht«, sagte er, holte sein Mobiltelefon aus der Tasche und drückte die Kurzwahltaste für die Zentrale. »Ja, ich bin's. Könnt ihr einen Streifenwagen zur High Street schicken, Ecke Catte Street? Meine Kollegen Rosie Mannering und Ronald Thompson verfolgen einen Verdächtigen. Ja? Sofort bitte! Warte mal, legt mal das Gespräch in den Streifenwagen. Ich reiche das Telefon an die Zeugin weiter.«

Blackmore gab Debbie Reynolds das Mobiltelefon und sagte: »Schnell, eine Personenbeschreibung.«

»Braunes Jackett, blaue Jeans, Cowboystiefel, etwa eins achtzig groß. Und er hinkte leicht«, sagte die Sekretärin und reichte Blackmore das Telefon zurück.

»Wo haben Sie den Verdächtigen denn zuerst gesehen?«

»Ich wollte zum Konzert der International Baroque Players in St Mary's«, sagte Debbie. »Und vor Blackwell's Hauptladen stand er und betrachtete die Bücher im Schaufenster. Dann ging er die wenigen Meter zum Nebengeschäft hinüber. Erst habe ich ihn nicht beachtet, dann fiel mir sein Hinken auf. Ich habe Sie dann sofort angerufen und ihn weiter beobachtet. Erst als er Ihre Kollegen hörte, die sehr schnell angelaufen kamen, drehte er sich um, sah mich, schien zu überlegen, woher er mich kannte und machte dann kehrt Richtung High Street.«

»Danke«, sagte Blackmore. Sein Telefon klingelte. »Ja, wo seid ihr? An der Magdalen Bridge? Habt ihr ihn?« Er lauschte und wurde blaß. »Ich komme sofort!« Zur Sekretärin sagte er nur: »Bitte bleiben Sie erreichbar. Ich melde mich morgen.« Dann lief er los.

Vor dem Magdalen College stand ein Streifenwagen mit rotierendem Blaulicht, als Blackmore außer Atem ankam. Ein Polizist und eine Frau beugten sich auf dem Bürgersteig über eine Gestalt. Als der DCI näher kam, regte sie sich und stöhnte. Rosie richtete sich auf und sah ihren Chef mit Erleichterung an. »Wir hatten ihn fast erreicht, da blieb er plötzlich stehen, drehte sich um und streckte

Ron mit einem Tritt in die südlichen Gefilde nieder. Anschließend ist er weitergelaufen.«

Blackmore holte tief Luft. »Wo ist Ihr Kollege?« fragte er den Streifenbeamten.

»Hinter dem Verdächtigen her«, sagte der uniformierte Polizist.

Mit heulenden Sirenen hielt ein Krankenwagen hinter dem Polizeiwagen. Zwei Sanitäter sprangen heraus und eilten zu der kleinen Gruppe. »Sollen wir eine Trage holen?«

»Danke, aber es geht schon wieder«, sagte Ronald Thompson und stand langsam auf. »Ich muß mich ein paar Minuten setzen.« Die beiden Sanitäter führten ihn vorsichtig zum Krankenwagen. Ron ließ sich auf der Ladefläche nieder.

Blackmore war ihm gefolgt. »Das reicht für heute, eventuell auch für morgen«, sagte er.

»Danke, Sir, aber seit meinen Fußballerzeiten bin ich relativ hart im Nehmen«, sagte Thompson. »Tut mir leid, Sir, beinahe hätten wir ihn gehabt.« Nett von ihm, daß er Rosie mit einbezog, dachte Blackmore.

»Sir?« Blackmore drehte sich um.

Der zweite Polizist kam angelaufen und sagte: »Tut mir leid, Sir, beinahe hätte ich ihn gehabt. Aber er ist mir entkommen. Der Verdächtige rannte vor der Brücke den Weg zur Anlegestelle der Boote am Magdalen Boat House hinunter. Ich bin ihm gefolgt. Unten sah ich noch, wie er in das einzige unten liegende Boot sprang und auf dem Cherwell Richtung Norden verschwand.«

»Und jetzt?« fragte Blackmore.

»Dann habe ich in der Zentrale angerufen und um Verstärkung gebeten. Die müßte gleich bei der Kirche St Cross eintreffen. Unterhalb von ihr fließt der Cherwell entlang. Noch ist es ja nicht dunkel – vielleicht haben wir Glück.«

»In Ordnung«, sagte Blackmore und sah auf die Uhr. Schon neun. »Rosie, laß dich von den freundlichen Herren hier zu Watkins fahren. Das Blaulicht könnt ihr sparen; wir wollen ja nicht schlafende Professoren wecken. Und Ron, Sie können nach Hause gehen. Vielleicht können die Herren von der Rettungswache einen kleinen Umweg fahren?«

»Klar, machen wir, Chef«, sagte der ältere der beiden Sanitäter.

»Und Sie, Chef?« fragte Rosie.

»Ich muß noch mal ins Büro. Vorhin noch wäre ich gerne zu Fuß gegangen, die Abkürzung am Christ Church Meadow vorbei nach St Aldate's. Aber jetzt? Wer fährt mich eben zur Polizeiwache?« Er blickte sich um.

Der uniformierte Polizist nickte. »Machen wir. Erst Sie, dann Ihre Kollegin.«

»Danke«, sagte Blackmore. »Wir sehen uns dann morgen um zehn Uhr in meinem Büro. Ach ja, noch etwas.« Er blickte den Polizisten an. »Schreibt den Verdächtigen zur Fahndung aus, Flughäfen, Fähren, die übliche Prozedur. Die genaue Beschreibung hat Debbie Reynolds, Sekretärin am St John's College.« Er diktierte ihre Mobiltelefonnummer.

»Sir«, rief der Polizist aus dem offenen Fenster des Streifenwagens plötzlich. »Sie haben ihn!«

Blackmore und Rosie rannten hinüber.

»Gehabt«, sagte der Polizist und lauschte seinem Mobiltelefon. »Ist gut, bis gleich.« Er sah Blackmore an. »Wie es scheint, war der Verdächtige gerade dabei, die Anlegestelle an der Kirche zu verlassen, als sich meine Kollegen ihm näherten. Da hat er den einen in den Fluß geworfen und den zweiten niedergeschlagen. Im Moment ist er mit dem Polizeiwagen unterwegs, den meine Kollegen mit eingeschaltetem Motor und offener Tür stehengelassen hatten. Entschuldigung, Sir, eigentlich handelt es sich bei meinen Kollegen um erfahrene Streifenbeamte.«

Wenn es ältere Streifenbeamte waren, dann hatten sie es noch nicht weit gebracht, dachte Blackmore, ärgerte sich aber im gleichen Moment über sich. Uniformierte Polizisten wurden immer gebraucht. Nur leider landeten die besten woanders, weil die Bezahlung für den Streifendienst wie überall auf der Welt schlecht war. »Habt ihr die Nummer?«

Der Polizist verstand nicht sofort.

»Das Autokennzeichen?«

»Ist schon an alle Streifen durchgegeben.«

»Danke«, sagte Blackmore und stieg in den Streifenwagen.

Rosie saß im schlecht beleuchteten Flur auf dem harten Stuhl vor seinem Dienstzimmer, als Watkins um die Ecke bog und stutzte: »Warten Sie auf mich? Sprechstunde ist erst wieder in der nächsten …« Er unterbrach sich, als er die Sergeantin erkannte. »Ach, Sie sind's. Was kann ich um diese Uhrzeit noch für Sie tun?« Das Grinsen war, freundlich betrachtet, wieder nur als anzüglich zu bezeichnen.

»Wir überprüfen die Alibis aller Mitarbeiter am theologischen Seminar«, sagte Rosie. »Sie können sich gewiß vorstellen, daß das zeitaufwendig ist. Wir müssen daher auch nach Dienstschluß noch arbeiten.«

Watkins stand ihr abwartend gegenüber und machte keine Anstalten, sie in sein Zimmer zu bitten.

»Wo waren Sie am Freitagabend in der vergangenen Woche?«

»Das habe ich alles schon Ihrem Chef erklärt«, sagte der Professor. »Zuhause!«

»Wie sind Sie dahin gelangt?«

»Auch die Frage habe ich schon beantwortet – per Bus. Sie haben doch sicher den Busfahrer gefragt, oder?«

»Das haben wir versucht«, sagte Rosie. »Welche Buslinie haben Sie nochmal benutzt?«

»Auch das habe ich …«, Watkins schwieg und sah jetzt ziemlich aufsässig aus. »S5 oder X5, je nachdem, wer da gerade fährt. Ich habe nicht darauf geachtet.«

»Das konnten Sie auch nicht«, sagte Rosie und versuchte, nicht zu triumphierend auszusehen. »Weil kein Bus fuhr!«

Watkins wurde blaß. »Wieso? Ich bin doch …«

»Es gab eine Tagesbaustelle bei der Haltestelle, irgendein Wasserrohrbruch. Die Bauarbeiter waren erst nach zweiundzwanzig

Uhr mit ihrer Arbeit fertig. Solange ist die Haltestelle nicht angefahren worden.«

»Warten Sie mal«, sagte Watkins. »Jetzt erinnere ich mich. Es war die Linie X5; ich bin in der Speedwell Street eingestiegen.«

»Das ist aber ganz woanders«, sagte Rosie. »Westlich der Innenstadt und nicht östlich, wie die Haltestelle der S5.«

»Es war auch schon spät«, sagte Watkins. »Ich habe wirklich nicht darauf geachtet, wo ich eingestiegen bin.«

»Gut«, sagte Rosie, »dann überprüfen wir auch das, und dann kennt der Busfahrer Sie nicht, und dann … Wie wäre es, wenn Sie mal mit der Wahrheit herausrückten?«

Watkins guckte verstockt.

»Sie machen es mir wirklich nicht einfach«, sagte Rosie. »Wir können uns auch gerne auf dem Revier unterhalten. Dort könnte ich Ihnen dann das Foto zuerst zeigen.«

»Welches Foto?« fragte Watkins, der schon eine Ahnung zu haben schien, den sein Gesichtsausdruck hatte sich Richtung *bedrückt* verschoben.

»Oh, mein Chef sammelt Fotos von Oldtimern. Sein Lieblingsbild ist zur Zeit das eines Morris Minor, aufgenommen von zwei Kameras am vergangenen Freitagabend. Die eine steht bei St Giles stadteinwärts, die zweite beim St Antony's College stadtauswärts. Mein Chef besitzt also zwei Fotos; auf dem einen ist der Wagen von vorne, auf dem zweiten von hinten zu erkennen.«

Watkins blickte zu Boden.

»Soll ich noch etwas zum Kennzeichen sagen?«

Watkins hob seinen Kopf und sah sie an. »Nicht nötig. Es endet wahrscheinlich auf THE?«

Rosie nickte.

»Soll ich alles erzählen?«

Rosie nickte erneut.

»Wollen Sie eben mit in mein Dienstzimmer kommen? Ich kann die Tür auch offen lassen; es ist sowieso niemand mehr im Gebäude, der zuhören könnte.«

Watkins ging voran und setzte sich hinter seinen Schreibtisch.

Rosie saß davor. Sie hatte ihren Block aus ihrer Handtasche genommen, um sich Notizen zu machen.

»Gut«, sagte Watkins, »dann sage ich Ihnen mal, was ich Freitagabend unternommen habe.«

15

Pfingstdienstag, 25. Mai 2010 – Bonn

»Ich habe auch etwas herausgefunden«, sagte Langenargen. »Der Tote war Professor an der Universität.«

Alle lachten.

Langenargen, der unter seinen Kollegen als humorlos galt und diesen Gag mittags innerlich geprobt hatte, versuchte beleidigt auszusehen. »Nun wartet doch mal ab. Minski war Professor an der Universität. Das heißt, er bekam als Beamter jeden Monat ein festes Gehalt. Woher kam also das Geld für die teure Wohnungsausstattung?« Er machte eine kleine Pause nach seiner rhetorischen Frage. »Wahrscheinlich von einer Erbschaft. Das habe ich jedenfalls in einem Telefonat mit dem Berliner Einwohnermeldeamt erfahren. Minskis entfernte Tante ist vor einem halben Jahr gestorben.«

»Und hat ihm ihren ganzen Schotter vermacht?« fragte Kaul.

»Das kann sie ja gerne«, sagte Paulsen.

Die Kollegen sahen ihn verblüfft an. Daß Paulsen zuletzt etwas in einer Dienstbesprechung gesagt hatte, war drei Jahre her.

»Jedenfalls hat Minski nicht mit dem Geld der Tante seine Wohnung meliorisiert.«

Krüger und Langenargen seufzten gleichzeitig. Paulsen und seine Fremdworte; jetzt konnten sie wieder etwas nachschlagen. Beim letzten Mal war es »vernakulär« gewesen. Auf Nachfrage hatte er etwas von Willie Garvin, einem Freund von Modesty Blaise, gemurmelt, dem er diese und andere Worte zu verdanken hatte.

»Das Bild nämlich, von dem du erzählt hast«, Paulsen sah Krüger an, »dieses Gemälde aus dem Expressionismus, das ist 2008 verkauft worden. Über einen Londoner Händler.«

»Für wieviel?« fragte Langenargen.

»Das hat mir der Händler nicht gesagt. Aber der Startpreis der Auktion habe bei fünfundsiebzigtausend Pfund gelegen.«

Langenargen pfiff durch die Zähne. »Ein ordentlicher Betrag. Dann muß Minski sich was zusammengespart haben.«

»Glaube ich nicht«, sagte Krüger. »Das hätte nicht gereicht. Da waren doch noch mehr teure Sachen in seiner Wohnung.«

»Stimmt. Ein Globenpaar habe ich gesehen«, sagte Frau Dr. Winterthur.

»Zwei Globusse?« fragte Farnschläger.

Frau Dr. Winterthur ignorierte ihn und sortierte ihre Notizen. »Ich habe es mal im Internet recherchiert und tatsächlich gefunden. Erd- und Himmelskugel stammen von Vincenzo Coronelli, 1650 bis 1718, aus Venedig. Der Durchmesser eines Globusses beträgt achtundvierzig Zentimeter. Der Schätzpreis lag bei fünfzigtausend Euro, der Zuschlag dann bei hundertzwanzigtausend Euro.«

»Doch eine Erbschaft«, sagte Langenargen.

»Nun wartet doch mal«, sagte Kaul. »Ich weiß auch noch etwas!«

Krüger lachte. »Dann leg mal los!«

»Also, ich sollte mir doch die Konten von Professor Minski ansehen. Und nun haltet euch fest: ich habe monatliche Eingänge von fünftausend Euro gefunden und zwar seit August 2007.«

»Das sind etwas über hundertachtzigtausend Euro in drei Jahren«, sagte Farnschläger, der noch Kopfrechnen beherrschte.

»Das erklärt aber nicht das Bild und die Globen.«

»Da ist noch etwas«, sagte Kaul. »Kurz vor Weihnachten 2007 und dann noch mal im Oktober 2008 gab es zwei größere Zahlungen, zusammen vierhundertsechzigtausend Euro.«

»Lotto?« fragte Langenargen.

»Nein«, sagte Kaul, »das Geld kam von einer Bank aus Lichtenstein. Und bei einer dortigen Nachfrage bin ich erst mal auf Granit gestoßen.«

»Das ist ja auch kein Wunder«, sagte Farnschläger. »Lichtenstein liegt in den Bergen.«

Langenargen überhörte das Gelächter und fragte: »Hast du bei der ICPO nachgefragt?« Normalerweise erhielt man über die *International Criminal Police Organization* – kurz Interpol – schnell eine Auskunft.

»Habe ich«, sagte Kaul. »Die Kollegen haben sich nochmal an die Bank in Lichtenstein gewandt. Das Geld kommt von einer Bank auf den Kaimaninseln. Da war dann erst mal Schluß.«

»Gut«, sagte Langenargen, »oder besser: schlecht – lassen wir das jetzt mal. Frau Dr. Winterthur bitte. Haben Sie in der Wohnung sonst noch etwas entdeckt?«

»Nachdem ich erst einmal drin war, nicht«, sagte sie.

»Gab es Probleme?« fragte Langenargen.

»Niemand hat mir etwas von einer Alarmanlage gesagt«, sagte Frau Dr. Winterthur und sah ziemlich beleidigt aus.

»Ups«, sagte Krüger. »Tut mir leid, das hatte ich vergessen. Wie sind Sie denn hineingekommen?«

»Mit den Kollegen aus Bad Honnef. Sie waren zehn Minuten nach dem Alarm da, haben erst einmal die Nachbarn weggeschickt, dann den Alarm abgeschaltet und schließlich meinen Ausweis studiert. Dann waren sie beruhigt und haben mich allein gelassen.«

»Bitte etwas schneller«, sagte Langenargen. »Ihre Ergebnisse.« Er sah auf die Uhr.

»Von den Antiquitäten habe ich schon berichtet«, sagte Frau Dr. Winterthur und drehte mit der linken Hand an ihrer Perlenkette. Immer ein Zeichen für ihre Nervosität, dachte Krüger. »Dann habe ich mir den Rechner angesehen. Keine Paßworte, keine versteckten Dateien, nichts Besonderes.«

»Haben Sie denn das *Liber faciei* gefunden?« fragte Krüger unschuldig.

Kaul, Farnschläger und Paulsen feixten.

»Davon habe ich nichts auf dem Rechner entdeckt und auf dem Bücherbord des Professors auch nicht«, sagte Frau Dr. Winterthur, während sie ihre Stichworte überflog. »Wie soll das heißen?« Sie hob ihren Kopf und bemerkte ihre grinsenden Kollegen.

»Facebook!« sagte Krüger.

Selbst Langenargen lachte.

Frau Dr. Winterthurs Mund wurde noch schmäler.

»Sonst noch etwas, Frau Kollegin?« fragte Langenargen.

»Auf dem Wohnzimmertisch lag ein kleiner Stapel Privatpost, einige Rechnungen, etwas Werbung und drei Ansichtskarten. Eine aus Maastricht mit dem Satz *Tanke gerade auf für unser nächstes Spiel!*, unterschrieben von einem Wolfgang, die zweite …«

»Das ist sicher Schmidtbauer. Er und Minski haben sich einmal im Monat mit zwei katholischen Kollegen zum Kartenspiel getroffen.«

»… die zweite war mit etwa zehn Vornamen beschriftet, darüber *Danke für die Exkursion!* Die dritte Postkarte hatte keine Unterschrift und zeigt auf der Vorderseite den Tower von London.«

»Was stand denn da drauf?« fragte Langenargen.

»*Das war die letzte Rate. Jetzt reicht's. Paß auf dich auf.*«

»Das war alles?« fragte Carmen. »Dafür bist du extra nach Beuel gefahren?«

Sie saßen auf dem Marktplatz vor dem Bistro Miebach. Krüger trank wieder Cappuccino, Carmen einen schwarzen Tee.

»Nicht ganz«, sagte Krüger und erzählte vom vielen Geld auf Minskis Konto und vom wilden Rätselraten, was der kryptische Inhalt der Postkarte bedeuten konnte.

»Erpressung, oder?« fragte Carmen.

»Vermutlich. Aber bei wem und warum? Was kann Minski in der Hand gehabt haben, was ihm soviel Geld beschert hat? Und wer hat soviel verdient, daß er solche Summen zahlen kann?«

»Ein Arzt?« fragte Carmen.

»Das hatten wir auch, aber die verdienen nach eigener Aussage schon seit den Neunzigern nicht mehr ordentlich. Und womit kannst du einen Arzt erpressen? Nein, die vorherrschende Meinung in der Dienstbesprechung war, daß es entweder ein Firmeninhaber oder ein Banker sein muß.«

»Denkst du jetzt auch an Gordon Gecko?«

Krüger lachte. »Auch den hatten wir. Aber woher sollte Minski Kontakte zur Bankenszene haben? Dann schon eher der Inhaber eines großen Verlagshauses. Den könnte Minski als Autor eher kennen.«

»Da gibt es kaum noch Einzelinhaber«, sagte Carmen. »Die eine Hälfte der Verlage ist inzwischen von irgendwelchen Konsortien übernommen, die zweite Hälfte pleite oder fast, und der Rest gehört der katholischen Kirche, Weltbild und so.«

»Das ist aber schon sehr böse«, sagte Krüger. »Und du verwechselt das mit der großen Buchhandelskette, die zu einem Parfumkonzern gehört.«

»Das finde ich aber auch anrüchig«, sagte Carmen. »Erst kaufen sie die Buchhandlungen, dann stellen sie überall die gleichen Bücher hinein und anschließend schließen sie sie wieder, nur um einen weiteren Klamottenladen aufzumachen.«

»Das Thema lassen wir jetzt lieber«, sagte Krüger. »Außerdem stimmt das so überhaupt nicht. Über die Ketten haben die Verlage die Chance, eine höhere Auflage ihrer Titel abzusetzen. Hat mir mal ein Buchhändler erklärt. Aber egal. Wo war ich stehengeblieben? Ach ja, der Erpreßte.« Er machte ein Pause.

»Habt ihr euch seine Konten angeschaut?« fragte Carmen. »Meines Wissens hatte er zwei; auf das eine ging sein monatliches Gehalt, von dem er aus den größten Betrag auf ein zweites überwies, das er für seine privaten Ausgaben nutzte.«

»Wir haben schon drei Konten gefunden. Unser Problem ist eher, an die Daten der Bank auf den Kaimaninseln heranzukommen.«

»Interessanter finde ich die Frage, warum die Zahlungen erst 2007 begonnen haben und nicht, sage ich jetzt mal, zehn Jahre früher?«

»Das stimmt«, sagte Krüger. »Was kann den Herrn Professor 2007 dazu bewogen haben, sich mehr Geld zu wünschen?« Er holte sein Tagebuch aus der linken, schon leicht ausgebeulten Tasche seines Jacketts, schraubte seinen Füller auf und schrieb unter dem aktuellen Datum: »2007? Schotterwunsch Minski?«

Carmen hatte ihm fasziniert zugesehen. »Kannst du das noch ohne Lupe entziffern?«

Krüger gluckste. »Ich ja. Das reicht auch.« Er kratzte sich am Kopf. »Ich wollte dich noch um etwas bitten.«

»Dann tu's doch«, sagte Carmen.

»Meinst du, du kannst mal mit Frau Dr. Metzig reden, so ganz unauffällig, und herauszubekommen versuchen, wie sie ihre Lage an der Uni und ihre Aufstiegschancen einschätzt? Mir wird sie das bestimmt nicht sagen.«

»Kein Problem«, sagte Carmen. »Sie kommt morgen sowieso ins Dekanat. Sie wollte eine beglaubigte Kopie ihres Gehaltszettels abholen.«

»Wofür braucht sie die denn?«

»Keine Ahnung. Wohnungswechsel? Hauskauf? Heirat?« Carmen lächelte.

»Ist auch egal«, sagte Krüger. »Wenn du was weißt, ruf mich bitte an!«

Carmen beugte sich vor, was Krüger einen schönen Ausblick auf … Er riß sich zusammen. Carmen sagte leise: »Ich kann dir das dann auch ins Ohr flüstern. Gestern ging flüstern leider nicht mehr; nach der Busfahrt vom Flughafen nach Hause bist du ja sofort umgekippt und eingeschlafen.«

»Sorry«, sagte Krüger. »Jetzt mal zu ganz was anderem.«

»Kenn ich«, sagte Carmen.

»Was meinst du?« fragte Krüger, der nicht ganz mitkam.

»Den Satz. Diese englischen Komiker, du weißt schon.«

»Jaja, aber laß mal jetzt«, sagte Krüger ernst. »Ich wollte dich was fragen.«

Carmen legte ihren Kopf schief und sah ihn aufmerksam an.

»Geht es dir auch manchmal so, daß du in deinem Beruf nicht weiter weißt?« Puh, das war viel, dachte Krüger. So weit hatte er sich selten geöffnet.

»Wieso?« fragte Carmen.

»Ach, der aktuelle Fall. Frustriert ist ja noch ein Euphemismus.« Ein paar Fremdworte konnte Krüger auch. »Wir haben einen toten Professor, keine Angehörigen, keine Partnerin Schrägstrich Partner, kein erkennbares Motiv, keine Verdächtigen.« Er seufzte.

»Was ist denn mit Metzig und Schmidtbauer?«

»Ich glaube nicht, daß die für den Tod verantwortlich sind«, sagte Krüger. »Für die E-Mails sicher. Aber Mord? Ermitteln muß ich trotzdem.«

»Für mich sieht das so aus«, sagte Carmen, »als ob Motive aus dem universitären Umfeld komplett entfallen. Aber wenn du im privaten Bereich auch nichts findest, dann ist das Unmögliche das Wahrscheinliche. Dann ist es doch die Uni!« Sie überlegte.

Krüger sah ihr dabei zu und ließ seine Gedanken schweifen. Manchmal hatte er seinen Beruf über. Zwanzig Jahre bei der Polizei. Viele erfolgreiche Fälle, einige wenige unaufgeklärte. Vielleicht gehörte dieser auch dazu. Er seufzte erneut.

Carmen legte ihre Hand auf seinen Arm und drückte ihn sanft. »Nun laß dich mal nicht hängen. So kenne ich dich gar nicht. Ich glaube, du mußt Minskis Lebenslauf etwas mehr *detaillieren*. Gibt's das?« Sie grinste.

»Du meinst dein französisches Lehnwort?« Jetzt tauchten zumindest um Krügers Augen einige kleine Lachfalten wieder auf.

»Ja, vom Studium in – Bonn, hattest du gesagt? Bis heute. Auslandsaufenthalte, Wohnorte und so weiter. Und ich fände es ganz interessant zu wissen, warum ein heutiger Professor der Evangelischen Theologie sein Studium mit Geschichte als Hauptfach angefangen und warum er gewechselt hat.«

»Woher weißt du das denn?« fragte Krüger.

»Och, ich habe mir vorhin seinen Lebenslauf angesehen«, sagte Carmen. »Studium der Geschichte, Philosophie und Evangelischen Theologie in Bonn und Tübingen, in der Reihenfolge. Studienziel war das Lehramt an Gymnasien. Zum Wintersemester 1975/76 hat er dann zum Studium der Volltheologie nach Tübingen gewechselt, Geschichte also aufgegeben, sein Hebraicum gemacht …«

»Was wollte er denn mit Hebräisch?« fragte Krüger. »Damit kann er sich doch nirgends unterhalten.«

»Das ist Pflicht für Pfarrer; sie müssen auch Griechisch können, neutestamentliches. Hebräisch ist für das Alte Testament. Brauchen sie wahrscheinlich auch nie wieder.«

»Und weiter? Seine Laufbahn, meine ich?«

»1981 Examen, 1987 …«

Krüger unterbrach. »Warte mal, wenn er im Wintersemester 1975/76 sein Hauptfach gewechselt hat, was kann der Anlaß gewesen sein? Tod, Krankheit – was wirft einen denn so aus der Bahn, daß er vom Lehrerberuf auf Pfarrer umsattelt? Innere Berufung? Lottogewinn? Tod naher Angehöriger? Glaube ich alles nicht.«

»Seine Eltern sind erst nach der Jahrtausendwende gestorben«, sagte Carmen. »Hat er mal erzählt.«

»Vielleicht muß man mal die Bonner Zeitungen von 1975 durchsehen. Ich weiß auch, wer das machen kann. Das Schwarze Brett.«

»Was meinst du?« fragte Carmen.

Krüger erklärte die Tätigkeit seiner Kollegin Winterstein am Polizeipräsidium. »Man kann nichts gegen sie sagen; sie arbeitet zuverlässig und schnell. Ich rufe sie mal eben an.« Er sah auf die Uhr. »Neunzehn Uhr. Manchmal ist sie dann noch im Archiv.«

Krügers Telefon klingelte, bevor er selber wählen konnte. »Was?« Pause. »Wo? Bleiben Sie da, ich rufe einen Krankenwagen und komme sofort.« Er warf sein Mobiltelefon auf den Tisch und sprang auf. »Schmidtbauer ist angeschossen worden. Ruf einen Krankenwagen und dann meine Kollegen. Sie sollen sofort ins Dekanat kommen.« Krüger rannte los.

* * *

Dienstag, 20. Mai. *Max ist so ein lieber Kerl. Hendrix war krank, und Max ist den ganzen Weg nach Bornheim mit dem Fahrrad gefahren, um ihm seine Mitschrift von Dauers Vorlesung zu bringen. Ich blicke da sowieso nicht mehr durch, welcher Ottone mit welcher Salierin … Dafür hat er von mir einen Kuß bekommen, der ihn irgendwie umgehauen haben muß. Jedenfalls hat er jetzt einen ganz verträumten Blick, wenn er mich ansieht. Und ich wollte nur nett sein. Beethoven stand daneben und konnte beeindruckend die Stirn runzeln. Gesagt hat er aber nichts. Und dann ist da noch der Herr mit den dunklen Locken.*

16

Donnerstag, 20. Mai 2010 – Oxford

»Verdammt noch mal!« sagte Blackmore. Rosie sah ihn irritiert an. Fluchen paßte so gar nicht zu ihrem immer gepflegt aussehenden Chef, der stets einen Anzug trug und auch dafür gesorgt hatte, daß sich alle Mitarbeiter an eine gewisse Kleiderordnung hielten. Nur bei Fred Moreland war er damit erfolglos geblieben.

»Drei ganze Tage ohne Ergebnis. Montag, Dienstag, Mittwoch. Wieso habt ihr ihn entkommen lassen?« Blackmores Stimme, die man durchaus als tragend bezeichnen konnte, war jetzt noch lauter geworden.

Das konnte ja heiter werden, dachte Rosie, erst zehn Uhr; der Tag fängt ja gut an. »Sir, mit Verlaub, von Montagabend bis jetzt sind zweieinhalb Tage.«

Blackmore zog eine Augenbraue hoch. »Wo warst du denn?«

Rosie zuckte zusammen, als Blackmore sie direkt ansah. »Ich sollte mich doch um die offenen Fragen kümmern«, sagte sie leise, »Hausmeister, Terminkalender von Professor Schubert und von Jessica Boulton und die …«

»Ist schon gut, das hatte ich vergessen«, sagte Blackmore. Mehr an Entschuldigung war wohl nicht drin, dachte Rosie.

»Also, was ist jetzt?« Blackmore sah Harry Ness wütend an. »Und wo warst du?«

»Das reicht.« Morelands Stimme war auch leise, aber wie immer übertönte sie jedes noch so laute Gespräch. »Das führt doch zu nichts, John. Wir sind alle etwas gestreßt. Wenn es dir recht ist, fasse ich die Ereignisse der letzten Tage zusammen. Setz dich doch.« Moreland sah seinen Chef an.

Blackmore setzte sich widerstrebend, verschränkte die Arme und wartete.

Moreland stand auf.

Die beiden Streifenpolizisten in Uniform sahen weiter zu Boden.

Moreland sagte: »Wir haben heute Donnerstag, den 20. Mai …«

»Danke«, sagte Blackmore, »ich habe heute schon auf den Kalender gesehen.«

»Ich mache das jetzt nach Protokoll, John«, sagte Moreland. »Vor drei Tagen ist der gut gekleidete Mann wieder gesehen worden. Wir müssen mit ihm sprechen, um ihn aus dem Kreis der Verdächtigen zu streichen und …«

»Wir haben gar keinen Kreis von Verdächtigen«, grummelte Blackmore.

Moreland ignorierte ihn und fuhr fort: »Solange hat er als unschuldig zu gelten. Verdächtig gemacht hat er sich natürlich durch seine Flucht. Also, ihr beiden«, er sah die Streifenpolizisten an, »wieso habt ihr ihn entkommen lassen?«

»Das habe ich vorhin auch schon gefragt«, murmelte Blackmore, ließ aber seinen langjährigen Mitarbeiter gewähren.

Der kleinere der beiden Uniformen sagte, an den Fußboden gewandt: »Er war einfach größer.«

Sein Kollege unterstützte ihn: »Stimmt, Sir, ich war kaum aus dem Auto gestiegen, da lag ich schon im Wasser.«

»Wenigstens haben wir den Polizeiwagen wieder. Er stand am Bahnhof im Parkverbot«, sagte Moreland. »Wir haben die gesamten dort fest installierten Kameras ausgewertet – keine Spur.«

»Doch, eine haben wir«, sagte der kleinere Streifenbeamte. »Wir haben die Visitenkarte eines Londoner Hotels gefunden. Die muß er auf seiner Flucht verloren haben; sie lag im Gras am Fluß bei der Kirche St Cross.«

»Stimmt«, sagte Moreland. »Aber auch die Spur war erfolglos. Eine Beschreibung des Verdächtigen paßte auf keinen der Hotelgäste.«

»CCTV?« fragte Rosie.

»Wir haben einen Gast, der von Größe und Körperhaltung her dem Verdächtigen entsprach. Aber auf den ausgewerteten Filmen kann man ihn nirgends gehen sehen; wir wissen also nicht, ob er hinkt. Wir haben dann seine Adresse gegengecheckt ...«

»Früher hieß das *überprüft*«, sagte Blackmore.

»Aber auch das war erfolglos. Der Gast war ein dreiundsiebzigjähriger Ungar, der zu einem Kongreß in London war. Unser Verdächtiger hat sich in Luft aufgelöst.« Fred Moreland setzte sich wieder.

»Zwei ganze Tage für die Katz!« Blackmores Zorn rauchte weiter leise vor sich hin.

»Das stimmt nicht ganz, Sir«, sagte Rosie. »Wenn ich etwas sagen darf?«

»Bitte!« sagten Moreland und Blackmore gleichzeitig. Blackmore mußte wider Willen grinsen.

»Am Dienstag, vorgestern, habe ich endlich mit Jenkins sprechen können.«

»Wer ist das jetzt wieder?« fragte Blackmore. »Das ist eines der Probleme bei all unseren Fällen, die Tausenden von Namen, die man sich immer merken muß.«

»Zehn!« sagte Rosie.

»Was meinst du?« nahm Moreland seinem Chef die Frage ab.

»Zehn Namen in diesem Fall, Sir, nicht tausend.« Rosie konnte auch sticheln. Eigentlich gefiel es Blackmore, daß seine Mitarbeiterin nicht alles auf sich sitzen ließ. »Der Tote, Friedrich Schubert, eins; sein Bruder Johannes in Bonn, zwei; die Professoren Watkins, Macdonnell und Dunwood, fünf; Debbie Reynolds, die Sekretärin. Das sind sechs. Dann noch Jessica Boulton, die ermordete Studentin, und ihre Mutter Julie sowie Cornelia Stockport, die Hilfskraft – weitere drei Namen, macht neun. Und Jenkins. Sind insgesamt zehn.«

»Danke«, sagte Blackmore. »Aber wer ist Jenkins?«

»Der Hausmeister am College«, sagte Rosie. »Erinnern Sie sich, daß Sie ganz irritiert waren, als Jenkins schon wußte, daß Jessica Boulton ermordet worden war?«

»Stimmt«, sagte ihr Chef.

»Ich habe gestern mit ihm gesprochen. Zuerst wollte er nicht mit der Sprache heraus, aber dann hat er mir doch gesagt, was los war. Er versucht seit einiger Zeit, die Sekretärin anzubaggern …«

»Früher hieß das, ihr den Hof zu machen«, sagte Fred Moreland. »Das klingt irgendwie netter.«

Rosie überhörte den Einwurf. »Jedenfalls war er gerade auf dem Weg in den zweiten Stock des College, als Debbie Reynolds gellend schrie, weil sie die Tote gefunden hatte. Jenkins hat sie dann zu beruhigen versucht, ihr ein Glas Wasser geholt und sie wieder im Sekretariat deponiert. Anschließend ging er nach draußen und wartete in der Pförtnerloge auf uns.«

»Hat er ein Alibi?« fragte Blackmore.

»Das hat er wohl«, sagte Rosie. »Den gesamten Nachmittag hat er mit drei Handwerkern auf der Rückseite des Gebäudes verbracht; irgendetwas war mit der Installation von Überwachungskameras. Dann ist er etwas essen gegangen in der Innenstadt. Den Imbißbudenbesitzer habe ich befragt; er hat den Zeitpunkt bestätigt. Danach ist Jenkins wieder zum College zurückgegangen, um mit seinen Versuchen, Debbie Reynolds anzu…, äh, näherzukommen, fortzufahren. Den Rest des Tages kennen Sie.«

»Okay, abgehakt«, sagte Blackmore. »Der nächste?«

Harry Ness fühlte sich augenscheinlich angesprochen. Er legte den Bleistift aus der Hand, den er unablässig gedreht hatte – eine Marotte, die inzwischen alle Kollegen übersahen. »Ich? Ich habe mich den Konten beschäftigt, das weißt du doch.«

»Nein, dich meine ich gar nicht. Entschuldigung, Rosie, der nächste Verdächtige auf deiner Liste?«

»Professor Macdonnell, Sir. Hier sieht es düster aus. Er ist vorgestern zu einer Tagung nach Stockholm geflogen.«

»Und das erfahre ich erst jetzt?« Blackmores Stimme wurde wieder lauter.

»Ich weiß das auch erst seit vorhin, Sir.«

»Haben Sie ihm nicht gesagt, er dürfe das Land nicht verlassen?«

»Habe ich, Sir, aber er hat mich wohl nicht ernst genommen. Jedenfalls wollte er morgen wiederkommen, sagte die Fakultätssekretärin. Ich habe die Zeit dann genutzt, um sein Alibi zu überprüfen. Zumindest den Film kann er nicht gesehen haben.«

»Wie bitte?« Blackmore setzte sich kerzengerade auf.

»Der Film lief gar nicht, irgendetwas mit dem Projektor, sagte der Betreiber des Kinos. Das Konzert abends hat stattgefunden. Ich war in der *Jericho Tavern*. Die Mädchen am Ausschank haben ihn auf einem Foto wiedererkannt und fanden ihn ein bißchen zu alt für die Kneipe.«

»Festnehmen«, sagte Blackmore zu niemand Bestimmtem. »Wenn er wieder auftaucht, bringen Sie ihn zu mir.«

»Ich kann das übernehmen, John«, sagte Fred Moreland.

»Aber paß auf dich auf!« sagte sein Chef.

»Terminkalender«, sagte Rosie.

»Heute komme ich nicht ganz mit«, sagte Blackmore. »Noch mal langsam zum Mitschreiben bitte.«

Rosies Lächeln war wieder aufgetaucht, was erheblich zum Abbau von Blackmores schlechter Laune beitrug. »Sir, Sie hatten mich gebeten, eventuelle Querverbindungen zwischen Schubert und Jessica Boulton festzustellen. Tatsächlich habe ich verschiedene Tage mit identischen Uhrzeiten in den beiden Kalendern gefunden, an denen entweder ein F oder ein J eingetragen war.«

»Danke«, sagte Blackmore. »Was folgerst du daraus?«

»Daß sie sich etwas näher gekannt haben«, sagte Rosie.

»Ich kann das bestätigen«, sagte Harry Ness. »Ich sollte doch die Konten überprüfen. Wie es aussieht, hat Schubert dem Mädchen eine monatliche *Apanage*« – Harry bemühte sich, das Wort tatsächlich französisch auszusprechen – »von fünfhundert Pfund zukommen lassen, ganz schön viel Holz für eine Studentin. Außerdem hat er seit drei Monaten die Miete für ihr kleines Häuschen überwiesen.«

»Klingt nach Liebe oder nach Erpressung«, sagte Rosie. »Oder warum sonst sollte ein älterer Herr einer jungen Frau Geld zahlen?«

Alle lachten.

»Der dritte Beweggrund fällt in den Rotlichtbezirk«, sagte Moreland. »Den können wir hier wohl außer acht lassen.«

Rosie wurde rot. »So meinte ich das aber gar nicht. Warum können die beiden nicht einfach ein Verhältnis gehabt haben, ohne daß mehr als die üblichen Geschenke im Spiel war? Oder war es doch Erpressung?«

»Es hilft nichts«, sagte Blackmore. »Ich muß noch einmal mit der Mutter reden und mir die finanziellen Verhältnisse ihrer Tochter erklären lassen. Gut, das dazu. Gibt es sonst noch etwas?« Er blickte sich um.

Allgemeines Schweigen.

»Dann habe ich noch etwas. Hat sich jemand bemüht herauszufinden, mit wem Schubert und Watkins Bridge gespielt haben? Nein. Gut, dann machen Sie das«, sagte Blackmore und sah Ronald Thompson an.

»Geht klar, Sir«, sagte der junge Mann.

»Und der letzte Punkt«, sagte Blackmore und wandte sich an Rosie: »Jemand muß noch einmal mit Professor Dunwood reden, Schuberts Freundin. Sie stand am letzten Freitag doch ziemlich neben sich, als ich mit ihr gesprochen habe. Kannst du das übernehmen?«

»Geht klar, Sir«, sagte Rosie. Ein einfaches Ja hätte auch gereicht, dachte Blackmore.

Rosie stand auf.

»Halt«, sagte Blackmore. »Doch noch etwas. Was hat sich eigentlich aus deinem Verhör von Professor Watkins am Montagabend ergeben? Das Resultat kenne ich ja schon.«

»Aber ich nicht«, sagte Moreland.

»Das läßt sich schnell zusammenfassen, das Verhör, meine ich«, sagte Rosie und berichtete von der Auswertung der Kameraufnahmen und von Watkins Geständnis, das eigene Auto benutzt zu haben.

»Was hat er denn damit unternommen?« fragte Harry Ness.

»Was wohl?« fragte Rosie mehr rhetorisch. »Eine seiner amourösen Eskapaden. Leider werden die betroffenen Mädchen immer jünger. Dieses Mal war es eine Studentin aus dem ersten Semester, die von seinem nicht vorhandenen Charme geblendet war. Er hatte Angst, sagte Watkins, daß das am College herauskam. Unzucht mit Abhängigen«, sagte Rosie.

»Hat er das echt gesagt?« fragte Harry.

»Wörtlich«, sagte Rosie.

»Zucht von Unabhängigen ist mir lieber«, sagte Moreland. »Ist doch eigentlich Aufgabe der Universität. Dann ist keiner jemandem zu Dank verpflichtet, schon gar nicht kleine Studentinnen großen Professoren.«

Alle lachten. Die Atmosphäre hatte sich spürbar verbessert.

»Zum Zeitpunkt des Mordes war Watkins in der Buchhandlung«, sagte Blackmore. »Das hast du doch auch überprüft. Oder?«

»Sir!« sagte Rosie nur. »Natürlich habe ich das. Bei Blackwell's erinnerte sich sogar jemand an ihn. Watkins hat ein Monatskonto da, und er hat am letzten Freitag um halb eins ein Buch gekauft. Ist mit Datum und Uhrzeit im Computersystem der Buchhandlung erfaßt.«

»Die Dame aus dem ersten Semester hast du nicht aufgesucht?« fragte Blackmore.

»Nein, Watkins sah dieses Mal aufrichtig zerknirscht aus. Er hat ja nichts Strafbares getan. Vielleicht ist ihm klar geworden, daß er sein Leben etwas, nun: solider gestalten muß. Ich weiß ohnehin nicht, was die Mädchen an ihm finden. Mein Typ ist er jedenfalls überhaupt nicht.«

»Wie sieht er denn aus?« fragte Harry Ness.

»Etwas größer als ich, also vielleicht eins siebzig, eins fünfundsiebzig. Schütteres Haar, aber noch dunkel, Geheimratsecken, Kleidung sauber, aber nicht teuer, und sicher schon länger als ein Semester getragen, Schuhe nicht geputzt. Fingernägel zu lang. Leichter Bauchansatz. Doch, eines fand ich gut: Sein Parfum roch ziemlich teuer. Die Marke kenne ich aber nicht.«

Sehr gut, dachte Blackmore, seine Sergeantin hatte eine exzellente Beobachtungsgabe. Laut sagte er: »Kann er denn vielleicht witzig sein? Oder unterhaltsam?«

»Das weiß ich nicht, Sir«, sagte Rosie. »Mir gegenüber war er eigentlich nur unverschämt, bis auf das Ende des Gesprächs eben.«

»Jaja, verstehe einer die Frauen«, sagte Blackmore.

»Hast du noch was unternommen?« fragte Moreland.

»Nach dem Criminal Law Act von 1967 haben wir ihn erst mal achtzig Pfund zahlen lassen für die Verschwendung von teurer Polizeiarbeitszeit. Er hätte ja gar nicht erst zu lügen brauchen«, sagte Rosie. »Das ist ihm vielleicht eine Lehre.«

»Schade«, sagte Blackmore. »Wieder ein Verdächtiger weniger. Die gehen uns allmählich aus.«

»Nicht ganz«, sagte Rosie. »Professor Macdonnell ist weg, Frau Professor Dunwood ist da, und der große Unbekannte, Mr. X, ist flüchtig. Das sind immerhin drei.«

»Das reicht auch«, sagte Blackmore. Er sah Ness an. »Und was ist jetzt mit deinen Konten?«

»Die Bank in Köln bequemte sich zu einer Auskunft, als ich etwas von internationaler Zusammenarbeit und dem ACC gesagt habe. Jedenfalls ist Schuberts Geld weg.«

»Wie – weg?« fragte Rosie.

»Hat sich in Luft aufgelöst. Die Bank in Köln war sehr kleinlaut. Schuberts Berater hatte das Geld bei den Lehman Brothers in den Staaten angelegt. Und wie es denen ergangen ist, wißt ihr – 2008 waren sie bankrott. Im Moment unterhält sich Schuberts Anwalt mit der Bank. Scheint ein Fall von Beraterhaftung zu sein.«

Ein Mobiltelefon klingelte. Der junge Beamte wurde rot und sagte: »Entschuldigung, Sir. Ein Anruf aus Deutschland. Sehe ich an der Vorwahl. Darf ich?«

»Bitte«, sagte Blackmore.

»Ach, du bist's«, sagte Ronald Thompson und lauschte, während er sich Notizen machte. »Echt? Schade. Danke jedenfalls für deine Arbeit. Bis bald mal.« Thompson steckte sein Telefon wieder in die Brusttasche seines Jacketts. Er sah Blackmore an. »Das war der Kollege aus Bonn, Harald Kaul. Er hat tatsächlich Schuberts Bruder ausfindig gemacht, allerdings zu spät. Er ist seit zwei Jahren tot.«

»Hat dein Kollege noch etwas gesagt?« fragte Blackmore.

Thompson sah auf seine Stichworte. »Nur, daß Johannes Schubert Jahrgang 1953 war, ein Jetset-Leben geführt hat, wegen Anlagebetrugs im Gefängnis saß und dort an einem Herzinfarkt gestorben ist.«

»Ob Schuberts Geld von Schubert kam?« fragte Rosie und grinste.

17

Dienstag, 25. Mai 2010, und Mittwoch, 26. Mai 2010 – Bonn

Schmidtbauer lag auf der Seite und stöhnte. Krüger beugte sich über ihn. »Was ist denn passiert?«

Aber Schmidtbauer antwortete nicht.

Krüger betrachtete das Zimmer des Dekans. Es sah eigentlich aus wie immer. Der Schreibtisch war voll mit Akten, vor der Tastatur lag eine Brille, auf dem Besuchertisch war eine Ausgabe der letzten Universitätsnachrichten deponiert, und die große Topfpflanze neben der Eingangstür war auch nicht lebendiger als beim letzten Mal – sie ließ alle Blätter hängen.

Krüger blickte auf die Uhr. Verdammt, wo blieb denn der Notarzt?

Schmidtbauer stöhnte lauter und versuchte sich aufzurichten. Seine rechte Hand hielt seinen Bauch; zwischen den Fingern quoll Blut hervor. Neben ihm lag sein Mobiltelefon, von dem aus er Krüger angerufen hatte.

»Bleiben Sie liegen. Der Arzt ist unterwegs. Wer hat Sie denn angeschossen?«

Schmidtbauer murmelte etwas.

»Lauter, bitte, wenn es geht«, sagte Krüger und horchte angestrengt.

»Fünfundsiebzig«, sagte Schmidtbauer, immer noch sehr leise. »Seminar. Grete. Rhein.« Dann verlor er das Bewußtsein.

Im gleichen Augenblick stürmte der Notarzt herein, gefolgt von zwei Sanitätern. Draußen auf dem Hof quietschten Reifen; zwei Streifenwagen mit Blaulicht und eingeschaltetem Martinshorn bremsten scharf. Türenschlagen.

»Wann ist das passiert?« fragte der Notarzt.

Krüger sah auf seine Armbanduhr. »Vor etwa zehn Minuten.«

»Dann hat er gute Chancen«, sagte der Arzt. »Das Problem ist bei Bauchschüssen immer der Blutverlust. Aber das kriegen wir wieder in den Griff.«

Krüger machte einige Fotos mit dem Mobiltelefon, um Material für die Untersuchung und die weiteren Ermittlungen zu haben.

»Das reicht!« sagte der Arzt und bedeutete den Sanitätern, Schmidtbauer auf die mitgebrachte Trage zu heben. Der Arzt hielt die Flasche mit der Infusion hoch, die er Schmidtbauer angelegt hatte. Dann verschwanden sie im Flur. Wenig später fuhr draußen der Rettungswagen mit eingeschalteter Sirene ab. Krüger sah aus dem Fenster dem Notarzt zu, der sich noch etwas aufschrieb, auf die Uhr schaute, ins Auto stieg und ebenfalls wegfuhr.

Carmens Stimme riß ihn aus seinen Gedanken. »Da wären wir.« Wieso Konjunktiv, dachte Krüger. Er drehte sich um und nickte Langenargen und Schneider zu, die mit der Dekanatssekretärin in der Tür standen. Sogar sein Chef war also gekommen.

»Was ist denn passiert?« fragte Carmen. Sie sah ziemlich blaß aus, fand Krüger.

»Schmidtbauer ist angeschossen worden; das hat er mir noch am Telefon sagen können. Ich bin sofort hinübergerannt und hab' versucht, Näheres von ihm zu erfahren. Aber er war schon zu schwach, um viel zu reden. Er hat nur noch einzelne Worte sagen können, Rhein, Seminar und die Zahl fünfundsiebzig. Ach ja, und noch einen Frauennamen.« Er kratzte sich am Kopf. »Irgendeinen alten Namen, Anne oder so etwas. Nee, wartet mal; ich habe doch versucht, mir das zu merken. Aber jetzt komme ich nicht auf die Eselsbrücke.«

»Schreiben Sie Ihren Bericht heute noch«, sagte Langenargen, »vielleicht fällt es Ihnen dann wieder ein. Wissen Sie, wer das gewesen ist?« Er deutete auf die Blutlache hinter dem Schreibtisch.

»Das war der Dekan, Professor Schmidtbauer«, sagte Krüger.

Er kann es nicht lassen, dachte Carmen. Sie warf dem Kommissar einen warnenden Blick zu.

Krüger fing ihn auf. »Wer der Täter war?« beeilte er sich zu sagen, bevor sein Chef ihm mit einem Tadel zuvorkommen konnte. »Ich weiß es nicht. Ich habe auch niemanden mehr gesehen. Die Fenster des Dekanats waren geschlossen; ich habe keine Ahnung, wie der Täter entkommen ist.«

Langenargen seufzte. »Dann geht das jetzt von vorne los. Berufliches und familiäres Umfeld, Einkommen, Besitz, E-Mails – das ganze Programm. Schneider, machen Sie das bitte? In Absprache mit Ihrem Kollegen?« Er deutete auf Krüger. »Und Sie, junge Dame, wer sind Sie, und was machen Sie hier?«

Carmen sagte: »Ich arbeite hier. Normalerweise allerdings nicht mehr um diese Uhrzeit. Der Herr Kommissar« – sie zeigte auf Krüger – »hatte mich gerade zu Professor Minski befragt, als der Anruf aus dem Dekanat kam. Da habe ich den Notarzt und anschließend Sie gerufen.«

»Gut gemacht«, sagte Langenargen. »Frauen sind bei Not- und Krankheitsfällen einfach besser. Sie bewahren immer kühles Blut.«

Carmen überlegte noch, ob das eine sexistische Bemerkung oder ein verklausuliertes Kompliment sein sollte, als Krüger sagte: »Werde ich noch gebraucht?«

»Die Spurensicherung«, sagte Langenargen.

»Darauf kann *ich* warten«, sagte Schneider. »Ich schnappe mir dann schon mal das Notebook da drüben und versuche, darin etwas über den Herrn Dekan zu finden.«

»Danke«, sagten Krüger und Langenargen gleichzeitig.

»Hier drüben ist übrigens ein Einschußloch«, sagte Schneider. »In der Wandvertäfelung.«

»Das überlassen wir der Spurensicherung«, sagte Krüger.

»Wir sehen uns dann morgen um Viertel nach neun, wie immer«, sagte Langenargen zu einem Ölgemälde. »Im Präsidium. Dienstbesprechung der Mordkommission.« Er verließ den Raum.

Krüger sah auf die Uhr. Viertel nach acht. Er blickte Carmen an. »Ich mache jetzt, glaube ich, Feierabend. Hier kann ich doch nichts mehr tun. Noch Lust auf einen kleinen Absacker?«

Schneider grinste, sagte aber nichts.

Carmen sagte: »Ich weiß nicht. Das war doch alles ein bißchen viel eben.«

»Umso mehr tut dir ein kleiner Schnaps u dergl gut«, sagte Krüger. Die Abkürzung hatte er behalten.

»Los, ihr beiden«, sagte Schneider. »Bis morgen!«

Das *Wespennest* war voll. Das Gründerzeithaus, das dringend wieder einen Anstrich nötig hatte und im Erdgeschoß die Kneipe beherbergte, lag an der Ecke Argelander- und Reuterstraße. Vom Autolärm hörte man aber im Inneren nichts. Wahrscheinlich verschluckte das heimelig aussehende Holzmobiliar die Außengeräusche. Nur einige Bilder an den Wänden hingen schief, wahrscheinlich durch die Erschütterungen, die die vorbeifahrenden Lkws verursachten.

Krüger erstaunte in Bonn inzwischen nichts mehr, was die Gastronomie anging. Unabhängig von der Jahreszeit saßen immer viele Leute draußen, meistens mehr oder minder zu dünn angezogen. Im Winter froren sie unter den Heizpilzen, die inzwischen Mode waren; im Sommer schien sie ein kräftiger Sonnenbrand nicht zu stören. Ab und zu schloß mal eine Kneipe oder ein Restaurant; dafür gab es am nächsten Tag zwei neue in der Nähe. Nur wenige Konstanten waren zu finden, mit dem gleichen Besitzer, dem gleichen Personal und dem gleichen guten Essen. Das *Wespennest* gehörte dazu. Krüger wunderte sich aber über die vielen Studenten, die mitten in der Woche hier saßen und aßen. »Studenten« klang netter als »Studierende«, fand er, und unter einer »hübschen Studentin« konnte man sich mehr vorstellen als unter einer »hübschen Studierenden«. Er wollte gerade Carmen dazu befragen, als sein Telefon ging.

»Ja, ich bin's«, sagte er und hörte zu. »Danke. Du kannst jetzt auch Feierabend machen. Bis morgen. Wie bitte? War noch was?« Sein Gesprächspartner hatte anscheinend zu einem längeren Satz angehoben, denn Krüger nickte nur ein paarmal und sagte dann erneut: »Vielen Dank. Das war ja sehr aufschlußreich. Bis morgen.« Er steckte das Mobiltelefon wieder in die kleine Tasche am Hosengürtel.

Carmen gähnte. »War das was Wichtiges?« fragte sie dann.

»Wahrscheinlich«, sagte Krüger. »Schneider hat sich Schmidtbauers Notebook angesehen und in einem dilettantisch versteckten Verzeichnis, das mit *Encyclopaedia Britannica* betitelt ist, ein Manuskript mit dem Titel *Gut gesonnen oder schlecht verantwortet? Ethik in der Politik* entdeckt.«

»Hat bei dem Titel bestimmt zehntausend Fußnoten und ist langweilig«, sagte Carmen und gähnte wieder.

»Nicht ganz. Das Interessante daran ist …?«

»Nun sag schon; ich möchte demnächst nach Hause.«

»Das Interessante daran ist«, wiederholte Krüger, »daß das der Buchtitel des einzigen größeren Werkes von Minski ist, das er nach seiner Habilitation veröffentlicht hat. Und nun rate mal, wann?«

Als Antwort gähnte Carmen wieder.

»2007. Verfasser der Datei ist tatsächlich Schmidtbauer, jedenfalls der digitalen Signatur nach zu urteilen, und nicht Minski. Ergo: Schmidtbauer kann die Datei also nicht nur zum Korrekturlesen auf seinem Rechner haben. Dazu hätte er sie ja auch nicht verstecken müssen.«

»Du meinst also, daß Schmidtbauer für Minski etwas geschrieben hat?«

»*Etwas* ist gut«, sagte Krüger. »Das sind über fünfhundert Seiten.«

»Und Frau Dr. Metzig hat davon irgendwie Wind bekommen?«

»Vermutlich.«

»Habt ihr eigentlich mal Frau Dr. Metzigs Computer zwischengehabt?«

»Wie meinst du das?« fragte Krüger. Manchmal kam er mit Carmens Sprache doch nicht ganz mit.

»Entschuldigung«, sagte Carmen. »Wenn ich ziemlich müde bin, wechselt meine Sprachebene manchmal automatisch die Stilebene und versackt dann irgendwann auf der RTL-Ebene. Untersucht.«

»Was jetzt?« Krüger kam gar nicht mehr mit.

»Nochmal langsam zum Mitschreiben: Habt – ihr – den – Rechner – von – Frau – Dr. – Metzig – schon – untersucht?«

»Dazu benötigen wir ihre Erlaubnis oder eine richterliche Anordnung. Aber die dürften wir kriegen, nach dem, was heute passiert ist.«

»Die Erlaubnis oder was?«

Krüger war jetzt auch müde. Flachsfragen waren lustig, aber man mußte, um sie parieren zu können, wach sein. »Laß uns mal zahlen und nach Hause gehen«, sagte er.

»Kannst du mich tragen?« fragte Carmen. »Bis zu mir, dann mußt du nicht so weit schleppen.«

Carmen kuschelte sich an ihn. Krüger überlegte, ob sein Herz vom Wein schneller schlug oder von Carmens Nähe. Heute war er nämlich noch wach und einigermaßen nüchtern. Vielleicht ging ja heute …

Carmen stupste ihn in die Seite. »Ein bißchen Platz brauche ich auch noch. Und morgen erzähle ich dir vom toten Professor in England.« Sie drehte sich um auf ihre Schlafseite und war sofort eingeschlafen. Krüger beschloß, morgen nachzufragen. Was wußte Carmen über Minski und England?

Krüger setzte sich auf und betrachtete den Radiowecker auf dem Nachttisch. Drei Uhr. Carmen murmelte irgendetwas im Schlaf. Er ging leise ins Bad, trank ein Glas Wasser und kam ebenso leise zurück. Eine Kopfschmerztablette hatte er nicht finden können. Der letzte Schluck Wein war wieder einer zuviel gewesen. Außerdem hatte er einen wirren Albtraum hinter sich. Ein schaukelndes Schiff, eine Gestalt mit einem Messer in der Hand und ein bestimmt zehn Meter langer Schreibtisch, hinter dem Professor Minski saß und »Such doch! Such doch!« rief. Krüger rückte sein

Kopfkissen zurecht und versuchte, seine Gedanken zu verscheuchen. Es hatte noch nie viel Sinn ergeben, nachts über ungelöste Fälle nachzudenken. Irgendwann schlief er wieder ein.

Carmen setzte sich mit einer dampfenden Tasse Kaffee auf die Bettkante. »Wach werden, Herr Kommissar. Die Sonne scheint, die Vögel schreien. Es ist acht Uhr am Mittwoch, dem 26. Mai 2010. Sie wollten geweckt werden.«

Krüger rieb sich die Augen. »Aber doch nicht morgens!«

Carmen gluckste. »Du kannst ja anschließend weiterschlafen.«

Krüger mußte grinsen. »Eine aussichtsreiche Idee. Aber, wie Sie vielleicht wissen, stehen heute wichtige Dinge auf unserer Agenda. So heißt es doch?«

Carmen legte den Kopf schief: »Als da wären?«

»Du verhörst Frau Dr. Metzig unauffällig.«

Carmen strahlte. War sie jetzt Hilfskommissarin?

»Und ich muß zum Dekan ins Krankenhaus. Und wir müssen versuchen, herauszubekommen, was er mir gestern noch sagen wollte.«

»Was war das noch mal?« fragte Carmen.

»Die Zahl fünfundsiebzig. Eine Hausnummer oder eine Schließfachnummer? Ein Aktenzeichen? Dann war da dieser Mädchenname. Waltraud oder so ähnlich. Irgendetwas Altmodisches. Zu blöd, daß meine Eselsbrücke auch abgebrochen ist ... Dann hat er *Seminar* gesagt. Und Rhein. Ich kann schon die ZEIT-Kreuzworträtsel nicht lösen, wie soll das dann erst hiermit gehen?«

»Hat er dir einen Ort sagen wollen? Ein Seminar am Rhein?«

»Aber wo soll da etwas Theologisches sein? Beide Fakultäten der Theologen sind doch im Hauptgebäude, oder?«

Carmen nickte: »Und in Köln. Wegen der Lehrerausbildung.«

»Köln lassen wir erst mal weg«, sagte Krüger. »Das verkompliziert das Ganze nur noch. Und der gemeine Bonner als solcher hat mit dem Kölner *nix am Hoot.*« Er mußte dringend an seinen kölschen *Idioms* arbeiten, dachte er.

Carmen überlegte. »Am Rhein liegt das Institut für Geschichtswissenschaften. Das ist das alte Gebäude beim Alten Zoll.«

»Sagt mir jetzt eigentlich so auch nichts«, sagte Krüger. Er konnte auch etwas Jugendsprache. Meistens war in den Sätzen die Hälfte der Wörter überflüssig.

»Und dann gibt es noch im Seitenflügel des Hauptgebäudes der Uni, dem rechts vom Koblenzer Tor zum Rhein hin, das Institut für Anglistik u dergl. Hieß früher mal Englisches Seminar.«

»Das wird immer rätselhafter«, sagte Krüger. »Theologie alleine reicht mir schon, aber jetzt noch Geschichte und ausländische Sprachen? Wir lassen das einfach mal weg. Vielleicht kann ich Schmidtbauer dazu befragen.« Er sah auf die Uhr. »Zwei Brötchen, dann muß ich weg.«

»Leider ist die Küche am Mittwochmorgen geschlossen«, sagte Carmen. »Das Personal hat dienstags frei, und demzufolge ist nichts eingekauft. Wir können doch ins Café …«

Krüger unterbrach sie. »Mit dir würde ich überall hin« – er machte eine kleine Kunstpause – »essen gehen. Aber ich fahre, glaube ich, lieber ins Polizeipräsidium, um meinem Chef meine Aufwartung zu machen. Danach ins Krankenhaus. Danach nach Bad Honnef. Danach rufe ich dich an.«

»Geht klar«, sagte Carmen. »Trotz deines simplen Deutschs. Was willst du denn in Bad Honnef? Da kennst du doch keinen.«

»Ich wollte mir Minskis Wohnung noch einmal ansehen. Irgendetwas habe ich dort übersehen. Jedenfalls habe ich heute nacht von ihm am Schreibtisch geträumt.«

»Nicht von mir?« fragte Carmen und sah noch hübscher aus.

Krüger wollte sie zu sich hinziehen, aber Carmen sagte nur: »Vorsicht, der Kaffee. Küsse gleich. Zieh dich erst mal an.«

Punkt neun Uhr betrat ein unrasierter Kriminalhauptkommissar Krüger das Polizeipräsidium. Er versuchte, leise an Langenargens Zimmer vorbeizugehen, aber sein Chef hatte die Tür offen und rief freundlich: »Na, ausgeschlafen?«

»Wie immer«, sagte Krüger, der noch ziemlich müde war.

»Sie sehen aber noch ziemlich müde aus!« sagte Langenargen.

»Das täuscht«, sagte Krüger. »Innerlich arbeitet es.«

»Lassen wir das mal«, sagte Langenargen. »Wie geht es jetzt weiter, nach anderthalb Ermordeten?«

»Wissen Sie denn schon, wie es Professor Schmidtbauer geht?«

»Die Nacht hat er wohl ganz gut überstanden; ich konnte vorhin mit dem Oberarzt vom Petrus-Krankenhaus telefonieren. Schmidtbauer ist wieder bei Bewußtsein und hat nach Ihnen gefragt.«

»Warum? Hat er was dazu gesagt?«

»Nein, nur: Ich möchte Krüger sprechen.«

»Soll ich sofort hinfahren?«

»Er läuft Ihnen ja nicht weg. Ich habe um neun Uhr dreißig unsere nächste Besprechung angesetzt, damit dann alle auf dem gleichen Stand sind. Bis gleich also.« Langenargen vertiefte sich wieder in den *General-Anzeiger*.

Krüger ging in sein Zimmer, fuhr seinen Rechner hoch und sah seine E-Mails durch. Er konnte sich jedoch nicht konzentrieren; etwas nagte an seinem Unterbewußtsein. Minskis Schreibtisch? Nein, das war es nicht. Carmen hatte gestern abend noch etwas gesagt, von Minski und von England. Er griff zum Hörer, um sie anzurufen. Das Telefon kam ihm jedoch zuvor und klingelte selbst.

»Ja, ich bin's«, Krüger seufzte.

»Kannst du mal eben 'rüberkommen?« fragte Schneider.

»Wo bist du denn?«

»Nebenan.«

Krüger seufzte erneut, legte den Hörer auf und ging ins angrenzende Zimmer zu seinem Kollegen. »Mußt du unbedingt Strom verschwenden? Du hättest ja auch zu mir kommen können.«

Schneider lachte. »Etwas Bewegung tut dir gut. Aber ich wollte dir etwas zeigen.« Er drehte seinen Bildschirm so, daß Krüger mitgucken konnte. »Hier.« Zwei Klicks. Auf dem Schirm erschien ein Schwarzweißfoto, augenscheinlich aus einer Zeitung gescannt.

»Was ist das?« fragte Krüger.

»Ein Treffen des Vorstands der damaligen Bonner Mittelstandsvereinigung. Juli 2007. Und? Erkennst du jemanden?«

Krüger kniff seine Augen zusammen. Brauchte man mit sechsundvierzig Jahren schon eine Lesebrille? Er beschloß, demnächst einen Optiker aufzusuchen. »Ist das nicht Minski?«

»Genau«, sagte Schneider.

»Und daneben? Den kenne ich nicht.«

»Rechts oder links?«

»Egal«, sagte Krüger.

»Links von ihm steht Johannes Schubert, ein Bonner Finanzmakler. Und den rechts, den müßtest du aber kennen.«

Krüger sah genauer hin. »Mit Bart sieht er älter aus.«

»Finde ich auch«, sagte Schneider. »Schmidtbauer, oder?«

Krüger nickte. »Was machen die denn da alle zusammen? Außerdem fehlen noch vier der Abgebildeten.«

»Das hier ist der Vorsitzende der Mittelstandsvereinigung. Das hier müßte, nach der Bildunterschrift zu urteilen, Rolf Knörer sein, ein deutscher *Tycoon*, was immer sich der Redakteur darunter vorgestellt hat. Und das hier ist ein Engländer, Professor Peter Watkins, aus Oxford.«

»Und das hier?« fragte Krüger.

»Friedrich Schubert, ebenfalls Professor in Oxford.«

»Merkwürdige Mischung«, sagte Krüger. »Sieht wie ein Betriebsausflug aus. Wer hat denn das Foto gemacht?«

»Hier steht nur ganz klein *F. Schubert*«, sagte Schneider. »Wahrscheinlich mit Selbstauslöser.«

»Hast du die Autos gesehen?« fragte Schneider.

»Ja, wieso?« Krüger interessierte sich nicht für Autos und Zylinder.

»Die sind doch ziemlich teuer. Guck mal hier.« Schneider deutete auf die beiden im Hintergrund des Bildes zu sehenden Pkws. »Das hier ist ein Audi A8 und das hier ein 7er BMW.«

»Woher weißt du das?«

»Quartett«, sagte Schneider. Krüger lachte.

»Jedenfalls sind das ziemlich teure Autos, finde ich. Die kosten über siebzigtausend Euro«, sagte Schneider.

»Zusammen?« fragte Krüger.

»Nee, einzeln. Und ich wüßte ganz gerne, woher der gemeine Mittelstandsvereinigungsangehörige das Geld dafür hat.«

»Vielleicht sind das Autos der Gäste«, sagte Krüger. »Aber egal. Ich fahre nachher zu Schmidtbauer ins Krankenhaus. Ich frag' ihn dann mal, ob er sich an das Treffen erinnert. Warte mal.« Er blickte ins Leere.

Schneider, der diese Momente kannte, unterbrach seinen Kollegen dabei nicht.

»Weißt du noch, wann die Geldflüsse auf Minskis Konto angefangen haben?«

»2007, glaube ich«, sagte Schneider.

»Wann genau?« fragte Krüger.

»August«, sagte Schneider, der in seinen Unterlagen nachgesehen hatte. »Meinst du, es gibt einen Zusammenhang mit diesem Treffen?«

»Ich bin immer für Strohhalme«, sagte Krüger. »Da wir jetzt vielleicht einen solchen haben, überprüfen wir die Personen auf dem Foto. Und die Autos. Machst du das?«

Schneider seufzte. »Hattest du nicht *wir* gesagt?«

»Vielleicht kann Farnschläger dir dabei helfen«, sagte Krüger. »Zu zweit ist man weniger allein!«

Schneider grinste. »Cineast, wie?«

Krüger sah auf die Uhr. »Ich enthebe dich hiermit von der Pflicht zur Teilnahme an der von Langenargen angesetzten Dienstbesprechung, die in drei Minuten beginnt. Ich glaube, es ist wichtiger, daß wir möglichst schnell an Informationen gelangen, die uns weiterbringen. Irgendwo muß doch ein Grund für den Mord an Professor Minski und den Anschlag auf Professor Schmidtbauer zu finden sein.«

»Wo sind denn alle?« fragte Langenargen.

»Herrn Schneider habe ich gebeten, mit Herrn Farnschläger zusammen bezüglich des Fotos von 2007 zu ermitteln«, sagte Krüger gedrechselt und berichtete kurz von Schneiders Entdeckung.

»Der Rest?« fragte Langenargen.

»Mesmer ist noch im Krankenhaus«, sagte Krüger.

»Und ich bin da«, sagte Kaul. »Wartet mal, da war doch dieser Anruf aus Oxford letzte Woche. Krüger, hast du eben *Johannes Schubert* gesagt?«

Krüger nickte.

Kaul referierte den Anruf seines englischen Brieffreunds.

»Warum er das wissen wollte, hat er nicht gesagt?« fragte Krüger.

»Doch, irgendeine Versicherungsangelegenheit.«

»Dann wissen wir zumindest schon mal, daß Johannes Schubert 2008 verstorben ist«, sagte Langenargen. »Kaul, schließen Sie sich bitte mit Ihren Kollegen kurz? Sie übernehmen die Erstellung einer Kurzbiographie des Finanzmaklers.«

Kaul nickte.

»Paulsen, Sie kümmern sich um die Kurzbiographie des Dekans. Hatte Schmidtbauer Familie?« fragte Langenargen.

»Das kann ich Ihnen später sagen«, sagte Paulsen.

»Habt ihr eigentlich wegen des Telefonanrufs im Kleiderschrank bei Minski was herausbekommen?« fragte Krüger.

»Eigentlich nicht«, sagte Kaul. »Der Netzbetreiber ist die Telekom, die keine Auskunft geben wollte. Also habe ich nach Rücksprache mit dem Staatsanwalt erst einmal einen richterlichen Beschluß besorgt. Herr Jünger fand meine Initiative gut; dann mußte er das nämlich nicht selber machen.«

»Den letzten Satz habe ich nicht gehört«, sagte Langenargen.

»Soll ich ihn wiederholen?« fragte Krüger und bekam gleichzeitig Paulsens Ellenbogen in die Seite.

Langenargen ging nicht darauf ein. »Und weiter?«

»Daraufhin haben sie mir zumindest mitgeteilt, daß der Anruf aus Schweden kam. Mehr nicht«, sagte Kaul.

»Unter seinen E-Mails«, sagte Krüger, »waren auch ein oder zwei aus Schweden. Wahrscheinlich dienstlich.«

»Gut, dann hat sich das auch erledigt. Wir sehen uns morgen früh hier wieder. Neun Uhr fünfzehn; ich muß um zehn weg«, sagte Langenargen.

»Darf ich auch noch was sagen?« fragte Frau Dr. Winterthur.

Langenargen nickte.

»Ich habe mich auf Facebook und Twitter umgesehen«, sagte sie.

Krüger und Kaul verdrehten die Augen.

»Und ich habe nichts gefunden, was zur Aufklärung von Minskis Tod beitragen könnte.«

»Damit Sie mal an die frische Luft kommen«, sagte Langenargen und sah seine Kollegin an, »fahren Sie bitte zu Schmidtbauers Wohnung und sehen sich dort mal um. Nur virtuell ist mir zu wenig. Ergebnisse dann bitte morgen.« Er stand auf.

Krüger und Kaul tauschten einen Blick. Manchmal war ihr Chef doch richtig gut.

Das »Gemeinschaftskrankenhaus St. Elisabeth / St. Petrus / St. Johannes« lag an drei verschiedenen Orten in Bonn, wie Krüger von Schneiders Stadtführung noch wußte, die auch die für die gemeinsame Arbeit wichtigen Örtlichkeiten beinhaltet hatte. »Gemeinschaftskrankenhaus« sagte allerdings kein Bonner. »St. Johannes« in der Kölnstraße hieß immer noch »Johanneshospital«, »St. Elisabeth« in der Prinz-Albert-Straße immer noch »Elisabeth-Krankenhaus« und »St. Petrus« am Bonner Talweg weiterhin das »Petrus-Krankenhaus«. Die Zusammenführung zweier Häuser und die Fusion mit einem dritten hatte vielleicht Verbesserungen im Management mit sich gebracht, aber die schlechte Parkplatzsituation für alle drei Standorte belassen, dachte Krüger. Er fluchte. Nicht mal ordentlich um den Block fahren konnte man, er jedenfalls nicht. Er verhedderte sich immer im Einbahnstraßendickicht der Bonner Südstadt. Wäre er bloß mit der Straßenbahn gefahren!

Auf Höhe der Schumannstraße wendete er, nachdem er Hunderte von Gründerzeithäusern mit Schildern wie »Praxis für Psychotherapie«, »Gesprächstherapie« oder »Psychiatrische Fachambulanz« passiert hatte. Man konnte glatt den Eindruck gewinnen, daß die Bewohner der Südstadt ziemlich – wie man im Rheinland sagte – *jeck* waren oder zumindest das Klientel der Praxen, dachte er. Schließlich ließ er nach einem erneuten Wenden sein Auto in der zweiten Reihe vor dem Haus der Bonner Theatergemeinde, wenige Meter vom Petrus-Krankenhaus entfernt, stehen. Hinter die Windschutzscheibe legte er wieder sein Schild »Polizei im Einsatz«.

Schmidtbauer lag auf der Intensivstation im dritten Stock. Krüger nahm das Treppenhaus. Oben angekommen, warf er einen Blick in den gelb gestrichenen Flur der Station 3B und überlegte, ob gelb die Leute fröhlicher stimmte – wenn das so war, warum war dann im Treppenhaus viel Violett vermalt worden? Und warum waren dann im Polizeipräsidium so viele Wände aus Glas, die man nicht in beruhigenden Farben streichen konnte? Er klingelte an der Tür zur Intensivstation. Der diensthabende Oberarzt erlaubte Krüger fünf Minuten, um mit dem Angeschossenen zu sprechen, der gestern nacht noch notoperiert worden war.

Schmidtbauer war tatsächlich wach, als Krüger ins Zimmer kam. Den uniformierten Polizisten vor der Tür kannte er nicht. Dieser ihn allerdings auch nicht, so daß Krüger sich hatte ausweisen müssen. Immerhin versah der Beamte sorgfältig seinen Dienst.

»Guten Morgen, Herr Dekan«, sagte Krüger. »Wie geht es Ihnen heute?«

»Schlecht«, flüsterte Schmidtbauer. »Schmerzen.« Er versuchte den Kopf zu drehen, um Krüger anzusehen, stöhnte aber auf und ließ es bleiben. Diverse Schläuche und Leitungen irgendwelcher Apparate verschwanden unter seiner Bettdecke. Von seiner linken Hand führte ein weiteres Kabel zu einem Monitor, der über dem Bett auf einem Schwenkarm hing. Ein zweiter Farbbildschirm zeigte diverse Werte an. Krüger konnte nur mit »80 zu 55« etwas anfangen, was er für einen zu niedrigen Blutdruckwert hielt. Kein Wunder bei dem Blutverlust.

»Haben Sie den Täter gesehen?« fragte der Kommissar.

Schmidtbauer versuchte zu nicken, was anscheinend auch nicht ging. So kam nur ein leises »Mhm« zustande.

»Hatte er Jeans, ein braunes Jackett und Cowboystiefel an?«

War das ein Schulterzucken? Krüger sah auf die Uhr über der Tür. Ihm blieben noch zwei Minuten.

»Haben Sie ihn nicht gehört?«

»Musik«, sagte Schmidtbauer sehr leise.

»Wieder mit Ihrem alten Walkman?«

»Mhm.«

»Können Sie mir sonst noch etwas sagen?«

Schmidtbauer murmelte so leise etwas, daß Krüger es nicht verstand. Er trat näher ans Bett und beugte sich über den Dekan. »Wie bitte?«

»Hölderlin«, sagte Schmidtbauer mit letzter Kraft und schloß die Augen.

»Sie haben mir doch gestern die Zahl 75 gesagt, und Rhein, und Seminar, und diesen Mädchennamen, wie war der noch gleich?« fragte Krüger und versuchte, auf seinen geistigen Knoten im Taschentuch zu kommen. Plötzlich fiel es ihm wieder ein. *Ensel und Krete* war die Eselsbrücke, aufgehängt an Rhein, Niederrhein, Moers. »Grete«, sagte Krüger.

»Mhm«, sagte Schmidtbauer, was dieses Mal wie eine Verneinung klang. »Eff. Fffffffffffffffffff.« Er atmete laut aus.

Plötzlich fing über dem Bett einer der Monitoren hektisch an zu blinken, draußen auf dem Gang ertönte eine Alarmglocke, und fast gleichzeitig stürzten der Oberarzt und eine Krankenschwester ins Zimmer.

»Raus!« sagte der Oberarzt.

Krüger gehorchte und warf noch einen Blick auf den Dekan, der blaß und bewegungslos im Bett lag.

Um elf Uhr saß Krüger am Martinsplatz auf der Terrasse des *Roses* unter einem der aufgespannten großen Sonnenschirme, die wie die Papierschirmchen aus den Eiscafés aussahen, allerdings in Übergröße, und trank seinen ersten Cappuccino. Hier konnte man leicht einen ganzen Tag verbringen, dachte Krüger. Die Korbstühle waren bequem, und man konnte den vorbeigehenden Studentinnen, äh, Passanten zusehen. Er versuchte, an den gelben Sonnenschirmen der *Ente* vorbei den romanischen Chor des Bonner Münsters gegenüber zu betrachten und gleichzeitig zu überlegen, was der Zusatz *Bistronomie* beim Nachbarlokal bedeutete. Zum wiederholten Mal sah er auf die Uhr. Dann blickte er in Richtung der Universität und der Universitätsbuchhandlung Bouvier. Wo Carmen wohl blieb? Er hatte sie vor zehn Minuten angerufen und gefragt, ob sie Zeit hätte. Das Dekanat war ohnehin noch abgesperrt, bis die Spurensicherung ihre Arbeit erledigt hatte.

»Du mußt hier herüber gucken«, sagte plötzlich eine fröhliche Stimme schräg hinter ihm. Krüger Herz war inzwischen an solche Überraschungen gewöhnt und ließ dieses Mal keinen Schlag aus. »Ich bin schnell von der Hofgartenseite aus gekommen, weil ich am Schwarzen Brett gegenüber der Cafeteria noch etwas nachsehen wollte.« Sie setzte sich hin. »Für mich auch einen Cappuccino, bitte! Was verschafft mir die Ehre?«

»Deinem Chef geht es nicht so gut«, sagte Krüger. »Ich war gerade im Krankenhaus, weil ich mir seine gestrigen Andeutungen erklären lassen wollte.«

»Was meinst du mit *nicht so gut*?« fragte Carmen. »Ich denke, er liegt doch auf der Intensivstation und wird auch so betreut, oder?«

Krüger nickte. »Er wird gut über- und bewacht. Ein Polizist vor der Tür und zwei Monitore im Zimmer. Aber er hat wohl wirklich viel Blut verloren, sagte der Oberarzt. Das wird dauern.«

»Hat er dir denn noch was gesagt?«

»Ja, und es wird immer merkwürdiger. Schmidtbauer hat den Täter nicht bemerkt, weil er wieder Musik mit seinem Walkman gehört hat. Und als ich nach seinen gestrigen Worten fragte, sagte er *Hölderlin*. Wieso nennt er mir eine deutsche Rockband aus den 1980er Jahren?«

»Komisch«, sagte Carmen, »soviel ich weiß, hört er sonst viel Klassik und alte englische Rockmusik, *Deep Purple*, *Led Zeppelin* und so'n Zeug. War alles vor meiner Zeit.« Sie verzog das Gesicht.

Krüger lachte. »Du kriegst mal eine Nachhilfestunde in musikalischen Genüssen.«

»Hast du Nachhilfe oder Nachthilfe gesagt?«

Das war etwas Neues für Krügers Herz, das wieder einen Schlag ausließ. Er beschloß, Andeutungen dieser Art vormittags zu ignorieren. Er setzte sein Verhörgesicht auf. »Mir ist meine Eselsbrücke wieder eingefallen.« Kunstpause.

»Und du konntest sie trotzdem noch begehen?« fragte Carmen und stupste ihn in die Seite. »Nun sag schon.«

Krüger wiederholte seine gedankliche Hilfskonstruktion.

»75, Rhein, Seminar, Grete«, wiederholte Carmen. »Und was hat Professor Schmidtbauer gesagt?«

»Eff«, sagte Krüger. »Dann schien ihm mit einem langgezogenen f-Laut die Luft auszugehen. Und jetzt bin ich hier.« Er lächelte Carmen an.

»75, Rhein, Seminar, Grete, F.« Carmen grübelte. »Was ist, wenn … Moment, ich wollte dir auch noch etwas sagen. Gestern abend schon, aber da war ich zu müde.«

»Meinst du die Sache mit Minski und England?«

»Wieso Professor Minski?« fragte Carmen.

»Du hast gesagt, und ich zitiere ziemlich wörtlich: Morgen erzähle ich dir vom toten Professor in England. Und wer tot ist, ist Professor Minski. Also?«

»Nein, nein«, sagte Carmen. »Es ist ganz anders. Ich habe doch deine englische Zeitung durchgeblättert, die, die du aus Oxford mitgebracht hast, weißt du? Und ziemlich hinten, bei Mord und Totschlag, stand etwas über einen deutschen Professor, der in einem der Colleges in Oxford aus dem Fenster gefallen worden ist.«

⋆ ⋆ ⋆

Mittwoch, 28. Mai. *Das Referat ist ganz gut gelaufen. Vielleicht bleibe ich doch bei Geschichte, mal sehen. Eigentlich wollte ich heute abend mit den Jungs nach dem erfolgreichen Vortrag in die »Kerze« in der Königstraße, Zwiebelsuppe essen und was trinken. Aber die Herren wollen lieber Fußball gucken, die Bayern gegen irgendwelche Engländer. So was von langweilig. Soll doch jeder einen Ball kriegen, dann gibt es wenigstens keinen Streit. Ich werde Britta anrufen und fragen, ob sie Lust auf das »Pendel« beim Sterntor hat. Mit Britta zu reden, tut immer gut. Sie rückt die Dinge (und meine Ansichten über Jungs) wieder gerade. Bin gespannt, was sie zu Beethoven sagt.*

18

Dienstag, 25. Mai 2010 – Oxford

Blackmore war immer noch schlecht gelaunt. Seit einer Woche gab es keine Fortschritte. Für den toten Professor schien sich niemand mehr zu interessieren. Wenigstens hatte er ein paar Tage abschalten und seinen länger geplanten Besuch in Edinburgh machen können. Ein paar Tage Fortbildung zur Forensischen Datenanalyse mit seinem alten Freund DCI Ian Kinnear hatten ihm gut getan, und vielleicht konnte er die Ergebnisse des Kurses sogar für den aktuellen Fall gebrauchen. Geographische Geldflüsse und so, dachte er.

Er sah auf die Uhr. Fast zwölf. Den Vormittag hatte er damit zugebracht, seinen Schreibtisch leer zu arbeiten, sein E-Mail-Postfach durchzusehen, die wichtigsten Nachrichten zu beantworten und die weniger wichtigen zu löschen, kurz mit seinem Chef zu sprechen und nach dem Stand der Ermittlungen in der »Operation Ariadne«, wie das polizeiinterne computergestützte Ermittlungssystem HOLMES den Fall des ermordeten deutschen Professors genannt hatte, zu fragen. Eigentlich hielt Blackmore nicht viel vom *Home Office Large Major Enquiry System*, das zwischen 2000 und 2004 in der Version 2 alle Polizeidienststellen erhalten hatten. Er mußte aber zugeben, daß das Computerprogramm manches Mal auf Kleinigkeiten hingewiesen hatte, die die ermittelnden *Detectives* übersehen hatten. Aber in seinem aktuellen Fall hatte HOLMES bislang nichts herausgefunden, was Blackmore und seine Kollegen nicht schon wußten. Passend zumindest war die Bezeichnung, die HOLMES dem aktuellen Mordfall gegeben hatte – Ariadne. Blackmore suchte immer noch nach einem Faden, an dem man aus dem Fall mit einer Lösung am Ende wieder herauskam.

Blackmore griff zum Telefonhörer. »Ich bin's. – Ja, wieder zurück von den Pikten. – Nein, so schlimm war es nicht, und der schottische Akzent ist auch ganz nett. Erinnert mich immer mit seiner leisen Melodie an Variationen von *Ambient Music*. – Hast du Zeit, mit zum Essen zu kommen? Dann kannst du mich auf den aktuellen Stand bringen. – Okay, bis gleich.« Er legte auf.

Wenig später klopfte es. Rosie steckte ihren Kopf zur Tür hinein, ohne Blackmores »Herein!« abzuwarten. »Da bin ich, Sir! Seit wann hören Sie den *Ambient*?«

Blackmore ignorierte die Frage, stand auf und fragte: »*King's Arms* oder *The Head of the River*?«

»Letzteres«, sagte Rosie. »Da muß ich nicht so weit laufen.«

Blackmore grinste und betrachtete die sportliche Gestalt der Sergeantin. »Möchtest du gefahren werden?«

»Schon gut«, sagte Rosie. »War nur ein Witz.«

Die beiden Beamten verließen die Polizeiwache St Aldate's und gingen die wenigen Meter zu Fuß. An den schmiedeeisernen Zaun vor dem Gelände des Wirtshauses waren fünf oder sechs Fahrräder angeschlossen. Das Schild zwischen den beiden antik aussehenden Laternen war poliert und zeigte in Großbuchstaben den Namen des Pubs. Darunter war der Hinweis »Accomodation« eingehängt; nach Pfingsten waren wohl wieder einige Zimmer frei geworden. Erst im Hochsommer würde das Hinweisschild immer fehlen. Der Pub lag etwas tiefer als die Bundesstraße und von der Straße weg. Der Platz vor dem Gasthaus war mit den üblichen Sitzbänken und Tischen vollgestellt.

Rosie, die vorangegangen war, steuerte auf einen Tisch in Flußnähe zu und setzte sich. Blackmore blieb stehen und fragte: »Shandy?«

»Wie beim letzten Mal«, sagte Rosie. »Der Dienst fängt doch erst nach der Mittagspause wieder an, oder wie war das?«

Blackmore beachtete die Frage nicht und verschwand nach drinnen.

Rosie nutzte die Gelegenheit, um ihr Telefon auszupacken. »James? Ich habe gleich eine Besprechung mit meinem Chef. – Nein, wie lange das heute dauert, weiß ich nicht. – Okay, und bitte keine Anrufe von dir. Du hast mich neulich ganz schön in Verlegenheit gebracht, als du mitten im Verhör von Professor Macdonnell angerufen hattest. Ich freue mich, wenn ich deine Stimme hören kann, aber ich bin eben nicht im Finanzministerium, wo man immer stören kann, da muß der, denn man stört, höchstens noch mal von vorne addieren, sondern ich bin oft mit schwierigen Verhören befaßt, wo ich nicht unterbrochen werden kann, und heute möchte ich meinen Chef nicht … Nein, nein, so war das nicht gemeint. Wir sehen uns heute abend. Ich rufe dich an. Drei x.«

Blackmore kam mit den Getränken zurück. »Ein dienstlicher Anruf?«

»Nicht ganz, Sir«, sagte Rosie, während die Farbe ihrer Wangen ihren Namen zu rechtfertigen begann.

»Geht mich auch nichts an«, sagte Blackmore. »Was anderes. Es gibt heute mittag wieder Fish'n Chips, einen Broccoliauflauf, eine Gemüselasagne oder Hühnchen Kiew.«

Rosie lachte. »Haben die Bolschewiken jetzt die hiesige Gastronomie erreicht?«

Blackmore grinste. »Hast du damit Probleme?«

»Ganz und gar nicht, aber warum gibt es nicht mehr so simple englische Sachen wie *Steak and Kidney Pie*?«

»Hättest du das lieber?«

»Nicht wirklich«, sagte Rosie. »Innereien nicht unbedingt. Ich nehme dieses Mal Fish'n Chips. Irgendwie hat es die letzten drei Tage nur für Kaffee und, äh, Kaffee, und, ach ja, Kaffee und zwei Brötchen gereicht.«

»Was war denn los?« fragte Blackmore.

»Erzähle ich gleich. Ich bestelle eben das Essen«, sagte Rosie und stand auf. »Dieses Mal bin ich dran. Was essen Sie, Sir?«

»Das gleiche«, sagte Blackmore und setzte sich.

Fünf Minuten später kam Rosie zurück, nahm wieder Platz und sah auf den Fluß hinaus. Wie üblich waren Studenten dabei, mit den Booten ab- oder abzulegen. Ein Boot schwankte bedenklich, als drei nicht ganz schlanke Mädchen versuchten, gleichzeitig auszusteigen und der junge Mann mit der langen Stange in der

Hand das Boot zu stabilisieren versuchte. Je wärmer es war, desto lauter war es auch. Rosie überlegte, ob sie die jungen Leute beneiden sollte, die Zeit hatten und sich nicht darum zu kümmern schienen, was der morgige Tag bringen würde.

Blackmore riß sie aus ihren Gedanken. »Also, was ist denn nun genau passiert, während ich in Schottland war? Den groben Überblick habe ich ja schon.«

Und Rosie erzählte.

»Am letzten Donnerstag hatten wir morgens die Dienstbesprechung, Sir, bei der Einzelheiten zu Schuberts Bruder bekannt geworden sind.«

»Ich weiß«, sagte Blackmore. »Ich war dabei.«

»Aber nachmittags mußten Sie weg.«

»Stimmt. Ein Arzttermin.«

»Jedenfalls war der Rest des Tages unergiebig. Die Kollegen haben am Nachmittag versucht, die Geldzuflüsse auf Schuberts Konto zu durchleuchten, sind aber in der Karibik baden gegangen.«

Blackmore gluckste. »Ein schönes Bild! Du hättest doch Rhetorikerin werden sollen, Rosie. Wieso Karibik?«

Rosies Grübchen vertieften sich wieder. »Das Geld, sagt Harry Ness, kommt aus Lichtenstein. Und dort bedurfte es erst einer Nachfrage seitens des ACC, daß die sich zu einer weiteren Auskunft bequemten. Schließlich hieß es, das Gegenkonto befände sich auf den Kaimaninseln. Dort war dann erst einmal Schluß.«

»Das war alles?« fragte Blackmore.

»Nun, wir müssen jetzt nur noch feststellen, wem das Konto dort gehört. Und da die Inseln uns gehören …«

»Mir nicht!« sagte Blackmore mit Nachdruck.

»Ich meine, zu Großbritannien. Jedenfalls müßte es deswegen leichter sein, etwas herauszubekommen.«

»Kaimaninseln«, sagte Blackmore. »Darüber habe ich was in Edinburgh gehört. Warte mal, meine Mitschrift müßte ich dabeihaben.« Er stöberte in seiner ledernen Aktentasche, die er aus dem Büro in dem vagen Gefühl mitgenommen hatte, er könnte sie möglicherweise brauchen. »Hier ist es.« Er legte sein Moleskin-Notizbuch auf den Tisch, schob das umlaufende Gummiband ab und öffnete es mithilfe des Lesebändchens. »Hier habe ich es notiert. Fünftgrößter Finanzplatz der Welt. Etwa zweihunderttausend Firmen.«

»Und die wollen Sie alle befragen?« Rosie lächelte ihren Chef freundlich an.

»Vierzig Prozent aller Hedgefonds in der Welt haben dort ihren Sitz«, sagte Blackmore. Wie immer hatte er die despektierliche Bemerkung überhört.

»Das steht doch bestimmt alles bei Wikipedia«, sagte Rosie. »Wer bezahlt eigentlich solche Fortbildungen?«

Jetzt mußte Blackmore doch darauf antworten. »Es war ja keine Fortbildung in Geographie und Wirtschaft, sondern in Wirtschafts*kriminalität*. Und es war höchst interessant zu erfahren, welche Wege Geldflüsse auf der Welt nehmen können, wie man als Hedgefond-Manager die Herkunft von Geldern verschleiern kann und wo die Hintermänner sitzen, zumindest die uns bekannten.« Er machte eine Pause und starrte in die Luft.

Rosie wußte inzwischen, daß man Blackmore dann besser nicht unterbrach. Meistens kam er mit einer guten Idee aus seinen innerweltlichen Ausflügen zurück.

»Ich habe da doch jemand kennengelernt«, sagte er schließlich. »Er hat einen interessanten Vortrag gehalten. Irgendwo muß die Visitenkarte sein.« Er holte seine Brieftasche aus dem Jackett und blätterte in dem kleinen Papierstapel, der lose darin lag. Schließlich nahm er eine hochkant bedruckte Visitenkarte heraus. »Paul H. Shannon. George Town. Telefon und E-Mail. Vielleicht kann der uns etwas über das Konto sagen. Ich rufe ihn nachher mal an.«

»Nachher klingeln Sie ihn noch aus dem Bett, Sir.«

»Ich hatte mir irgendwo den Zeitunterschied aufgeschrieben«, sagte Blackmore. »Ach ja, hier steht's. Sechs Stunden früher.«

»Bei uns oder in der Karibik?«

»Hier ist es jetzt halb eins, dann ist es in George Town jetzt halb sieben. Ist ein einfacher Dreisatz, Rosie.«

»Da kommt doch gar keine Drei drin vor, Sir.«

Blackmore verdrehte die Augen. Eine Kellnerin kam mit dem bestellten Essen an den Tisch und stellte es ab. »Noch etwas zu trinken?«

Blackmore, der sein Real Ale schon ausgetrunken hatte, zögerte. »Ein Wasser mit Kohlensäure, bitte.«

»Für mich auch, aber ohne Löcher«, sagte Rosie.

Die Kellnerin sah verständnislos aus.

»Ein stilles Wasser, bitte«, sagte sie. Als die Kellnerin wieder gegangen war, fügte sie hinzu: »Damit Sie den kleinen Witz mitkriegen, Chef: *Limonade mit Löchern* stammt aus dem neuesten Puder-Bär-Buch.«

»Darüber kannst du mich ein andermal aufklären«, sagte Blackmore. »Wo waren wir stehengeblieben? Ach ja. George Town. Ich denke, gegen acht, also nach unserer Zeit zwei Uhr, kann man dort anrufen. Paul ist Frühaufsteher; im Hotel hat er sich vor dem Frühstück immer schon die Aktienkurse angesehen.«

Die beiden fingen an zu essen.

»Und letzten Freitag?«

»Am Freitagvormittag war ich bei Frau Professor Dunwood.«

»Bitte mit Einzelheiten«, sagte Blackmore mit vollem Mund.

Und Rosie erzählte.

»Punkt zehn habe ich bei Professor Dunwood geklingelt. Sie wohnt ja schön, obwohl … Woodstock ist mir auf Dauer, glaube ich, zu touristisch, obwohl … Da oben am Ortsausgang, obwohl …«

»Rosie!« sagte Blackmore. »Ausdruck! Meine alte Lehrerin hätte den gesamten Absatz angestrichen.«

»Sorry, Sir«, sagte Rosie, »kommt nicht wieder vor, obwohl …« Sie sah sinnierend auf den Fluß.

»Was ist denn?« fragte Blackmore.

»Ach, ich frage mich gerade, ob ich so enden möchte, ein Haus in einer gesichtslosen Straße, schlechte Busverbindungen, Touristen drei Straßen weiter…«

»Das kannst du dir ja später überlegen«, sagte Blackmore. »Jetzt berichte bitte sortiert, was du gefragt hast, was Professor Dunwood geantwortet hat und was du gesehen hast.«

»Geht klar«, sagte Rosie. »Also, als auch beim zweiten Klingeln nichts zu hören war, bin ich außen ums Haus in den Garten gegangen. Professor Dunwood war dabei, die Rosen zu schneiden. Der Garten war wirklich sehr gepflegt und hübsch angelegt. Hätte ich der alten Schachtel gar nicht zugetraut.«

»Rosie!«

»Entschuldigung, Sir, aber Theologieprofessorinnen mit Phantasie und praktischem Geschick, wo die doch den ganzen Tag über alten Büchern …«

»Gab es auch etwas Wichtiges?« fragte Blackmore.

Diesmal überhörte Rosie Blackmores Sarkasmus. »Jedenfalls bekam ich Tee angeboten, und dann haben wir uns auf die Gartenstühle gesetzt, diese eiskalten aus Eisen. Kissen gab's nicht. Ich friere immer noch beim bloßen Gedanken daran.«

»Aber der Tee war doch heiß, oder?« Blackmore gluckste.

»Darauf konnte ich mich ja nicht setzen. Jedenfalls habe ich dann vom Obduktionsergebnis berichtet und vorsichtig nach Professor Schuberts Status im College gefragt. Sein Verhältnis zu seinen Kollegen. Professor Dunwood hat mir bereitwillig Auskunft gegeben. Ihr ist nichts Besonderes eingefallen. Richtig befreundet war er wohl mit keinem seiner Kollegen. Selbst der Bridgeabend mit Watkins …«

»Habt ihr herausgefunden, wer noch dazu gehörte?«

»Ja«, sagte Rosie. »Ein Buchhändler von Blackwell's und ein Geistlicher vom Christ Church College. Beide haben aber nichts zur Aufklärung beitragen können. Die vier haben sich nur alle vierzehn Tage dienstags im *Eagle and Child* getroffen. Das Personal dort hat das bestätigt.«

»Immer diese Spuren im Sand …«, sagte Blackmore.

»Erst als ich nach der Romreise und nach den Studentinnen gefragt habe, zeigte sie eine Gefühlsregung. Vorher hatte sie dagesessen, ab und zu mal an ihrem Tee genippt – Kekse hatte sie keine – und unverbindlich gelächelt. Eine merkwürdige Frau. Dann aber wurde sie plötzlich laut. Ach, er mit seinen dauernden Abendveranstaltungen und diesen Reisen, sagte sie.«

»Hast du nachgehakt?«

»Sir!« sagte Rosie. »Natürlich. Aber es kam nichts Substantielles. Nur, daß sie sich vernachlässigt fühlte.«

»Hast du die Wohnung erwähnt, die Jessica Boulton auf Schuberts Kosten bewohnte?« fragte Blackmore.

»Ja, aber vorher habe ich mich nach seinen finanziellen Verhältnissen erkundigt, beziehungsweise nach der Kenntnis, die Professor Dunwood davon hat.«

»Und? Wußte sie was?« fragte Blackmore und steckte das letzte Stück Pommes frites in den Mund. Danach tupfte er mit der Serviette seine Mundwinkel ab, faltete sie ordentlich zusammen und platzierte sie auf dem leeren Teller.

»Ja, sie sagte, er hätte im Sommer 2007 eine größere Erbschaft gemacht. Was es genau war, hätte sie nicht verstanden, weil es wohl irgendwelche Aktien waren, die regelmäßig verkauft werden mußten, so daß Schubert monatlich Geld erhielt.«

»Hat sie gesagt, wieviel?«

»Ja, etwa tausend Pfund monatlich.«

Blackmore pfiff durch die Zähne. »So so, dann kannte sie also nicht die genaue Summe.«

»Sieht so aus, Sir. Dann habe ich Professor Dunwood von der Wohnung berichtet, deren Miete seit drei Monaten von Schuberts Konto aus überwiesen wurde.«

»Was hat sie dazu gesagt?«

»Sie wurde blaß und dann wütend. Dieses verdammte Miststück, hat sie gesagt. Und hinzugefügt, das hat sie ja toll hingekriegt, gute Noten und dazu sich aushalten lassen. Schließlich fing sie an zu weinen, wobei das für mich irgendwie, wie soll ich sagen: *unecht* klang.«

»Wieso?« fragte Blackmore.

»Ich weiß nicht, nur so ein Gefühl. Sie scheint eigentlich ein vom Verstand gesteuerter Mensch zu sein, etwas kühl, höflich, aber *richtige* Gefühle? Also Gefühle, die man Dritten nicht mitteilt, meine ich.«

»Unnahbar?«

»Eigentlich nicht, nur sehr verschlosssen.«

Blackmore nickte. Bei seinem Besuch bei der Professorin hatte ihn dasselbe Verhalten gestört, ohne daß er es damals hätte benennen können.

»Und was merkwürdig ist, Sir – zu diesem, fast könnte man sagen: Gefühlsausbruch kam es immer nur, wenn von den jungen Mädchen die Rede war.«

»Eifersucht?« fragte Blackmore.

»Bestimmt«, sagte Rosie.

»Wie alt ist sie denn eigentlich?«

Rosie holte ihren Schreibblock aus ihrer Handtasche und überflog ihre Notizen. »1960, wenn ich mir das richtig aufgeschrieben habe. Somit war sie fünf Jahre jünger als Schubert, kann aber problemlos für fünf Jahre älter durchgehen.«

»Rosie!« sagte ihr Chef.

»Ist doch wahr, Sir. Wenn man nichts aus sich macht, muß man sich nicht wundern, wenn nichts mit einem gemacht wird …« Sie verstummte und wurde rot.

»Das lassen wir jetzt mal besser.« Blackmore lächelte sie an. Sie war wirklich sehr hübsch, aber er viel zu alt, fand er. Ob er etwas aus sich machte? Vielleicht sollte er doch mit dem Fahrrad morgens ins Büro … Er dachte an seinen Bauchansatz und setzte sich gerade hin. »Haben Sie sie nach ihren Alibis gefragt?«

»Wieso Plural, Sir? Ach so, Schubert und Miss Boulton … Also ich glaube nicht, daß sie für Schuberts Tod verantwortlich ist. Außerdem ist sie Rechtshänderin.«

»Woher wissen Sie das?«

»Ich habe sie gebeten, mir für alle Fälle ihre Mobiltelefonnummer aufzuschreiben.«

Blackmore nickte anerkennend.

»Und für den Zeitpunkt von Jessicas Tod hat sie ein Alibi. Sie sagte, sie sei bei Blackwell's gewesen und habe in der Belletristikabteilung ein Buch gekauft. Sie ging kurz ins Haus und kam mit dem Kassenbon zurück. Hier ist er, Sir.«

Blackmore nahm das kleine Stück Thermopapier entgegen und studierte es. »Wilton Barnhardt, *Gospel*. Klingt nach einem Fachbuch, Rosie.«

»Ist es aber nicht, Sir. Es handelt sich um einen furchtbar dicken Roman, der das Leben des dreizehnten Apostels Matthias und die Suche in der Jetztzeit nach seinem Evangelium beschreibt. Also *fiction*.«

»Science Fiction, besser gesagt. Egal. Auf dem Kassenbon stehen das Datum und die Uhrzeit, 18:29 Uhr. Demnach hat sie kurz vor Ladenschluß bezahlt.«

»Bis zum St John's College hätte sie nur einen knappen halben Kilometer laufen müssen. Wenn man schnell geht, kann man das in acht bis zehn Minuten schaffen.«

»Sieht das für dich nach einem geplanten Mord aus, Rosie? Für mich nicht, eher nach Affekt. Und warum hätte sie hetzen sollen – nur um pünktlich zum Mordzeitpunkt im College zu sein?«

Rosie lachte. »Sehe ich genauso, Sir. Also – Alibi perfekt. Ein Verdächtiger weniger«

»Dann stochern wir weiter im Nebel«, sagte Blackmore. »Oder im Sand …« Er gähnte.

»Mittagsmüdigkeit, Sir?«

»Wahrscheinlich. Außerdem ist es in Edinburgh jeden Abend ziemlich spät geworden. Es war einfach schön, sich mit den Kollegen auszutauschen. Ich trinke gleich einen Kaffee, dann geht das wieder.« Blackmore winkte der Kellnerin, die in der Eingangstür des Pubs stand. »Für dich auch?«

»Einen Cappuccino, bitte«, sagte Rosie. »Samstagnachmittag kam dann endlich etwas Bewegung in die Sache, Sir.«

»Was meinst du damit?« fragte Blackmore. »Und was ist mit Freitagnachmittag?«

»Da habe ich in Ihrem Zimmer gesessen – alle anderen Schreibtische und Internetzugänge waren besetzt – und nach Professor Macdonnell geforscht. Allerdings ohne Ergebnis. In seinem Hotel in Stockholm, das Debbie Reynolds gebucht hatte, ist er nicht angekommen. Auch in anderen Hotels ist er nicht zu finden. Ich habe an alle Hotels sein Foto übermittelt. Also habe ich ihn dann zur Fahndung ausgeschrieben, Interpol informiert und die Flughäfen alarmiert.«

»Sehr gut«, sagte Blackmore. »Und was war mit Samstagvormittag und – ich zitiere – etwas Bewegung in der Sache?«

Rosie errötete. »Samstag*nach*mittag – hatte ich gesagt. Und vormittags habe ich, äh, ausgeschlafen.«

Blackmore ließ es dabei bewenden und sagte nur: »Also?«

»Harry Ness hat herausgefunden, um wen es sich bei dem Unbekannten aus unserem College und später vom Fluß handelt.«

Blackmore war jetzt wieder hellwach. »Und wieso erfahre ich das erst jetzt?«

»Wir wissen zwar, wer es ist, aber wir kommen an ihn nicht heran, Sir.«

»Berichten Sie, bitte!« sagte Blackmore.

Und Rosie erzählte.

»Harry Ness hat es nicht ruhig gelassen, daß der Unbekannte von einer Minute auf die andere verschwunden sein sollte. Also hat er die Kollegen aufgesucht, die die entsprechenden CCTV-Bänder beziehungsweise -Dateien ausgewertet haben. Er hat ihr Zeitfenster überprüft.«

»Und das heißt?«

»Er hat gefragt, wieviel Zeit sie dem Unbekannten gegeben haben, sich in Luft aufzulösen.«

Blackmore gluckste. »Bei *Star Trek* waren sie immer direkt weg, nun, wegge*beamt*, innerhalb von Sekunden.«

»Die Kollegen haben anstandshalber eine halbe Stunde als Zeitraum angenommen. Aber da war nichts. Harry hat dann gesagt, sie sollten *andert*halb Stunden überprüfen. Und?«

»Ich kann es mir denken«, sagte Blackmore. »Mr. X spaziert in aller Seelenruhe aus dem Bahnhof.«

»Genau«, sagte Rosie. »Er schien sich irgendwo versteckt zu haben und hatte sein Aussehen etwas geändert: grauer Sommeranzug, braune Slipper, kurze angegraute Haare, dünner Schnurrbart. Hier ist das Foto.« Sie nahm einen Abzug in der Größe zehn mal fünfzehn Zentimeter aus ihrer Handtasche.

»Wo habt ihr das denn her? So scharf! War das ein neues Modell bei den Überwachungskameras?« fragte Blackmore.

»Weiß ich nicht. Die besten Aufnahmen stammen von der AVIS-Autovermietung in der Abbey Road hinter dem Bahnhof. Dort tauchte unser Verdächtiger auf, legte seinen Ausweis vor und fuhr dann mit einem silbergrauen Mercedes weg.«

»Nun mach es nicht so spannend!« sagte Blackmore. »Wie heißt er denn?«

»Rolf Karlsson«, sagte Rosie.

»Ein Deutscher?«

»Nein, er hat einen schwedischen Paß vorgelegt. Ich habe seinen Namen gegoogelt. Es gab etwas mehr als 2,5 Millionen Nennungen. Nachdem ich *Schweden* im Suchfeld hinzugefügt hatte, reduzierte sich das nur auf die Hälfte. So kam ich also nicht weiter.«

»Hast du denn vielleicht eine Eingebung gehabt?« fragte Blackmore.

Rosie war sich nicht sicher, ob sie einen ironischen Unterton gehört hatte.

»Ich hätte ja etwas gewußt«, sagte Blackmore. »Ich hätte noch *Kaimaninseln* eingegeben.« Er grinste.

»Ich habe auch etwas gewußt«, sagte Rosie spitz. »Ich habe noch *Flugzeug* eingegeben.«

Blackmore verstand jetzt nichts mehr, was man ihm auch ansehen konnte.

Rosie hatte ein Einsehen und sagte: »Ich erzähle jetzt einfach mal den Rest, Sir. Sie dürfen mich nicht unterbrechen und erst hinterher Fragen stellen. Okay?«

»Einverstanden«, sagte Blackmore.

»Über die Autovermietung hatten wir das Kennzeichen des Leihwagens. Also mußten wir nur noch die Filme der Verkehrsüberwachungskameras durchsehen. Da wird glücklicherweise vieles inzwischen per Computer erledigt, Bewegungsprofile und so.«

»*Big Brother is watching you!*« sagte Blackmore.

»Das ist ja nur zur unserem Vorteil, dem der Polizei, meine ich.«

Blackmore war sich nicht sicher, ob er einen ironischen Unterton gehört hatte. Er sagte jedoch nichts.

»Wir haben also relativ schnell herausbekommen, noch am Samstag, am Spätnachmittag, daß Karlsson mit dem angemieteten Mercedes nach Kidlington zum London Oxford Airport gefahren ist und dort seine eigene Maschine bestiegen hat.«

»Wie – ein eigenes Flugzeug?« Blackmore war ehrlich erstaunt.

Rosie nahm die Frage nicht zur Kenntnis und blätterte in ihrem Notizbuch. »Es handelt sich um eine Cessna 172 P. Vielleicht kennen Sie sie noch aus dem James Bond-Film *Golden Eye*.«

»Zwei- oder Viersitzer? Oder noch mehr?«

»Keine Fragen, Sir!« Rosie lächelte. »Dann müßte ich nämlich zugeben, daß ich das nicht weiß.«

»Und weiter?« Blackmore konnte auch seinen Kopf schief legen und grinsen.

»Kurz vor Toresschluß – wegen des Nachtflugverbots ab zweiundzwanzig Uhr, meine ich – hat die Maschine abgehoben und Kurs auf Schweden genommen. Etwa fünf Stunden später ist sie dann auf einem Privatflughafen bei Malmö gelandet. Das sind ungefähr tausend Kilometer.«

»Gute Arbeit!« sagte Blackmore. »Habt ihr in Schweden noch etwas herausgefunden?«

»Bisher nicht. Allerdings habe ich wegen des Pfingstwochenendes bislang auch keinen richtigen Ansprechpartner auftreiben können.«

»Ich dachte, in Schweden gibt es an jeder Ecke einen Polizisten? Die haben doch viel mehr Tote als bei uns.« Blackmore gluckste.

»Die schwedischen Krimis dürfen Sie nicht für bare Münze nehmen, Sir. Der letzte Tote in Malmö liegt auch schon zwei Jahre zurück.«

»Solange er nur zurückliegt und nicht herum, geht das doch«, sagte Blackmore.

»Jedenfalls habe ich bei Google zusätzlich *Privatflugzeug* eingegeben und bekam dann nur noch eine Personennennung, die allerdings ungefähr zehntausendfach.«

»Laß mich raten«, sagte Blackmore. »Schwedischer Öl-Tycoon, Filmregisseur oder Hedgefonds-Manager.«

Rosie sah leicht enttäuscht aus.

»Ich wollte dir die Pointe nicht nehmen, aber da ein Konto auf den Kaimaninseln noch zuzuordnen ist, liegt der Beruf des Aktienfritzen doch nahe, oder?« beeilte sich Blackmore zu sagen.

»Stimmt.« Rosie gab sich einen Ruck. Es war doch schön, wenn ihr Chef ihren Gedankengängen folgte und auf dasselbe Ergebnis kam. »Ich habe noch einiges über seine Firma herausgefunden, aber das Wirtschaftskauderwelsch nicht verstanden. Das muß Harry sich noch mal ansehen.«

»Wunderbar«, sagte Blackmore. »Dann haben wir zumindest einen Namen. Ob der allerdings auch zum Täter gehört, muß sich erst noch zeigen. Ich würde auch ganz gerne Professor Dunwoods Alibi nochmal genauer überprüfen. Von dem verschwundenen Professor Macdonnell ganz zu schweigen.« Er schwieg. Dann sah er Rosie spitzbübisch an. »Und was hast du am Sonntag gemacht?«

»Gar nichts«, sagte Rosie. »Der ACC war am Samstagabend kurz da, hat sich berichten lassen und danach etwas davon gemurmelt, daß, weil die Toten ohnehin tot seien, man auch direkt erst am Montag weiterermitteln könne.«

»Gut«, sagte Blackmore, »dem möchte ich nicht, nachträglich schon gar nicht, widersprechen. Und was war gestern?«

»Gestern«, sagte Rosie und machte ein Kunstpause, »gestern habe ich unter anderem mit einer Amateurfliegervereinigung telefoniert und gefragt, wie man den Eigentümer von Flugzeugen ermittelt.«

»Und?« fragte Blackmore, was nach Rosies Ansicht eine etwas substanzlose Frage war.

»Die Cessna, mit der Karlsson weggeflogen ist, hat ihre Registrierungsnummer auf der Seite aufgemalt. Im Film *Golden Eye* war das N96816. Wenn man noch das Modell kennt, in unserem Falle also 172 P, kann man im Internet, beispielsweise bei den umfangreichen Datenbanken auf der Seite www.landings.com, nach dem Eigentümer suchen. Was Karlssons Maschine angeht, hat diese einer Firma Miles in Riverside, Kalifornien, gehört. Sie ist 2008 verkauft worden, an einen Deutschen namens Rolf Knörer.«

»Die Firma?«

»Nein, das Flugzeug.«

»Habt ihr ihn erreicht?«

»Knörer gibt es gar nicht, sagt das Bundeskriminalamt in Wiesbaden. Jedenfalls sei er weder in Deutschland geboren noch irgendwo gemeldet. Fehlanzeige.«

»Mist«, sagte Blackmore. »Eigentlich eliminieren *wir* Verdächtige von unserer Liste und nicht sie sich selber durch Verschwinden.« Er sah auf die Uhr. »Nach zwei. Wir sollten mal langsam wieder ins Büro gehen. Oder hast du noch was?«

»Ich hätte da noch eine Idee, Sir«, sagte Rosie.

19

Mittwoch, 26. Mai 2010 – Bonn

»Hast du gesagt, *aus dem Fenster gefallen worden ist*?« fragte Krüger. Sein Cappuccino war leer, und er überlegte, ob er noch einen trinken sollte.

Die Kellnerin des *Roses,* die anscheinend Gedanken lesen konnte, kam an den Tisch. »Darf ich noch etwas bringen?«

»Noch einmal dasselbe, bitte.«

»Für mich ein Radler, bitte«, sagte Carmen.

Aber Krüger und die Kellnerin überhörten sie. Die junge Frau verschwand wieder im Gebäude.

Krüger starrte auf die Straße. »Das ist doch …«

Carmen drehte sich um und folgte seiner Blickrichtung. »Was denn?«

»Ach nichts. Ich sehe schon Gespenster. Ich dachte gerade, ich hätte den unbekannten Cowboystiefelträger gesehen. Wo waren wir stehengeblieben?«

»Der tote Professor in England. Du mußt nur zuhören«, sagte Carmen. »*Aus dem Fenster gefallen worden*. So stand es jedenfalls in der Zeitung. Außerdem haben sie geschrieben, ich zitiere so ungefähr …«

»Das geht nicht«, sagte Krüger.

»Was?«

»Ungefähr zitieren.«

Carmen gluckste. »Wolltest du mal Deutschlehrer werden? Jedenfalls – ich *referiere* – gab es nach einer Woche immer noch keinen Täter.« Sie berichtete von dem Mord an einem Professor Friedrich Schubert am 14. Mai und davon, daß er augenscheinlich nur von netten Kollegen und Studenten umgeben war. »Ein Täter sei weit und breit nicht zu sehen. Die Zeitung fragte in etwa *Was verschweigt die Polizei?*«

Krüger lachte. »Da können sie sich mit der hiesigen Regenbogenpresse zusammentun. Wenn der Täter nicht nach einer halben Stunde gefaßt wird, ist immer die Polizei schuld, die mit ihrer Ahnungslosigkeit nicht weiterkommt. Oder die Polizei weiß alles, will aber dem Täter eine Chance geben, sich selbst zu stellen. Oder so. Ist alles vorgekommen.« Er sah auf die Uhr. »Eigentlich müßte ich in England anrufen. Weißt du, ob eine Telefonnummer für – was schreiben sie doch immer? – *sachdienliche Hinweise* in der Zeitung angegeben ist?«

»Ist«, sagte Carmen.

»Und?«

»Deine Assistentin denkt ja mit – hier ist die Nummer!« Carmen holte aus ihrer Handtasche einen zusammengefalteten Zettel und reichte ihn Krüger.

»Wie spät ist es denn jetzt dort? Liegen wir nicht eine Stunde in Führung?«

Carmen nickte. »Elf Uhr zehn *Greenwich Time*.«

»Oha – die Dame ist im Bilde«, sagte Krüger. »Dann essen wir jetzt eine Kleinigkeit. Den Täter haben sie wahrscheinlich immer noch nicht. Dann kann ich den Kollegen auch nachher anrufen. Wie lange hast du denn Mittagspause?«

»Solange ich möchte«, sagte Carmen. »Der eine Dienstherr tot, der zweite fast – die Fakultät muß sowieso überlegen, wo ich jetzt arbeiten soll. Bis Professor Minskis Lehrstuhl wieder besetzt wird, wird sicher längere Zeit vergehen – Stellenvakanz, dann Ausschreibung und so. Vorher Einbindung des Düsseldorfer Ministeriums. Oder so. Und der stellvertretende Dekan ist zur Zeit im Sudan und nicht zu erreichen. Ich werde also, so gut es geht, den Sekretärinnenposten im Dekanat ausfüllen. Allerdings ist das Dekanat immer noch Tatort und kann zur Zeit nicht betreten werden. Und der Spurensicherung gehöre ich noch nicht an.«

»Du redest wohl gerne?« fragte Krüger und legte seinen Kopf schief. Die Zahl seiner Lachfältchen in den Augenwinkeln hatte sich vergrößert.

»Kann gut sein«, sagte Carmen. »Dann kann ich bei dem trokkenen Hals, den ich dadurch kriege, umso mehr trinken. Bestellst du mir *jetzt* ein Radler?«

»Gute Idee. Entschuldigung. Das hatte ich eben ganz vergessen.« Aber ehe er der Kellnerin winken konnte, ertönte wieder Miss Marples Musik. »Ja, ich bin's. – Was? – Seit wann? – Und wo ist sie jetzt? – Wie, das wißt ihr nicht? – Habe ich nicht gesagt … – Ja, ja, ich komme, was denn sonst. Wiedersehen.« Krüger sah wütend aus.

»Was ist denn los?«

»Dein Radler mußt du wohl alleine trinken«, sagte Krüger. »Frau Dr. Metzig ist verschwunden.«

»Merkwürdig. Die wollte doch wegen der Bescheinigung ins Dekanat kommen und anschließend nach Brandenburg zu ihren Eltern fahren. Hat sie mir jedenfalls vor ein paar Tagen gesagt.«

»Da ist sie aber nicht. Sagt jedenfalls Kollege Schneider, der ihre Eltern angerufen hat. Und in Bad Godesberg ist sie auch nicht.«

»Sagt die Vermieterin«, sagte Carmen.

»Sagt sie nicht. Dort ist sie nämlich ausgezogen; sie hat gestern gekündigt, ihre wenigen Sachen ins Auto geladen und der Vermieterin gesagt, Post und Pakete möge sie ihr in die Uni nachsenden.«

»Toll. Und jetzt?«

»Eigentlich würde ich gerne die Spurensicherung in ihr Zimmer schicken, aber Schneider hatte die gleiche Idee und sagt, Langenargen sagt, dafür würde er keinen Durchsuchungsbeschluß bekommen. Wieso wir einen Verdacht gegen sie hätten?«

»Hast du ihm nicht die Geschichte mit den versteckten E-Mails auf Minskis Rechner und mit dem Manuskript in Schmidtbauers Computer erklärt?«

»Nein. Da wollte ich noch selber drüber nachdenken.«

»Und jetzt?«

»Das hast du eben schon gefragt. Ich muß jetzt ins Polizeipräsidium zur Lagebesprechung. Anschließend fahre ich nach Bad Honnef, du weißt schon, der Schreibtisch. Und danach …«

»*La Vita*?« fragte Carmen.

»Nee, heute ganz bestimmt nicht. Heute wird es wahrscheinlich spät. Ach ja, und zwischendurch muß ich auch noch in Oxford anrufen. Und das bei meiner Aussprache.«

»Schlimmer als Stoibers ist sie bestimmt nicht.«

Aber Krüger war jetzt nicht zu Witzen aufgelegt. »Tut mir leid. Aber mich ärgert das einfach. Ich hatte Frau Dr. Winterthur gebeten, du weißt schon, die Perlenkette, Frau Dr. Metzig zu erreichen und sie zu bitten, ins Präsidium zu kommen, um noch einige Fragen zu beantworten. Aber vorher hatte mein Chef sie gebeten, sich die Wohnung des Dekans anzusehen. Da sie dazu neigt, eher die Anordnungen der höheren Hierarchieebene umzusetzen, hat sie meine Bitte ignoriert, sie aber auch niemand anderem weitergereicht. So'n Mist.« Krüger sah richtig frustriert aus. »Egal – ich kann doch noch eine Kleinigkeit essen. Ich muß erst um drei im Präsidium sein, sagt Schneider. Ißt du was mit?«

»Sollen wir uns einen Salat teilen? Einen *Salade niçoise*?« Anscheinend konnte Carmen auch kulinarisches Französisch.

»Geht klar.« Krüger konnte auch Szenesprache, zumindest war ihm erstmals ein Transfer geglückt, dachte er.

»Dann muß *ich* dich wohl jetzt etwas aufheitern«, sagte Carmen.

»Lenk bitte nicht ab. Ich muß mich auf den Fall konzentrieren. Hilf lieber mit denken. Wo ist Frau Dr. Metzig? Warum ist Frau Dr. Metzig weg? Was verbindet Frau Dr. Metzig mit den beiden Professoren?«

»Das ist mir ein bißchen zuviel Frau Dr. Metzig. Ich wollte dir vorhin schon etwas sagen, bevor mir das mit dem englischen Zeitungsbericht wieder eingefallen ist. Was hat Schmidtbauer noch mal gesagt?«

»Fünfundsiebzig, Rhein, Seminar, Grete.«

»Weißt du, was die Zahl bedeuten kann?«

»Keine Ahnung«, sagte Krüger. »Ich habe schon an eine Schließfachnummer gedacht, aber die Postfächer im Seminar tragen nur Namen und keine Nummern. Ob es sich um ein Bankschließfach handelt, wissen wir noch nicht. Kaul kümmert sich um die Konten von Professor Schmidtbauer.«

»Okay. Rhein und Seminar ergibt keinen Sinn. Und der Mädchenname schon gar nicht.«

»Schneider hat inzwischen die beiden Rechner des Professors durchgesehen – weder in seinen E-Mails noch in seiner sonstigen Korrespondenz taucht der Vorname Grete auf. Ob Frau Dr. Winterthur auf seinem Computer in der Privatwohnung eine Grete gefunden hat, glaube ich, ehrlich gesagt, auch nicht.«

»Habt ihr seine Bibliothek durchgesehen? Oder die Bücher in der theologischen Fachbibliothek? Vielleicht gibt es da ein Buch, in dessen Sigel die Zahl Fünfundsiebzig vorkommt. Obwohl, das ist bestimmt auch nicht eindeutig; das kommt sicher häufiger als einmal vor. Der Dekan hätte dir bestimmt etwas Genaueres gesagt, auch wenn es ihm nicht gut ging. Vielleicht hat er dir aber auch schon das maximal Genaue mitgeteilt.«

»Wie meinst du das?«

»Was hat er denn gesagt, als du ihn im Krankenhaus noch mal dazu befragt hast?«

»Wie meinst du das?«

Carmen konnte auch wie eine Lehrerin gucken, die einen begriffsstutzigen Schüler tadelt. »Er hat dir doch eine fünfte Angabe gemacht.«

»Ach, du meinst das Eff. Ich glaube aber nicht, daß das irgendwas zu sagen hat. Wahrscheinlich hat er bloß keine Luft gekriegt.«

»Ich glaube aber, daß das wichtig ist«, sagte Carmen und legte ihren Kopf schief. »Ich weiß es, glaube ich.«

»Glauben oder wissen? Nun sag schon.«

»Was ist, wenn wir das falsche Begriffspaar zusammengezogen haben? Also nicht Rhein und Seminar, sondern Seminar und Grete.«

Carmen hatte auch viele Lachfältchen, wenn man genauer hinsah, dachte Krüger. Laut sagte er: »Das ist ja noch sinnloser. Seminargrete. Bah.«

»Nee, nee. Ich glaube, Schmidtbauer hat dich verbessern wollen. Aber da mußt du jetzt selbst drauf kommen, dann sehen wir gleich, ob ich nicht völlig daneben liege.«

»Seminar und eff und Grete?« Krüger schüttelte den Kopf.

»Heute bist du etwas unterbelichtet, glaube ich. Möchten Sie eine Hilfestellung bei der Fünfzigtausend-Euro-Frage?«

»Nein«, sagte Krüger. »Ich frage lieber das Publikum.« Er sah Carmen direkt in die Augen.

Carmen lachte. »Ist schon gut. Laß mal einen Anfangsbuchstaben weg und nimm stattdessen das F.«

»Feminar? Schon gut. Warte mal. Frete?«

»Nein, das gibt es nicht.«

»Doch, das kommt aus dem Portugiesischen und heißt *Fracht*.«

»Das ist jetzt zierlicher Unsinn«, sagte Carmen.

Krüger gluckste. Vielleicht mußte er in seinem kleinen Notizbuch eine Seite für Carmens Wortschöpfungen anlegen.

»Noch ein Versuch? Okay. Noch eine Hilfestellung: Laß mal *zwei* Anfangsbuchstaben weg.«

»Das gilt jetzt nicht«, sagte Krüger. »Ich versuch's trotzdem: fete.«

»Richtig!« sagte Carmen. »Sie haben ein Abendessen bei mir zuhause gewonnen.«

Krüger lachte. »Danke, aber so richtig weiter hilft mir das nicht.«

»Überleg doch mal.«

»Tu ich doch. Seminar und fete. Ja und?«

»Heute ist nicht dein Tag«, sagte Carmen. »Seminarfete.«

Krüger bewegte sich überhaupt nicht und starrte sie an.

»Seminarfete!« sagte Carmen. »So hieß das damals. Heute sagt mal *Chill out* oder Party oder …«

Immer noch nichts.

»Soll ich es dir aufschreiben? Ich buchstabiere: S-e-m-i-n-a-r-f-e-s-t.«

»Nein, warte mal«, sagte Krüger und löste sich aus seiner Erstarrung. »Ich glaube, ich hab's. Schmidtbauer hat gesagt, ich zitiere jetzt korrekt: Fünfundsiebzig, Rhein, Seminarfete. Damit meinte er bestimmt ein Fest im Institut für Geschichtswissenschaften. Aber dann hätte er bestimmt Institut gesagt …« Er fing wieder an zu grübeln.

»Das hieß früher Historisches Seminar. Du weißt doch, das Gründerzeitgebäude unten am Rhein, dem Alten Zoll gegenüber.«

»Sehr gut«, sagte Krüger. »Also doch Seminar. Ich hab's. Dann ist fünfundsiebzig auch kein Postfach oder sonstwas, sondern eine Jahreszahl. 1975. Jetzt müssen wir nur noch herausfinden, warum Schmidtbauer mir das gesagt …« Er verstummte und blickte auf den Teller, auf dem der halbverzehrte Salat allmählich verwelkte.

Carmen sagte nichts und sah ihm zu.

»Warte mal. Hat Minski nicht 1975 abrupt sein Geschichtsstudium beendet? Und was war mit Schmidtbauer in dem Jahr? Wo hat der überhaupt studiert? Wir müssen herausfinden, ob bei dem Fest etwas passiert ist. Ich rufe gleich Winterstein an, dann kann sie die alten Zeitungen von 1975 daraufhin durchsehen.«

Langenargen blickte von dem vor ihm liegenden Papierstapel auf und sagte: »Fünfzehn Uhr hatte ich gesagt.«

»Entschuldigung«, sagte Krüger.

»Ist das alles? Wir haben jetzt zehn nach drei.«

»Es tut mir leid, *Sir*. Es hat sich noch eine neue Entwicklung ergeben …«

»Lassen Sie mich raten: Sie wollten noch ein Dessert testen.«

»Nein, wirklich. Die Dekanatssekretärin hat einen hilfreichen Hinweis gegeben, was die kryptischen Worte von Professor Schmidtbauer angehen.« Krüger wiederholte, was Carmen herausgefunden hatte. »Und daher mußte ich noch Frau Winterstein zum *General-Anzeiger* nach Bonn schicken, um dort im Archiv die Zeitungen von 1975 durchzusehen.«

»Alle dreihundertfünfundsechzig Exemplare?« fragte Langenargen.

»Die Wochenendausgabe umfaßt Sonnabend *und* Sonntag.«

Langenargen guckte irritiert.

»Samstag und Sonntag, *Sir*«, sagte Krüger. »Also höchstens dreihundertunddreizehn Exemplare. Und da das Seminarfest sicher nicht im Winter stattgefunden hat und der Studienwechsel von Minski nach dem Sommersemester lag, habe ich Frau Winterstein angewiesen, vom Sommersemesterende rückwärts vorzugehen.«

»Ist gut, setzen Sie sich«, sagte Langenargen. »Sie haben nichts Wichtiges verpaßt. Ich habe kurz etwas zu den im nächsten Jahr anstehenden Beförderungen gesagt, bei denen Sie ohnehin noch nicht wieder an der Reihe sind.«

Vielen Dank, dachte Krüger.

»Und wir haben das Ergebnis der Ballistiker. Der Schuß auf den Dekan ist aus einer SIG Sauer P220 abgegeben worden.«

»Und was machen wir mit dieser Information?« Kaul war das.

Krüger starrte ihn an und sagte: »Bei den Ermittlungen gibt es keine überflüssigen Informationen.«

»Danke«, sagte Langenargen. »Also, wie geht es weiter? Und wo ist überhaupt Schneider?«

»Den habe ich ins Institut für Geschichtswissenschaften geschickt. Vielleicht findet er im Archiv etwas heraus, falls die a) eines haben und b) dort auch studentische Ereignisse erfaßt sind.«

»Okay. Was ist mit Frau Dr. Metzig?«

»Die ist zur Zeit nicht auffindbar«, sagte Krüger und zog seinen Kopf in Erwartung eines der berüchtigten Wutanfälle seines Chef vorsorglich ein.

»Weiß ich doch«, sagte Langenargen zu seiner Überraschung. »Ich meine, schreiben wir sie zur Fahndung aus oder was?«

»Sie haben doch selbst gesagt, daß dazu kein Grund vorliege.«

»Herr Farnschläger, können Sie nicht mal im Internet …« Langenargen verstummte.

»Habe ich längst. Bei Facebook hat sie länger nichts mehr gepostet. Das einzige Einwohnermeldeamt, bei dem sie erfaßt ist, liegt in Brandenburg. Ich habe dort angerufen, aber ihre Daten – weiblich, ledig, jung …«

»… sucht«, sagte Krüger.

»Filme lassen wir jetzt mal weg«, sagte Langenargen zu Krügers großer Überraschung. Seit wann kannte sich sein Chef in der Populärkultur aus?

»… haben sich seit zehn Jahren nicht geändert«, beendete Farnschläger seinen Satz. »Die Eltern wissen auch von nichts.«

»Hat sie denn hier keine *peer group*?« fragte Langenargen. Jetzt auch noch Soziologie, dachte Krüger. Er beschloß, in Zukunft freundlicher von seinem Chef zu denken. Er war wohl nicht ohne Grund sein Vorgesetzer geworden und nicht nur aus Versehen auf die ihm mögliche höchste Stufe seiner Inkompetenz geraten.

»Wenn ich etwas vorschlagen darf?« sagte Krüger. »Vielleicht ist es sinnvoll, die Dekanatssekretärin zu bitten, eine Aufstellung aller Personen zu machen, mit denen Frau Dr. Metzig beruflich Kontakt hatte. Vielleicht hat sie irgendwo einen Unterschlupf gefunden. Vielleicht will sie nur ihre Ruhe haben.«

»Das sind aber ziemlich viele Vielleichts«, sagte Langenargen. »Aber machen Sie mal. Kaul, nun zu Ihnen. Haben Sie etwas herausgefunden, was das Foto der Mittelstandsvereinigung angeht?«

»Wenig«, sagte Kaul. »Einen Professor Peter Watkins gibt es zwar in Oxford, genauer gesagt, am St John's College, wo er Theologie unterrichtet …«

»… lehrt«, sagte Langenargen.

»… *teaches*, hieß es«, sagte Kaul. »Jedenfalls habe ich ihn bisher nicht erreichen können. Was den Schweden angeht, ist es etwas mysteriös. Ich habe im Internet recherchiert und dann auch in Stockholm angerufen, wo seine Firma gemeldet ist. Über Rolf Karlsson war praktisch nichts herauszufinden. Er ist irgendwie aus dem Nichts in Schweden aufgetaucht, irgendwann in den neunziger Jahren. Inzwischen hat er eine große Firma, die sich hauptsächlich mit Finanzgeschäften, äh, beschäftigt, Hedgefonds und so'n Zeugs. Er besitzt zwei eigene Flugzeuge, eine große Stadtvilla in Stockholm und ein riesiges Anwesen in Malmö. Die schwedische Polizei sagt, mehr könne sie mir nicht sagen. Wenn ich weitere Auskünfte benötigte, sollen wir eine offizielle Anfrage stellen.«

»Dauernd diese Sackgassen«, sagte Langenargen. »Wie immer. Und Johannes Schubert?«

»Ist 2008 wegen Anlagebetrugs verurteilt worden, kam in den Knast und ist dort an einem Herzinfarkt gestorben.«

Krüger schreckte aus seinen Gedanken auf. »Habt ihr eben Johannes Schubert gesagt?«

Sein Chef warf ihm einen tadelnden Blick zu.

»Dann habe ich auch noch etwas Interessantes.« Er berichtete von dem Zeitungsbericht in der *Oxford Mail*.

Langenargen hielt es nicht mehr an seinem Platz. Er sprang auf und lief mit großen Schritten durch den Besprechungsraum. »Und das sagen Sie erst jetzt?«

»Ich weiß es ja selber erst seit einer Stunde.«

»Von wann ist denn die Zeitung?« fragte Langenargen.

»Von Pfingstmontag.«

»Dann müssen wir schnellstens Kontakt mit den englischen Kollegen aufnehmen! Und eventuell müssen Sie dann noch einmal nach Oxford.«

Krüger stand jetzt ebenfalls auf und sagte: »Gut, ich rufe eben in England an. In der Zeitung war eine Telefonummer angegeben.«

»Machen Sie das ruhig von hier aus«, sagte Langenargen und deutete auf den Apparat an der Wand neben der Tür.

Krüger suchte Carmens kleinen Zettel und wählte dann. »Besetzt«, sagte er.

»Okay«, sagte Langenargen und setzte sich wieder. »Weiter im Text. Herr Paulsen?«

»Ich sollte doch nach Familienangehörigen von Dekan Schmidtbauer suchen. Die Eltern sind schon in den Achtzigern gestorben. Eine Schwester lebt in Wanne-Eickel oder Castrop-Rauxel, Moment …« Er blätterte in seinen Unterlagen.

»Castrop-Rauxel ist nur der lateinische Name für Wanne-Eickel«, sagte Farnschläger und gluckste. Der Rest lachte.

»Ist auch egal«, sagte Paulsen. »Sie ist ohnehin nicht da. Urlaub in Südfrankreich. Mehr Angehörige, sagt das Standesamt von Würzburg, gibt es nicht.«

»Wieso Würzburg?« fragte Kaul, der nicht zugehört hatte.

»Weil er dort geboren ist«, antwortete Paulsen. »Mehr habe ich nicht. An Angehörigen, meine ich. Schmidtbauer war mal Anfang der Achtziger verheiratet, aber schon nach zwei Jahren wieder geschieden. Seine Ex-Frau sagt, er sei ein Eigenbrötler gewesen, als ob er irgendetwas mit sich herumschleppen würde. Keine Kinder.«

»Die Ex, oder wer?« Das war wieder Kaul.

Paulsen ignorierte ihn. »Der Dekan wohnt in Ägidienberg bei Bad Honnef, eine unaufällige Doppelhaushälfte.«

»Moment«, sagte Frau Dr. Winterthur. »Das ist jetzt aber mein Part.« Sie blätterte in dem Schnellhefter, der vor ihr auf dem Tisch lag, eine Seite um. »Professor Dr. Wolfgang Schmidtbauer bewohnt eine unauffällige Doppelhaushälfte.«

Paulsen tauschte einen Blick mit Krüger. Langenargen sagt mal wieder nichts, hieß der Blick – soviel zu seinen Lieblingsdamen mit Perlenkette.

»Mehr habe ich eigentlich auch nicht«, sagte Frau Dr. Winterthur gerade. »Die Nachbarn sagen, der Dekan sei nett und unauffällig.« Sie schlug den Schnellhefter wieder zu.

»Aber ich habe noch etwas«, sagte Paulsen. »Beziehungsweise Harry, der mir das gesagt hat.«

Harald Kaul nahm den Ball an. »Ich habe mir schon mal die Konten angesehen. Netterweise hat der Dekan – ich glaube, das ist einfacher, als immer *Professor Schmidtbauer* zu sagen – seine Bankgeschäfte mit einem Bankingprogramm offline getätigt, das heißt, alle Kontenbewegungen, Auszüge und so weiter sind auf seinem Notebook zu finden. Ich habe das Programm die Buchungen nach Summengröße sortieren lassen und tatsächlich etwas gefunden.« Damit Langenargen, der die Augen geschlossen hatte, was aber auch intensives Zuhören bedeuten konnte, auch etwas mitbekam, machte Kaul eine Kunstpause.

»Was denn?« fragte Langenargen prompt, ließ aber die Augen zu.

»Fünfzigtausend Euro, eingegangen am 7. August 2007.«

Krüger pfiff durch die Zähne. »Da hat er wohl mit Minski zusammen im Lotto gewonnen«, sagte er.

»Nicht ganz. Der Betrag ist am 10. August rücküberwiesen worden.«

»An wen?«

»An Minski zurück. Von dessen Konto kam auch das Geld.«

»Interessant«, sagte Langenargen. »Das war alles?«

»Ja, sonst nur die üblichen regelmäßigen Abbuchungen, ab und an mal ein Reiseveranstalter, Amazon, nichts Besonderes eben.«

»Das führt uns also nicht weiter«, sagte Langenargen. »Herr Krüger, rufen Sie doch noch mal in England an.«

Krüger stand gehorsam auf und ging zum Wandtelefon. Er nahm den Hörer ab, wählte und hängte ihn kurz darauf wieder in die Halterung. »Besetzt.«

»Okay«, sagte Langenargen. »Meine Herren, Sie wissen, was zu tun ist.« Er stand auf. »Sie probieren weiterhin Ihr Glück mit England.« Das galt Krüger. »Und Sie, Frau Dr. Winterthur, Sie telefonieren mit der Spurensicherung und mit dem Erkennungsdienst und fragen, ob sie schon etwas zum Kaliber der verwendeten Waffe sagen können. Morgen Punkt neun Uhr fünfzehn treffen wir uns wieder hier.«

Um halb fünf stellte Krüger sein Auto im Sponheimweg in Bad Honnef ab und ging zu Fuß in den Breitbacher Graben. Vor Professor Minskis Haus stand ein Sportwagen. Krüger identifizierte beim Näherkommen den daran gelehnten jungen Mann – Maik Lopez vom *Kurier*.

»Wenn man Schmeißfliegen braucht«, sagte Krüger.

»Aber Herr Kommissar!«

»Kriminalhauptkommissar. Und wie immer: Kein Kommentar.«

Als Antwort zückte Lopez seine Kamera.

Krüger sah sich um. Niemand sonst zu sehen. »Es wäre doch schade, wenn der teure Fotoapparat plötzlich zu Bruch ginge.«

Lopez steckte die Pocketkamera wieder in seine Jackentasche. »Okay, keine Bilder. Aber Sie sagen mir, was los ist. Und ich schreibe dann *aus gut unterrichteten Kreisen* oder besser noch, *aus dem Polizeipräsidium verlautete …*«

»Das lassen Sie mal lieber. Sie waren beim Pressegespräch mit meinen Kollegen am Samstag nach dem Tod von Professor Minski. Das muß reichen.«

»Okay«, sagte Lopez. »Dann zeige ich Ihnen mal was.« Er holte aus seiner Brieftasche einen Schnappschuß, der Krüger und Carmen Rasche am Alten Zoll auf einer Bank zeigte, etwas unscharf, aber gut zu erkennen, wohl mit dem Teleobjektiv aufgenommen. Carmen hatte ihren Kopf an Krügers Schulter gelehnt.

Krüger war jetzt richtig böse. »Das ist aber unterste Schublade, Herr Lopez. Damit machen Sie sich keine Freunde.«

Lopez hob beide Hände. »*No offense*.«

»Also, was wollen Sie?«

»Haben Sie schon einen Verdächtigen? Und wie geht es dem Dekan?«

Woher wußte er nun das schon wieder, dachte Krüger.

»Einen zitierfähigen Satz, bitte«, sagte Lopez. »Und ich bin weg.«

»Führt die Spur nach England?« sagte Krüger.

»Hä?« machte Lopez.

»Lesen Sie mal englische Zeitungen, ungefähr eine Woche alt. Akademisches Milieu und so.« Damit ließ Krüger den Reporter stehen und ging ins Haus. Drinnen stellte er zuerst den Alarm ab, dann ging er nach oben. Die Kollege von der Spurensicherung waren gründlich gewesen, das Unterste war zuoberst gekehrt worden. Zurückgekehrt hatte niemand etwas.

Der Schreibtisch in Minskis Arbeitszimmer sah so aus, wie er ihn in Erinnerung hatte. Krüger setzte sich in den davorstehenden

Stuhl. Probeweise zog er die Schubladen auf. Auch nichts Neues. Er stand auf und ging die Treppe wieder nach unten. Im Wohnzimmer sah es ähnlich aus, nicht ganz so spurensicherungsmäßig. Frau Dr. Winterthur hatte wohl einiges zurückgestellt. Krüger ließ sich in einen der Sessel fallen und überlegte. Was hatte er noch mal geträumt? Dieser ewig lange Schreibtisch, hinter dem Professor Minski saß und ihm zurief: »Such doch! Such doch!« Was konnte das nur bedeuten?

Krüger stand wieder auf und ging erneut nach oben. Der Schreibtisch sah normal aus. Aber irgendetwas hatte ihn schon beim letzten Mal gestört. Er zog eine Schublade auf, die ihm leicht entgegenkam. Nichts. Die nächste Schublade ging genauso leicht. Wieder nichts. Krüger kratzte sich am Kopf und überlegte. Man mußte systematisch vorgehen und alles ausschließen, was normal war. Das Besondere half einem dann weiter – manchmal, hatte sein Ausbilder gesagt.

Krüger zog die nächste Schublade auf. Auch sie kam ihm fast von selbst entgegen, allerdings nur bis zu einem gewissen Punkt. Ein Drittel blieb drinnen. Hakte. Krüger zog fester. Nichts. Krüger zog mit beiden Händen und wäre fast vom Stuhl gefallen, als die Schublade nachgab.

Er starrte die offene Schublade an. Sie war kürzer als die beiden anderen.

Krüger zog probeweise an der vierten Schublade, die sich normal verhielt. Er betrachtete die dritte Schublade, die er auf den Schreibtisch gestellt hatte. Sie sah wie eine gewöhnliche Schublade aus. Aber warum war sie kürzer?

Er ging in die Knie und sah in den Hohlraum. Irgendetwas war hinter der Schublade befestigt, eine Art Kasten. Er legte sich unter den Schreibtisch, auf den Rücken, und blickte nach oben. Ein brauner Pappkarton füllte exakt den Hohlraum aus, der hinter der verkürzten Schublade lag.

Krüger überlegte, ob er die Spurensicherung rufen sollte, die mal wieder etwas ungenau gearbeitet hatte, weil sie das übersehen hatte. Zu ihrer Entschuldigung konnte er immerhin ihre Arbeit am Wochenende nach Minskis Ermordung anführen. Keine Spurensicherung diesmal, statt dessen war Gefahr im Verzug, entschied er und würde das auch Langenargen gegenüber vertreten.

Krüger streifte sich Einmalhandschuhe über, die er für solche und ähnliche Fälle immer bei sich trug, und zog an dem Pappkarton. Er hörte ein leicht schmatzendes Geräusch. Dann hatte er den Behälter in der Hand, an den Oberkanten noch mit dem leicht abzulösenden und danach verschwundenen Klebstoff versehen, mit dem seit einigen Jahren beigefügte CDs in Musikzeitschriften befestigt wurden. Krüger stand ächzend auf und stellte den Pappkarton vorsichtig auf den Schreibtisch.

Der Deckel war nur eingesteckt und mit zwei – wie hießen die Dinger noch? – Musterbeutelklammern aus Messing befestigt. Behutsam öffnete Krüger den Karton.

Er war leer.

Nein, nicht ganz. Fast eingeklemmt zwischen Boden und einer Seite fand Krüger eine Eintrittskarte. Jedenfalls stand das auf dem kleinen, etwa sieben mal drei Zentimeter großen, an allen Seiten perforierten und gelblich verblaßten Zettelchen. Außerdem war darauf eine anderthalb Zentimeter große »345« und »DM« gedruckt, gefolgt von einer punktierten Linie, auf die jemand mit Kugelschreiber »4,50« geschrieben hatte. Schließlich war ein halber blauer Stempel zu sehen: »Fachschaft Gesch / 53 B o n n / Historisches Sem«. Der Rest des Stempels war wahrscheinlich auf der nächsten Eintrittskarte zu finden.

Krüger war elektrisiert. Ein Hinweis auf eine Veranstaltung am Historischen Seminar. Ein Betrag noch in Deutscher Mark. Schmidtbauers Hinweis bekam plötzlich viel mehr Gewicht. Für 1975 sprach auch die kurze Bonner Postleitzahl.

Aber ein Pappkarton, um eine Eintrittskarte aufzubewahren? Das glaubte er nicht. Irgendetwas anderes mußte für Minski so wichtig gewesen sein, daß er es behalten und gleichzeitig verstecken wollte.

Krüger legte die Eintrittskarte vorsichtig in ein Plastiktütchen und beschloß, wieder ins Präsidium zu fahren. Vielleicht hatte das Schwarze Brett inzwischen etwas in den Zeitungen von 1975 gefunden.

Vorher wollte er noch einmal in England anrufen. Minskis Telefon war noch nicht abgemeldet, von wem auch, was er am Wählton hörte, als er den Hörer in der Hand hielt. Er wählte die Oxforder Nummer. Aber der Anschluß war noch immer besetzt. Krüger legte den Hörer wieder auf. Vielleicht hatte der Engländer den Hörer einfach daneben gelegt?

* * *

Montag, 2. Juni. *Jetzt weiß ich, wie er heißt! Hölderlin, meine ich. Hat er mir jedenfalls gesagt. Es dauerte länger, bis ich begriff, daß das nur sein Spitzname nach diesem komischen schwäbischen Dichter ist, den keiner versteht. Und das nur, weil er, Robert meine ich, ein so gutes Gedächtnis hat, daß er den Dichter seitenweise zitieren kann. Allmählich muß ich mich vielleicht mal entscheiden, wen ich nehme, zumal die Herren auch noch alle miteinander befreundet sind. Mittlerweile (ja, es gibt noch ein anderes Wort außer inzwischen) sind wir fünf ziemlich unzertrennlich, was man an langen Besuchen im »Bonner Kaffeehaus«, im WOKI, in der »Kerze«, im »Pendel« und im Studentischen Filmclub sieht. Eigentlich soll ich mich ja, das sagen jedenfalls meine Eltern, in Deutsch und Geschichte bilden, aber Herzensbildung finde ich auch nicht so schlecht!*

20

Dienstag, 25. Mai 2010, und Mittwoch, 26. Mai 2010 – Oxford

»Besetzt«, sagte Harry Ness zu seinen Kollegen im Besprechungszimmer.

»Habt ihr auch die richtige Nummer?« fragte Blackmore und lehnte sich zurück.

»Flughafen Stockholm-Arlanda«, sagte Ness. »Das dortige Informationstelefon hat die Nummer, warte mal, 101090000.«

»Daß sie bei den vielen Nullen überhaupt noch andere Zahlen brauchen«, sagte Fred Moreland. »Hast du auch genügend Nullen vorneweg gewählt, für Ausland, Königreich Schweden und Stockholm, meine ich?«

»Freddie!« sagte Ness und rückte seine Krawatte gerade. »Ich versuche es weiter, Sir.«

»Okay«, sagte Blackmore und sah auf die Uhr. Sechzehn Uhr. Viel weiter waren sie nicht gekommen. Macdonnell war immer noch unauffindbar und in Stockholm weder in seinem Hotel noch auf der Tagung ein paar Häuserblocks weiter anzutreffen gewesen. Was Frau Professor Dunwood betraf, war er sich weiterhin unschlüssig, wie er vorgehen sollte: Ein erneuter Besuch bei ihr? Eine Vorladung? Gar nichts tun?

»Sir!« riß ihn Rosies Stimme aus seinen Gedanken. »Was ist denn jetzt mit meiner Idee?«

»Versuchen können wir es ja. Unsere Kollegin meint, wenn wir in der Gegenwart nicht weiterkommen, sollten wir in die Vergangenheit gehen. Magst du das bitte für alle erläutern?«

Rosie errötete leicht. Mist, dabei kannte sie doch alle Kollegen hier, die unterschiedslos freundlich zu ihr waren. Daß es ihr immer noch schwerfiel, vor einem größeren Kreis zu sprechen, war überflüssig, dachte sie, stand auf und räusperte sich. »Also, bislang haben wir keinen echten Verdächtigen für den Mord an Professor Schubert und auch keinen für den Mord an Jessica Boulton. Ich habe gedacht, man müsse, um vielleicht andere Verdächtige finden zu können, in der Vergangenheit suchen. Was hat beispielsweise Jessica zu ihrer Beziehung zu dem wesentlich älteren Schubert getrieben? Der fehlende beziehungsweise abhanden gekommene Vater vielleicht? Warum ist Schubert überhaupt in Oxford Professor geworden und nicht in Deutschland geblieben? Mußte er vor irgendetwas oder irgendjemandem fliehen?« Rosie setzte sich wieder.

»Wir brauchen also relativ rasch eine lückenlose Biographie von Schubert«, sagte Blackmore. »Harry, kannst du das machen?«

Harry nickte.

»Vielleicht findest du auch Genaueres zum Jahr 2007. Woher kam der plötzliche Reichtum des Professors?«

Harry nickte immer noch.

»Sir«, sagte DS Ronald Thompson, »ich kann seinen akademischen Werdegang übernehmen …«

»Wenn du dir da mal nicht zuviel zumutest, gerade Sergeant, demnächst schon Akademiker«, sagte Fred Moreland.

Der junge Beamte ließ sich nicht unterbrechen und fuhr fort: »… der muß ja in Deutschland stattgefunden haben. In den siebziger Jahren des vergangenen Jahrhunderts …«,

»Kurz nach Ende des Mittelalters, das wir Älteren alle noch erlebt haben«, sagte Moreland.

Selbst Blackmore mußte lachen, der sich mit Ende vierzig schon zu den Älteren zählte.

»… konnte man nicht so leicht wie heutzutage im Ausland studieren«, beendete der Sergeant unbeirrt seinen Satz.

Gut, der Mann, dachte Blackmore, er läßt sich nicht aus der Ruhe bringen.

»Ich muß sowieso meinen Brieffreund in Bonn anrufen. Der kann mir bestimmt weiterhelfen.«

»Okay«, sagte Blackmore. »Das hätten wir. Was machen wir mit Jessica?«

»Nichts mehr. Die ist doch ziemlich …« Moreland konnte seinen lahmen Scherz nicht zu Ende bringen, denn Blackmore warf ihm einen eiskalten Blick zu. Grenze überschritten, hieß das.

»Entschuldigung. War nicht so gemeint.«

»Ist gut, Freddie. Du bist wahrscheinlich genauso frustriert wie ich. Schon zehn Tage nach dem Mord und kein Täter in Sicht.«

Rosie meldete sich.

»Finger runter«, sagte Blackmore. »Wir sind nicht mehr auf der Polizeiakademie, auch wenn unser junger Kollege hier akademische Anwandlungen …« Er schwieg und nickte Rosie zu.

»Wir sollten uns noch einmal um Jessicas letzten Tag kümmern. Wen hat sie getroffen? Wo war sie von morgens bis abends? Hatte sie mit jemandem Streit? Wo waren die Lehrenden aus dem St John's College, mit denen sie engeren Kontakt hatte? Und so weiter.«

»Haben wir doch schon alles«, sagte Harry Ness.

»Dann müssen wir uns eben alles ein zweites Mal ansehen«, sagte Rosie.

»Kannst du das machen?« fragte Blackmore und sah Ronald Thompson an.

»Kein Problem. Geht klar, Sir!«

Blackmore zuckte innerlich zusammen. Nur das Salutieren hat gefehlt, dachte er. »Gut, dann sehen wir uns morgen früh um neun Uhr hier wieder, pünktlich!«

»Und was machst du?« fragte Fred Moreland.

»Ich?« sagte Blackmore. »Ich gehe zum Chef und versuche, eine Ausreiseerlaubnis zu bekommen. Bis morgen.«

Seine Kollegen sahen ihn verblüfft an. Blackmore stand auf und verließ den Raum.

»Was meinten Sie gestern mit Ausreiseerlaubnis?« fragte Rosie am nächsten Morgen ihren Chef, den sie auf dem Flur am Kaffeeautomaten getroffen hatte. Nur Tee, das war auch für einen echten Engländer manchmal zuviel.

»Die nächste Fortbildung ist in zwei Monaten. Dieses Mal in Dublin. Wir wollen alternieren – kann man das als Bürokrat sagen? – zwischen Irland, Schottland und England.«

»Wales bleibt dann wieder mal draußen vor?«

Blackmore grinste. »Die haben sich ja schon eingemeinden lassen und sind kein eigenes Land mehr. Jedenfalls mußte ich dem Chef klarmachen, daß, wenn ... Nee, Schriftsprache hört sich gesprochen auch besser an. Nochmal von vorne: Ich habe dem Chef klargemacht, daß ich die auf zwei Jahre angelegte Fortbildungsreihe zur internationalen Geldmafia tunlichst zu Ende bringen muß, falls er weiterhin behaupten möchte, daß ich alles kann. Könne? Könnte?«

Rosie lachte. »Da *konnte* er wohl kaum widersprechen.«

»Richtig. Jetzt habe ich meinen Freibrief und muß ihm nur jeweils zwei Tage vorher mitteilen, wann ich wieder in Geldsachen unterwegs bin.« Blackmore sah auf seine Armbanduhr. »Seit zwei Minuten sitzen wir im Besprechungszimmer zur xten Absprache im Mordfall Schubert.«

Rosie mußte erneut lachen. »Stimmt. Ich sitze rechts von Ihnen, Sir.«

»Genau. An die Arbeit.«

Blackmore nahm seinen Cappuccinobecher, der wieder *verdammt* heiß war, und plazierte ihn auf den kleinen Aktenstapel, den er in der rechten Hand trug. Vorsichtig balancierend ging er den Gang hinunter und erreichte seinen Platz im *Major Incident Room,* ohne einen Tropfen zu verschütten. Er setzte sich. Bis auf Ronald Thompson waren alle Kollegen bereits eingetroffen.

»Was macht Thompson?« fragte Blackmore.

»Der ist wahrscheinlich gestern abend im Internet eingeschlafen«, sagte Fred Moreland.

»Kann ihn dann vielleicht mal jemand wecken?«

Harry Ness erhob sich und ging zur Tür, an der er jedoch mit dem Gesuchten zusammenstieß, der gerade zur Tür hineinkam.

»Wollt ihr wissen, was ich gefunden habe?« fragte Thompson.

»Schieß los«, sagte Blackmore und sah seinen jungen Kollegen erwartungsvoll an.

»Ich weiß, was Schubert ...«

»... letzten Sommer gemacht ...«, sagte Fred Moreland.

»Freddie!« Das war Blackmore. »Heute nicht. Ich will heute Ergebnisse sehen.«

Thompson fing noch einmal von vorne an. »Ich weiß, was Schubert vor seiner Ankunft in Oxford gemacht hat.«

»Dann sag es uns«, sagte Blackmore. An seinem Tonfall konnte man sehr gut hören, daß jetzt nur noch sachlich berichtet werden durfte.

»Also: Meine Angaben über Professor Schubert stammen von den verschiedenen Universitätsverwaltungen in Deutschland. Studium der Geschichte, Philosophie und Evangelischen Theologie in Bonn und Tübingen, in der Reihenfolge. Sein Studienziel war das Lehramt an einer weiterführenden Schule. Zum Wintersemester 1975/76 Wechsel zu *Volltheologie*. Das heißt in Deutschland, daß er nun nicht mehr Lehrer, sondern Pastor werden wollte. Und es auch geworden ist. Dann hat er sich aber für eine akademische Laufbahn entschieden. Privatdozent in Bonn, eine Lehrstuhlvertretung in Berlin, erste Professur in Tübingen, danach wieder eine Stelle in Bonn. Dort allerdings nur ein Jahr. Seit 1992 in Oxford. Zwei Fragen.«

»Bitte«, sagte Blackmore.

»Nein, Sir, ich meine, daraus ergeben sich zwei Fragen. Erstens: Warum wechselt jemand plötzlich vom Lehrer- zum Pastorenberuf? Und zweitens: Warum war er an einer renommierten Universität wie Bonn nur ein Jahr? Mir fällt noch eine dritte Frage ein: Und warum geht er dann endgültig ins Ausland?«

»Mit *endgültig* hat der Junge recht«, murmelte Moreland.

»Ich habe gestern abend noch versucht, meinen Bonner Kollegen zu erreichen. Der hatte allerdings um neun Uhr abends, das war dann zehn Uhr abends deutscher Zeit, bereits das Präsidium verlassen. Ich würde gerne von ihm wissen, ob es in den Zeitungen vom Sommer 1975 irgendetwas gibt, was für einen Geschichtsstudenten ein wichtiges Ereignis gewesen ist, das den Wechsel des Studienfaches erklärt.«

»Sehr gut«, sagte Blackmore. »Weiter so.«

»Das war eigentlich alles, Sir.«

»Nein, ich meine, behalten Sie Ihre sorgfältige Arbeit bei! Jedenfalls stimmen dann die ungefähren Angaben, die ich von der hiesigen Universität über Schubert erhalten habe.«

»Sieht so aus. Danke, Sir!« Thompson strahlte und setzte sich wieder.

»Okay«, sagte Blackmore. »Noch mehr Fragen. Jeden Tag mehr Fragen als am Vortag und weniger Antworten. Harry, versucht du herauszufinden, was in den Bonner Jahren von Schuberts Karriere passiert ist? Dann haben wir vielleicht auch die Antwort auf Thompsons dritte Frage.« Er stand auf. »Noch Fragen? Gut. Wir sehen uns zu einem *update* hier wieder um drei.«

Ronald Thompson lehnte sich in seinem Schreibtischstuhl zurück, streckte sich und ließ seine Fingergelenke knacken.

»Laß das«, sagte Rosie. »Das läuft mir jedes Mal eiskalt den Rükken herunter. Und du hast wirklich nichts gefunden?«

»Keine Spur«, sagte Thompson. »Es sieht aus, als gäbe es Macdonnell nicht. Wenn du dich nicht mit ihm unterhalten hättest, könnte ich fast glauben, daß er nur eingebildet ist.«

Rosie lachte. »Eingebildet trifft es. Aber es muß doch irgendwo etwas über ihn zu finden sein. Wo hat du denn nachgesehen?«

»Zuerst im College. Also telefoniert, meine ich. Die Leitung, also die vom College, sagt, er wäre von Wycliffe Hall zu ihnen gekommen. Die Papiere würde man im Augenblick nicht finden, aber das bedeute nichts, da das Personalarchiv gerade umstrukturiert würde. Dann habe ich in Wycliffe Hall angerufen, aber die sind mehr mit sich selbst beschäftigt. Kein Wunder, bei dem Leitungs- und Finanzchaos, was da gerade herrscht.«

»Wo sonst noch?« fragte Rosie knapp.

»Hör mal«, sagte Thompson, »du bist nicht meine Vorgesetzte; wir sind beide Sergeant.«

»Entschuldigung. Ich versuche mich mal an ganzen Sätzen.«

Thompson grinste.

»Bist du an einer anderen Stelle erfolgreicher gewesen?«

»Die entsprechende Dienststelle beim Home Office konnte mit seinem Namen auch nichts anfangen. Ich weiß allerdings nicht, ob ich beim richtigen Ansprechpartner gelandet war; die benennen ja alle drei Monate ihre Abteilungen um.«

»Was ist mit Aberdeen?«

»Wieso, was soll mit Schottland sein?«

»Macdonnell hat mir doch von seiner italienischen Großmutter erzählt, die in Aberdeen geheiratet hat.«

»Weißt du, wie oft der Name Macdonnell in Großbritannien vorkommt?«

»Keine Ahnung.«

»Bei Google ergeben die Wörter Vereinigtes Königreich und Macdonnell etwa 350.000 Treffer.«

»Ich hätte gedacht, es wären mehr«, sagte Rosie und gluckste.

»So kommen wir also nicht weiter. Einen Durchsuchungsbeschluß für seine Privatwohnung habe ich nicht bekommen; es hieß, wir sollten nichts anrühren und warten, bis er von seinem schwedischen Kongreß zurück sei.«

»Mist«, sagte Rosie. »Was ist mit Schweden?«

»Ich habe sein Foto an die Kollegen in Stockholm gemailt. Die waren damit wohl tatsächlich beim Tagungssekretariat und in seinem Hotel. An beiden Stellen ist er aber nicht gesehen worden.«

»Hast du am Flughafen gefragt?«

»Habe ich, ebenfalls Fehlanzeige. Ein Salvatore Macdonnell ist von keinem der englischen Flughäfen weggeflogen. Also ist er noch hier.«

Rosie seufzte. »Dann kann er ja überall sein.«

Ronald Thompson sah Rosie schräg an. »Kann man dir vertrauen?«

Rosie guckte überrascht zurück. »Ja, schon. Wieso?«

»Ich erinnere mich plötzlich nicht mehr genau, wie die Antwort auf meine Bitte um einen Durchsuchungsbeschluß lautete. Vielleicht sollten wir uns seine Wohnung mal ansehen?«

Rosie stand auf. »Okay. Bis drei ist ja noch ein bißchen Zeit.«

»Hast du seine Adresse?«

Rosie blätterte in ihren Unterlagen. »Ein Haus in der Phipps Road in Cowley. Liegt kurz vor der Südostumgehung. Keine tolle Adresse.«

»Aber man ist schnell weg, wie du siehst«, sagte Thompson.

Rosie sah ihrem Kollegen zu, wie er sich an der Eingangstür der etwas heruntergekommenen Doppelhaushälfte mit metallenem Kleinwerkzeug zu schaffen machte. »Wo hast du das denn gelernt?«

»Eine Fortbildung«, sagte der junge Beamte. »Ich kannte da mal einen Knastbruder, dem ich einen legalen Gefallen getan hatte, der mir das beigebracht hat. Ist wirklich nicht schwer. Dauert bei den normalen Yale-Türschlössern etwas unter dreißig Sekunden.«

»Das finde ich lange«, sagte Rosie.

»Ich bin ja nur Amateur; Eddie bekam solche Türen in zwölf Sekunden auf. Sein Rekord waren drei.«

»Drei?« fragte Rosie ungläubig.

»Genau. Nach drei Sekunden war er drin«, bestätigte Thompson. »Allerdings durch das offene Küchenfenster.«

Rosie lachte.

»So, komm rein, ist offen«, sagte Thompson und stieß die Tür auf. »War ohnehin nur angelehnt.«

Von den beiden Polizeibeamten hatte anscheinend niemand Notiz genommen. Im Haus gegenüber waren alle Rolläden unten.

»Wieso ist denn die Tür offen?« fragte Rosie und ging nach rechts ins Wohnzimmer, während Thompson einen kurzen Rundgang durchs Haus machte. Alles zeugte von einem überhasteten Aufbruch. Auf dem Couchtisch standen noch der Pappkarton mit einer halb gegessenen Pizza und ein halbes Glas Bier, *Lager*. Auch kein Genießer von Real Ale, dachte Rosie. Das Zimmer hatte das Flair einer typischen Junggesellenwohnung: Zeitungsstapel, Staub auf dem großen Flachbildfernseher, eine schief über einen Stuhl gehängte alte Strickjacke, keine Blumen.

»Kannst du mal kommen?« rief Thompson von oben.

Gehorsam ging Rosie die Treppe hinauf. Der auf den Treppenstufen mit Halterungen aus Messing befestigte lange Teppichläufer war verschlissen und warf an zwei Stellen bedrohliche Falten. Das erste Zimmer rechts war das Schlafzimmer. Ein begehbarer Wandschrank war offen und enthielt zahlreiche Maßanzüge und ordentlich gefaltete Hemden, aber auch Kombinationen. Gutsherren, dachte Rosie, waren in ihrer Freizeit immer so gekleidet, als ob sie gerade einem Katalog entstiegen waren.

»Wo bleibst du denn? Ich bin im zweiten Zimmer rechts«, sagte Thompson. Er stand im augenscheinlich als Arbeitszimmer eingerichteten Raum, der penibel aufgeräumt war. »Was fehlt?« fragte er.

Rosie sah sich um. Ein Bücherbord mit vielen deutschen Büchern, ein kleiner Schreibtisch aus Mahagoni mit einer grünen Schreibtischauflage, ein teuer aussehender Schreibtischstuhl. An der Wand hing ein einziges Bild. Die Collage aus blauen Papierschnipseln trug unten rechts eine kleine Signatur. »Matisse«, entzifferte Rosie. »Ich weiß nicht, was meinst du denn?« sagte sie.

»Kein Computer«, sagte Thompson. »Nicht mal ein W-Lan-Anschluß oder so etwas in der Wand.«

»Merkwürdig«, sagte Rosie. »Womit hat der Professor denn gearbeitet?«

»Schere, Stift, Papier«, sagte Thompson und gluckste. »Vielleicht hat ihm sein Collegearbeitszimmer gereicht.«

»Hast du gesehen, daß hier jede Menge deutsche Bücher stehen?«

»Das hat mich auch gewundert.«

Rosie zog einen Band heraus und schlug ihn auf. »Guck mal hier. *S d'A* '81 hat hier jemand auf den Innendeckel geschrieben.« Sie stellte ihn zurück und ergriff ein anderes Buch. »Hier steht *Sal-*

vatore Macdonnell 2009. Anscheinend hat er seine Bücher mit dem Jahr des Erwerbs gekennzeichnet. Aber weißt heißt *d'A*?«

Thompson zog ein kleines, etwas abgegriffenes Buch heraus. »Herodot«, sagte er und schlug es auf. »Hier steht mal etwas mehr.«

Rosie trat neben ihn und las etwas mühsam die Widmung vor: »*Meinem lieben Bruder Salvatore von Maria, Weihnachten* 1974«.

»Wieso ist das alles auf Deutsch?« fragte Thompson.

»Das wüßte ich auch gerne«, sagte Rosie. »Wir nehmen das Buch mal mit.« Sie sah auf die Uhr. »Schon zwanzig vor drei. Dann schaffen wir es gerade noch, pünktlich zu sein, wenn der Verkehr mitspielt.«

»Zehn *nach* drei«, sagte Blackmore und sah demonstrativ auf die Uhr, als Rosie Mannering und Ronald Thompson in den Besprechungsraum kamen.

»Entschuldigung, Sir, aber wir waren nicht untätig. Keine verlängerte Mittagspause. Die Stadt war nur wieder mal verstopft.« Rosie berichtete von Macdonnells verlassener Wohnung.

»Dann müssen wir ihn doch zur Fahndung ausschreiben«, sagte Fred Moreland. »Soll ich das machen, John?«

»Nachher«, sagte Blackmore. »Wir bringen uns erst einmal gegenseitig auf den neuesten Stand. Harry?«

»Ja?«

»Hast du was über Schuberts Privatleben herausgefunden?«

»Nicht viel«, sagte Ness. »Hat anscheinend nie geheiratet, jedenfalls nicht seit 1992, seit er nach Oxford gekommen ist, sagt die Verwaltung von St John's; sein Status sei ledig. Hatte eine Freundin aus der medizinischen Fakultät, sagt Miss Reynolds …«

»Die Regenbogenpresse«, sagte Fred Moreland.

»Das stimmt gar nicht«, sagte Ness. »Sie ist keine Klatschbase. Sie hat mir nur gesagt, daß Schubert und eine Barbara Boyle Mitte bis Ende der Neunziger zusammen zu offiziellen Ereignissen eingeladen worden sind. Warum die beiden sich dann getrennt haben, weiß sie nicht. Inzwischen sei Schubert mit Professor Dunwood liiert, aber Einladungen gingen schon seit einigen Jahren nicht mehr personalisiert, also mit dem Namen des Lebenspartners, hinaus, sondern nur noch an *N.N. und Partner.*«

»Was ist mit seinen Studentinnen?« fragte Blackmore.

»Nichts, was irgendwie offiziell ist. Die Verflossenen werden sich hüten, etwas zuzugeben, und Jessica Boulton ist tot.«

»Was sagen die Gremien?«

»Welche Gremien, John?«

»Na, bei den, warte mal, ich habe es mir irgendwo aufgeschrieben«, Blackmore blätterte in seinen Unterlagen, »bei den über hundert Lehrenden am St John's College werden die doch Gremien haben, in denen was beraten und entschieden wird.«

»Ich bin über keines gestolpert, in dem Schubert irgendwie aufgefallen wäre.«

Blackmore seufzte. »Wieder typisch. Deutsch, unbescholten …«

»Aber Sir!« Das war Rosie.

Blackmore stand zu seinen Fehlern. »Entschuldigung, egal, wie der Satz weitergehen sollte, er ist falsch. Wir sollten unvoreingenommen bleiben. Deutsch und korrekt oder englisch und ironisch – alles falsch. Wir sollten mal unter die Oberfläche sehen. Hat jemand Ideen?« Er sah sich um. Aber keiner sagte etwas.

»Dann vergessen wir Professor Schubert für einen Augenblick und wenden uns Mammon zu.«

»Wieso jetzt auf einmal wieder die Griechen?« murmelte Moreland.

Blackmore nahm den Einwurf nicht zur Kenntnis. »Ich habe nämlich etwas herausgefunden. Ihr erinnert euch, die Kaimaninseln? Ich habe in der Zwischenzeit meinen Bekannten von der Fortbildung aus Edinburgh erreicht, der in der Hauptstadt George Town wohnt. Wie sich herausstellte, hat er ganz gute Beziehungen zu den dortigen örtlichen Großbanken. Auch zu der, bei der das Konto geführt ist, von dem aus …«

»Schuberts Schotter«, sagte Moreland, der sich wie immer einen Überblick in der Akte des aktuellen Falls verschafft hatte.

»Genau. Das Konto läuft auf den Namen einer schwedischen Holding …«

»Habe ich es doch gewußt«, sagte Harry Ness. »Der große Unbekannte mit dem Flugzeug!«

»Falsch«, sagte Blackmore. »Diese Holding gehört den Erben einer deutschen Papiermühle aus, Moment, ich muß den Namen nachsehen, ich buchstabiere, G-u-m-m-e-r-s-b-a-c-h.«

»Das kenne ich, Sir!« sagte Ronald Thompson. »Es wird Gummersbach ausgesprochen, am Ende mit -ch, wie bei Johann Sebastian Bach.«

»Immer die Hunnen mit ihren Urwaldlauten.«

»Freddie!« sagte Rosie. Fred Moreland sank in seinem Stuhl etwas tiefer.

»Gummersbach liegt etwa siebzig Kilometer nordöstlich von Bonn. Mein Brieffreund bei der deutschen Kripo stammt von dort«, sagte Thompson.

»Dann kann er vielleicht mal bei den Inhabern vorstellig werden«, sagte Blackmore. »Die haben merkwürdigerweise einen italienischen Namen, Moment.« Er überflog seine Notizen. »Ach ja, hier. d'Angelosanto. Mit Apostroph.«

Rosie hielt es nicht mehr auf ihrem Platz. Sie ging zur Korkpinnwand und schrieb den Namen auf das Blatt neben das umrahmte Wort *Konten*. »Wird er so geschrieben?« fragte sie.

»Exakt«, sagte Blackmore.

»Schon seltsam«, sagte Rosie. »Sir, Ronald und ich haben in Macdonnells Bücherregal dieses Buch hier entdeckt.« Sie schob ihrem Chef Herodots *Historien* hinüber.

»Ich dachte, er lehrte Theologie und nicht Philosophie«, sagte Moreland.

»Ist ungefähr dasselbe«, sagte Ness. »Aber das hier ist ein Geschichtsbuch, wenn auch die Hälfte eher in den Sagenbereich gehört. Die schönste Geschichte übrigens ist die mit den Fettschwanzschafen, die ihre schweren Schwänze nur mithilfe von Karren, die …«

»Danke«, sagte Rosie. »Den Rest bitte irgendwann. Und dann mit genauer Quellenangabe. Und Bildern.«

Blackmore überhörte das Gelächter, schlug das Buch auf und versuchte, die Widmung vorzulesen. »Der Satz ist auf Deutsch. Mein Deutsch ist leider nicht ganz fließend«, sagte er und las vor. »*Meinem lieben Bruder Salvatore von Maria, Weihnachten* 1974. Da war Macdonnell einundzwanzig Jahre alt. Der Vorname stimmt überein. Aber was soll das mit ihm zu tun haben?«

»Sir«, sagte Rosie, »in einem anderen Buch stand handschriftlich drin, ich buchstabiere: S d Apostroph A Apostroph acht eins. Ich habe es mir wegen der beiden Apostrophs gemerkt. Könnte das nicht Salvatore d'Angelo… Wie hieß das noch gleich?«

»d'Angelosanto«, sagte Thompson.

»Sag ich doch. Jedenfalls, was wäre, wenn Macdonnell nicht bloß einen italienischen Vor-, sondern irgendwann mal auch einen italienischen Nachnamen gehabt haben könnte?«

Blackmore nickte ihr anerkennend zu. »Gute Arbeit, Rosie! Wer ruft die Flughäfen an und fragt, ob ein Salvatore d'Angelosanto nach dem siebzehnten Mai das Land verlassen hat? Und zur Sicherheit die Fährhäfen auch?«

Moreland nickte. »Ich mache das.«

»Der Fall nimmt ja allmählich internationale Ausmaße an«, sagte Ness. »Ein schwedischer Großindustrieller mit zwei Namen und Privatflugzeug. Ein englischer Professor mit italienischem Namen und deutschem Industriebesitz.«

»Und wenn es in beiden Fällen die gleiche Person ist?« fragte Blackmore.

Viertel vor fünf waren Blackmore und Rosie alleine übriggeblieben. Die anderen saßen schon wieder an ihren Schreibtischen und telefonierten. Ness war noch einmal zur Universitätsverwaltung gefahren. Thompson suchte irgendetwas im Internet.

Blackmore lehnte sich in seinem Schreibtischstuhl zurück und nippte an seinem Cappuccino. Er hatte vergessen, der wievielte es heute war. Rosie hatte eine Cola light in der Hand, was Blackmore mit Grausen erfüllte. Den Geschmack als synthetisch zu bezeichnen, war des Lobes schon zuviel.

»Was machen wir eigentlich mit dem zweiten Fall?«

Blackmore schreckte aus seinen Gedanken auf und sah Rosie an. »Wie meinst du das?«

»Nun, ich glaube nicht, daß Schuberts und Jessicas Tod zusammenhängen. Wer sollte erst den Professor und dann die Studentin umbringen? Nee, ich glaube, die Ursache für Schuberts Tod liegt irgendwo in seiner Vergangenheit in Deutschland.«

»Wie kommst du darauf?«

»Ein Gefühl, Sir«, sagte Rosie und lächelte ihren Chef an. »Weibliche Erfindungsgabe, äh, Intuition, heißt das wohl.«

Blackmore lachte. »Da bin ich aber mal gespannt. Willst du noch mal mit ihrer Mutter reden?«

»Habe ich heute vormittag schon erledigt. Telefonisch.«

Blackmore nickte anerkennend. »Und hast du was herausgefunden?«

»Die Mutter fiel aus allen Wolken, als ich sagte, Schubert hätte die letzten drei Monate ihre Wohnung, besser gesagt: das kleine Häuschen, finanziert. Mrs Boulton sagte, sie habe angenommen, daß Jessica durch ihre Ferienarbeit bei ITV, dem privaten Fernsehsender, genügend Geld für den Unterhalt des Hauses hätte. Dann fing sie wieder an zu weinen und sagte, Jessica habe sich eher abfällig über Professor Schubert geäußert. Schlimm, Sir, wenn man die eigenen Kinder nicht mehr kennt.«

Das klang ziemlich alt für Rosie, fand Blackmore. »Ich glaube, daß die Kinder fertig sind, wenn sie älter als fünf sind.«

Rosie lachte. »Zu dem Zeitpunkt kann man seine Erziehungsbemühungen wohl einstellen?«

»Genau«, sagte Blackmore. »Ab fünf geht es nur noch um Manieren.«

Rosies Lachen konnte er durchaus noch häufiger hören, dachte Blackmore.

»Also kein Täter bei Jessica in Sicht«, sagte Rosie. »Ich wollte eine *Mind Map* machen mit Jessicas Beziehungsstrukturen. Vielleicht kommen wir dann weiter.«

»Habt ihr sowas auf der Polizeischule gelernt? Landkarten des Verstandes? Wir haben das früher immer aus dem Kopf …«

Aber ehe Blackmore seinen Satz beenden konnte, klingelte sein Telefon.

21

Mittwoch, 26. Mai 2010 – Bonn und Oxford

Um kurz nach fünf traf Krüger wieder im Polizeipräsidium ein. Angelika Winterstein war noch nicht wieder zurück von ihrem Besuch beim *General-Anzeiger*. Krüger ging in sein Büro, setzte sich und suchte den Zettel mit der englischen Telefonnummer heraus. Er wählte.

»Detective Chief Inspector John Blackmore«, sagte eine sonore Stimme am anderen Ende. »Was kann ich für Sie tun?«

Krüger setzte sich gerade hin. Vielleicht kam er mit seinem Schulenglisch doch weiter als gedacht. »Kriminalhauptkommissar Krüger. Ich habe gehört, bei Ihnen ist auch ein Professor aus dem Fenster gefallen?« sagte er.

»Wieso *auch*?« fragte Blackmore.

Krüger berichtete von Minskis Tod und von den vielen Sackgassen, in die sie der Fall bisher geführt hatte. »Jedenfalls tappen wir, was den Täter angeht, weiter im Dunkeln. Eine der Kolleginnen des ermordeten Professors ist verschwunden, der zweite Professor schwerverletzt im Krankenhaus. Und auf dem Konto des Toten ist viel Geld.«

»Bei Ihnen auch?« fragte Blackmore.

»In der Tat. Anscheinend eine weitere Parallele zu Ihrem Fall«, sagte Krüger und schilderte Minskis Wohnungseinrichtung.

»Interessant«, sagte Blackmore. »Wir konnten immerhin die Geldverbindungen bis auf die Caiman Islands zurückverfolgen.«

»Wie heißt denn der Kontoinhaber?« fragte Krüger.

»Das ist ja das Merkwürdige. Es handelt sich um die Besitzer einer Papierfabrik bei Ihnen in der Nähe, in Gummersbach.« Blackmore sprach den Ortsnamen englisch aus. »Ihr Kollege *Harry Cool* stammt von dort, sagt mein junger Kollege Thompson. Die beiden sind Brieffreunde.«

»Aha«, sagte Krüger, der nicht ganz mitkam. Wen meinte er? Harald Kaul war alles andere als *cool.* Egal. »Vielleicht sollten wir uns treffen. Ich war ja vor ein paar Tagen schon einmal in Oxford.«

»Und Sie sind nicht bei mir vorbeigekommen?«

»Da wußte ich ja noch nichts von Ihrem Toten.«

»Da haben Sie auch wieder recht. Ich schicke erst einmal meine Mitarbeiterin zu Ihnen, Rosie Mannering, eine sehr fähige Kollegin; sie steht noch am Anfang ihrer Karriere.«

»Eine gute Idee«, sagte Krüger. »Dann kommt mein Kollege Schneider zu Ihnen. Ich muß das allerdings noch kurz intern klären – Reisekosten, Sie verstehen.«

»Geht es bei Ihnen auch um Hierarchien? Bei uns möchte der Chef immer gerne eingebunden werden.«

Krüger lachte. »Ist bei Ihnen wahrscheinlich genauso wie bei uns.«

»Noch etwas«, sagte Blackmore. »Auch wir haben keinen konkreten Täter. Einer ist flüchtig. Am besten tauschen wir nachher per E-Mail die Personenbeschreibungen aus.«

Eine Viertelstunde später war das doch ausführlicher geratene Telefonat beendet. Krüger lehnte sich in seinem Stuhl zurück und überflog die Notizen, die er während des Gesprächs mit seinem englischen Kollegen angefertigt hatte. Wie immer war seine Mitschrift schwer zu entziffern, und er ärgerte sich über sich selbst. Das einzige Mittel gegen Unleserlichkeit war, langsamer zu schreiben, was aber nicht der Sinn von Mit-, sondern nur von Reinschriften sein konnte. Beim nächsten Mal würde er den Anruf mitschneiden und anschließend abtippen lassen, beschloß er.

»Gibt es was Neues?« Schneider steckte seinen Kopf zur Tür hinein.

Krüger erzählte ihm das Wichtigste aus England.

Schneider pfiff durch die Zähne. »Oxford? Da wollte ich schon immer mal hin.«

»Dann geh mal packen«, sagte Krüger. »Du mußt früh los. Der Flug geht um sieben Uhr fünf.«

Schneider seufzte. »Morgenstund hat Gold im Mund ...«

»... und Blei im ... Den Rest lasse ich mal lieber weg«, sagte Langenargen, der ebenfalls ins Zimmer kam. »Wer fliegt wohin?«

Krüger faßte erneut den Anruf in Oxford zusammen.

»Und Sie halten einen weiteren Besuch in England für unabdingbar?«

Der Chef konnte auch ganz schön geschraubt reden, dachte Krüger. »Ja«, sagte er nur.

»Aber Sie waren doch gerade erst drüben.«

»Das waren aber andere Voraussetzungen. Und jetzt soll Schneider fliegen. Wir haben nun zwei tote deutsche Professoren, die beide mal zusammen in Bonn und in Tübingen studiert haben.«

Langenargen kratzte sich am Kopf. »Und was soll Schneider herauskriegen?«

»Mit Verlaub«, sagte Krüger. »Sie können auch selbst mit ihm reden. Da steht er.«

Schneider grinste.

Langenargen nahm es dieses Mal mit Humor. »Na gut, wenn es der Wahrheitsfindung dient ... Aber nur zwei Übernachtungen, verstanden?«

»Danke, Sir!« sagten Krüger und Schneider gleichzeitig. Langenargen schüttelte den Kopf und verließ das Zimmer.

»Okay, Krüger, ich halte dich auf dem Laufenden. Per *mobile*.« Das letzte Wort war englisch. Damit ging Schneider zur Tür. »Ach, ehe ich es vergesse: Ich habe im Institut für Geschichtswissenschaften tatsächlich was gefunden. War im Archiv ziemlich versteckt. Liegt auf meinem Schreibtisch. Ciao.« Schneider schloß die Tür leise hinter sich.

Krüger überlegte, ob er *ciao* oder *tschüssi* bescheuerter finden sollte. *Bescheuert* war eines der wenigen rheinischen Wörter, die Aufnahme in seinen norddeutschen Wortschatz gefunden hatten.

Die Tür ging wieder auf, und Farnschläger kam herein.

Nur auf einem Bahnhof ist mehr los, dachte Krüger. »Was gibt es denn?« fragte er müde.

»Gibt's noch was?« fragte Farnschläger. »Ich muß nämlich weg. Massage.« Er rieb sich seinen Nacken.

»Hast du ihn dir am Schreibtisch verrenkt?«

Farnschläger grinste freundlich. »Nein, ich mußte am Wochenende meinem Onkel beim Aushub für einen großen Gartenteich helfen und dabei ...«

»Hat dein Onkel keine Jahreskarte mehr fürs Schwimmbad bekommen?«

Farnschläger verdrehte die Augen und ging wieder.

Die Wanduhr über Krügers Tür zeigte achtzehn Uhr an. Andere Leute hatten längst Feierabend. Sollte er Carmen anrufen? Es klopfte wieder. »Herein«, sagte er und überlegte, ob man an der Tatsache, wer klopfte und wer nicht, Hierarchien ablesen konnte.

Angelika Winterstein trat ein, einen ganzen Stapel Kopien unter dem Arm und sagte: »Ich bin fündig geworden!«

»Netter Kerl«, sagte Blackmore zu Rosie. Der DCI berichtete, was sein deutscher Kollege erzählt hatte. »Die Fotos kommen nachher per E-Mail.« Sein Cappuccino war inzwischen kalt geworden, aber er verspürte neuen Elan. »Jetzt kriegen wir ihn!«

»Oder sie«, sagte Rosie. »Wir sind doch nicht schlauer als vorher. Macdonnell ist immer noch flüchtig und ...«

»Aber überleg doch mal. Der *modus operandi.* Beide Male ein Blumentopf und ...«

Rosie konnte auch einen Satz unterbrechen. »Bei uns war er wohl die Tatwaffe, aber in Bonn? Und was ist mit dem Bügeleisen?«

»Wir reden jetzt nur über die Professoren.«

»Warum haben Sie denn nichts von Jessica Boulton gesagt?«

»Ich glaube wirklich, wie du, daß die beiden Morde nichts miteinander zu tun haben. Was würde jemand gewinnen, der Schubert ermordet hat, wenn er die Studentin auch noch tötete? Es sei denn, sie hätte ihn gesehen, aber soviel ich weiß, war sie doch abends bei Blackwell's.«

Rosie nickte. »Okay. Was hat, wie hieß er jetzt?«

»Kruger«, sagte Blackmore. Das deutsche *ü* sprach er als englisches *oo* aus.

»Was hat *Herr* Kruger zu den beiden Verdächtigen gesagt?«

»Daß sie in Bonn nur *einen* suchen. Auch jemand mit Cowboystiefeln.«

Rosie sprang auf. »Das kann doch kein Zufall sein. Wer läuft denn heutzutage noch mit solchen Stiefeln umher? Hat er gesagt, wie groß er ist?«

»Kruger?«

»Ja, wie groß ist er?«

»Was soll des Krugers Größe für eine Bedeutung haben?«

»Nun aber mal ernsthaft, Sir. Wir haben zwar schon länger Feierabend, aber Übermüdung sollte Übermut nicht entschuldigen.«

Blackmore grinste. »Irgendwas zwischen eins achtzig und eins neunzig.«

»Dann kommt er nicht in Frage, der Bonner Unbekannte, meine ich. Macdonnell ist nur etwa eins achtzig, der Täter auch, nach dem, was der Polizeiarzt gesagt hat. Was machen wir denn jetzt?«

»Wir verfolgen den Mordfall Jessica weiter. Gibt es dafür eigentlich auch eine HOLMES-Bezeichnung? Ich habe gar nicht darauf geachtet.«

»Gibt es, Sir. Der Rechner geht ja das gesamte Alphabet durch. Auf die Operation Ariadne folgt die Operation Boline. Ist griechisch, Sir. Habe ich nachgeschlagen. Ein Frauenname. Eine der Nymphen, die auf der Flucht vor Apollon ins Meer gesprungen ist.«

»Wer hat denn das System auf Altgriechisch umgestellt?«

»Keine Ahnung, Sir.«

»Das ist eigentlich auch egal. Ich würde mich jedenfalls ganz gerne noch einmal mit Professor Dunwood unterhalten. Vielleicht weiß sie etwas mehr zu den Studentinnen ihres Professorenfreundes.«

»Das weiß sie bestimmt«, sagte Rosie, »so sauer, wie sie beim letzten Mal über die Mädchen geredet hat.«

»Kommst du mit?«

Rosie wurde rot und sagte: »Wenn ich darf, Sir, würde ich gerne nach Hause fahren; wir haben Konzertkarten.«

Das *Wir* hatte Blackmore sehr deutlich gehört. Etwaige Hoffnungen, die er ohnehin beschlossen hatte, sich nicht zu machen, lösten sich gerade in Luft auf. »Ist gut«, sagte er. »Ab morgen früh herrscht aber das AAA, das Allgemeine Ausgangsverbot am Abend. Jedenfalls bis auf weiteres. Wir wollen den Fall schließlich schnell aufklären, zur Not auch mit der Hilfe der Deutschen.«

Die Uhr am Armaturenbrett zeigte kurz vor sieben, als Blackmore seinen Mercedes vor Professor Dunwoods Haus abstellte. Nachbarn waren nicht zu sehen; für die war die Nachricht vom Tod von Friedrich Minski schon über eine Woche alt und entbehrte inzwischen jeden Sensationswerts. Blackmore betätigte den Türklopfer.

Die Professorin öffnete die Tür und sah erstaunt aus: »Ach, Sie sind's.«

»Wen haben Sie denn erwartet?«

»Ich hatte ein Taxi bestellt. Ist es noch nicht halb acht?«

»Nicht ganz«, sagte der DCI. »Das dauert noch etwa eine halbe Stunde. Darf ich hereinkommen?«

Professor Dunwood zögerte. »Ich muß eigentlich noch etwas erledigen.«

Und gleichzeitig Taxi fahren, dachte Blackmore.

»Aber ein paar Minuten haben wir. Mögen Sie eine Tasse Tee? Ich hatte ohnehin gerade Wasser gekocht.«

»Gerne.« Blackmore folgte der Professorin ins Wohnzimmer, die ihrerseits in der angrenzenden Küche verschwand. Er sah sich um. Professor Dunwood hatte umgeräumt. Auf dem Kaminsims standen zwei neuere Fotos von Friedrich Schubert; eines verdeckte zur Hälfte einen größeren hellen Fleck. Auf dem Tisch lag eine Postkarte mit einer Strandansicht. Blackmore drehte sie schnell um und las: *Liebe Maggie! Ich erwarte dich wie besprochen am 27. gegen Mittag. Ich hole dich am Terminal ab. Bis ganz bald. V.* Als Ansichtsort war Etretat/Calvados vermerkt. Ein Datum fehlte, und der Poststempel war verschmiert und nicht mehr lesbar. Der DCI legte die Postkarte mit dem Foto nach oben zurück und ließ sich in einen der beiden großen Ohrensessel sinken, die auch irgendwie anders als beim letzten Besuch im Raum standen.

Die Professorin kam mit zwei Bechern Tee zurück, die nur noch leise dampften. »Wie kann ich Ihnen helfen, Chief Inspector?«

»Wir sind immer noch nicht weitergekommen mit den Ermittlungen im Fall der toten Studentin«, sagte Blackmore. »Ich hatte gehofft, daß Sie etwas zur Aufklärung beitragen können.«

»Ich?« Die Professorin wurde blaß. »Wie kommen Sie gerade auf mich?«

»Nun, Professor Schuberts Lebensmittelpunkt, so heißt es doch, war doch sicher hier – oder? Da haben Sie doch bestimmt das eine oder das andere beruflicher Natur mitbekommen?«

»Also von Mittelpunkt würde ich nicht unbedingt reden«, sagte die Professorin. »Er war doch dauernd unterwegs und auch häufiger in seiner Wohnung in Jericho. Wenn seine Veranstaltungen abends lagen, hat er dort übernachtet.«

Nach *häufiger* sah die Wohnung dort nicht aus, dachte Blackmore. Und übernachtet hatte er sicher bei Jessica Boulton.

»Wenn Sie sonst keine Fragen haben …« Den Rest des Satzes ließ die Professorin im Raum schweben.

»Doch, doch«, sagte Blackmore. »Wie war denn seine Beziehung zu Jessica?«

»Hoffentlich nur beruflich«, fauchte Professor Dunwood. »Glaube ich jedenfalls. Eine Frau merkt doch sowas.«

»Was meinen Sie mit *sowas*?«

»Nun, außereheliche Liebesgeschichten. So heißt es doch, oder?«

»Sie waren doch gar nicht verheiratet?« Blackmore konnte auch fauchen; er versuchte das aber über den Satzinhalt und nicht über die Satzmelodie. Er hatte Professor Dunwoods wunden Punkt getroffen.

»Wir hatten das vor, und wir waren solange zusammen, daß es fast wie eine Ehe war.«

War das eine echte Träne oder eine aus dem Zoo? Blackmore war sich, was die Krokodile anging, nicht ganz sicher.

»Hatten Sie schon einen Zeitpunkt ins Auge gefaßt?« Noch ein wunder Punkt.

»Ich ja, aber Frie*drick* ...« Ihre Stimme versagte.

Blackmore beschloß, nachzusetzen. »Wußten Sie, wer die Kosten für Jessica Boultons Haus bezahlt hat? Zumindest die letzten drei Monate?«

Die Professorin nahm ein Papiertaschentuch aus der Packung auf dem Beistelltischchen und schneuzte sich laut. Ziemlich undamenhaft, fand Blackmore.

»Nein, wieso?«

»Weil das Geld vom Konto Ihres Lebensgefährten kam.«

»Diese verdammte Schlampe.« Einen Moment lang hatte sich die Professorin nicht im Griff. »Entschuldigung. Denken kann man das ja, aber sagen ... Tut mir leid. Aber ich bin nun mal direkt. Ich sage, was ich denke. Aber wofür hat er sie denn bezahlt? Ich meine ...« Sie wurde tatsächlich rot.

»Kann ich noch einmal sein Zimmer sehen?« fragte Blackmore. »Vielleicht gibt es etwas Schriftliches, was die Beziehung der beiden erhellt.«

Professor Dunwood sprang auf und sah auf ihre Armbanduhr. Gleichzeitig klingelte es an der Haustür.

»Tut mir leid«, sagte sie. »Ich muß wirklich los. Können Sie nochmal wiederkommen?«

Blackmore stand ebenfalls auf und sagte: »Das läßt sich machen. Wo fahren Sie überhaupt hin?«

»Eine Freundin besuchen. In Bletchingdon.«

»Wo ist denn Ihr Auto? Sie fahren doch Auto, oder?«

»In der Werkstatt. Irgendetwas an der Kupplung funktionierte nicht.«

Die Professorin öffnete die Haustür. Draußen stand ein farbiger Mann mit Rastalocken und sagte in akzentfreiem Schottisch: »Ihr Taxi von Woodstockcabs, Ma'am.«

Blackmore ging zu seinem Auto und setzte sich hinter das Steuer. Bevor er den Schlüssel umdrehen konnte, klingelte sein Mobiltelefon.

»Ich bin's, Sir«, sagte Rosie. »Es ist zwar schon nach Dienstschluß. Aber eine Sache ließ mir keine Ruhe. *Lamb & Flag*, Sir? In einer halben Stunde?«

»Zeig mal her«, sagte Krüger.

»Alle Ablichtungen?« fragte Angelika Winterstein.

Wer sagt denn heute noch so etwas, dachte Krüger. Ablichtung klang nach den alten Hektographien mit ph und Spiritus vom Matrizendrucker.

»Oder kannst du mir kurz das Wichtigste berichten?« fragte Krüger. »Geht schneller. Zeit ist Geld und so.«

»Hast du dann etwas mehr Geld für das versprochene Bier?«

Krüger gab sich einen Ruck. »Das läge durchaus im Bereich des Möglichen.«

»Okay«, sagte die Polizeioberkommissarin. »Ich lese dir die wichtigste Schlagzeile vor. Von Mittwoch, dem 25. Juni 1975: *Geschichtsstudentin verschwunden*.«

»Gib mal her.« Krüger war aufgeregt. Hatte die Studentin mit Minskis Tod etwas zu tun? Und was war mit dem toten Professor in Oxford? War auch er involviert? Fragen über Fragen.

Gehorsam reichte Angelika Winterstein die entsprechende Kopie herüber. Krüger überflog den kurzen Bericht auf der Lokalseite.

Seit dem Wochenende wird die 19jährige Maria A. vermißt, Studentin der Geschichtswissenschaft und der Germanistik im zweiten Semester. Sie wurde zuletzt im Historischen Seminar der Universität Bonn gesehen, in dem am Freitag vergangener Woche das große Geschichtsstudentenfest gefeiert wurde, das traditionell jeden Sommer von den Studenten der Fachschaft ausgerichtet wird. Maria gilt als fröhliches Mädchen, das nach dem Abitur in Gummersbach vor einem Jahr nach Bonn gezogen ist, um ihr Lehramtsstudium aufzunehmen. Sie wird wie folgt beschrieben: Etwa 1,70 m groß, dunkelbraunes schulterlanges Haar, schlank, Muttermal unter dem linken Schulterblatt.

Krüger ließ das Blatt sinken. »Toll, wie soll man daran das Mädchen in der Öffentlichkeit identifizieren? Was die Journalisten immer so schreiben.« Er las weiter.

Bekleidet war sie mit einem karierten kurzen Rock, einer weißen Bluse und flachen Slippern. Sachdienliche Hinweise …

»Und so weiter«, sagte Krüger. »Gib mal das nächste Blatt her.«

»Ich dachte, ich sollte es zusammenfassen?« sagte Winterstein spitz.

»Recht hast du«, sagte Krüger. »Einen Kaffee? Ich brauche jetzt was zum Wachbleiben.«

»Espresso reicht. Wir müssen sparsam mit Wasser aus Steuergeldern umgehen.«

Oha, Humor hat sie auch, dachte Krüger. Wie wenig man doch seine Kollegen kannte. Er ging zum Kaffeeautomat auf dem Flur und kam wenig später mit einer kleinen und einer großen Tasse zurück. Er stellte die kleine Tasse vor Angelika Winterstein »Hier. Der Cappuccino ist für mich. Nummer fünf heute, glaube ich.«

Winterstein gluckste. »Hast du dann noch Blut in deinen Adern oder nur noch Koffein?«

»Erzähl mal weiter.«

»Drei Tage Pause beim *General-Anzeiger*. Dann kam im Lokalteil wieder ein längerer Bericht mit Bild, auf dem Maria wirklich hübsch aussieht. Jeder männliche Student müßte damals eigentlich daran interessiert gewesen sein, sie wiederzufinden. Aber: Fehlanzeige. Es gab ein paar Sichtungen in Kneipen und Bahnhöfen; irgendjemand wollte sie im Kölner Dom erkannt haben. Aber alle Spuren verliefen ins Leere.«

»Sie ist also bis heute verschwunden?«

»Nein. Ich mache es jetzt spannend. Außer einer *Homestory* bei den trauernden Eltern hat der *General-Anzeiger* alles gebracht: Interviews mit Kommilitonen, einem Professor, der Seminarsekretärin, dem Direktor ihrer alten Schule – aber alles ohne Ergebnis. Maria blieb verschwunden.«

»Hat sie eigentlich einen Nachnamen?«

»Hat sie. Warte doch mal ab. Jedenfalls ist dann Ende Juli eine Wasserleiche am Niederrhein bei Rees gefunden worden. Sah dem Zeitungsbericht nach zu urteilen ziemlich häßlich aus. Aber das Äußere der Leiche stimmte mit dem der verschwundenen Studentin überein. Sie trug noch einen teuren Schmuckring, den ihre Eltern identifiziert haben. Sie hatte ihn zum Abitur bekommen.«

»Gut beziehungsweise überhaupt nicht gut. Aber was hat das mit uns zu tun?«

»Sie ist erwürgt worden. Der, warte mal«, Winterstein blätterte in ihren Unterlagen, »Larynx war eingedrückt und gebrochen und noch Diverses andere, was ich jetzt mal lieber weglasse.«

»Das paßt alles«, sagte Krüger nachdenklich. »1975, das Geschichtsseminar, ein Vorfall dort, der so wichtig war, daß Schmidtbauer mir unbedingt Stichworte sagen mußte …«

»Was meinst du?«

Krüger berichtete von Schmidtbauers Angaben.

»Und was hat das mit Professor Minski zu tun?«

»Das muß ich noch herausfinden. Hat die Polizei dann eigentlich weiter ermittelt?«

»Hat sie, jedenfalls laut Zeitungsmeldungen. Ein Jahr später, im Sommer 1976, gab es noch mal einen längeren Bericht, der aber im Grunde nur das Bekannte wiederholte. Ich habe im Archiv nach der Akte gesucht, die aber vor vier Jahren vernichtet worden ist.

Bei unaufgeklärten Fällen dauert die Aufbewahrungsfrist dreißig Jahre. Die waren 2006 um.«

»Mist«, sagte Krüger. »Das wäre bestimmt interessant gewesen. Naja, es ist nicht zu ändern. Vorbei ist vorbei.«

»Kann ich dann gehen?«

Automatisch sah Krüger auf die Wanduhr. Neunzehn Uhr. »Natürlich. Und vielen Dank! Du hast wirklich gute Arbeit geleistet.«

Angelika Winterstein stand auf.

»Halt«, sagte Krüger. »Wie war das mit dem Nachnamen der ermordeten Studentin?«

»Muß ich nachsehen, war was Ausländisches.« Sie nahm ihren Stichwortzettel und sagte: »d'Angelosanto. Mit kleinem d vor dem Apostroph. Die Eltern besaßen damals eine Papierfabrik in Gummersbach.«

Krüger hatte wieder Schwierigkeiten am Eingang des *Bistro Miebach*. Beinahe wäre er mit einer etwas umfangreicheren Dame zusammengestoßen, die mit Elan die innere Tür aufstieß. Der Kommissar ging bis hinten durch. Carmen saß schon an seinem Stammplatz gegenüber.

»Auch schon da?«

»Es war auf der Rheinbrücke viel los, *sorry*«, sagte Krüger und setzte sich. Carmen wußte anscheinend, daß er nicht mit dem Rücken zum Raum sitzen konnte, und hatte seinen Platz frei gelassen. »Danke, daß du gekommen bist.«

»Ich dachte, du könntest ein *update* gebrauchen. Da ich keinen *lunch* hatte, würde ich jetzt gerne erst mal etwas essen.«

»Das war das dritte englische Wort gerade. Seit wann bist du bilingual?«

»Seit ich mit Oxford telefoniert habe.« Krüger winkte dem Kellner. »Gilt das Tagesangebot auch abends?«

»Für unsere Stammgäste immer«, sagte der junge Mann.

»Gut, das Kalbssteak bitte einmal für mich. Und du?«

»Einen großen Salat mit Hühnchenfleisch. Und ein Radler.«

Frauen, die Salate essen, und Männer, die auf Steaks starren, dachte Krüger. Der Kellner hatte die Bestellung elektronisch erfaßt und ging zur Küche.

»Trinkst du nichts?«

»Doch, aber die letzten Male kam das immer automatisch.«

»Cappuccino, vermute ich?« Carmen gluckste.

»Mit einem Glas Leitungswasser.«

»Dann erzähl mal«, sagte Carmen und stützte ihr Kinn mit beiden Händen.

»Ich weiß jetzt, was Schmidtbauer gemeint hat. Im Sommer 1975 gab es im Historischen Seminar ein großes Fest, genauer gesagt, am Freitag, dem 20. Juni 1975. Das Gelände des heutigen Instituts für Geschichtswissenschaften war damals größer und umfaßte grundstücksmäßig auch den Platz des heutigen Universitätsklubs.«

»War ursprünglich mal als Raucherclub geplant«, sagte Carmen ernsthaft. Aber es gab viele Lachfältchen um ihre Augen. Irgendwann muß ich die mal zählen, dachte Krüger.

»Schneider hat in den alten Unterlagen der Fachschaft Geschichte neben dem damaligen Veranstaltungsplakat tatsächlich die Abrechnung für das Historikerfest gefunden. Es waren etwa dreihundertachtzig Eintrittskarten verkauft worden. Und es gab eine Bootstour.«

»*Wow*. Die konnten noch feiern, damals. Heute sitzen sie alle brav auf der Hofwiese und schmeißen ihre Doktorhüte in die Luft. Na, nicht ganz. Wahrscheinlich feiern sie erst, wenn Profs und Eltern weg sind.«

»Jedenfalls war die *Verona*, wie der angemietete Dampfer hieß, von etwa zwanzig Uhr abends bis nach Mitternacht auf dem Rhein unterwegs. Und hinterher fehlte eine Studentin.«

»Ermordet?«

»Das vermuten wir.« Krüger faßte die Zeitungsberichte des *General-Anzeigers* zusammen.

»Puh«, Carmen schüttelte sich. »Als Wasserleiche zu enden … Die armen Eltern.«

»Die haben das auch nicht so lange überlebt. Sind irgendwann Ende der achtziger Jahre gestorben. Die Studentin hatte einen zwei Jahre älteren Bruder, der mit ihrem Tod überhaupt nicht klar gekommen ist. Er hat sein Studium in München abgebrochen und ist nach Italien zurückgegangen, irgendwo in den Süden, Neapel, glaube ich. Die Papierfabrik seiner Eltern gehörte ihm nach deren Tod, aber er hat sie schnell verkaufen lassen. Was er mit dem beträchtlichen Betrag …«

»Kannst du auch Alliterationen?« Carmen gluckste wieder, dabei war ihr Radler noch gar nicht gekommen.

»…beträchtlichen Betrag«, wiederholte Krüger, »gemacht hat, hat Schneider bislang nicht herausgefunden. Die Rede ist von zwölf Millionen DM.«

Carmen pfiff leise durch die Zähne. Der Kellner, der gerade mit Getränken und Essen kam, sah etwas irritiert aus.

»Sag ich doch. Meine automatischen Getränke: Cappuccino und Leitungswasser.«

Der Kellner konnte auch grinsen. Er stellte Gläser und Tasse ab und verschwand wieder.

»Das war alles?«

»Das war doch ziemlich viel. Jetzt müssen wir nur noch den Täter von damals finden. Kaul wollte morgen mit den Kollegen der Operativen Fall-Analyse, abgekürzt OFA …«

»Ich hätte das ja OPA abgekürzt«, sagte Carmen. »Operative Personen-Analyse.«

Krüger lachte. »Aber dann zu sagen, *ich arbeite bei OPA*, ich weiß ja nicht. Also, Kaul wird morgen die *Profiler* beim Landeskriminalamt in Düsseldorf anrufen. Vielleicht können die zum Täterbild etwas beitragen.«

»Ich vielleicht auch.« Carmen bemühte sich, nicht zu stolz auszusehen. »Ich habe nämlich etwas gefunden.« Aus ihrer Handtasche holte sie einen braunen DIN-A5-Umschlag heraus. »Der lag in Minskis Personalakte. Hat anscheinend niemand jemals aufgemacht. Warum auch?«

Krüger las *Abiturzeugnis 1974.* »Ja und?«

»Öffne doch mal den Umschlag.«

Krüger zog vorsichtig die Lasche heraus. Innen lag ein einmal gefaltetes Schreibmaschinenblatt, auf dem in Minskis Handschrift stand *Falls mir etwas zustößt.*

»Ja und?«

»Guck noch mal hinein.«

Im Umschlag lag noch ein dünnes Farbfoto, ungefähr Postkartengröße. Die Farben waren verblichen; eigentlich gab es nur noch Braun- und Rottöne. Aber die fünf Personen waren unverkennbar. An Bord eines Rheinschiffes standen Minski, Schmidtbauer, ein Mädchen und zwei weitere Figuren, die Krüger nicht kannte. Alle blinzelten in die Sonne, waren jung und hatten lange Haare. Schmidtbauer war barfuß.

Krüger drehte das Foto um. »Sieht nach einer Mädchenschrift aus. Hier steht drauf *Max, Hendrix, Maria, Hölderlin und Beethoven an Bord der Verona. 20. Juni 1975.*«

★ ★ ★

Donnerstag, 5. Juni. *Heute Mittag waren wir, d.h. Max, Robert und ich, im Balkan-Restaurant in der Straße beim General-Anzeiger. Ich habe Djuwetsch-Reis gegessen. Der Grillteller, den die Jungs bestellt haben, war mir zuviel. Anschließend haben wir am Kaiserplatz noch ein Eis gegessen, bevor wir wieder ins Historische Seminar mußten, wo wir Beethoven und Hendrix trafen. Für den 20. Juni hing schon das Plakat für das Sommerfest der Historiker. Wir haben beschlossen, alle fünf hinzugehen. Sogar eine Schiffstour wird angeboten; die Fachschaft hat sich wirklich ins Zeug gelegt! Als Hendrix das mitkriegte, wurde er etwas blaß, wollte aber nicht mit der Sprache raus und murmelte etwas von frischer Luft. Vielleicht sitzt er auch nur zuviel über seinen Büchern, was mir sicher auch gut täte. Aber draußen ist Sommer. Man lebt nur einmal!*

22

Donnerstag, 27. Mai 2010, vormittags – Oxford

Blackmore war müde. Gestern abend war es im *Lamb & Flag* doch spät geworden. Aber das Treffen hatte sich gelohnt. Blackmore ließ vor seinem inneren Auge die Stunden Revue passieren.

Rosie hatte ihren neuen Freund mitgebracht, einen zurückhaltenden jungen Mann namens Brooks aus dem Ashmolean Museum, und beide sahen Blackmore erwartungsvoll an, als er kurz vor acht ihren Tisch ansteuerte. An seiner Tischecke stand schon ein Pint Real Ale – Rosie hatte bei ihren letzten Pubbesprechungen aufgepaßt.

»Was kann denn nicht bis Morgen warten?« sagte Blackmore.

»Eine Quittung, Sir«, sagte Rosie. »Erinnern Sie sich an den Apostel Matthias?«

James Brooks amüsierte sich, und Blackmore verstand gar nichts. »Machen wir jetzt ein Bibelquiz?« sagte er mürrisch. »Ein Bierquiz wäre mir lieber. Wenigstens gibt es was zu trinken zu eurer Fragestunde.«

»Entschuldigung, Sir; ich meinte das Buch *Gospel*, das Professor Dunwood gekauft haben will.«

»Wieso *will*? Sie hat dir doch den Kassenzettel gegeben.«

»Sie hat mir gesagt, sie habe es gekauft. Irgendwie hat mich das irritiert. Sie hat eigentlich immer nur Fachbücher gelesen, und in ihrem Zimmer im College stehen ebenfalls nur wissenschaftliche Werke.«

»Also nur, weil jemand auch mal was Anständiges an Lesestoff zwischendurch braucht …«

»Nein, nein. Das wäre ja legitim. Aber irgendwie fand ich, daß das bei ihr nicht paßte. Also bin ich vorhin noch schnell zu Blackwell's gefahren und habe mich erkundigt.« Rosie machte eine Pause und nippte an ihrem Getränk.

Die Flüssigkeit sah nach bereits länger an der Luft befindlichem *Shandy* aus, dachte Blackmore. Er sagte aber nichts.

Rosie stellte ihr Glas zurück auf den Tisch und fuhr fort: »Ich hatte tatsächlich Glück. Der Angestellte aus der Belletristikabteilung erinnerte sich an die Käuferin, weil er ihr selbst das Buch empfohlen hatte.«

»Und? Wer ist es?« Jetzt war Blackmore doch neugierig.

»Debbie Reynolds. Der Angestellte hat sie mir beschrieben. Ich habe Debbie dann angerufen, und sie hat den Kauf bestätigt. Buch und Quittung hätten am Samstag nach dem Mord an Jessica Boulton noch auf ihrem Schreibtisch im Sekretariat gelegen, wo sie beides deponiert hätte, nachdem sie wieder ins College gegangen sei. Sie habe das Buch erst dann mitgenommen, aber nicht mehr auf die Quittung geachtet.«

Blackmore überlegte. »Das heißt also, Professor Dunwood verschafft sich nach dem Mord ein Alibi, ein allerdings etwas wackliges, wie sich jetzt herausstellt.«

»Dann hat ihr das falsche Alibi nur Zeit gebracht«, sagte James Brooks. Blackmore und Rosie sahen ihn überrascht an, nickten dann aber beide.

»Genau«, sagte Blackmore. »Das bedeutet, daß …«

»… wir sie zur Fahndung ausschreiben müssen«, sagte Rosie.

»Wie kommst du denn darauf?«

Manchmal war ihr Chef doch etwas begriffsstutzig, fand Rosie. »Zuhause war sie nicht, und Debbie sagte, sie hätte für die kommende Woche Professor Dunwoods sämtliche Termine absagen müssen.«

Blackmore hielt es nicht mehr an seinem Platz. Fast stieß er sein Glas um. »Jetzt paßt alles: Die Postkarte aus Frankreich, auf der jemand ihr schreibt, er würde sie am Terminal abholen, das Auto, das angeblich in der Werkstatt ist, das Taxi, das nur in den Nachbarort fahren soll … Los, wir müssen auf die Wache.«

»Setzen Sie sich wieder, Sir, ich habe bereits alles veranlaßt. Die Flughäfen und Bahnhöfe sind informiert. Die Kollegen sollen sich allerdings unauffällig verhalten; vielleicht finden wir mehr heraus, wenn Professor Dunwood sich unbeobachtet glaubt.«

»Sehr gut. Wann ist noch mal Ihre nächste Prüfung, die zum Detective Inspector? Vielleicht kann man sie vorziehen.«

Rosie errötete. »Vielen Dank, Sir, sehr nett.«

»Dann können wir heute abend nichts mehr tun. Mögen Sie uns noch etwas zu trinken holen, Mr Brooks?«

Und dann war es plötzlich Mitternacht gewesen. Späte Stunden rächten sich immer am nächsten Morgen; dann wog die leichte Zeit vom Vorabend doppelt so schwer. Blackmore gähnte und sah seine Liste mit den Dingen durch, die er heute erledigen wollte.

Update für dt. Kollegen Schneider
Fahndung Macdonnell
familiärer Hintergrund d'Angelosanto / Papierfabrik
Telefonat mit Schweden wg. Karlsson
Debbie Reynolds (Wieso Freitagabend im College?)
Telefonat mit Julie Boulton (Beerdigung)

Blackmores Computer gab einen leisen Glockenton von sich, der eine neu eingetroffene E-Mail ankündigte. Vielleicht die Post aus Bonn, dachte er. Tatsächlich war es eine kurze Nachricht von Kommissar Krüger mit zwei angehängten Bildern. Die eine jpg-Datei zeigte ein Bild von Professor Minski, wie Blackmore der Zeile unter dem Bild entnehmen konnte. Wie es aussah, war es eines der unzähligen Automatenfotos, die die Personalakten weltweit schmückten. Professoren gaben ihr Geld vermutlich genauso selten wie die Mitarbeiter der Polizei für gelungene Fotografenporträts aus. Die zweite Datei beinhaltete ein auf dem Kopf stehendes Zeitungsbild in schwarzweiß, das immerhin sauber gescannt und *entrastert* worden war; jedenfalls war es einigermaßen scharf. Blackmore hatte Harry Ness mal bei einem Bildbearbeitungsprogramm über die Schulter sehen können und einige Fachausdrücke aufgeschnappt. Blackmore drückte auf »Drucken«. Wenig später hielt er das Ergebnis in der Hand. Minskis Bild legte er zur Seite und betrachtete das Schwarzweißfoto genauer, das die Jahreszahl 2007 trug. Plötzlich stutzte er.

Als Fotograf war F. Schubert angegeben. Friedrich Schubert? Professor Watkins war deutlich zu erkennen. Und daneben? War das nicht der schwedische Geschäftsmann, den sie suchten? Aber wieso hieß er hier Rolf Knörer?

Blackmore ging mit den beiden ausgedruckten Fotos und seiner Liste zum Besprechungsraum hinüber. Fast zehn. Er war gespannt, was der Tag bringen würde.

Im *Major Incident Room* sah Blackmore ein neues Gesicht. »Verstärkung aus London?« fragte er. »Eigentlich schaffen wir das hier ganz gut alleine, in dieser überschaubaren Universitätsstadt.«

Das neue Gesicht grinste. »Nein, Sir, leider nicht. Ich komme aus dem guten alten Deutschland.«

»*Herr* Schneider, nehme ich an?«

»Klingt nicht ganz so gut wie *Mr Taylor*«, sagte Schneider. »Ja, ich bin der Kollege aus Bonn. Was wollen Sie wissen?«

Gut, der Junge verliert keine Zeit, recht hat er, dachte Blackmore. »Alles«, sagte er.

Markus Schneider berichtete von dem Mord an Professor Minski, den Unstimmigkeiten, was seine Bibliographie anging, dem nüchternen Lebenslauf, dem Anschlag auf den Dekan und von Professor Schmidtbauers kryptischen, inzwischen entschlüsselten Worten.

»Daraus hat sich dann die Suche nach einem für beide Professoren wichtigen Ereignis im Jahre 1975 ergeben. Wir haben bislang nur eine verschwundene Studentin ermitteln können – sonst scheint im ganzen Sommer 1975 nichts Aufregendes passiert zu sein.«

»Studentin und Professor – liegt doch nahe, oder?« Das war Fred Moreland.

Blackmore seufzte. »Fred, wir haben Gäste.«

»Haben Sie denn eine Verbindung zwischen Ihrem toten Professor, dem angeschossenen Professor und dem abhanden gekommenen Mädchen ermitteln können?« fragte Harry Ness.

»Bisher nicht«, sagte Schneider. »Aber wir haben erst heute mit den Ermittlungen richtig anfangen können. Mein Kollege Harald Kaul ...«

»Spricht man das so aus?« Moreland konnte seinen Mund nicht halten.

»... ist nach Gummersbach gefahren«, fuhr Schneider unbeirrt fort, »um sich die Firma der Eltern näher anzusehen. Eine Papiermühle.«

Blackmore, der mit seinen Gedanken wieder bei der nicht auffindbaren Professor Dunwood war, schreckte auf. »Sagen Sie das bitte noch einmal.«

»Eine Papiermühle in Gummersbach«, wiederholte Schneider.

»Wie hieß denn das Mädchen?« fragte Blackmore.

»Maria d'Angelosanto.«

»Hatte sie noch Geschwister?« Ronald Thompson hielt es kaum noch in seinem Stuhl.

»Eine jüngere Schwester, die wir bisher noch nicht ausfindig gemacht haben«, sagte Schneider. »Und einen zwei Jahre älteren Bruder namens Salvatore.«

»Bingo«, sagte Blackmore.

»Seit wann kannst du Italienisch?« fragte Moreland mit todernstem Gesicht.

Selbst sein Chef mußte lachen.

»Das ist die Querverbindung, nach der wir gesucht haben«, sagte Thompson. Er gab Schneider einen kurzen Überblick über das St John's College und Schuberts Kollegen. »Einer seiner Kollegen, der wohl erst seit zwei Jahren in Oxford ist, heißt Salvatore Macdonnell. Er ist seit ein paar Tagen verschwunden. Angeblich ist er auf einer Tagung in Stockholm. In seinem Haus haben wir mehrere Bücher, wobei wir nicht alle angesehen haben, mit den

Initialen S d'A gefunden. Und eines mit einer persönlichen Widmung. Hier.« Er schob Schneider das Buch hinüber.

Schneider schlug es auf und las die Widmung laut vor: »*Meinem lieben Bruder Salvatore von Maria, Weihnachten 1974.*«

»Ohne den Hauch eines Akzents.« Moreland nickte anerkennend.

Es klopfte.

»Herein«, rief Blackmore.

Whitefriar von der Spurensicherung steckte seinen Kopf zur Tür herein und studierte die Anwesenden, bis er Blackmore entdeckte. »Sir, das haben wir hinter einem Bild in Professor Schuberts Arbeitszimmer im Haus von Professor Dunwood gefunden.« Er gab dem DCI einen kleineren braunen Umschlag.

»Danke«, sagte Blackmore. »Sonst noch etwas?«

»Ja«, sagte Whitefriar. »Vor der Tür stand keine Milchlieferung.«

»Das tut sie doch schon seit Jahren nicht mehr, seit Maggie Thatcher …«, brummelte Moreland.

»Fred, bitte.« Ein Blick seines Vorgesetzten folgte.

»Und die Tageszeitung ist abbestellt. Briefpost habe ich ebenfalls keine gefunden. Und im Arbeitszimmer des Professors sah alles noch genauso wie nach der letzten Durchsuchung aus. Wiedersehen, Sir«, sagte Whitefriar und schloß die Tür eilig, bevor Blackmore auf weitere Ideen, was die Arbeit der Spurensicherung anging, kommen konnte.

»Ich hatte *The Monks* heute morgen noch einmal hinübergeschickt«, sagte Blackmore zu niemand Bestimmten.

Harry Ness erläuterte Schneider leise die Bedeutung des klösterlichen Spitznamens.

»Gut«, sagte Blackmore. »An die Arbeit. Moreland …«

»Entschuldigung, aber ich habe noch etwas, Sir«, sagte Schneider. Aus seiner Notebook-Umhängetasche holte er einen braunen DIN-A5-Umschlag und gab ihn Blackmore. »Den hat mir heute morgen Kommissar Krüger noch mitgegeben. Wenn Sie sich das Foto bitte mal ansehen könnten.«

Blackmore fragte: »Was heißt das hier auf dem Umschlag?«

»*If something happens to me*«, sagte Schneider. »Oder so ähnlich.«

Der DCI öffnete den Umschlag und zog das Zeitungsfoto heraus. »Interessant, die üblichen Verdächtigen – alle auf einem Foto, das augenscheinlich Mr X gemacht hat: Ihr toter Professor, Ihr fast toter Professor, Ihre tote Studentin, unser toter Professor. Akademiker leben gefährlich. Ein bißchen jung, die Professoren …«

Moreland gluckste. »Das ist Deutschland, Sir, mit zwanzig Professor, mit dreißig …«

»Tot«, sagte Blackmore. Dazu fiel nicht einmal Fred Moreland etwas ein.

»Sir, wenn ich etwas fragen darf«, sagte Schneider.

»Bitte, jederzeit«, sagte Blackmore.

»Ihr Umschlag da, der sieht genauso aus wie der bei uns …«

Blackmore, der den Umschlag der Spurensicherung schon fast vergessen hatte, nahm ihn in die Hand und sagte: »Hier steht auch was drauf: *In case of my unnatural death.*« Er zog ein Foto heraus und hielt es hoch, damit alle es sehen konnten.

»Sieht identisch aus, Sir«, sagte Fred Moreland, bemüht, auch einmal einen positiven Gesprächsbeitrag zu leisten.

Blackmore drehte das Bild um. »Steht hier dasselbe wie auf Ihrem Foto?« Er gab es Schneider, der beide Fotos mit den Rückseiten nebeneinander legte.

»Sieht so aus. Darf ich mal das Geschichtsbuch haben, Mr., äh, *Hairless*?«

Alles lachte.

»Harry Ness«, sagte Harry Ness.

Schneider wurde rot. Schade, daß Rosie nicht da war, dachte Blackmore, es wäre interessant gewesen, die CMYK-Werte beider Rottöne zu vergleichen … Oha, war sein nächster Gedanke, gut, daß das niemand gehört hatte. Er räusperte sich.

Schneider, der inzwischen das Buch mit der aufgeschlagenen Widmungsseite neben die beiden Fotos platziert hatte, fühlte sich angesprochen. »Sieht nach der gleichen Schrift aus, bei den Bildern und beim Buch, wobei bei den Fotos farbechter Kugelschreiber und beim Buch Bleistift benutzt worden ist. Das M von Maria ist auf jeden Fall identisch.«

»Okay«, sagte Blackmore ungeduldig. »Dann fehlt jetzt noch *Holderline*.«

»Hölderlin«, sagte Schneider, »aber A-Umlaut existiert, glaube ich, nicht im Englischen. Hölderlin ist eine deutsche Rockgruppe aus den 1970er Jahren.«

»Habt ihr *Rock*musik gemacht?« fragte Moreland. »Ich dachte, die Krauts konnten nur Wagner und Beethoven.«

»Fred, das reicht jetzt; du wirst hier nicht mehr gebraucht. Du kannst an deinen Schreibtisch gehen und versuchen, die Aufenthaltsorte von Dunwood, Macdonnell und dem schwedischen Flieger herauszufinden. Danke.«

Gehorsam stand Moreland auf, zog seinen Pullover glatt und verließ den Raum.

»Irgendwann ist es genug«, sagte Blackmore.

»Ist Ihr Kollege immer so?« fragte Schneider leise Harry Ness, der ihm wegen seines falschen Nachnamens nicht böse zu sein schien.

»Er ist nicht ganz gesund und wartet eigentlich nur darauf, seine goldene Armbanduhr und einen warmen Händedruck vom ACC zu bekommen. Er ist ein exzellenter Mitarbeiter, aber über fünfundzwanzig Jahre in diesem Laden …« Er vollendete den Satz nicht, sondern sah den Deutschen nur vielsagend an.

»Ist bei uns genauso«, sagte Schneider. »Wenn ich da an ein paar Leute aus unserer Abteilung denke …«

»Bei der Rockgruppe waren wir stehengeblieben«, sagte Blackmore.

»Der Name kann aber noch etwas anderes bedeuten«, sagte Thompson mit seiner leisen Stimme.

»Jetzt bin ich aber gespannt«, sagte Schneider.

»Es gab da mal einen deutschen Dichter, den sie irgendwann im Süden in einen Turm gesperrt haben, der hieß, glaube ich, Hölderlin. Hat mir jedenfalls mein Brieffreund Harry mal erzählt. Der mußte im Deutschunterricht ein Gedicht von Hölderlin auswendig lernen, das sich nicht mal reimte.«

»Harry Cool?« fragte Schneider und grinste.

Thompson nickte.

Schneider erklärte ihm, daß Kaul alles andere als *cool* war.

»Danke«, sagte Blackmore und kratzte sich im Nacken. »Irgendetwas war da noch …« Er blickte ins Leere und blätterte dann in seinen Unterlagen.

Schneiders Mobiltelefon kündigte eine Textnachricht an. »Moment mal«, sagte er und überflog sie. »Oh, Krüger schreibt: Minskis Schwester nennt Hölderlin als Mitstudenten, der ganze Gedichte auswendig konnte. Bitte fragen, ob sich jemand unter Schuberts Kollegen findet, auf den das paßt.«

»Nicht, daß ich wüßte«, sagte Thompson.

»Ich hab's«, sagte Blackmore und hielt den Ausdruck mit dem von Krüger übermittelten Foto des Treffens der Bonner Mittelstandsvereinigung 2007 hoch. »Ich wußte, daß ich den Namen *Holderleen* in schriftlicher Form vor kurzem gesehen hatte.«

»Darf ich mal sehen?« fragte Schneider. »Ich kann Ihnen dann genauer sagen, wer auf dem Bild zu sehen ist.«

Blackmore gab ihm das Blatt, und Schneider schlug in seiner Mappe mit einem Griff die gesuchte Seite auf.

»Zu sehen sind hier Maximilian Minski, der ermordete Professor in Bonn. Rechts neben ihm steht sein Fakultätskollege Wolfgang Schmidtbauer, zur Zeit Dekan. Links ist Johannes Schubert, ein Bonner Finanzmakler, inzwischen verstorben, der Bruder von Ihrem Friedrich Schubert. Richtig?«

Blackmore nickte.

»Dann kommt der Vorsitzende der Mittelstandsvereinigung; den Namen weiß ich nicht, spielt aber auch keine Rolle. Der nächste ist Rolf Karlsson, ein schwedischer *Tycoon*, was immer das für ein Beruf ist.«

»Geldbesitzer«, sagte Ness.

»Und der letzte, hier außen, ist Professor Peter Watkins, aus Oxford. Die Frage, die wir uns in Bonn gestellt haben, war, was diese Leute zusammengebracht hat.«

»Sie haben noch *F. Schubert* vergessen«, sagte Blackmore. »Der ist jedenfalls am Rand des Fotos als Fotograf angegeben.«

»Vielleicht ist es bloß eine Vergnügungsreise gewesen«, sagte Schneider.

»In die Kamera grinsen sie jedenfalls alle.« Ness klang genauso fröhlich.

»Wir sollten die entsprechenden Kalender der Beteiligten überprüfen«, sagte Blackmore und sah sich um.

Erwartungsgemäß hob Thompson die Hand und sagte: »Ich kann das machen.«

»Danke. Wer mich am meisten interessiert, ist jedoch dieser Deutsche hier namens Rolf Knörer. Wir suchen nämlich auch einen reichen Industriellen, allerdings aus Schweden, mit eigenem Privatflugzeug.«

Harry Ness pfiff leise *Paper Plane* von Status Quo, bis er Blackmores Blick auffing und abrupt verstummte.

»Unser Schwede heißt allerdings Rolf Karlsson.« Blackmore faßte die Ereignisse um den entflogenen Unbekannten zusammen.

»Die Initialen sind dieselben wie bei Rolf Knörer«, sagte Schneider.

»Stimmt«, sagte Blackmore überrascht. »Das war mir noch gar nicht aufgefallen.«

»Gibt es ein vernünftiges Foto?« fragte Schneider. »Das können wir dann an Krüger übermitteln. Vielleicht ist es ja derselbe Große Unbekannte.«

»Ich schicke das gleich per E-Mail weg«, sagte der DCI. Er sah auf seine Liste. »Das ist alles. Wir sehen uns dann wieder heute abend um sechs. Mr Taylor ...«

Schneider lachte.

»Mögen Sie sich mir anschließen? Ich habe bestimmt noch die eine oder andere Frage.«

Schneiders Telefon klingelte. »Entschuldigung, Sir, ein Anruf aus dem Polizeipräsidium in Bonn. Krüger, bist du's?«

»Ich rede«, sagte Blackmore zu Schneider. Beide standen vor der Haustür von Konstanze Donnelly in Wolvercote.

Schneider sah die Straße hinab – ein typisches Reihenhaus neben dem anderen, wie aus einem englischen Bilderbuch. War sicher nett, hier zu wohnen, dachte er, ganz anders als die überdimensionierten Reihenhäuser mit Keller und ausgebautem Dachgeschoß in und um Bonn. Hier in Großbritannien hatte man nur Platz für die wichtigen Dinge des Lebens. Er nahm sich vor, seine umfangreiche *Perry Rhodan*-Sammlung, die inzwischen über zweitausendfünfhundert Hefte umfaßte, meistbietend zu verkaufen. Außer ihm interessierten sich weder seine Lebensgefährtin noch ihr halbwüchsiger Sohn dafür.

»Und wenn ich Fragen habe?« fragte Schneider.

»Dann stellen Sie sie, kein Problem.«

»War doch gut, daß mein Chef vorhin die Idee hatte, wir sollten zu Minskis Schwester fahren und sie nach dem auf dem Schiff aufgenommenen Bild …«

»Das ist zumindest einen Versuch wert.« Blackmore ließ den Türklopfer mit Schwung fallen.

»Einen Augenblick«, rief eine weibliche Stimme von innen. »Ich komme.«

Konstanze Donnelly öffnete die Tür und bat die Beamten ins Wohnzimmer. Schneider sah sich um. Alles schien so zu sein, wie Krüger es in der Akte vermerkt hatte: die Fotos an den Wänden, der Flügel mit einem kleinen Spitzendeckchen, der Fernseher …

»Darf ich Ihnen meinen deutschen Kollegen vorstellen, *Herr* Schneider?« sagte Blackmore.

»Arbeiten Sie mit Kommissar Krüger zusammen?« fragte Mrs Donnelly.

Schneider nickte. »Meistens, wenn ich nicht gerade in England bin.«

Blackmore sagte: »Wir wollen Ihre Zeit nicht lange in Anspruch nehmen. Sie haben meinem Kollegen, *Herr* Kruger, erzählt, daß Ihr Bruder mit vier weiteren Studenten befreundet war, die Sie nur mit ihren Spitznamen kannten.«

»Genau«, sagte Professor Minskis Schwester, »die beiden Musiker und der Dichter sowie das Mädchen.«

»Haben Sie irgendeine Erinnerung daran, wie sie aussahen?«

»Von der einen Begegnung?« Sie schüttelte den Kopf.

»Sie haben meinem Kollegen zwei Bilder mitgegeben, beide an Bord eines Schiffes aufgenommen. Wenn ich Ihnen nun eines der alten Bilder und dazu heutige Fotos der in Frage kommenden Personen zeigen würde, könnten Sie sie zuordnen?«

»Ich könnte es zumindest versuchen.«

Blackmore trat zum Flügel und legte den Computerausdruck des verblichenen Farbfotos von 1975 auf das polierte Holz. Daneben kamen vier Fotos: die beiden Ausweisfotos aus den Personalakten von Minski und Schmidtbauer, ein Foto der ermordeten Studentin, das sich im Archiv des Instituts für Geschichtswissenschaft angefunden hatte, und Karlssons Bild, das die Überwachungskamera im Autoverleih aufgenommen hatte.

»Wer ist das?« fragte Mrs Donnelly und zeigte auf Minskis Foto.

»Sehen Sie doch einmal genau hin«, sagte Blackmore.

Sie beugte sich über das Bild. »Das ist doch nicht mein Bruder? Der sieht ja aus wie ein soignierter Hochschullehrer.« Sie schüttelte den Kopf. »Aber ich habe ihn ja auch seit fünfunddreißig Jahren nicht mehr gesehen«, sagte sie entschuldigend.

Hatte sie tatsächlich *soigniert* gesagt? Schneider freute sich; endlich hatte er mal ein neues Wort für Paulsen, wenn er ihn wiedersah. Oder noch besser: für die nächste Dienstbesprechung, Langenargen hatte das Wort bestimmt auch noch nie gehört.

»Gut, der nächste«, sagte Blackmore und zeigte auf Schmidtbauer.

»Also, wenn er jetzt noch eine Gitarre umhättte, dann würde ich auf Hendrix tippen, aber, wie gesagt, ohne Gewähr.«

Hendrix ohne Gitarre – das war kaum vorstellbar. Schneider gluckste.

»Das hier ist dann sicher das Mädchen? Das Porträtfoto ist aber schon älter. 1975?«

Blackmore sah Schneider an, Schneider nickte bestätigend.

»Gut, fehlt noch der hier«, sagte Blackmore und tippte auf das CCTV-Bild des Schweden.

Ein versonnener Ausdruck schlich sich in Konstanze Donnellys Züge. Woher der wohl kam, fragte sich Schneider.

»Auf dem Foto sieht er ja aus wie ein langweiliger Geschäftsmann, aber damals ... Warten Sie bitte einen Moment; ich möchte etwas überprüfen.« Mrs Donnelly verschwand im Flur. Gleich darauf hörte man ihre Schritte über die Holztreppe in den ersten Stock gehen.

Blackmore und Schneider sahen sich ratlos an.

»Ob die beiden was miteinander gehabt haben?« fragte Schneider.

»Wohl kaum«, sagte Blackmore. »Dann hätte sie beim ersten Anblick seines Fotos anders reagiert. Ich habe versucht, sie zu beobachten, während sie die Bilder durchsah. Ich glaube, daß sie den jungen Leuten wirklich nur damals begegnet ist. Heute versucht sie, uns höflich zu helfen.«

Mrs Donnelly trat wieder ins Wohnzimmer. In der linken Hand hielt sie ein altes Schreibheft, das mit bunten Klebeblüten verziert war.

»Ich habe, glaube ich, etwas für Sie. Mein Gedächtnis hat mich nicht im Stich gelassen. Das hier ist mein Tagebuch von 1975. Bis ich heiratete, habe ich regelmäßig Tagebuch geführt. Und an ein Bild habe ich mich eben erinnert. Damals habe ich es von meinem Bruder bekommen, der wohl mitbekommen hatte, daß ich immer heftig in den jeweils neuesten Lockenkopf aus der Rockmusik verknallt war. Also hat er mir ein Foto besorgt, auf dem sein Freund wie der junge Jim Morrison auf der berühmten Schwarzweiß-Aufnahme von 1969 aussieht. Das hier ist Hölderlin.«

Blackmore und Schneider blickten auf den jungen Mann mit dem dunklen Lockenkopf von der Schiffstour des Historischen Seminars. Er hatte am Kinn ein kleines Muttermal, das auf allen Fotos als schwarzer Fleck zu sehen war, auch auf der CCTV-Aufnahme. Unverkennbar handelte es sich bei Hölderlin um den schwedischen Geschäftsmann Rolf Karlsson.

23

Donnerstag, 27. Mai 2010, vormittags – Bonn

Rosie hatte tatsächlich das Flugzeug um halb acht noch erwischt, obwohl sie fast verschlafen hatte und zum Zug nach London hetzen mußte. Aber der Anschluß nach Stansted war pünktlich. Im Flieger war sie eingeschlafen und erst kurz vor der Landung in Köln wieder wach geworden. Kaum waren die Anzeigen für die Gurte erloschen, als auch schon die meisten Passagiere aufstanden und ihr Bordgepäck aus den Fächern über den Sitzen herunternahmen. Rosie sah sich um, entdeckte aber kein bekanntes Gesicht. Vier Reihen hinter ihr saß ein mittelalterlicher Mann, der ihr vage bekannt vorkam. Sie versuchte, sich sein Gesicht – bartlos, eine modische schwarze, leicht zu große Hornbrille – zu merken, um in einer freien Minute darüber nachzudenken, ob sie ihn schon einmal irgendwo gesehen hatte. Aber wie sie sich kannte, hatte sie das Gesicht spätestens in Bonn wieder vergessen.

Am Ausgang von Terminal 1 hielt eine Frau in Business-Kostüm und Perlenkette ein Schild hoch. Rosie las »Rosemary Mannering«.

»*Hi, I am Dr Simone Winterthur*«, sagte die Frau.

»Rosie«, sagte Rosie auf Englisch. »Niemand nennt mich Rosemary, nicht einmal mein Paß.«

»Ich bin Mitglied der Bonner Mordkommission *Promi*«, sagte Frau Dr. Winterthur.

»Ich jetzt auch«, sagte Rosie.

»Wer sagt das?« Das klang ziemlich spitz, fand Rosie; mit der Kollegin kam man vielleicht nicht so gut aus.

»Mein Chef, DCI John Blackmore.«

»Mein Chef, KHK Krüger, ist da wohl anderer Meinung.«

Rosie beschloß, das Thema zu wechseln. »Gibt es seit unserem Durchbruch gestern etwas Neues?«

»Nicht, daß ich wüßte.« Sehr gesprächig schien die deutsche Kollegin nicht zu sein.

Rosie blieb so freundlich, wie es sich in ähnlichen Situationen zuhause als hilfreich erwiesen hatte. »Ich bin jedenfalls sehr gespannt, was ich bei Ihnen lernen kann.« *Vorgetäuschte Schwäche erfordert Stärke*, dachte sie. Das hatte jedenfalls vor ein paar Jahren Sunzi in seiner *Kunst des Krieges* geschrieben. Sie war sich jedoch nicht ganz sicher, ob es zu seiner Zeit schon Frauen mit Perlenketten gegeben hatte.

»Ich kann Ihnen ja den Fall zusammenfassen, bis wir in Bonn angekommen sind« , sagte Frau Dr. Winterthur gönnerhaft.

»Danke, sehr gerne.«

Mit ihrer deutschen Kollegin bestieg Rosie den Flughafenbus nach Bonn. Vielleicht war Kommissar Krüger etwas aufgeschlossener.

Krüger kam gleichzeitig mit einem Paketzusteller an der Tür des Hauses Schloßstraße 124 an. »Sie sind ja früh unterwegs. Nach Ihnen«, sagte er und warf einen Blick auf das leicht zerbeulte Auto des Paketzustellers, das mitten auf der Straße entgegen der Fahrspur stand. Der Mann klingelte bei Brabert/Frölig.

»Jaah?« Das war unverkennbar Tobias Fröligs helle Stimme. Auch noch als Portier tätig, dachte Krüger.

»Hermes«, sagte der Mann.

»Ich komm runter«, sagte Frölig.

»Wo haben Sie denn Ihre Flügel?« fragte Krüger.

»Hä?« sagte der Paketzusteller.

»Hermes hat doch Flügel, der Götterbote, oder?«

»Escht?« fragte der Mann in breitestem Rheinisch.

Frölig öffnete die Tür von innen und entdeckte Krüger, was die Blässe seines Gesichts leicht verstärkte.

»Isch hann *fünnef* Kisten Wein«, sagte der Zusteller unter Hervorhebung der Anzahl und musterte den schmächtigen Studenten. »Alles für Sie.«

»Ist eine Sammelbestellung«, sagte Frölig schnell. »Bitte in den Flur. Die Flaschen müssen in den Keller.«

»Dat sinn dann zehn Flasche pro Pachtei«, sagte der Zusteller mit einem schnellen Blick auf die Klingeln. Die Angewohnheit der Rheinländer, ein *r* als *ch* auszusprechen und irgendwelche Endkonsonanten wegzulassen, irritierte Krüger jedes Mal aufs Neue. Sein diesbezügliches Lieblingswort war *Spochtfes'*. Er wartete, bis die vinologische Übergabe erledigt war, und ging dann hinter Frölig die Treppe hinauf. So jung, und schon an der Flasche, dachte Krüger. Vielleicht mußte sich der Junge Mut antrinken, um gegen seine Freundin bestehen zu können.

Die Wohnungstür war angelehnt. Frölig stieß sie auf und sagte halb über seine Schulter. »Das war ein Sonderangebot. Der Wein, meine ich. Müßte einige Monate halten. Kommen Sie doch herein.«

Niemals entschuldigen, dachte Krüger. Das führt nie zu etwas.

Frölig ging ins Wohnzimmer, das genauso aufgeräumt wie bei Krügers letztem Besuch aussah. Fast jedenfalls, denn in einer Couchecke lag eine teuer aussehende Handtasche.

»Besuch?« fragte Krüger.

Frölig wurde rot. Das muß er aber mal abstellen, dachte Krüger, wenn aus ihm noch ein richtiger Mann werden soll.

»Die gehört meiner Freundin.«

»Darf ich mich setzen?«

Frölig sah sich um, als ob er auf jemanden wartete. »Eigentlich ...« Der Rest des Satzes fiel aus. Frölig räusperte sich.

Stimmband? Technische Probleme im Zunge-Ohren-Nasen-Trakt? Krüger gluckste innerlich. Er nahm sich aber vor, nicht zu gemein zum gemeinen Studenten zu sein. Neben der Handtasche ließ er sich auf die Couch sinken.

»Möchten Sie etwas trinken?« Frölig hatte den Faden wiedergefunden.

»Danke, nein. Ich wollte Ihnen nur ein Foto zeigen.« Krüger nahm aus seiner Brieftasche das Bild des unbekannten Schweden, das ihm Blackmore vorhin per E-Mail hatte zukommen lassen. Wahrscheinlich war sein Besuch hier genauso ergebnislos wie der letzte. Der Versuch mit dem Foto war ohnehin nur Stochern im Nebel. Was sollte der Schwede auch bei Frölig gewollt haben?

Frölig nahm das Bild und ging damit zum Fenster. Wie bei vielen Altbauten mit hohen Decken und Bäumen vor den Fenstern war es tagsüber drinnen nur mäßig hell.

»Doch, den kenne ich«, sagte er. »Der war vor zwei, drei Wochen hier.«

»Hatte er Cowboystiefel und eine Jeans und eine Lederjacke an?«

Frölig schüttelte den Kopf. »Nein.«

Der Junge war ziemlich einsilbig heute und machte einen angespannten Eindruck. Krüger versuchte unauffällig, die Handtasche zu öffnen. In einer Ecke außen war ein ziemlich teurer Markenname eingestanzt, der über Kopf etwas schwierig zu lesen war. KLEE oder so ähnlich.

»Stört die Tasche?«

Krüger zuckte zusammen und nahm sein Hand weg. »Nein, nein; ich saß wohl nur versehentlich auf dem Riemen. Also – wie sah Ihr Besucher denn aus?«

»Sommeranzug.«

»Farbe?«

»Irgendein Grau.«

»Schuhe?« Krüger fragte die Liste vor seinem inneren Auge ab.

»Braune Halbschuhe.«

»Nun lassen Sie sich doch nicht jedes Wort einzeln entlocken, Mann!« sagte Krüger. »Erzählen Sie einfach.«

»Jedenfalls …«

Warum fängt er den Satz mit *jedenfalls* an? Krüger wünschte sich wirklich besseren Deutschunterricht in der Schule.

»… klingelte es, irgendwann abends, schon spät, so gegen zweiundzwanzig Uhr. Ich hab' dann über die Gegensprechanlage …«

»Haben Sie auch Pförtnerdienste zu leisten?« Krüger war manchmal doch gemein.

Frölig sah verständnislos aus.

»Egal. Bitte fahren Sie fort, fort.« Das Echo mußte etwas leiser gesprochen werden. Nur nicht zu albern werden, dachte Krüger; der alte Film in Hörsaal I hatte doch mächtige Spuren hinterlassen.

»Also ich hab' dann gefragt, wer da ist. Und eine männliche Stimme sagte: *Wo finde ich Professor Minski? Ich bin ein alter Freund.* Daraufhin bin ich hinuntergelaufen. Es muß ja nicht jeder in unsere Wohnung kommen.« Das klang leicht aufsässig. »Unten stand dann dieser Mensch; er sagte, er habe meine Adresse aus der Uni. Ich habe ihm erklärt, daß Minski auf einer Tagung ist und erst einige Tage später wieder in Bonn sei. Der Mann hat sich bedankt und ist wieder gegangen. Ach ja, er könnte Engländer gewesen sein. Ein Hauch von Englisch war in seiner Aussprache.«

»Das war alles?«

»Das war alles«, bestätigte Frölig. »Naja, nicht ganz. Ich habe ihm noch nachgesehen. Er stieg vorne an der Ecke in einen großen Audi A 8.«

»Wie haben Sie den denn erkannt? Es war doch schon dunkel.«

»Schon, aber der Mann ist mit seinem Auto an mir vorbeigefahren. Wahrscheinlich wollte er oben am Ende der Schloßstraße nach rechts auf die Argelanderstraße Richtung Autobahn biegen.«

»Und woher wußten Sie, daß es ein Audi 8 ist? Sagen Sie jetzt bitte nicht, vom Quartett.«

Frölig lachte. »Nein, aber Manus Vater fährt den gleichen Typ.«

»Das Kennzeichen haben Sie nicht zufällig auch gesehen?«

»Doch«, sagte Frölig. »Irgendetwas Schwedisches.«

»Donnerwetter«, sagte Krüger. »So eine genaue Beobachtungsgabe habe ich selten bei Leuten aus Ihrer Generation gesehen.«

»Das war nicht schwer«, sagte der Student bescheiden. »Neben dem rückwärtigen Nummernschild klebte als Länderkennzeichen ein großes S.«

Rosie setzte sich neben Harry Cool, der irgendwie anders hieß. Die anderen saßen schon.

Langenargen kam als letzter. »Oh, ein neues Gesicht. Bestimmt unsere neue Kollegin aus Oxford. Schön, daß Sie es einrichten konnten.« Er redete fließend englisch, wenn auch mit deutschem Akzent.

Das war ja *very british*, dachte Rosie. Wohl ein netter Mensch. Sie stand auf und gab ihm die Hand. »Rosie Mannering. *Sir* sagt man ja nicht bei Ihnen. *Chef* vielleicht?«

»Boß«, sagte Kaul.

Die anderen lachten.

»Ehrlich gesagt, ich weiß es gar nicht. *Sir* geht aber, solange Sie es sagen.« Langenargen schien zu überlegen, welches Beiwort in seinem Fall zutraf.

Frau Dr. Winterthur sah etwas säuerlich zu Boden.

»Frau Dr. Winterthur«, sagte Langenargen, »mögen Sie unsere Kollegin auf den neuesten Stand bringen?«

»Das habe ich bereits im *Bus* getan.«

»War das ein Vorwurf, Frau Dr. Winterthur? Sämtliche Dienstwagen waren doch im Einsatz, das hatte ich Ihnen doch erklärt.«

Kaul versuchte, innerlich nicht zu laut zu grinsen.

»Frau Kollegin.« Das galt Rosie. Sie setzte sich gerade auf. »Mögen Sie uns etwas zum Ineinandergreifen der beiden professoralen Mordfälle sagen?« Langenargen konnte sich anscheinend genauso geschraubt ausdrücken wie Blackmore, dachte Rosie.

»*Well, Sir*«, sie zögerte und gab sich dann einen Ruck. »Die Mordopfer sind gleich alt, haben den gleichen Beruf, haben in den gleichen Städten studiert, wie ich Ihrer Akte entnehmen konnte.«

»Sprechen Sie so gut Deutsch?«

»Überhaupt nicht, aber *with a little help from my friend* Ronald Thompson ...«

Das verstand sogar Paulsen, der sich in der Popmusik sonst nicht auskannte.

»Und bei Ihnen ist jemand Verdächtiges verschwunden, wie heißt sie noch gleich?«

»Nicole Metzig«, sagte Farnschläger.

»Genau. Bei uns fehlt auch eine Frau, Margaret Dunwood, Professorin am St John's College.«

»Gut«, sagte Langenargen, »dann brauchen wir nur noch die Frauen zu finden …«

»Jaja«, sagte Farnschläger, »die sind wahrscheinlich irgendwo zwischen unseren beiden Ländern im Ärmelkanal verlorengegangen. Im Trüben fischen, damit die Fälle, äh, die Felle nicht davonschwimmen …«

»Herr Kollege, ich bitte Sie!« Langenargen war ungehalten.

Ein an den Haaren herbeigezogener Witz, fand Rosie. »Das glaube ich nicht, daß das so einfach geht. Das Wiederfinden, meine ich. Was ich viel interessanter finde, sind die Fotos und vor allen Dingen die verschwundene Studentin.«

»Die ist doch wieder da«, sagte Paulsen.

Die Kollegen drehten sich überrascht zu ihrem sonst so schweigsamen Kollegen aus dem hohen Norden um.

»Naja. Stimmt doch. Wenn auch als Wasserleiche …«, sagte Paulsen.

»In Oxford würden wir jetzt eine *Mind Map* an die Tafel malen«, sagte Rosie. »Gleichzeitig könnte ich Ihnen unseren Fall damit etwas übersichtlicher machen. Darf ich?«

»Bitte«, sagte Langenargen. »Nur zu.«

Rosie stand auf und ging nach vorne. Sie schrieb zwei Namen an die Tafel und umrandete sie. Danach trat sie einen Schritt zurück und sagte: »Wir haben zwei tote Professoren, Minski bei Ihnen und Schubert bei uns. Und eine tote Studentin.« Rosie malte ein weiteres Kästchen links neben Minski.

»Dann haben wir Verwandte der Toten – Johannes Schubert, den Bruder, bei Ihnen, und Konstanze Donnelly, die Schwester von Professor Minski, bei uns.« Zwei weitere Kästchen oberhalb der Mordopfer folgten.

»Was ist mit der entfernten Tante in Berlin?« fragte Kaul.

Farnschläger gluckste. »Aus dem Leben entfernt …«

Ein Blick von Langenargen reichte, und er verstummte.

»Die müssen wir, glaube ich, nicht berücksichtigen, da sie bisher ausschließlich als Erbtante aufgetaucht ist«, sagte Rosie. »Ich mach dann mal weiter. Dann haben wir die Kollegen in Bonn.« Sie schrieb unter Minski die Namen von Schmidtbauer und Metzig. »Bei uns sind es Watkins, Dunwood und Macdonnell.« Unter Schubert kamen drei weitere Kästchen hinzu.

»Und dann haben wir noch den großen Unbekannten«, sagte Langenargen.

»Genau.« Rosie malte über allen bisherigen Kästchen ein neues mit dem Namen Karlsson.

»Was ist mit Hölderlin?« fragte Farnschläger. »Wo gehört der hin? Der ist doch auch *unbekannt*?«

Rosie setzte ein neues Kästchen mit dem Namen Hölderlin rechts neben das von Karlsson. Ein weiteres Kästchen folgte, wieder auf der Höhe der Namen Karlsson und Hölderlin. »Hier muß noch *Knörer* hin. Ein Deutscher, auf den Karlssons Flugzeug zugelassen ist. Ich glaube, das sind alle Beteiligten.« Sie ging zu ihrem Platz zurück.

Langenargen studierte die Kästchenanordnung. »Und nun?«

»Bei uns in Oxford gäbe es nun ein allgemeines *brainstorming*«, sagte Rosie. »Jeder darf seine Ideen und Vorschläge äußern, unabhängig von jeder Hierarchie.«

»Kopfsalat auf deutsch«, sagte Farnschläger auf deutsch.

Die Kollegen kicherten. Rosie guckte verständnislos. Kaul erklärte das Wortspiel.

»Dann machen wir das auch so«, sagte Langenargen. »Wer fängt an?«

Keiner sagte etwas. Rosie betrachtete die Gesichter ihrer deutschen Kollegen. Farnschläger blickte geistesabwesend an die Tafel. Kauls Gesichtsausdruck wußte sie nicht zu deuten. Langeweile? Fremde Welten? Paulsen aus dem Norden Deutschlands, das hatte ihr Frau Dr. Winterthur gesagt, sagte eigentlich nie etwas; er sah aus wie einer dieser Fischer in Schottland, die Rosie mal auf einem Urlaub gesehen hatte: Sie standen stundenlang an einem der *Lochs* und blickten aufs Wasser. Frau Dr. Winterthur hatte wohl keine Lust, sich zu beteiligen. Sie studierte ihre Fingernägel, fing Rosies Blick auf und schlug eine vor ihr liegende Akte auf. Langenargen blätterte auch in seiner Unterlagen. Er schien zu warten. Dann mußte er nämlich nicht selber denken, dachte sie.

»Wenn ich was sagen darf, Sir?« Rosie sah Langenargen an.

»Bitte, Sie gehören doch heute und morgen dazu.«

Frau Dr. Winterthur versuchte, nicht zu biestig auszusehen.

Rosie stand auf und ging wieder zur Tafel. Mit zwei energischen Strichen verband sie die Kästchen in der obersten Reihe der Auflistung. »Die Größe paßt, das Aussehen ebenso – wie wäre es, wenn es sich bei Hölderlin, Karlsson und Knörer um dieselbe Person handelt?«

Krüger verstaute sein Telefon wieder, über das er die Leitstelle im Präsidium angewiesen hatte, einen dunklen Audi A 8 mit schwedischem Kennzeichen bundesweit in die Fahndung aufzunehmen.

»Mögen Sie jetzt einen Tee?« fragte Frölig.

»Gerne.«

Frölig verschwand in der Küche, und Krüger wandte sich der Handtasche zu. Neugier sollte jeden guten Kommissar auszeichnen, fand er. Der Verschluß war aber vertrackter, als er angenommen hatte, so daß er die Tasche nur anheben konnte. Sie fühlte sich aber normal an, wobei er keinerlei Ahnung hatte, wie schwer Damenhandtaschen waren. Ziemlich schwer, bei dem ganzen Kram, den das schöne Geschlecht immer mit sich herumschleppte. Krüger beschloß, Carmen darüber zu befragen.

Im Schlafzimmer nieste jemand. Fast gleichzeitig sagte eine weibliche Stimme: »Gesundheit!« Vielleicht gehörte die Handtasche doch zu einem Besuch?

Frölig kam mit zwei Bechern Tee zurück und stellte einen vor Krüger auf den Couchtisch.

»Wie war das noch mal mit der Handtasche?« fragte Krüger und deutete auf die Schlafzimmertür.

Frölig errötete wieder und sagte dann leise: »Sie werden es ja doch erfahren. Wir haben seit zwei Tagen einen Übernachtungsgast. Sie kennen Sie bestimmt. Frau Dr. Metzig aus dem Seminar.«

Krüger sprang auf. »Holen Sie sie bitte sofort her!« sagte er wütend. »Unglaublich, ein privates Zeugenschutzprogramm ...«

Gehorsam ging Frölig zur Schlafzimmertür und klopfte. Die Tür ging auf, und Manu Brabert kam heraus. Sie ging an Krüger vorbei, ohne ihn auch nur eines Blickes zu würdigen. Im Vorbeigehen zischte sie ihrem Freund zu: »Siehst du, ich habe es dir doch gleich gesagt. Du und dein weiches Herz.« Sie setzte sich auf die Couch und verschränkte die Arme.

Ab jetzt nehmen wir Wetten an, wie lange der Theologiestudent hier noch wohnen darf, dachte Krüger.

Frau Dr. Metzig folgte ihr. Sie hatte tiefe Ränder unter den Augen und schien schlecht geschlafen zu haben.

»Wen haben wir denn da?« fragte Krüger. »Eine untergetauchte Theologin? Dabei fließt in dieser Stadt nur der Rhein und nicht der Jordan.«

»Ihre Witze waren auch schon mal besser«, sagte Frau Dr. Metzig spitz und setzte sich auf den frei gewordenen Platz neben ihre Handtasche.

»Also was ist los?« fragte Krüger und ärgerte sich im gleichen Moment über den Satz, den er mit dem häufigsten überflüssigen Wort im Deutschen begonnen hatte.

Frau Dr. Metzig fing hemmungslos an zu schluchzen. Die ganze Anspannung der letzten Tage schien sich in ihren Tränen zu konzentrieren. Zwischendurch murmelte sie etwas Unverständliches.

»Gib ihr doch mal ein Taschentuch«, sagte Manu Brabert.

Frölig gehorchte und zog ein Papiertaschentuch aus seiner Hosentasche, das er der Privatdozentin reichte. Undamenhaft laut schneuzte sie sich. Sie wischte sich eine weitere Träne aus dem linken Auge und sah Krüger an: »Meine Karriere kann ich jetzt wohl vergessen?«

»Darüber können wir zu einem späteren Zeitpunkt nachdenken. Jetzt sagen Sie mir erst einmal, warum Sie Ihr Zimmer gekündigt haben und zwei Tage lang von der Bildfläche verschwunden waren.«

Frau Dr. Metzig schluchzte wieder. Eine weitere Träne rollte ihre linke Wange hinunter.

Bei nur links auftretenden Tränen kann es ja nicht so schlimm sein, dachte Krüger.

Die Theologin holte tief Luft und sagte: »Es hat ja sowieso keinen Zweck. Tobias weiß Bescheid, dann kann ich es Ihnen ja auch sagen.«

»Meinen Sie die Geschichte mit den E-Mails an Professor Minski, die nicht so sonderlich freundlich klingen?«

Frau Dr. Metzig sah überrascht auf. »Woher …«

»Wir sind die Polizei«, sagte Krüger. »Wir wissen immer alles. Nein, im Ernst: Routinemäßig wird bei einem Mordfall das gesamte Umfeld untersucht. Dazu gehört seit einigen Jahren auch die akribische Bestandsaufnahme aller elektronisch vorhandenen Daten. Und Ihre E-Mails waren nicht sonderlich gut versteckt. Was meinten Sie denn mit der Formulierung …« Krüger sah in seinem kleinen Notizbuch nach. »Hier steht's: *Und – vergiß nicht – vielleicht interessiert es andere, wieso Du auf einmal so schöne Sachen in Deiner Wohnung hast und wie Du zu Deiner Stelle gekommen bist. Und Deine Veröffentlichungen natürlich.*« Er klappte das Notizbuch wieder zu.

»Das war ein Schuß ins Blaue. Ich meine, wieso hat ein Professor mit seinem Gehalt teure Antiquitäten zu Hause und mindestens ein Bild aus dem Expressionismus an der Wand?«

»Wieso nicht? Worüber haben Sie sich denn so geärgert, daß Sie dachten, Sie müßten zu Drohungen greifen?«

»Ich wollte mich eigentlich gerne auf einen Lehrstuhl in Greifswald bewerben. Ich finde, daß meine vielen bisherigen Veröffentlichungen gut sind. Professor Minski, der nur sehr wenig publiziert hat, fand aber, daß ich noch zu jung dafür sei. Wir haben uns darüber heftig gestritten, Anfang des Monats. Ich war einfach wütend.

Er sitzt seit Jahrzehnten auf seiner Stelle und tut nichts. Nur Seminare und Vorlesungen – das ist *mir* zu wenig.«

»Ja, Ihnen, aber vielleicht hat es Minski gereicht. Und der Hinweis auf seine Berufung zum Professor?«

»Sie meinen, wie er seinen Lehrstuhl erhalten hat? Kollege Schmidtbauer hat da mal was angedeutet, wie Minski zu seiner großen Veröffentlichung gekommen ist. Die hat er wohl nicht alleine geschrieben, so habe ich Schmidtbauer jedenfalls verstanden.«

»Lassen wir das mal, bis ich den Dekan befragen kann. Was anderes. Wo waren Sie denn, als Professor Minski aus dem Fenster gestoßen wurde? Am Freitag vergangener Woche?«

»Auf einer Tagung in Köln. Tagungsnachweis, Bewirtungsquittung, Parkschein – wollen Sie das direkt sehen?« Sie fing an, in ihrer Handtasche zu kramen. Wie sie sie so schnell geöffnet hatte, hatte Krüger nicht mitbekommen.

»Ja, dann können wir das abhaken.«

Frau Dr. Metzig reichte ihm die drei Belege. Krüger studierte jeweils Datum wie Uhrzeit und gab sie ihr dann zurück.

Krügers Mobiltelefon klingelte. Manu Brabert verzog abschätzig das Gesicht, als Miss Marples Melodie zu hören waren. Tobias Frölig grinste.

»Ja, ich bin's. – Sag das noch mal. – Nein, müßt ihr nicht; sie sitzt mir gegenüber. – Ja, bis nachher.«

Frau Dr. Metzig hatte wieder angefangen zu schluchzen.

»Frau Dr. Metzig? Ich habe leider keine gute Nachricht für Sie. Wir haben Ihre Daten mit dem Einwohnermeldeamt in Ihrer Heimatstadt abgeglichen. Das ist eine reine Routinemaßnahme. Wie Sie vielleicht wissen, wird der Besitz von Schußwaffen beim Einwohnermeldeamt registriert. Mein Kollege hat mir soeben mitgeteilt, daß Ihnen eine Handfeuerwaffe gehört, eine SIG Sauer P220. Ist das korrekt?«

Frau Dr. Metzig ließ den Kopf hängen. Nur sehr leise war ein Ja zu hören.

»Darf ich Sie dann bitten, mich zum Präsidium zu begleiten? Sie sind vorläufig festgenommen.«

* * *

Freitag, 13. Mai. *Max tut mir leid. Er hat mir vorgestern im »Bonner Kaffeehaus« erzählt, daß er unter einer Lese- und Rechtschreibschwäche leidet. Der Fachausdruck dafür ist Legasthenie. Er hat mir auch ein Buch aus dem letzten Jahr empfohlen, »Legasthenie und Rechenleistungen«, das ich mir nachmitags in der UB ausgeliehen habe. Eigentlich kann er nichts selber schreiben und abgeben; einer muß immer Korrektur lesen. Danach hat er mir von Hölderlin erzählt, der ihm wohl manchmal hilft. Zwischendurch fing er an zu weinen, denn wie soll ein Lehrer später korrigieren können, wenn er selber Probleme hat? Ich hab' ihn in den Arm genommen, und dann gab es wieder Küsse. Aber er ist eigentlich immer noch ein großer Junge. Beethoven, Hendrix und Hölderlin sind da irgendwie anders, männlicher vielleicht. Was soll ich bloß tun? Wie mich entscheiden? Was Salva wohl zu dem ganzen Durcheinander sagen würde?*

24

Donnerstag, 27. Mai 2010, nachmittags – Oxford

»Das hat sich ja gelohnt«, sagte Blackmore zu Schneider, als sie wieder im Auto saßen. Er gluckste. »Dadurch reduziert sich die Anzahl der Verdächtigen schon mal um zwei, wenn *Holderleen*, Karlsson und, wie sprechen Sie den aus: *Norer* ...«

»Knörer«, sagte Schneider.

»Sag ich doch«, sagte Blackmore. »Jedenfalls, wenn die drei identisch sind. Jetzt müssen wir nur noch herausfinden, wie *Holderleen* mit bürgerlichem Namen heißt.«

»Vielleicht kann das mein Kollege Krüger eruieren. Wer weiß, möglicherweise gibt es bei Schmidtbauer oder in Minskis Nachlaß ein altes Notizbuch oder ein Tagebuch.«

»Ich habe eine ähnliche Idee. Wir können uns nochmal die beiden Wohnungen von Professor Schubert vornehmen, seine eigene in Jericho und die gemeinsame mit Margaret Dunwood.«

»Sofort?«

Blackmore sah auf die Uhr. »Kurz vor eins. Sollen wir eine Kleinigkeit essen gehen? Was halten Sie von *The Trout*? Liegt nicht weit von hier am Fluß. Dort können wir uns draußen hinsetzen.«

»Klingt nach einem Pub«, sagte Schneider.

»Stimmt, das können Sie nicht wissen; Sie waren ja noch nie in Oxford. Das Wirtshaus ist aus dem 17. Jahrhundert, mit einigen Ergänzungen aus dem 18. Und die alte Steinbrücke davor stammt noch aus dem Mittelalter.«

»Hört sich interessant an«, sagte Schneider, obwohl er innerlich etwas fröstelte. Diese Engländer! Bei jedem Wetter saßen sie draußen. Es war zwar Ende Mai, aber im Schatten doch noch kühl.

Sie hatten Glück – die Terrasse lag nach Süden, die Sonne schien, und es gab um die Mittagszeit trotzdem genügend freie Plätze.

Blackmore fragte: »Was trinken Sie?«

»Wenn es keinen zu schlechten Eindruck macht, würde ich gerne Bier trinken. Das hilft möglicherweise zum Abbau von deutschen Vorurteilen gegenüber englischen Gerstensäften«, sagte Schneider.

Blackmore lachte. »Gute Idee. Ich würde Ihnen – wenn schon, denn schon – Real Ale – empfehlen.«

»Was ist denn *real* am echten englischen Ale?«

Blackmore gluckste. »Sie meinen es anscheinend ernst. Das hat was mit dem Zapfen zu tun. Real Ale wird unfiltriert gezapft mit so einer Art Luftpumpe, während das normale Ale, auf das wir Kenner natürlich herabsehen, mit Hilfe von Kohlensäure oder Stickstoff ins Glas befördert wird. Und die örtliche Brauerei sollte nicht allzu weit von der Zapfstelle entfernt sein, dann ist das Ale einfach frischer. Okay, bis gleich.« Er stand auf und verschwand im Gebäude.

Schneider holte sein Mobiltelefon aus seinem Jackett und wählte. »Farnschläger, bist du's? – Wo ist Krüger denn? – Ist auch nicht so wichtig. Kannst du ihn fragen oder Frau Dr. Winterthur, ob es ein altes Notizbuch, einen alten Kalender, ein altes Adreßverzeichnis in Minskis Unterlagen gibt, von 1975, in dem vielleicht die Namen der Studenten aus seiner Clique stehen? – Danke. – Ich? Ich sitze hier draußen an der Themse in einem alten Pub aus dem 17. Jahrhundert. – Nein, das Bier ist sicher jünger. – Ich sag' dir, wenn ich wieder in Bonn bin, ob's geschmeckt hat.«

Blackmore kam mit zwei vollen Pints Bier zurück. »Tut mir leid, sie haben kein Real Ale. Aber Marston's *Pedigree* ist auch nicht zu verachten.« Er setzte sich auf die Bank Schneider gegenüber. »Ohne Sie zu fragen, habe ich gleichzeitig etwas zu essen bestellt. Ist auch typisch englisch und bietet sich hier geradezu an. Wollen Sie raten?«

Schneider sah sein Gegenüber erfreut an. Von wegen sperrige Engländer. Dieser hier war besonders angenehm. »Okay«, sagte er langsam. »*Steak and Kidney Pie.*«

Blackmore lachte. »Nein, das ist erst Stufe drei. Das müssen Sie sich erarbeiten. Ich habe etwas Einfaches gewählt, *Battered Cod with fresh potatoes*. Kurz gesagt, F*ish and Chips*.«

Jetzt lachte Schneider auch. »Alle Achtung, Kabeljau! Hier aus dem Fluß?«

Blackmore gluckste. Er ergriff sein Glas und sagte: »Was sagen die Deutschen? *Prost*?«

Schneider nickte und stieß mit Blackmore an. »Anstoßen geht allerdings besser mit Wein. Vielleicht mal am Rhein, wenn Sie uns besuchen.« Er nahm einen tiefen Schluck und war angenehm überrascht. Die fehlende Kohlensäure störte ihn überhaupt nicht. Das Bier war würzig und schmeckte nach mehr.

Blackmore blätterte in seiner Akte, die er aus dem Auto mitgenommen hatte. »Bis das Essen kommt, machen wir eine kleine Bestandsaufnahme. Außerdem habe ich drinnen mit meinem Kollegen Thompson telefoniert. Es gibt Neuigkeiten.«

»Ich habe auch telefoniert«, sagte Schneider. »Meine Kollegen suchen jetzt auch nach Notizbüchern.«

»Gut, wenn die Arbeit auf viele Schultern verteilt ist. Also, der Stand der Dinge beim Höchststand der Sonne ist ...« Blackmore sah in den blauen Himmel über ihm.

»Soll ich das mal versuchen?« fragte Schneider. »Bei uns hilft das immer, wenn einer von außen die Ermittlungen kommentiert, damit nicht alle in einer Sackgasse mit dem Rücken zur Wand stehen.«

Blackmore grinste. »Ein schönes Bild. Okay, machen Sie mal.«

»Ihr Professor ist tot. Unser auch. Drei Kollegen kommen mit Ihrem Professor gut aus; jedenfalls ist kein Streit am College bekannt. Zwei Kollegen bei Ihnen sind allerdings zur Zeit nicht zu finden; die Dame ist verschwunden, und der Herr hat das Land verlassen – angeblich Richtung Schweden.«

»Alles korrekt.«

»Bei uns gibt es zwei Kollegen des toten Professors: die Dame ist zur Zeit ebenfalls abhanden gekommen, der Herr allerdings ist vorhanden, wenn auch leicht angelöchert.« Schneider starrte ebenfalls in den blauen Himmel. Vielleicht standen dort die Antworten auf alle Fragen? Er glaubte es nicht. »Jetzt wird es kompliziert. Bei Ihnen ist noch eine Studentin tot, die der Professor sehr gut kannte. Ihr Tod liegt jedoch erst wenige Tage zurück. Bei uns ist auch eine Studentin tot, allerdings schon ziemlich lange. Und nun kommt's.«

Blackmore sah seinen deutschen Gast interessiert an.

»Das einzige Bindeglied zwischen den toten Professoren ist jemand aus der Vergangenheit, nämlich dieser alte Schwede, wie hieß er noch gleich?«

»*Norer*«, sagte Blackmore. »Das ist allerdings sein deutscher Name. Auf schwedisch heißt er Karlsson. Wobei Sie mit Bindeglied wohl recht haben.«

Das Essen kam. Schneider hatte sich auf Fisch mit Pommes frites gefreut, war allerdings skeptisch gewesen, was den Ruf der englischen Küche anging. Aber er wurde eines Besseren belehrt. Der Kabeljau war frisch, der Brandteig besaß genau das richtige Verhältnis zwischen trocken und ölig, und die *Chips* hatten eben nicht die Konsistenz der deutschen *Pommes*, sondern waren aus echten Kartoffeln hergestellt. *Geschnitzt* war eigentlich das zutreffende Wort, wenn man die rechteckige Stäbchenform betrachtete, dachte Schneider. Überrascht stellte er fest, daß er wirklich hungrig war; aber hier war es auch eine Stunde später als zuhause, wie sein Magen grummelnd bemerkte. »Guten Appetit«, sagte er.

»So heißt das auf dem Kontinent, nicht?« fragte Blackmore. »Bei uns ist es etwas länger: *Enjoy your meal!*«

Punkt drei schloß Blackmore die Tür zu Schuberts Haus in Jericho auf. Abgestandene Luft kam ihnen entgegen. »Hier unten müßte mal wieder gelüftet werden«, sagte Blackmore und schob im Wohnzimmer einen Flügel des alten Fensters nach oben.

»Aus der Reihe *Berühmte letzte Worte* hörten Sie das Abschiedswort des U-Boot-Matrosen«, sagte Schneider mit ernstem Gesicht.

Blackmore gluckste.

»Darf ich mich umsehen?« fragte Schneider.

»Bitte, fühlen Sie sich wie zuhause.«

»Danke, aber vielleicht geht das einfacher. Wo würde ich denn einen alten Kalender und meine sonstigen Erinnerungen aus der Studienzeit aufbewahren? Bei mir zuhause im Keller.«

»Den haben die Häuser in der Nachbarschaft um *Lucy's Ironworks* nicht.«

Schneider sagte nur: »Entschuldigung?«

»Das war eine Anfang des neunzehnten Jahrhunderts gegründete Eisengießerei hier um die Ecke. Die alten Fabrikhallen sind leider 2006 abgerissen worden. Um die Gießerei herum entstanden relativ schnell die Arbeitersiedlungen. Die meisten Häuser dieser Straße stammen etwa von 1880, 1890.«

»Also kein Keller.« Schneider überlegte. »Der Dachboden.«

»Glaube ich nicht. Der Professor hat allein gelebt und Platz genug gehabt. Im ersten Stock ist sein Arbeitszimmer.«

Schneider ging nach oben, Blackmore folgte ihm. Bad, Schlafzimmer, *Study*. Im Arbeitszimmer sah es nicht mehr so geordnet aus, wie Blackmore es in Erinnerung hatte. Die Damen der Spurensicherung hatten wahrscheinlich gedacht: Nach mir die Putzfrau.

»Kisten gibt es hier gar nicht«, sagte Schneider, der auch hinter das Regal gesehen hatte.

»Stimmt«, sagte Blackmore. »Schon merkwürdig, jeder hat doch irgendwelchen Krempel, von dem er sich nicht trennen kann.«

Stimmt, dachte Schneider. Ihm fiel seine umfangreiche Schallplattensammlung sein, von der er sich nicht trennen konnte. Kollege Farnschläger hatte seine gesamte Musik – Schallplatten, Kassetten, CDs – digitalisiert und auf seinem iPod gespeichert. Dafür sah jetzt sein Wohnzimmer angenehm leer aus. Nur: Was sollte der Kollege bei Akkuausfall hören?

»Hier finden wir jetzt nichts mehr«, sagte Blackmore und trat in den Flur.

Schneider ging hinterher. »Was ist das für ein Raum? Eine Abstellkammer?« fragte er und deutete auf eine schmale Tür neben dem Bad.

»Da ist in der Regel der Boiler für das Heißwasser drin«, sagte Blackmore. »Aber wir können gerne nachsehen.« Die Tür ächzte, als er sie öffnete. Feuchte Luft schlug ihnen entgegen. »Der Boiler ist an«, sagte Blackmore überflüssigerweise, denn das Bollern war nicht zu überhören.

»Der Lichtschalter?« fragte Schneider.

»Außen.«

Es gab einen kleinen Knall. Die Glühbirne hatte ihren Geist aufgegeben.

»Moment«, sagte Schneider. »Ich habe doch eine Taschenlampen-*App*.«

Blackmore beäugte ein wenig neidisch das nagelneue Smartphone, das Schneider aus der Tasche zog. Er nahm sich vor, die jeweilige Technikgeneration seiner Gerätschaften zu überprüfen und sie gegebenenfalls, wie hieß das doch gleich bei den Bankgebühren? Anzupassen.

Das ziemlich grelle Licht des Mobiltelefons fiel auf einen Boiler und ein danebenstehendes Handtuchregal. Die sauberen Handtücher lagen alle, peinlich genau gefaltet, exakt übereinander.

»Die hat die Spurensicherung nicht näher betrachtet«, sagte Blackmore. »Die Damen waren wohl zufrieden mit der Ordnung, die sie hier vorgefunden haben. Falls sie die Tür überhaupt geöffnet haben, was ich bezweifle.«

Auf dem untersten Regalbrett standen zwei große, gleich aussehende Waschmittelpackungen.

Blackmore wollte schon gehen, als Schneider sagte: »Wieso zwei Packungen?« Er ging in die Knie. »Gucken Sie mal hier?«

Blackmore hockte sich neben ihn.

»Sehen Sie das Logo der Waschmittelfirma? Dieses hier ist gegenüber dem anderen modernisiert. Ich würde mal behaupten, daß das hier die ältere Packung ist und sie kein Waschpulver mehr enthält. Wenn man etwas verstecken möchte, muß man es offensichtlich machen. Dann übersieht es jeder.«

Schneider zog zwei dünne Einmalhandschuhe aus seinem Jakkett und streifte sie über. Vorsichtig nahm er den Karton aus dem Regal und trug ihn ins Arbeitszimmer. Das ausgeschaltete Mobiltelefon hatte er wieder in die Tasche gesteckt.

»Darf ich?« Blackmore hatte inzwischen auch Einmalhandschuhe an. Er schob die Tragelasche zurück und öffnete den Karton. Innen waren kleinere Pappbehältnisse ordentlich neben- und aufeinander gestapelt. Blackmore zog einen heraus. »WS 1976/77 und SS 1977«, las er vor.

»Das bedeutet Winter- beziehungsweise Sommersemester«, sagte Schneider. »Aber warum hat er das versteckt? Vielleicht wollte er nicht daran erinnert werden, es aber trotzdem aufbewahren.«

Blackmore zog nacheinander alle Schachteln heraus, stellte sie nebeneinander und sortierte sie dann. Schließlich hatten sie eine Reihe vom Wintersemester 1974 bis zum Sommersemester 1981.

»Erinnern Sie mich daran, daß ich der Spurensicherung sage, wie die Arbeit der Spurensicherung auszusehen hat?«

Schneider sah seinem Kollegen an, daß er aufgebracht war.

»Wir wären sicher weiter, wenn die Schlafmützen …«

Schneider zog den Karton mit der Aufschrift 1975 zu sich und öffnete ihn. Er holte Briefe heraus an Schubert und einen kleinen Stapel mit Kino-Eintrittskarten. Auf den meisten stand WOKI oder REX, Namen der beiden stark besuchten Bonner Studentenkinos in den siebziger Jahren, wie er von einem anderen Fall wußte. Weiterer Kleinkram folgte, eine getrocknete Rose, die schwach nach einem sehr angenehmen Parfum duftete, zwei Schlüssel, ein abgekauter Bleistift. Aber kein Adreßbuch, kein Kalender.

Blackmore hatte die Schachtel mit dem Vermerk 1974 vor sich stehen. Ihr Inhalt war ähnlich, wie Schneider aus dem Augenwinkel sah, während er den Inhalt seines Kartons wieder verstaute.

»Hier«, sagte Blackmore plötzlich. Er hielt einen kleinen Taschenkalender in der Hand, ungefähr acht mal zwölf Zentimeter groß. Der Einband bestand aus abwaschbarem roten Plastik. Blackmore schlug das Büchlein auf und überflog eine Seite mit Einträgen in Schuberts kleiner, schon damals penibler Handschrift. »Ist auf deutsch«, sagte er. »Fällt in Ihr Ressort.« Er reichte ihn Schneider, der den kleinen Kalender von hinten aufblätterte.

»Hier sind Adressen«, sagte er. »Mal sehen.« Er blätterte weiter. Plötzlich stutzte er. »Hier, unter S: Schmidtbauer, Wolfgang, Gartenstraße 27, 5216 Niederkassel-Mondorf. Das liegt auf der anderen Rheinseite bei Bonn. Jetzt mal den Buchstaben H.«

Blackmore sah gespannt zu.

»Schubert war wirklich ordentlich. Hier steht tatsächlich: Anführungsstriche Hölderlin Abführungsstriche, in Klammern dahinter Robert Krömer, Borgswiese 90, 4520 Gelsenkirchen-Buer.«

»Etwas phantasielos, der Herr«, sagte Blackmore. »Rolf Karlsson, Rolf *Norer*, Robert *Kromer*. Immer die gleichen Initialen.«

»Falls es der gleiche Mensch ist. Jetzt müssen wir nur noch feststellen, wo Herr Krömer oder wie er heutzutage heißt, sich aufhält. Dann können wir den Fall abschließen.«

»Moment«, sagte Blackmore. »Es ist noch überhaupt nicht bewiesen, daß er der Täter ist. Nur weil er in der Nähe war, ist er das noch lange nicht. Und Sie müssen beweisen, daß er in Bonn war, letzten Freitag. Wir müssen ihn also schon befragen.«

Schneider seufzte. »Immer, wenn man denkt, man könne ins wohlverdiente Wochenende abdüsen, kommt was Neues. Wir sollten eben die anderen Schachteln auch noch durchsehen.«

Die beiden Beamten teilten sich die Kistchen auf, förderten aber nichts Interessantes mehr zutage. Ein Tagebuch war in keinem der Kartons enthalten; wahrscheinlich hatte Schubert keines geführt.

Blackmore nahm den Kalender von 1974 und steckte ihn in einen Plastikbeutel, den er in seiner rechten Jackettasche verstaute. »Gut, fahren wir zum Polizeirevier zurück?«

Bevor Schneider antworten konnte, klingelte sein Telefon. »Krüger, bist du's?« sagte er. »Paß mal auf: Konstanze Donnelly hat Hölderlin identifiziert. – Danke noch einmal für deine Idee. – Finde ich auch. Hör mal, was wir hier gerade gefunden haben.« Er berichtete vom Kalender und Hölderlins richtigem Namen. »Ist doch toll, oder? – Danke. Wir vermuten übrigens, daß er auch den Alias-Namen Rolf Knörer benutzt. Schreibt ihr ihn bitte zur Fahndung aus? – Nicht? – Naja, wahrscheinlich hast du recht. – Okay, bis später.« Schneider übersetzte Blackmore den Inhalt des Gesprächs.

»Keine Fahndung«, murmelte Blackmore. »Wahrscheinlich würden wir das genauso machen und versuchen, ihn zu finden, ohne vorher seine Aufmerksamkeit zu erregen.«

»Was machen wir jetzt?« fragte Schneider. »Mein Flug geht erst morgen abend.«

»Ein kleiner Stop in St Aldate's. Wenn wir jetzt hier nicht weiterkommen, obwohl wir ja viel weitergekommen sind …« Er grinste. »Aber wir brauchen noch einen zweiten Mörder, den von Jessica Boulton. Falls es nicht nur einen Mörder gibt. Ich habe da eine Idee.«

Blackmore parkte seinen Mercedes wieder hinter dem Gebäude und ging mit seinem deutschen Kollegen zum *Major Incident Room*. Es war Viertel nach fünf. Schneider folgte ihm.

»Darf ich?« fragte Schneider. »Sir?« setzte er hinzu. Schnell skizzierte er an der Pinnwand Rosies Mind Map, die Krüger ihm eben am Telefon beschrieben hatte.

»Was denn?« fragte Blackmore.

»Aus drei eins machen. Was Sie vorhin vorgeschlagen haben.« Schneider setzte zwischen die Namen von Karlsson, Knörer und Krömer ein Gleichheitszeichen.

»Danke«, sagte Blackmore. »Jetzt müssen wir ihn nur noch finden. Ich habe aber auch noch was.« Er trat neben Schneider und fügte zwischen »Macdonnell« und »d'Angelosanto« ebenfalls ein Gleichheitszeichen.

»Gibt es eigentlich ein Foto von Macdonnell?« fragte Schneider.

»In der Akte liegt eines, glaube ich.« Blackmore blätterte ein wenig, bis er es gefunden hatte, und zeigte es dem Deutschen.

»Wie sieht er denn ohne Bart aus?« fragte Schneider. »Ich meine, für die Fahndung.«

Blackmore griff zum Telefon und holte einen Mitarbeiter vom Erkennungsdienst, dem er das Foto gab und um »eine kurzfristige Retusche für ein Bild mit ohne Bart« bat. Als der Kollege wieder gegangen war, fragte er: »Auch einen Kaffee?«

Schneider verneinte. »Mein Adrenalinspiegel ist ohnehin hoch genug, mit soviel aufregenden Dingen heute und dazu noch alles auf Englisch.«

Blackmore lachte.

»Was haben Sie eigentlich wegen Professor Dunwood unternommen?«

»Das Übliche – alle Flughäfen informiert, die großen Bahnhöfe …«

»Was denken Sie denn, wo die Dame hinwollte?«

»Frankreich, glaube ich. Die Postkarte war aus der Normandie.«

»Also fliegt sie nach Paris. Wo liegt denn der nächstgelegene Flughafen, um nach Paris zu fliegen?«

»Gatwick, glaube ich. Aber darum kümmert sich Ness.«

»Und Sie haben doch heute morgen erzählt, ihr Auto sei weg, oder?«

Blackmore nickte. »Moreland wollte sich mit den Werkstätten in der Nähe beschäftigen.«

»Und was ist aus dem Taxifahrer geworden, der vor der Haustür stand, als Sie …«

Blackmore schlug sich mit der Hand gegen die Stirn. »Der Taxifahrer, natürlich. Ich muß mal telefonieren.« Er griff zum Telefon und ließ sich von der Zentrale verbinden. »Können Sie mir sagen, ob einer Ihrer Fahrer gestern abend eine Fahrt nach Bletchingdon gemacht hat? – So. Wen hat er denn gefahren? – So. Und zurück? – Aha. Vielen Dank.« Blackmore wandte sich Schneider zu. »Professor Dunwood ist wirklich bei ihrer Freundin gewesen. Der Taxifahrer hat draußen gewartet und sie dann zurückgefahren – zu einer Kfz-Werkstatt in Woodstock.« Er streckte sich und gähnte. »Alles muß man selbst machen. Meine Kollegen hätten auch darauf kommen können. Ich geh' mal davon aus, daß sie dann mit ihrem eigenen Auto weggefahren ist. Das heißt …«

»Sie hat die Fähre genommen«, sagte Schneider.

»Genau. Die Postkartenschreiberin meint sicher das Fährterminal auf französischer Seite. Wie kommt sie denn am schnellsten von hier nach Frankreich?«

Schneider angelte sein Smartphone aus der Tasche und sagte: »Moment, meine *Map-App* …«

Blackmore gluckste. »Wenn ich das so sehe, können wir wohl unsere Festnetzrechner und die *Encyclopaedia Britannica* vergessen.«

Schneider kicherte. »Ein bißchen was im Kopf zu haben, schadet sicher nicht, aber fünfundzwanzig Bände der Enzyklopädie? Ich weiß ja nicht.« Er tippte. »Hier, jetzt hab' ich's. Oxford – Portsmouth – Cherbourg.«

Jemand klopfte leise an die Tür. Ronald Thompson trat ein, gefolgt von Harry Ness und Fred Moreland. Letzterer sagte zu seinem jungen Kollegen: »Das Klopfen kannst du dir sparen und für die Tür-zu-Tür-Ermittlungen aufheben.« Ness amüsierte sich. Thompson grinste.

»Nett, daß ihr so früh kommt«, sagte Blackmore. »Es gibt Arbeit.« Er berichtete seinen Kollegen von den Ereignissen des Tages. »Fred, kannst du die Fährterminals bei uns und bei den Franzosen überprüfen? Vielleicht zur Sicherheit auch noch Southampton und Bournemouth dazu nehmen? Danke.«

Fred verschwand wieder.

»Und du, Ronald, überprüfst die Kameras der Verkehrsüberwachung. Laß dir das Nummernschild von Professor Dunwoods Auto vom Collegesekretariat geben. Ruf Ms Reynolds dazu an.«

Thompson nickte und verschwand ebenfalls.

»Harry, du überprüfst bitte die Konten der Dame auf kürzliche Abhebungen.«

Es klopfte. Der Mitarbeiter aus der Fahndung kam mit einem Blatt Papier herein. »Sir, hier ist die gewünschte Änderung.« Er übergab die Seite Blackmore, nickte Schneider und Ness zu und ging wieder.

»Moment, Harry«, sagte Blackmore und betrachtete Professor Macdonnells jetzt bartloses Gesicht. Eine vage Ähnlichkeit mit dem Gesicht der ermordeten deutschen Studentin war zu sehen. »Kannst du das bitte sofort *Herr Kruger* übermitteln?«

»Mach ich doch glatt«, sagte Harry. Er stand auf und folgte seinen Kollegen.

»Und wir? Wir trinken jetzt einen Kaffee, nachdem hier wieder Ruhe eingekehrt ist.« Blackmore und Schneider grinsten sich an.

»Was war denn jetzt mit Ihrer Idee?« fragte Schneider.

25

Donnerstag, 27. Mai 2010, nachmittags – Bonn

Krüger fuhr mit Schwung auf den Präsidiumsparkplatz. Er stieg aus und lief um sein Auto herum zur Beifahrertür. »Endstation. Bitte aussteigen.«

Frau Dr. Metzig erhob sich zu ihrer vollen Größe und funkelte den Kommissar an. »Ohne meinen Anwalt sage ich gar nichts«, sagte sie.

»Darüber unterhalten wir uns gleich. Wenn Sie bitte mitkommen.« Er wartete ihre Antwort nicht ab, sondern steuerte schnellen Schrittes den Haupteingang an. Wohin sollte sie auch fliehen? Auch hier gab es Kameras …

Drinnen brachte Krüger die Privatdozentin in einen der Vernehmungsräume. »Kaffee?« Er war einsilbig, was man ihm ansehen konnte. Frauen, die größer waren als er, irritierten ihn immer. Frau Dr. Metzig war bestimmt eins fünfundachtzig groß, dazu kamen noch die Absätze. Und er selbst war eins zweiundachtzig – wenn er gerade ging.

»Nur ein Wasser, bitte.«

»Ihr Anwalt?«

»Vielleicht können wir das ohne Anwalt schneller hinter uns bringen; ich habe nichts zu verbergen.«

»Okay. Ich sage eben oben Bescheid. Bis gleich.« Krüger schloß die Tür ab und eilte die Treppe zum Besprechungszimmer hinauf. Er trat ein, ohne anzuklopfen.

»Oh, Sie sind auch schon da«, sagte Langenargen. »Schön, Sie wiederzusehen. Die letzten fünfzehn Minuten haben wir Sie vermißt.«

»Danke, Boß«, sagte Krüger. Automatisch sah er auf die Uhr. Viertel nach eins.

Rosie grinste. »Gut zu wissen, daß Sie auch *Boss* sagen.«

»Ich habe sie«, sagte Krüger und machte eine Pause. Den Moment wollte er wirklich genießen.

Alle starrten ihn an.

»Nun sag schon«, sagte Farnschläger.

»Ihr erinnert euch, daß die Privatdozentin an Professor Minskis Lehrstuhl verschwunden war? Frau Dr. Metzig? Ich bin förmlich über sie gestolpert. Sie hatte sich bei der theologischen Hilfskraft in der Bonner Schloßstraße versteckt. Diese ganze Aktion war wohl überflüssig und hat Tobias Frölig zu allem Überfluß auch noch seine Wohnung gekostet.« Er berichtete von seinem Besuch.

»Soso, die Schloßstraße«, sagte Kaul. »Gehe nicht über Los. Buchte direkt Frau Dr. Metzig ein.«

Niemand lachte. Beleidigt beschäftigte Kaul sich mit dem kleinen Papierstapel vor ihm, der verdächtig nach Ausdrucken von *World of Warcraft* aussah.

»Warum ist sie denn überhaupt abgehauen?« fragte Farnschläger.

»Ihr war das alles zuviel. Und sie nahm an, daß wir sie verdächtigten wegen der an Minski geschickten E-Mails.«

»Aha«, sagte Langenargen. »Wo ist die Dame denn jetzt?«

»Unten. Wollen Sie sie verhören? Schneider ist ja nicht da.«

»Kann ich gerne machen. Sonst noch was?«

»Ja, wir wissen jetzt, wer der schwedische Tycoon ist. Er heißt Robert Krömer und ist ein Jugendfreund von Minski und Schubert.«

Rosie horchte auf. »Wer hat ihn denn identifiziert?«

»Seine Schwester, Professor Minskis Schwester in Oxford, meine ich. Eindeutig. Das hat jedenfalls vorhin mein Kollege Schneider am Telefon erzählt.«

»Fahndung!« sagte Langenargen nachdrücklich.

»Lieber nicht, *Sir*«, sagte Krüger. »Wir beobachten erst einmal unauffällig. Nach seinem Auto mit schwedischem Kennzeichen wird schon gefahndet.«

Die Tür ging leise auf, und ein Beamter der Poststelle steckte seinen Kopf herein. »Ach, da bist du, Krüger. Unter deinen an mich umgeleiteten E-Mails war dieses Foto aus England. Sollte sofort vorgelegt werden.« Er gab Krüger den Ausdruck. »Dann kannst du jetzt deine E-Mails wieder zurückleiten. *Ich* habe jetzt Feierabend. Tschö z'samme'.«

Die Tür fiel wieder ins Schloß.

Krüger sah auf das Blatt. »*Salvatore d'Angelosanto* steht darunter. Ich kenne das Gesicht nicht. Aber die E-Mail kommt ja auch aus England. Wollen Sie mal sehen, Ms Mannering?«

»Rosie reicht«, sagte Rosie und trat neben ihn. »Doch, den kenne ich. Das ist Professor Macdonnell. Allerdings ohne Bart. Warten Sie.« Sie legte die Stirn in Falten und schloß die Augen.

Langenargen sah sie irritiert an und wollte etwas sagen.

Krüger legte seinen rechten Zeigefinger über seinen Mund. Sein Chef gehorchte und schloß den Mund wieder.

Rosie öffnete die Augen wieder und sagte: »Ich hab's. Irgendwo hatte ich das Gesicht schon gesehen. Ohne Bart, meine ich, und jetzt ist es mir wieder eingefallen. Allerdings hatte das Gesicht eine Brille, jedenfalls heute morgen auf dem Flughafen. Professor Macdonnell – an den italienischen Namen kann ich mich nicht gewöhnen – saß im Flugzeug aus London einige Reihen hinter mir.«

Alle riefen durcheinander. Jeder machte Vorschläge, was jetzt zu tun sein sollte. Einer schaute zu und sagte wie üblich gar nichts, sondern wartete, bis es etwas ruhiger geworden war. Dann erhob sich Paulsen und sagte auf Deutsch: »C-C-T-V oder wie das heißt. Das gibt es doch auch bei uns, oder?«

»Genau.« Das war Farnschläger. »Heißt bei uns Kanalfernsehen. Und -reinigung.«

Kaul grinste. »Ist, glaube ich, auch live.«

Rosie kam nicht mit und ließ sich das Geplänkel von Krüger übersetzen.

Langenargen trommelte mit den Fingern auf dem Tisch, eine Angewohnheit, die alle Anwesenden stets *jeck* machte. Sein Standardsatz für Besprechungen mit Farnschläger und Kaul folgte: »Das reicht!« Das Ausrufezeichen hörte man. »Wir müssen so schnell wie möglich die Bilder der Überwachungskameras am Flughafen durchsehen. Farnschläger, nehmen Sie dazu bitte Miss Mannering mit. Kaul, du guckst nach den Bildern der Bonner Tiefgaragen. Vielleicht läuft Krömer noch irgendwo in Bonn rum, nachdem er den Audi abgestellt hat. Irgendjemand muß doch die Schüsse auf den Dekan abgegeben haben.«

»Haben Sie nicht schon in Oxford nach Professor Macdonnell gefahndet?« fragte Krüger seine englische Kollegin. »Inklusive Flughäfen und so?«

»Doch, haben wir.«

»Und wie ist er dann ins Flugzeug gekommen?« fragte Langenargen

»Gute Frage«, sagte Rosie. Sie überlegte. Die anderen warteten. Plötzlich sagte sie: »Ich glaube, ich weiß es. Vielleicht hat er all die Jahre seinen deutschen Paß behalten und damit den Flug gebucht.«

»Personalausweis reicht«, sagte Kaul. »Muß allerdings regelmäßig erneuert werden. Ich lasse das mal überprüfen.« Er erhob sich und verließ den Raum.

»Komisch«, sagte Rosie. »Eigentlich sollte mein Kollege Fred Moreland Professor Macdonnell auch unter dem Namen Salvatore d'Angelosanto zur Fahndung ausschreiben. Hat er bestimmt vergessen, so kurz vor seiner Pensionierung. Ich muß ihn mal fragen, wenn ich wieder zuhause bin.«

Krüger fiel Frau Dr. Metzig wieder ein. »Herr Langenargen, die Privatdozentin, die ich im Verhörzimmer Vier zwischengelagert habe, hat eine Pistole gleichen Typs wie die, aus der auf Professor Schmidtbauer geschossen worden ist.«

»Und das sagen Sie erst jetzt? Ich gehe hinunter und lasse mir die Waffe geben. Wenn ich wiederkomme, will ich Ergebnisse sehen!« Die Tür hinter ihm konnte auch lautstark ins Schloß fallen.

»Und was soll ich jetzt machen?« Krüger gähnte. »Früh aufgestanden, noch kein Mittagessen und ein hektischer Chef.« Er sah

Paulsen an. »Piet, kannst du nicht versuchen, über Robert Krömer was herauszufinden? Die anderen Namen, die er verwendet, stehen unten auf dem E-Mail-Ausdruck.« Er reichte Paulsen das Blatt. »Und wenn du eventuelle Konten gleich mit überprüfen kannst? Vielen Dank.«

»Okay, Boß«, sagte Paulsen.

»Dich hat der Chef vergessen«, sagte Farnschläger neidisch.

»Glaube ich nicht«, sagte Krüger. »Er weiß eigentlich, daß ich *immer* im Dienst bin. Ich fahre noch mal in die Universität. Ich muß noch etwas überprüfen. Könnt ihr mich anrufen, wenn ihr über was Interessantes stolpert?«

Krüger parkte seinen Wagen in der Tiefgarage der Universität. Das Dekanat der Evangelisch-Theologischen Fakultät war noch immer verschlossen. Er ging in den Innenhof der Universität zurück, holte sein Mobiltelefon aus der Tasche und wählte Carmens Nummer. In der Nähe hörte er ganz leise eine Klingelmelodie. Wenn ihn nicht alles täuschte, war es der Anfang von *Street Fighting Man* von den Rolling Stones. Oha, dachte Krüger, jemand Militantes. Die Musik brach abrupt ab, und Carmens Stimme war doppelt zu hören, einmal aus seinem Mobiltelefon und einmal aus dem Durchgang vom Innenhof der Universität zur Innenstadt.

»Ja, bitte? Krüger, bist du's?«

Krüger sagte gar nichts, sondern wartete, bis Carmen ihn entdeckte. Beide mußten lachen. Carmen gab ihm einen Kuß und hakte sich bei ihm unter. »Hast du auch Hunger?«

Der Kommissar nickte. »Zum *Bistro* am Marktplatz müssen wir ja nicht immer gehen. Hast du eine Idee?«

»Ich habe immer welche«, sagte Carmen und gab Krüger einen freundschaftlichen Stups. »Liegt direkt um die Ecke. Vielleicht bekommen wir noch was, es ist gerade kurz nach zwei. Man kann da zwar nicht draußen sitzen, aber bei dem heutigen Wetter ...«

Krüger sah in den grauen Himmel. Die Sonne hatte sich noch nicht blicken lassen. Das Wetter entsprach der Stimmungslage im aktuellen Fall – durchwachsen und bislang kein Lichtblick in Sicht.

Carmen zog ihn zum *Ruland*, das hinter dem Gebäude der neuen Fachbibliothek mit den theologischen Büchern lag, schräg gegenüber der Rückseite des alten Bonner Rathauses.

Krüger studierte die ausgehängte Speisekarte und sagte: »Pasta und Pizza und Wein – wie aufmerksam von dir.«

Drinnen fanden sie einen Platz an einem Zweiertisch. Carmen holte aus ihrer Tasche ein längliches Päckchen und legte es auf den Tisch. »Dazu muß ich dir gleich etwas erzählen. Aber sag zuerst, wie es dir ergangen ist.«

»Man glaubt es kaum, wieviel in vierundzwanzig Stunden passieren kann. Ein Besuch aus Übersee, die Identifikation eines Studenten von 1975 und eine Verhaftung.« Er berichtete von der Ankunft der englischen Kollegin und den weiteren Ereignissen des Tages.

»Also ist Krömer einer von Minskis Freunden? Dann braucht ihr nur noch ein aktuelles Bild, und dann habt ihr ihn.«

Krüger lachte. »So einfach ist das nicht. Aber ich kann dir ja mal sein Foto zeigen.« Er holte den Ausdruck der von Blackmore übermittelten Datei hervor und legte ihn auf den Tisch.

»Genau, das ist er. Der hat nach Minski gefragt. Da sah er allerdings bedeutend salopper aus mit seinen Cowboystiefeln.«

»Die hat er hier vielleicht auch an.« Krüger gluckste. Das Foto ging nur bis zur Kante des Tisches in der Autovermietung; die Kamera schien auf halber Höhe hinter den Angestellten an der Wand angebracht zu sein, was er dem Aufnahmewinkel des Fotos entnahm. Krüger zeigte Carmen einen zweiten Ausdruck. »Den hier suchen wir auch. Das ist wahrscheinlich der Bruder der 1975 ermordeten Studentin, ein englischer Professor.«

Carmen zog das Blatt zu sich heran, drehte es um hundertachtzig Grad und betrachtete es. »Den kenne ich auch.«

»Vielleicht war der mal zu einem Kongreß hier in Bonn, er ist schließlich auch Theologe.«

»Nein«, sagte Carmen, »den habe ich vorhin gesehen.«

Krüger starrte sie an. »Nun mach es doch nicht so spannend.«

Die Kellnerin brachte das Essen. Die Küche hatte sich noch zu zwei verspäteten Salaten mit Putenfleisch überreden lassen.

»Also, da das Dekanat von deinen Kollegen noch nicht wieder freigegeben ist, bin ich nach oben zum Dienstzimmer von Professor Minski gegangen, um aufzuräumen. Als ich gerade die Seminartür aufschließen wollte, sagte von hinten eine etwas höhere Männerstimme: ›Können Sie mir sagen, wo ich Professor Minski finde?‹ Ich hab' mich dann umgedreht und den Herrn betrachtet.«

»Und wie sah er aus?«

»Wie auf dem Foto, allerdings mit dunkler Hornbrille. Schicker grauer Anzug, rosa Krawatte. Braune Halbschuhe, anscheinend handgearbeitet.«

Auf Krügers hochgezogene Augenbrauen hin fügte sie hinzu: »Eine Frau sieht so etwas.«

»Und was hast du ihm geantwortet?«

»Ich hab' ihm gesagt, was passiert ist. Daß Professor Minski ermordet worden ist. Seine Reaktion darauf war ganz komisch. Weißt du, was er gesagt hat?«

»Was denn?«

»*Fuck*. Sonst nichts. Nicht mal danke zu mir, für die Auskunft meine ich. Und dann ist er, das ist jetzt schlecht zu beschreiben, irgendwie wütend weggegangen. Vielleicht so, als ob er zu spät gekommen ist, um etwas zu erledigen.«

»Vielleicht den Professor erledigen.«

Carmen grinste. »Keine Ahnung, kann sein.«

»Um wieviel Uhr war das denn?«

Carmen sah auf ihre kleine Armbanduhr. »Gegen zwölf, glaube ich.«

Krüger holte sein Telefon heraus und wählte. »Ja, ich bin's. Hör mal, ihr könnt aufhören, die Bilder der Überwachungskameras am Flughafen durchzusehen. Carmen hat Professor Macdonnell gerade identifiziert. Er ist in Bonn. Kümmert ihr euch um die Hotels? Danke. Bis nachher.« Er sah Carmen an. »*Sorry*, normalerweise telefoniere ich nicht beim Essen, aber das war jetzt wichtig.«

»Was macht der Professor denn in Bonn? Wer sagst du, ist das noch mal?«

»Wahrscheinlich der Bruder der ermordeten Studentin Maria d'Angelosanto, Salvatore d'Angelosanto. Aber warum er hier ist ...« Krüger ließ die Gabel mit einem aufgespießten Putenfleischstück vor seinem Mund schweben und dachte nach. »Ein Jubiläum? Seine Schwester ist vor fünfunddreißig Jahren umgebracht worden, wahrscheinlich von einem der auf dem Bootstourfoto abgebildeten Studenten. Der Todestag war der 20. Juni, nehme ich mal an. Der Tag des Seminarfests.«

Carmen hatte ebenfalls aufgehört zu essen. »Mal langsam. Minski bei uns ist tot und Schmidtbauer angeschossen. In Oxford hat es Professor Schubert erwischt. Alles Bonner Studenten von 1975. Dann kann doch eigentlich nur der vierte im Bund, Hölderlin, der Mörder sein.«

»Möglicherweise.« Krüger war skeptisch. »Vielleicht ist es aber auch umgekehrt. Wie ist es mit der folgenden Möglichkeit? Das Mädchen hat sich in der Zeit, als es AIDS noch nicht gab und freie Liebe propagiert wurde, mit mehreren Jungs eingelassen, was wiederum ihrem Bruder zuviel wurde. Familienehre der Italiener und so. Der hat dann zugeschlagen.«

»Falls du übrigens noch mehr Täter brauchst: Auf dem Foto von dem Mittelstandsverein oder wie der heißt, das du mir gezeigt hast, ist noch der Vorsitzende des Vereins und ein weiterer Professor aus England zu sehen. Habt ihr denen ihre Alibis überprüft?« Carmen konnte auch schelmisch grinsen.

Den merkwürdigen Genitiv hatte Krüger gehört, überhörte ihn aber. »Fritz Pohl, der Vorsitzende der Bonner Mittelstandsvereinigung, ist vor zwei Jahren gestorben. Und was das Alibi von Professor Watkins angeht, so muß ich entweder meinen Kollegen in Oxford oder seine meine momentane Kollegin in Bonn befragen. Sofort?«

»Nach dem Essen«, sagte Carmen und tunkte eine Scheibe Ciabatta in die Salatsauce.

»*Bene.*« Krüger konnte auch Italienisch, zumindest die drei, vier Worte, die man brauchte, um damit Italien zu bereisen. »Jetzt mal zu dir.«

»Mein Alibi?«

Carmen und ihre Grübchen, dachte Krüger und konzentrierte sich auf sein Essen.

»Mein Leben?«

Krüger überlegte, ob er das wirklich wissen wollte. Nein, dachte er; das war vor ihm. Erst das Zusammen zählte.

»Mein Kontostand?«

Krüger lachte. »Nicht unbedingt, Frau Rasche. Außerdem sieht der wahrscheinlich bei einer Sekretärin nicht so berauschend aus.«

»Bestimmt nicht so erstklassisch wie bei einem Beamten des höheren Dienstes.«

Krüger schmunzelte. Er holte sein kleines Notizbuch heraus und vermerkte auf der Seite mit Carmens Wortschöpfungen den Neuzugang. »Das ist ein weites Feld. Nein, ich würde gerne wissen …«

»Wüßte reicht«, sagte Carmen. »Ein einfacher Konjunktiv.«

»Danke, Frau, äh, für die *rasche* Belehrung.«

Carmen hatte jetzt ein Dauergrinsen aufgesetzt.

»Kurz gefragt: Was ist in dem Päckchen?«

»Das hätte ich nicht vergessen. Das haut dich jetzt vom Hokker.« Sie gab Krüger den in Zeitungspapier eingeschlagenen Gegenstand. »Das habe ich in einem von Minskis Aktenordnern gefunden. Der war beschriftet mit *Steuerunterlagen* 2009.«

»Hast du das angefaßt?«

»Was denkst du denn. Ich bin erfahrene Fernseherin. Man benutzt entweder Gummihandschuhe oder ein Taschentuch. Erst dann darf man zugreifen.«

Krüger nahm wieder ein Paar Einweghandschuhe aus seiner Jackentasche, streifte sie über und schlug das Papier zurück. Ein altes Tagebuch, komplett mit Schloß an der Seite, kam zum Vorschein. Er hielt den Atem an. »Ist das das, was ich denke?«

»Ich glaube schon«, sagte Carmen. »Innen steht der Name. Das Schloß scheint kaputt zu sein; jedenfalls kann man den kleinen Hebel zurückschieben, dann geht es auf.«

»Hast du da etwa schon hineingesehen?«

»Ich darf das. Ich bin deine Assistentin. Ich habe Handschuhe. Und hinten fehlt eine Seite.«

Krüger schlug das Tagebuch auf. Tatsächlich war das letzte Blatt säuberlich herausgetrennt worden. »Was da wohl gestanden hat?«

Carmen zuckte die Achseln.

Auf der ersten rechten Seite stand in ordentlicher Mädchenschrift *Tagebuch Sommersemester 1975 von Maria d'Angelosanto*. Eine rechte Seite weiter fingen die Einträge an. Krüger begann vorzulesen: »*Montag, 21. April. Es fühlt sich an, als ob ich schon ewig in Bonn bin. Dabei kenne ich die Stadt erst seit Oktober.*«

Eine halbe Stunde später ließ Krüger das Tagebuch sinken. »Mann, das ist ja echt der Hammer. Aber wer sie jetzt umgebracht hat, wissen wir noch immer nicht. Hölderlin, Hendrix, Max, Beethoven – keine Klarnamen. Warte mal – Beethoven ist bestimmt Schubert.«

»Vielleicht. Stehen hinten Adressen drin?«

»Sieht nicht so aus. Vielleicht hat sie ein Adreßbüchlein gehabt. Aber wo das jetzt ist, wenn es eines gab ... Die Eltern sind tot, die Papiermühle verkauft, ihre Akte mit den damaligen Ermittlungen vernichtet.«

»Aber sie hat doch was zu der bevorstehenden Seminarfete geschrieben. Was hast du da eben vorgelesen? Mit wem war sie verabredet?«

Krüger blätterte ein paar Seiten zurück. »Sie schreibt: *Hoffentlich kommen Max und Hölderlin auch, dann bin ich mit Beethoven nicht alleine. Schmidtbauer fährt ja leider nicht mit.* Sieht so aus, als sei Schubert etwas zudringlich gewesen.«

Carmen grübelte. »Dann war Hendrix, also Schmidtbauer, nicht auf dem Boot.«

»Zumindest nahm sie das am Vortag an. Der letzte Tagebucheintrag ist ja vom neunzehnten Juni. Wenn der Dekan wieder aufgewacht ist, können wir ihn dazu befragen.«

»*Be*fragt ihr eigentlich immer? Fragt ihr nie?«

»So heißt es im Lehrbuch für den gehobenen Polizeidienst, *Ermittlungstechnisch für Anfänger*.«

Carmen gluckste. »Hat wahrscheinlich kein Germanist geschrieben.« Sie wurde wieder ernst. »Hier kommen wir nicht weiter. Also wenden wir uns einer anderen brennenden Frage zu. Gesetzt den Fall, daß …«

»Sie zahlen möchten«, sagte die Kellnerin, die unbemerkt an ihren Tisch getreten war, »so können Sie das jetzt tun. Ich habe seit zwanzig Minuten Feierabend.«

Krüger sah auf seine Uhr. Zwanzig nach drei. Er nahm ein kleines Bündel Scheine aus der Brusttasche seines Oberhemds, wo er sein Papiergeld aufbewahrte, und gab es der Bedienung. Zu Carmen sagte er: »Draußen mehr.« Er verstaute das Tagebuch vorsichtig wieder in der Papierhülle und verließ mit der Sekretärin das Restaurant. Vor der Tür sagte er: »Doch noch zum *Bistro Miebach*, ich brauche jetzt einen Cappuccino.«

»Ich auch.«

Sie setzen sich vor dem Lokal an einen Tisch in der Nähe des Eingangs mit dem Rücken zur Sonne, die allerdings nur zaghaft durch die Wolken schien.

»Wo war ich stehengeblieben?« sagte Carmen. »Ach ja. Krömer und Macdonnell. Warum schleichen die beide durch Bonn?«

»Falls Krömer überhaupt noch schleicht und nicht längst wieder in Schweden oder in der Karibik ist.« Er überlegte. »Macdonnell ist ja augenscheinlich meiner englischen Kollegin nachgeflogen, besser gesagt: gefolgt. Von Minskis Tod konnte er nicht wissen. Den habe ich erst gestern abend DCI Blackmore mitgeteilt. Warum kommt er also nach Bonn?«

»Vielleicht war das nur ein Zufall, der gleiche Flieger, meine ich. Vielleicht weiß er mehr als wir alle. Vielleicht sucht er jemanden.«

»Viele Möglichkeiten, aber *vielleicht* hast du recht. Wen mag er denn suchen?«

»Die beiden, die vom Foto 1975 noch leben, sind Krömer und er.«

»Aber dann müßte Macdonnell wiederum wissen, daß der in Bonn ist. Woher kann er das denn erfahren haben?«

Beide schwiegen. Krüger rührte unentschlossen in seinem Cappuccino.

»Ach, da bist du«, sagte plötzlich eine Stimme hinter ihm. Krüger zuckte zusammen. Farnschläger klopfte freundlich auf den Tisch. »Hallo allerseits. Mit wem habe ich die Ehre?«

»Kriminalhauptkommissar Krüger«, sagte Krüger.

»Das sehe ich. Und die Dame?« Er setzte sein berüchtigtes, nach Krügers Meinung ausschließlich für Frauen reserviertes schiefes Grinsen auf, das er für attraktiv hielt.

»Eine Zeugin«, sagte Krüger, der keine Lust hatte, seinem Kollegen Zusammenhänge zu erschließen. »Was gibt's?«

»Der Chef sagte, du seiest hier zu finden. Ist dein Mobiltelefon kaputt?«

»Nicht, daß ich wüßte. Wahrscheinlich war kein Empfang oder wieder einer dieser Netzfehler.«

»Ist auch egal. Miss Mannering hat Professor Macdonnell auf einem Bild der Flughafenkameras identifiziert. Und wir haben den Audi des Schweden gefunden. Steht in einer Werkstatt in Beuel. Die Lichtmaschine ist wohl defekt.«

Krüger gluckste. »Soviel zu deutscher Wertarbeit.«

»Dann ist der Schwede noch in Bonn?« fragte Carmen.

Farnschläger lächelte sie überrascht an, allerdings genauso schief wie eben. »Hübsche Stimme haben Sie. Ja, sieht so aus. Er hat sich unter dem Namen Krömer im *Bristol* eingemietet.«

»Unter seinem richtigen Namen?« fragte Krüger ungläubig. »Wie habt ihr das so schnell herausbekommen?«

»Wir haben die Hotelrezeptionen gebeten, uns Übernachtungsgäste mit den Initialen RK zu melden. Krömer hat wahrscheinlich angenommen, daß er nur als Rolf Karlsson oder Rolf Knörer bekannt ist. Paß mal auf, was wir zu Robert Krömer herausgefunden haben. Aber erst mal brauche ich was zu trinken, am besten Kaffee mit Koffein.«

»Dem können wir leicht begegnen«, sagte Krüger und winkte dem Kellner. »Noch drei Cappuccinos, bitte.«

»Das ist einer zuviel«, sagte Carmen. »Ein stilles Wasser reicht.«

»Also«, sagte Krüger zu Farnschläger. »Erzähl mal, was du über Robert Krömer weißt.«

* * *

Montag, 16. Juni. *Samstag waren wir auf einer Fete bei Britta, die vier Jungs und ich. Und noch andere Kommilitonen und Kommilitoninnen. Das Ganze fand in der Garage ihrer Eltern statt, die das Weite gesucht hatten. Es gab ein Fäßchen Bier und Amselfelder Rotwein. Irgendjemand hatte einen Joint mit, der so gerade für alle gereicht hat, alle außer Max. Der wollte nicht; vielleicht wird er mal Mönch. Hinterher war Hölderlin so aufgedreht, daß er mir vor allen Leuten unter der Bluse rumgefummelt hat. Die anderen küßten auch rum, so daß das wahrscheinlich niemand mitbekommen hat. Irgendwann hatte ich genug, weil er augenscheinlich mehr wollte. Das hat mir richtig Angst gemacht, und Beethoven hat mich nach Hause gebracht. Der wollte allerdings als Belohnung auch noch Küsse. Alles war mir dann zuviel. Ich habe nur noch im Bett gelegen und geheult. Fummeln mit Hölderlin, Küsse mit Beethoven und mit Max, die Umarmung vor zwei Tagen von Hendrix – wie komme ich bloß aus der Sache wieder raus?*

26

Donnerstag, 27. Mai 2010, abends – Oxford

Blackmore studierte seine Notizen. »Während die Kollegen an Fall eins arbeiten, wollte ich mir ein paar Gedanken zu Fall zwei machen. Dem Fall der ermordeten Studentin.« Er berichtete etwas ausführlicher von Jessica Boulton, ihrer Liaison mit Professor Schubert und der finanzierten Wohnung. Und vom Bügeleisen.

Schneider guckte amüsiert. »Das klingt ja nach *Midsommer Murders*.«

Blackmore sah ihn überrascht an. »Können Sie ITV oder BBC in Bonn empfangen?«

Schneider lachte. »Nein, aber Ihre Kultserie läuft im ZDF sonntagabends unter dem Titel *Inspector Barnaby*, und mindestens das Bügeleisen paßt dahin. Haben Sie denn jemand Verdächtigen?«

»Die Universitätsprofessorin. Zumindest hat sie sich merkwürdig verhalten, und momentan können wir sie nicht finden.« Blackmore fügte Details zu seinen knappen Sätzen hinzu.

»Hm«, sagte Schneider. »Inspector Barnaby hat immer mindestens fünf Verdächtige.«

Blackmore gluckste. »Dann würde ich völlig den Überblick verlieren. Aber ich wollte Ihnen von meiner Idee erzählen.«

Schneider hörte gespannt zu und nickte dann. »Klingt plausibel. Sollen wir sofort los?«

Blackmore sah auf die Uhr. »Arbeitsplatz oder Privatwohnung, das ist hier die Frage. Dazu muß ich erst mal telefonieren«, sagte er. »Vielleicht löst sich die Idee gleich wieder in Luft auf.« Er griff zum Hörer und lauschte. »Die Dame ist wohl nicht zuhause. Nach dem fünften Klingeln …« Er unterbrach sich. »Ich bin's, DCI John Blackmore.«

Schneiders Mobiltelefon klingelte. »Detective Sergeant Taylor«, sagte er, als er Krügers Nummer im Display sah. »Bist du's? – Oh, prima, das wird die Kollegen hier freuen. Vielen Dank. Das spart hier wohl doch Arbeit. – Bis bald.«

Blackmore's Telefonat war ebenfalls zu Ende. Er sah Schneider erwartungsvoll an. »Was Neues?«

»Yep. Professor Macdonnell ist in Bonn. Er saß im gleichen Flugzeug wie Ihre junge Kollegin. Zur Zeit ist er unauffindbar.« Schneider faßte Krügers Bericht über d'Angelosantos Sichtung zusammen. »Und Sie?«

»Ich habe eine alte Freundin angerufen.«

»Privatgespräche während der Dienstzeit?«

Blackmore schmunzelte. »Nicht wirklich. Julie Boulton, Jessicas Mutter, war eine sehr nette Kommilitonin. Bis zu diesem Fall hatte ich sie aus den Augen verloren. Ich würde gerne noch ein paar Fragen loswerden. Wir fahren gleich zu ihr. Die Fahrt dauert etwas über eine halbe Stunde. Vorher noch einen Kaffee?«

»Ich dachte, ihr Engländer ernährt euch von Tee? Nein, danke. Außerdem heiße ich nicht Krüger; der lebt von Cappuccino zu jeder Tages- und Nachtzeit.«

Es klopfte. Fred Moreland stieß die Tür auf und sagte: »Wir haben eine erste Spur. Wie es aussieht, hatte Professor Dunwood gestern Abend eine Autopanne. Ihr Wagen mußte abgeschleppt werden. Stand bis vor einer Stunde in Eastleigh. Das ist kurz vor Southampton.«

»Weiß ich doch«, sagte Blackmore. »Ich hatte auch Heimatkunde. Und wo ist sie jetzt?«

»Das versuchen wir gerade herauszufinden. Ich habe die in Frage kommenden Bed & Breakfasts in der Nähe der Autowerkstatt telefonisch abgeklappert. Fündig geworden bin ich schließlich bei *Auntie Lee's Guesthouse*, bei dem sich Professor Dunwood unter ihrem richtigen Namen eingemietet hatte. Sie war den ganzen Tag im Hotel und hat anscheinend auf den Anruf der Werkstatt gewartet. Inzwischen ist sie wieder weg. Die Kollegen in Eastleigh werten gerade die Aufnahmen der Verkehrskameras aus, und die Fährhäfen wissen Bescheid.«

»Gute Arbeit«, sagte Blackmore.

Es klopfte. Harry Ness kam herein, nickte freundlich Schneider zu und sagte zu seinem Chef: »Chef, Professor Dunwood hat dreihundert Pfund von ihrem Konto abgehoben. Mit ihrer Kreditkarte vom National Trust hat sie eine Überfahrt nach Cherbourg bezahlt.«

»National Trust, sagst du? Vielleicht gehört die gefundene Anstecknadel ihr?«

»Glaube ich nicht. Die war eindeutig für das Kopfloch eines männlichen Anzugrevers bestimmt.«

»*One way*? Die Fahrt, meine ich«, fragte Schneider.

»Nein, hin und zurück«, sagte Ness. »Sieht nicht so aus, als sei die Dame im Geheimen unterwegs.«

»Oder gerade«, sagte Blackmore. »Sich völlig normal zu verhalten, ist oft das Einfachste, um unterzutauchen.«

»Von Eastleigh bis zum Hafen in Southampton sind es etwa zehn Kilometer. Wahrscheinlich ist sie längst auf einer der Fähren.«

Ronald Thompson stieß die Tür auf. Er war gerannt und schnappte nach Luft. »Wir haben sie!«

Blackmore und Schneider sahen ihn fragend an.

»Professor Dunwood. Die Fähre von *Brittany Ferries* wollte gerade ablegen. Ihr Auto war das letzte, das noch mitgedurft hätte. Sie sitzt jetzt am Hafen in Portsmouth bei den Kollegen.«

»Portsmouth?« fragte Schneider. »Southampton ist doch schneller, oder?«

»Das ist nicht ganz falsch«, sagte Thompson. »Allerdings hätte sie von da aus ein Ruderboot nehmen müssen. Fähren fahren nur noch von Portsmouth aus, jedenfalls nach Cherbourg.«

Blackmore stellte seinen Mercedes auf der Straße vor Julie Boultons Haus ab. Schneider und er gingen die wenigen Schritte bis zur Haustür.

»Darf ich?« fragte Schneider.

Blackmore verstand nicht sofort.

»Den Türklopfer, nun: betätigen?«

Blackmore lachte. »So etwas gibt es bei Ihnen nicht mehr, oder?«

»Selten«, sagte Schneider und ließ den Löwenkopf mit Schwung gegen die Tür fallen.

»Ich komme«, rief eine weibliche Stimme von drinnen.

Julie Boulton öffnete und sah enttäuscht aus. »Kein privater Besuch? Du bist zu zweit, John?«

Schneider versuchte, die Atmosphäre zu entkräften, und sagte: »Er schafft das sehr gut alleine. Ich bin nur der deutsche Praktikant.«

Blackmore mußte lachen, Julie lächelte ebenfalls.

»Der Fall hat internationale Ausmaße angenommen«, sagte der DCI. »Jedenfalls sind jetzt auch die Deutschen im Spiel. Aber nur bei Professor Schuberts Tod. Was Jessicas Ableben angeht, stochern wir immer noch im Nebel.«

»Kommt doch herein.« Julie drehte sich um und ging voraus. Die beiden Beamten folgten.

»Reicht die Küche?« fragte Julie über ihre Schulter. »Dann kann ich uns einen Tee machen.«

»Sag ich doch«, murmelte Schneider. »Engländer und ihr Nationalgetränk ...«

Blackmore grinste. »Klar, ich finde sowieso, daß die Küche oft der gemütlichste Raum eines Hauses ist.«

Julie Boulton beschäftigte sich mit Wasser und Teeblättern. Dann fragte sie: »Gibt es niemanden, dem Jessicas Tod etwas genutzt hätte?«

Schneider sah seinen englischen Kollegen an. »Das ist bei uns immer die erste Frage, sieht man mal von Affekttaten ab.«

Blackmore nickte: »Wir haben sie ja alle durch: den Professoren ist es wohl ziemlich egal, ob ein Student mehr oder weniger ...«

»John!« sagte Julie Boulton leise.

»Entschuldigung. Ich meinte nur, daß die Professoren sicher betroffen sind, wenn eine Studentin, die sie unterrichtet haben, stirbt – aber welchen Vorteil sollten sie daraus ziehen können? Wir haben uns alle Personen, mit denen Jessica am St John's College Kontakt hatte, angesehen. Hausmeister, Gärtner, Portier, Studenten, Professoren – alle haben freundlich über das Mädchen geredet. Ich wüßte nicht, was sie von ihrem Tod hätten.«

»Ruhe«, sagte Schneider.

Blackmore sah ihn an. »Wie meinen Sie das?«

Auch Julie Boulton, die auf das Klingeln der Teeuhr wartete, blickte Schneider gespannt an.

»*Well*, niemand mehr, der etwas weitererzählen könnte. Niemand mehr, der einem bei seinen Lehrveranstaltungen auf die Finger guckt. Niemand mehr, der Beziehungen stören kann.«

»Was heißt das konkret?« fragte Julie Boulton.

»Ich glaube, ich weiß, was mein deutscher Kollege meint«, sagte Blackmore. »Gesetzt den Fall, Jessica hatte Kenntnis von unlauteren Sachen am College – unsaubere Prüfungen, nicht astreine Verwendung von Drittmitteln, geheime Liebschaften –, dann profitiert jeder mit einer etwas befleckten Weste von ihrem Tod.«

»Aber dann hätte sie ja jemanden erpressen müssen, damit der sich bedroht fühlt«, sagte Jessicas Mutter. »So ein Typ war sie überhaupt nicht.«

»Wenn jemand jemanden erpreßt«, sagte Schneider, »dann möchte er sich meistens einen finanziellen Vorteil daraus verschaffen. Und den hatte sie doch gar nicht nötig, wenn Professor Schubert sie unterstützt hat.«

»Das stimmt auch wieder«, sagte Blackmore und nippte an seinem Tee. Er sah ratlos aus.

»In der Regel weiß doch die Sekretärin am meisten von Intrigen, Klatsch und Vermischtem«, sagte Julie Boulton. »Habt ihr sie denn mal ausführlich befragt?«

»Schon«, sagte Blackmore. »Meine Kollegin Rosie Mannering hat das erledigt. Ich rufe sie nachher an und frage noch einmal eingehend nach.«

»Dann kannst du sie gleich auch noch fragen, warum sie Jessica in der letzten Zeit ausgesprochen kühl behandelt hat. Das hat Jessica jedenfalls erzählt. Früher waren die beiden mal im Café oder sind zusammen essen gewesen oder zu einem Konzert gegangen. Aber so seit zwei, drei Monaten war die Freundschaft auf Eis geraten. Richtig zickig«, sagte Julie Boulton.

»Und die Ziegen wieder vom Eis kriegen, ist ziemlich schwierig«, sagte Blackmore.

Julie Bolton nickte. »Wenn Jessica sich einmal für etwas entschieden hatte, blieb sie eigentlich immer dabei, gegen alle Widerstände. Aus meiner Sicht war die Freundschaft nicht mehr zu retten.«

»Wissen Sie denn, ob es einen konkreten Anlaß gab?« fragte Schneider. »Oder ein genaues Datum?«

»Ich glaube, es fing nach der Studienfahrt nach Rom an«, sagte Julie Boulton.

»Der Zeitpunkt, ab dem Professor Schubert die Hausmiete übernommen hat?« fragte Schneider, der auf der Hinfahrt die gesamte Akte *Jessica Boulton* zur Durchsicht von Blackmore erhalten hatte.

»Stimmt«, sagte Blackmore. »Das hatte ich auch gerade überlegt. Aber was bedeutet das schon groß? Freundschaften können sich immer durch irgendetwas abkühlen.«

»Wie war denn das Verhältnis zwischen Professor Dunwood und Ihrer Tochter?« fragte Schneider. »Wenn ich auch was fragen darf.«

»Nur zu«, sagte Blackmore. »Gute Fragen sind immer willkommen.«

»Angespannt«, sagte Jessicas Mutter. »Im Klartext: die beiden konnten sich nicht riechen.«

»Hat Jessica dir das erzählt?« fragte Blackmore.

»Hat sie. Ich habe mir sogar einen besonders schönen Satz der Dame notiert. Einen Augenblick. Ich muß nur etwas holen.« Julie Boulton stand auf und ging ins Wohnzimmer. Gleich darauf kam sie mit einem Taschenkalender zurück. »Hier steht's. Montag, 8. März 2010. Ein Tag nach den *Academy Awards*, die ich immer gerne gucke.« Sie errötete. »Also, Professor Dunwood hat zu Jessica am Vormittag gesagt: *Das werden wir ja sehen, ob du dein Examen so problemlos hinbekommst, wie du Termine bei deinen Professoren erhältst.*«

»Sollen wir das als Drohung verstehen?« fragte Schneider.

»Durchaus«, sagte Blackmore. »Das heißt …«

»Die Dame wußte von Schuberts Verhältnis zu Jessica«, beendete Schneider den Satz.

»Könnte man denken«, sagte Blackmore. »Vielleicht ist alles aber auch ganz anders. Weißt du sonst noch etwas, was wir wissen sollten?« Er blickte seine ehemalige Kommilitonin sehr freundlich an.

»Nicht, daß ich wüßte«, sagte sie.

»Gut«, sagte Blackmore und stand auf. »Mehr demnächst. Dann aber bei einem Glas Weißwein auf deiner Terrasse. Ich rufe dich an.«

Die Beamten gingen zur Haustür. Schneider sah sich die Fotos an der Flurwand an. Bei einem stutzte er. »Sind Sie das hier, Mrs. Boulton?« Er zeigte auf einen Schnappschuß mit drei jungen Männern und einer jungen Frau.

»Ja, das ist aber schon ziemlich lange her.« Julie Boulton errötete wieder. »War eine Exkursion während meines Studiums.«

»Wissen Sie, woran mich das Bild erinnert, Mr. Blackmore?« fragte Schneider. »An das Foto aus Bonn von 1975. Die Bootstour mit der ermordeten Studentin.«

»Ach daher«, sagte Blackmore gedankenverloren. »Mir war das Bild schon beim letzten Besuch hier aufgefallen. Das Bonner Foto sieht sehr ähnlich aus. Und unter den Unterlagen in Professor Schuberts Arbeitszimmer im Haus von Professor Dunwood habe ich ein identisches Bild gefunden.«

»Das bedeutet«, sagte Schneider, als sie wieder im Auto saßen, »daß Professor Schubert vom Tod der Bonner Studentin gewußt haben muß. Eine so enge Clique …«

Blackmore sagte: »Was heißt das?«

»*Peer group*«, sagte Schneider. »Sagen zumindest die Soziologen.«

Blackmore gluckste.

»Die Fälle der Professoren sind wohl doch enger verzahnt, als ich bisher gedacht habe«, sagte Schneider. »Sowohl Minski als auch Schubert hatten das Foto aufbewahrt, über …« Er rechnete. »Über fünfunddreißig Jahre. Dann muß das beiden etwas bedeutet haben.«

Blackmores Telefon machte sich bemerkbar. Der DCI sah automatisch auf die Uhr am Armaturenbrett. Neunzehn Uhr. »Ich schalte das Telefon mal auf laut. Sie gehören ja mit zum Ermittlungsteam.«

»Danke«, sagte Schneider.

Harry Ness' Stimme war zu hören. »Sir, ich habe inzwischen Professor Dunwood telefonisch erreicht. Sie war auch bereit, Auskunft zu geben. Sie hat alle Fragen beantwortet. Und sie ist wütend.«

»Wütend?« fragte Blackmore. »Ich hätte jetzt gedacht, vielleicht kleinlaut oder so, nachdem sie festgenommen worden ist.«

»Nun, Sir, festgenommen ist nicht der richtige Ausdruck. Sie saß zur Befragung auf der Polizeiwache. Und wir haben sie wieder laufen gelassen. Und sie ist wütend, weil Sie ihr den Beginn ihrer Ferien vermasselt haben, sagt sie.«

»Wie bitte?« Blackmore wurde laut.

»Sie hat uns volle Kooperation zugesagt. Sie hat ein Alibi für Professor Schuberts Tod …«

»Das weiß ich doch«, unterbrach ihn Blackmore. »Ihr solltet sie wegen Jessica festnehmen.«

»Auch da hat sie ein Alibi, Sir.«

»Ich weiß, der Kassenbon. Über den Kauf von *Gospel*. Und Rosie hat doch herausgefunden …«

Ness konnte seinem Chef auch ins Wort fallen. »Da war Rosie etwas voreilig, wenn ich das über unsere junge Kollegin sagen darf. Sie hat die falsche Quittung überprüft.«

»Wie bitte?« Blackmore war jetzt ehrlich erstaunt.

»Es lagen zwei Bücher im Sekretariat auf dem Schreibtisch. *Gospel* und *The Greatest Show on Earth. The Evidence for Evolution.* Der Autor ist Atheist, Sir.«

Eine Theologin, die sich für Atheismus interessiert? Schon merkwürdig, dachte Blackmore.

Ness fuhr fort: »Professor Dunwood hatte das Buch im Beisein von Debbie Reynolds gekauft und es auf dem Tisch im Sekretariat vergessen, als sie nach Hause fuhr. Den Kassenbeleg für *Gospel* wiederum muß Debbie Reynolds ihr versehentlich zusammen mit der Tagespost gegeben haben, sagte sie.«

»Versehentlich«, murmelte Schneider.

»Wer sagte das?« fragte Blackmore. »Reynolds oder Professor Dunwood?«

»Dunwood, Sir. Die Quittung für das Atheistenbuch war zwei Minuten vor Debbie Reynolds Quittung ausgestellt worden. Der Buchhändler hat das telefonisch bestätigt. Ronald Thompson hat dann noch die Freundin in Frankreich angerufen, die sagte, Professor Dunwood Geschichte stimme, sie wollten zusammen eine Woche Ferien in der Normandie machen. Und Professor Dunwood hat mir nur gesagt, nach zwei Verstorbenen bräuchte sie eine Auszeit. Sie wäre dann zu den Beerdigungen wieder da.«

Blackmore schnappte nach Luft. »Ist das jetzt gefühlskalt oder normal für jemanden, der sein Leben plant und jetzt erst einmal *über*leben muß?«

»In meinen Ohren klang das auch merkwürdig, Sir«, sagte Ness. »Aber Abstand tut immer gut.«

»Nun ja«, sagte Blackmore. »Alle andere stimmte ja auch. Der Besuch mit dem Taxi bei der Freundin im Nachbardorf. Die Autoreparatur. Das auf Hin- und Rückfahrt ausgestellte Fährenticket. Okay. Hast du dir ihre Mobiltelefonnummer geben lassen und ihr gesagt, sie solle erreichbar bleiben?«

»Sir!« sagte Ness nur.

»Gute Arbeit. Bis morgen.« Er steckte sein Mobiltelefon wieder weg. »Das ist das Schwierige an meinem Beruf: Vielversprechende

Fährten, übersehene Abzweigungen – wie hieß das noch bei den Kinks?«

»*Dead End Street*«, sagte Schneider, dem man nur eine Melodie aus der Populärmusik zwischen 1960 und 1990 vorsingen mußte, damit er Titel, Interpret und Erscheinungsjahr nannte. »Ist bei mir nicht anders. Falsche Verdächtige, astreine Alibis – als ob man nur in Sackgassen herumkurvte.«

»Recht haben Sie!« sagte Blackmore. »Aber damit kommen wir jetzt auch nicht weiter. Ich finde das so oft so frustrierend: Man unternimmt eine einstündige Autofahrt, bekommt einen Tee, stellt drei Fragen und erhält am Ende eine winzige Information, die einem möglicherweise zuerst gar nicht einmal auffällt und vielleicht nur ganz zum Schluß das entscheidende fehlende Mosaiksteinchen ist.«

»Kopf hoch«, sagte Schneider. »In Bonn ist das nicht anders. Was machen wir jetzt? Ihre vielversprechende Idee von vorhin haben wir noch nicht getestet.«

Um viertel vor acht stiegen die beiden Kommissare aus dem blauen Mercedes und gingen die wenigen Meter zur Eingangstür der Doppelhaushälfte in der Northmoor Road. Im Vordergarten stand eine große Trauerweide, die das Haus beschattete und den Kopf hängen ließ. Irgendwie paßte das zum aktuellen Fall, dachte Blackmore, dem die Verdächtigen auszugehen schienen.

»Wollen Sie wieder?« fragte Blackmore. »Den Türklopfer, meine ich?«

Schneider nickte erfreut und ließ den Türklopfer, der wieder einen Löwenkopf besaß, mit Schwung herunterfallen. Der Flur dahinter schien etwas größer zu sein als der von Julie Boulton; ein kurzer Nachhall war zu hören.

Nichts tat sich.

»Nochmal?« fragte Schneider im Ton eines Kindes, das gerade ein vorzügliches Spiel entdeckt hatte.

Blackmore lachte. »Bitte.«

Erneut betätigte Schneider den Türklopfer.

Wieder kam niemand an die Tür.

»Wir gehen mal ums Haus herum«, sagte Blackmore und ließ seinen Worten Taten folgen. Schneider ging hinter ihm her.

Weit kam Blackmore zunächst nicht, da ihm die übliche Garage neben dem Haus den Weg versperrte. Dieses Mal nahm sie jedoch nicht den gesamten Raum bis zur Grundstücksgrenze zum Nachbarn ein, sondern ließ Platz für einen Streifen von etwa einen halben Meter Breite, auf dem Mülltonnen standen. Blackmore schob sie beiseite und ging in den kleinen, verwildert aussehenden Garten. Von der Küchentür führten drei Stufen auf eine kleine Terrasse, auf der ein paar einfache Holzstühle und ein etwas windschiefer runder Tisch standen. Blackmore spähte durch das Küchenfenster. »Pst, *Herr* Schneider, kommen Sie mal ganz leise her.«

Schneider trat näher und sah Blackmore über die Schulter. Am Küchentisch saß Debbie Reynolds, den Kopf in den Armen vergraben. Sie schien zu schlafen. Neben ihr lag eine alte Armeepistole.

»Wenn mich nicht alles täuscht«, sagte Blackmore, »ist das ein Webley Mark VI Revolver, der seit Burenkriegszeiten von der Armee eingesetzt worden ist, auch noch in den beiden Weltkriegen. Wo hat Miss Reynolds den denn her?«

»Gehört das zu *Waffenkunde römisch vier* in Ihrer Ausbildung?« fragte Schneider. »Meine Kenntnisse beschränken sich auf zeitgenössische Waffen.«

»Ach, ein bißchen kommt das aus meiner Familie. Mein Urgroßvater hat im ersten Burenkrieg in Südafrika gekämpft. Seine Waffen sind irgendwann verschwunden, aber mein Großvater …«

Debbie bewegte sich, und die beiden Beamten gingen in die Knie, um nicht gesehen zu werden. Wenig später linste Blackmore erneut in die Küche.

»Sie scheint aber zu schlafen«, sagte er.

»Wollen wir sie wecken und vernehmen?« fragte Schneider.

»Vorher müssen wir aber ihren Revolver haben, damit sie damit nichts anstellen kann.« Blackmore probierte vorsichtig, den Griff der Küchentür herunterzudrücken. Der Griff gab lautlos nach. Er drückte langsam gegen die Tür. Ein lautes Ächzen der Türangeln war zu hören.

Schneider erstarrte.

Debbie bewegte sich und verlagerte ihren Kopf auf den anderen Arm.

Blackmore hatte sich so erschreckt, daß er beinahe den Türgriff losgelassen hätte. Gerade noch rechtzeitig fing er sich wieder. »Auf mein Kommando. Sie kümmern sich um Debbie, ich um die Kanone. Auf drei.«

Er zählte leise. Bei »Drei« gab er der Tür einen Stoß; sie quietschte erbärmlich und schlug dann gegen einen Stuhl, der zu Boden ging. Schneider war mit einem Satz bei Debbie, die sich verschlafen aufgerichtet hatte und nach dem Revolver griff. Mit zwei Schritten erreichte Blackmore den Küchentisch und schlug Debbie die Waffe aus der Hand. Ein Schuß löste sich und traf die Fensterscheibe, die mit lautem Klirren zerbarst. Unwillkürlich hatten sich Schneider und Blackmore geduckt, was Debbie, die inzwischen hellwach war, ausnutzte. Sie gab Schneider, der sie nur halbherzig festgehalten hatte, einen Stoß und rannte in den Flur. Blackmore versuchte ihr zu folgen, stolperte jedoch über eine Falte des Teppichläufers im Flur. Er mußte sich am Treppengeländer festhalten, um nicht zu fallen. Debbie hatte inzwischen den Absatz auf halber Treppe erreicht und setzte ihren Weg nach oben fort.

Schneider hatte Blackmore überholt und war ihr dicht auf den Fersen. Er wunderte sich, wieso keiner der Nachbarn auf den Schuß reagiert hatte. Aber in Großbritannien endete das Interesse am Nachbarn augenscheinlich am eigenen Gartenzaun. Nur beim Zaun von Windsor Castle ging das Interesse weiter.

Im ersten Stock stieß Debbie einen Stuhl um, über den Schneider stolperte. Zwei Stufen auf einmal nehmend, rannte Debbie in den zweiten Stock.

»Immer rennen alle nach oben«, murmelte Schneider, der wieder aufgestanden war. »Niemand rennt jemals in den Keller.«

»Zur Seite«, rief Blackmore, der nun auch den ersten Stock erreicht hatte.

Schneider machte ihm Platz. Dicht hintereinander rannten die beiden Männer hinter der Sekretärin her. Oben fiel eine Zimmertür ins Schloß, und ein Schlüssel wurde herumgedreht.

»Mist«, sagte Blackmore. »*Four letter words* spare ich mir noch etwas auf.«

Die beiden rannten in den zweiten Stock und blieben vor der ersten Tür stehen. Sie war verschlossen; zwei weitere Türen standen einen Spalt offen.

»Darf ich, Sir?« fragte Schneider.

»*Im* Haus gibt es keine Türklopfer«, sagte Blackmore und mußte trotz der Anspannung grinsen.

»Ich weiß. Ich wollte die Tür eintreten. Dieser Fall macht Spaß.« Schneider gluckste.

»Nur zu«, sagte sein englischer Kollege.

Schneider warf sich mit der Schulter gegen die Tür, die schon bessere Zeiten gesehen hatte. Zusammen mit der Tür und ihren Angeln fiel Schneider ins Zimmer.

»Halt!« sagte Debbie. Sie stand gebückt auf der Fensterbank des kleinen Erkers und hielt sich am Rahmen fest. »Bleiben Sie, wo Sie sind, oder ich springe.«

Blackmore half Schneider wieder auf die Beine. Beide gingen einen Schritt zurück. Blackmore sagte zu Debbie: »Dann haben Sie erraten, daß ich's erraten habe?« Über die Kurzwahltasten seines Mobiltelefons setzte der DCI gleichzeitig unauffällig eine Nachricht ans Polizeipräsidium ab. Der vereinbarte Code verpflichtete die Einsatzleitstelle dazu, sofort Verstärkung zu schicken. Blackmores Mercedes war mit einem GPS-Sender ausgestattet – dazu hatte man sich immerhin durchringen können –, so daß seine Position in Echtzeit jederzeit festgestellt werden konnte.

»Es hat doch keinen Zweck mehr«, sagte Debbie und blickte nach unten. Eine Träne rollte ihre Wange hinunter.

»Wozu die Pistole?« fragte Schneider.

Debbie sah ihn irritiert an. »Sind Sie personell so unterbesetzt, daß Sie schon Verstärkung aus Deutschland benötigen? Der Revolver, nun, eigentlich wollte ich mich … Ich habe es aber nicht hinbekommen. Es gibt keine Hilfe.« Eine zweite Träne folgte der ersten.

»Wo ist denn eigentlich Ihre Mutter?« fragte Blackmore.

»Ich mußte sie doch noch ins Heim geben. Mit etwas Glück habe ich einen Platz in Cowley bekommen.«

Schicke Wohngegend, dachte Blackmore.

»Mir ist die Arbeit hier über den Kopf gewachsen. Dauernd wollte sie wissen, was ich arbeitete, wann ich nach Hause käme, ob ich endlich einen Freund hätte. Jeden Tag die gleichen Fragen. Ich will mein *eigenes* Leben leben.«

»Das wird jetzt ein bißchen fremdbestimmt werden«, sagte Blackmore, »nach dem, was Sie getan haben. Wollen Sie mir nicht Ihre Version der Geschichte erzählen?«

»Wieso denn, wenn Sie sowieso schon alles wissen?«

»Okay, dann fange ich an. Sie waren im College, als Jessica Boulton zu Tode kam?«

Debbie Reynolds nickte.

»Was ist mit den Buchhandelsquittungen?«

Debbie sah ihn verständnislos an.

»Sie haben doch die Quittungen über die beiden gekauften Bücher auf Ihrem Schreibtisch liegengelassen. Professor Dunwood hat eine Quittung als ihr Alibi angegeben. Die Titel waren *Gospel* und *The Greatest Show on Earth*.«

»Ach das«, Debbie nickte. »Professor Dunwood hatte beide Bücher besorgt, und sie bei mir hingelegt, weil sie noch mal in die Stadt wollte. Ich habe dann die Quittung für ihr Sachbuch mit ihrer Post zusammen auf ihren Schreibtisch gelegt. *Gospel* war für mich.«

Blackmore sah unschlüssig aus. »Das heißt, Sie waren überhaupt nicht in der Buchhandlung? Wieso hat der Buchhändler Sie dann erkannt?«

»Falls das Jeremy Brenner gewesen ist – der ist stark kurzsichtig. Und Professor Dunwood sagte mir nur kurz, der Laden sei sehr voll gewesen. Eine ganze Gruppe von Studentinnen aus dem Grundstudium sei gleichzeitig dagewesen und habe sich nach *Gospel* erkundigt. Stellen Sie sich doch mal die Mädchen vor; die sehen alle gleich aus: kurze Röcke, T-Shirts oder Tops, lange glatte Haare mit Scheitel im Seetang-Look ...«

»Wie meinen Sie das?«

»So glatt, daß die Haare nur herunterhängen, der Scheitel so, daß ein Auge fast verdeckt wird – häßlich«, sagte Debbie. »Wie soll der gute Jeremy hinterher wissen, wen er überhaupt gesehen hat?«

»Okay, Sie waren also im College. Freitagabend. Allein. Warum?«

»Ich mußte noch für Professor Watkins einen Vortrag fertigmachen. Seine Sätze sind immer kompliziert, seine Grammatik, nun, gewöhnungsbedürftig und verbesserungsfähig. Jedenfalls erledige ich das immer lieber in den Abendstunden, wenn ich ungestört bin. Außerdem hatte ich Schwierigkeiten mit seinen handschriftlichen Korrekturen, die noch unleserlicher als sonst waren. Er hatte sich in der Küche am Daumen geschnitten und konnte wohl den Kugelschreiber nicht mehr richtig halten. Eine etwas lahme Entschuldigung für meine Mehrarbeit, fand ich.«

»Jessica«, erinnerte sie Blackmore. »Wie kam sie ins Spiel?«

Debbie sah nach unten. Das Selbstvertrauen, das eben ihre Schilderung begleitet hatte, war wieder verschwunden. »Auf einmal hörte ich Schritte – die Sekretariatstür ist eigentlich immer offen, wenn ich da bin –, und Jessica kam ins Zimmer. Wir waren mal sehr befreundet, aber nach Rom hat sich das um hundertachtzig Grad gedreht. *Na, immer noch so alleine?* sagte sie. *Immer noch kein Dozent in der Nähe?* Sie konnte sehr verletzend sein. Und dann kam der Satz, der mich richtig wütend gemacht hat.«

Schneider hatte schon längst sein Mobiltelefon eingeschaltet und schnitt das Gespräch mit.

»Kriegen Sie noch den genauen Wortlaut zusammen?« fragte Blackmore.

»Und ob!« sagte Debbie. »Sie hat gesagt: *Soll ich dir einen von meinen abgeben?* Dann verschwand sie Richtung Arbeitszimmer für die Doktoranden.«

»Warum war sie denn so böse zu Ihnen?« fragte Schneider.

»Wahrscheinlich, weil ich bei einer eingereichten Reisekostenabrechnung von Professor Schubert zufällig den Beleg einer Mietüberweisung auf Jessicas Konto gesehen habe. Der war Professor Schubert wohl versehentlich dazwischen geraten. Ich habe dann zu Jessica was über *Sugar Daddies* gesagt. Daß sie mir daraufhin nicht die Augen ausgekratzt hat, ist alles.« Debbie verlagerte ihr Gewicht auf das andere Bein.

Wie wenig doch Mütter ihre Töchter kennen, dachte Blackmore. »Wie ging es weiter?« fragte er.

»Ich bin aufgesprungen und hinter ihr hergelaufen. *Blindwütig* sagt man wohl dazu. Jessica stand am Fenster und zog sich gerade ihre Lippen nach. Sie lächelte höhnisch. Meine Freundin war nicht wiederzuerkennen.« Debbie schluchzte auf.

»Und dann haben Sie das zufällig herumstehende Bügeleisen ergriffen und sind auf sie losgegangen. So war es doch, oder?«

»Nicht ganz«, sagte Debbie. »Das Bügeleisen stammt von Professor Dunwood. Wir wollten es für die Seminarzeitung *Hot Potato* fotografieren. Das studentische Blatt nimmt nie ein, äh, Blatt vor den Mund. Dieses Mal sollte eines der Themen die Romreise und Watkins' Hotel werden.«

»Ein heißes Eisen ...« murmelte Schneider auf deutsch. Gleich darauf mußte er seine Bemerkung für Blackmore übersetzen.

»Das lassen wir jetzt mal«, sagte Blackmore. »Stand das Bügeleisen in Professor Dunwoods Wohnung oben auf dem Kamin?«

»Das weiß ich nicht; ich war nie dort.« Sie schwieg.

»Bitte fahren Sie fort.«

»Ich habe Jessica dann gefragt, was das Ganze solle. Ob es ihr Spaß mache, mir wehzutun. Statt einer Antwort hat sie nur gelacht und dann einen weiteren Satz gesagt. *Du bekommst Friedrich nie zurück.*«

»Zurück?« fragte Blackmore.

»Ja.« Jetzt waren Debbies Tränen nicht mehr aufzuhalten. »Wir hatten uns ineinander verliebt, kurz vor Weihnachten; jedenfalls hatte ich das gedacht. Und dann kam die Romreise; unser Verhältnis war ein bißchen abgekühlt – er hatte auch wirklich viel zu tun. In Rom hat Jessica dann die Gelegenheit ergriffen, wie sie mir später gesagt hat. Nach ihrem letzten Satz sah ich rot. Ich habe das Bügeleisen in die Hand genommen und mit aller Kraft nach Jessica geschlagen. Sie ist lautlos umgefallen.« Debbie war zusammengesunken. Sie saß jetzt auf dem Fensterbrett; ihre Schuhe berührten fast den Fußboden.

»Das war aber nicht alles, oder?« fragte Blackmore nach einer kleinen Pause. Er hörte, wie unten eine Autotür ging, dann eine zweite. Die Verstärkung war wohl eingetroffen.

»Nein«, Debbie flüsterte und war kaum noch zu verstehen. »Ich wollte Jessica nur wehtun, aber als sie sich rührte, bekam ich plötzlich Angst. Ich habe dann ein zweites Mal mit dem Eisen zugeschlagen, und dann ihre Kleidung so angeordnet – sagt man das? –, daß es nach einer Vergewaltigung ...« Sie verstummte.

Während Blackmore noch überlegte, wie er Debbie heil ins Präsidium bringen konnte, schwankte sie und mußte sich am Fenstergriff festhalten.

Schneider warf Blackmore sein Mobiltelefon zu, rannte auf die Sekretärin zu und riß sie zu Boden. Mit einem Griff drehte er sie auf den Bauch, kniete sich auf sie und führte ihre Handgelenke zusammen.

»Handschellen?«

»Nie zur Hand«, sagte Blackmore. »Die sind unten im Handschuhfach. Können Sie sie noch einen Moment festhalten?«

»*No problem*«, sagte Schneider.

Blackmore lief nach unten. Lebhafte Stimmen drangen durch das offene Erkerfenster ins Zimmer; der DCI gab Anordnungen, wie man seiner leicht erhobenen Stimme entnehmen konnte. Mit Blaulicht und eingeschalteter Sirene kam ein Krankenwagen vors Haus gefahren.

Ein Fall ist erledigt, dachte Schneider, zwei fehlen noch. Was Krüger wohl gerade machte?

27

Donnerstag, 27. Mai 2010, abends – Bonn

Krüger lag seit einer halben Stunde im Gebüsch am Alten Zoll. Es war Punkt zehn. Die Sonne war untergegangen, und allmählich wurde es dämmerig. Carmen hatte darauf bestanden, mitzukommen, und sich nur mühsam davon überzeugen lassen, daß sie zwar zur rechten Hand des Ersten Kriminalhauptkommissars avanciert war, es aber dennoch nur Angehörigen der Polizei erlaubt war, im Gebüsch zu liegen, die Hinterlassenschaften von Vierbeinern zu riechen und auf den Auftritt des Schurken zu warten.

»Keine Zivilpersonen, *hein*?« hatte sie gesagt.

»*Non, Madame*«, hatte Krüger geantwortet.

»Ich warte dann unten am Rhein«, war Carmens Entgegnung gewesen.

Krüger war nicht begeistert, aber dies war ein freies Land. Und da unten war Carmen wenigstens aus der Schußlinie.

Schneider hatte Krüger seinerzeit auch über den aktuellen Schauplatz informiert. Der Alte Zoll gehörte zu den Sehenswürdigkeiten von Bonn, die Touristen meist unbewußt aufsuchten. Er lag hoch über dem Rhein am Ende des Ostflügels der Universität, dem ehemaligen kurfürstlichen Schloß, und war Teil der Bonner Bastion, die nach dem Ende des Dreißigjährigen Krieges angelegt, aber schon im achtzehnten Jahrhundert zum größten Teil wieder geschleift worden war. Eine leicht ansteigende Rasenfläche führte zu einem von alten Kastanien umstandenen halbkreisförmigen Platz, den eine niedrige Mauer zum Rhein hin abschloß. Ernst Moritz Arndt besah sich von seinem Sockel aus durch die Bäume den Schiffsverkehr auf dem Rhein. Zwei Kanonen aus der Franzosenzeit zeigten auf das gegenüberliegende Rheinufer. Von Beuel aus drohte aber keine Gefahr mehr – außer an Weiberfastnacht, wenn das närrische Treiben herüberschwappte.

Die Stadtverwaltung hatte auf Geheiß von Langenargen den Alten Zoll weiträumig abgesperrt und mehrere Schilder mit Hinweisen auf Bau- und Baumarbeiten aufgestellt. Sogar der Biergarten neben dem Alten Zoll war geschlossen, »wegen Krankheit«, wie es offiziell hieß.

Langenargen selbst hatte seinen Posten im besagten Ostflügel der Universität bezogen, der rechts vom Koblenzer Tor lag, wenn man von der Hofgartenseite der Universität kam. Die drei bei den beiden Eingängen angebrachten Tafeln für die hier untergebrachten Seminare und Institute waren längst durch Umbenennungen und Zusammenlegungen der Abteilungen in den vergangenen Jahrzehnten überholt. Zusammen mit den Vorgesetzten eines Sondereinsatzkommandos saß Krügers Vorgesetzter im ersten Stock in den Räumen des Instituts für Orient- und Asienwissenschaften und versuchte, ein eventuelles Geschehen mittels Nachtsichtfernglas und Richtmikrophon zu verfolgen.

Krüger lag auf dem Bauch und hatte seine Ellenbogen aufgestützt. Der Nachmittag war schnell vorbeigegangen. Um siebzehn Uhr hatte Rosie aus dem *Bristol* angerufen, während er bei Langenargen saß, um das weitere Vorgehen zu besprechen.

»Hi, ich bin's«, sagte Rosie. »Ich stehe am Empfang mit Dr. Winterthur. Sie sieht schick aus in ihrer Hotel-Uniform. Ich selbst bin nur hinter den Kulissen tätig.«

»Habt ihr denn Kontakt mit dem Schweden aufgenommen?«

»Wo denken Sie hin. So schlecht sind wir in Großbritannien nun nicht ausgebildet worden. Aber wir hatten eben Besuch. Deswegen rufe ich auch an.«

»Ist es der, an den ich denke?« fragte Krüger.

»*Right*«, sagte seine englische Kollegin. »Frau Dr. Winterthur hat an der Rezeption eine Nachricht für Karlsson erhalten, die Macdonnell gerade abgegeben hat. Moment, ich lese sie Ihnen eben vor.«

Krüger hörte Papierrascheln und wieder Rosies Stimme.

»Zweiundzwanzig Uhr. Alter Zoll. Feine Grüße von Marias Bruder aus Sizilien.«

»Steht da wirklich *Feine Grüße*?«

»Steht da«, bestätigte Rosie. »Und untendrunter ist noch ein ungelenker Fisch gezeichnet.«

Krüger versuchte, sich einen ungelenken Fisch vorzustellen. Jedenfalls schien das von Rosie benutzte Adjektiv das zu bedeuten. »Okay, hat Karlsson die Nachricht schon erhalten?«

»Nein, er ist zur Zeit nicht im Hotel. Bis später.«

Krüger hörte ein Klacken.

»Was gibt's denn?« fragte Langenargen.

Krüger gab den Inhalt des Anrufs wieder.

»Noch ein Cineast«, murmelte Langenargen.

»Wieso, *Sir*?«

»Sie wissen doch, *Der Pate*. Ein toter Fisch vor der Haustür bedeutet bei der Mafia ...«

»Ach das«, sagte Krüger. Er war mit seinen Gedanken wieder woanders. Woher wußte Macdonnell, wo Karlsson untergebracht war? Und was hatte er überhaupt vor? Warum Alter Zoll, und warum so spät abends? Weil es dann möglicherweise keine Zeugen gab? Das war bestimmt ein Irrtum; auf dem Alten Zoll waren, seit die Junkies abgezogen waren, wieder häufiger Liebespaare anzutreffen. Aber vielleicht konnte man die Liebespaare woandershin bugsieren. »Darf ich einen Vorschlag machen?« fragte er.

»Immer doch«, sagte Langenargen und versuchte, aufmunternd zu gucken, was ihm leicht mißglückte. Mit dem Grinsen sah es eher nach Pferd aus, dachte Krüger.

»Wir müssen den Alten Zoll sperren lassen.« Krüger erklärte seinen Plan, dem sein Chef schließlich zugestimmt hatte.

Krüger hatte ursprünglich auf der dem ehemaligen Historischen Seminar zugewandten Seite des Weges Position beziehen wollen, war aber an der dichten Buchenhecke vor dem Geburtshaus des Gartengestalters Lenné gescheitert. Jetzt befand er sich auf der anderen Seite zwischen den Sträuchern und versuchte, sich hinzuhocken, um seine Arme zu entlasten, was ihm aber nur halb gelang. Irgendwo weiter unten stritten sich lautstark zwei Penner um die letzte Flasche Kölsch. Krüger hoffte, daß seine beiden Kollegen Kaul und Paulsen es damit nicht übertrieben. Fast die ganze Mordkommission war hier oder drinnen bei Langenargen. Nach diesem Abend wünschte er sich eine Weile Ruhe vor ähnlichen Einsätzen. Vielleicht war er doch schon zu alt dafür. Er schielte auf seine Armbanduhr. Zehn nach. Niemand in Sicht. Er dachte an den Bruder der 1975 ermordeten Studentin. Immerhin wußten sie seit dem Nachmittag, mit wem sie es bei Rolf Karlsson alias Rolf Knörer alias Robert Krömer zu tun hatten.

Der Kellner brachte die beiden Cappuccini und das Wasser.

»Danke«, sagte Carmen.

»Also, was ist jetzt mit dem alten Schweden?« fragte Krüger.

Farnschläger rührte drei Papierröhrchen Zucker in seinen Kaffee. Fast entschuldigend sagte er: »Hab' ich von dir, Krüger. Sonst schmeckt man den Kaffee so durch.«

Carmen gluckste. »Schon mal was von zuckerkrank gehört?«

»Laß ihn mal«, sagte Krüger. »Erzähl mal.«

»Also, Robert Krömer entstammt einer norddeutschen Beamtenfamilie – Lehrer und Ärzte. Der Vater ist nach dem Krieg im Ruhrgebiet hängengeblieben und hat dort schnell wieder Arbeit gefunden, ebenso eine Frau. Krömer ist Jahrgang 1953. Nach dem Abitur ist er zur Bundeswehr gegangen, nachdem eine Verweigerung in die, äh, Hose gegangen ist.« Er warf Carmen einen entschuldigenden Blick zu. »1974 hat er in Bonn sein Geschichts- und Germanistikstudium aufgenommen, das er 1975 schon wieder abgebrochen hat. Jedenfalls ist er im Wintersemester 1975/76 nicht mehr in Bonn oder an einer anderen deutschen Universität, wie heißt das, *eingeschrieben* gewesen.«

»Wo hast du ihn denn wieder aufgetrieben?« fragte Krüger – mehr, um seinem Kollegen auf diese Weise ein Lob zukommen zu lassen. Erfahrungsgemäß funktionierte Farnschläger damit immer besser.

»Das war mühsam«, griff Farnschläger Krügers Bemerkung auf. »Eine *Tour de* Einwohnermeldeämter hat etwas weitergeholfen. Krömer hat sich tatsächlich ordentlich ab- und woanders wieder angemeldet. Bonn – Kiel – Freiburg – Berlin. Da war erst einmal Schluß. Dort habe ich routinemäßig auch die Gerichte abgeklappert. Und: Treffer!«

»Knast?« fragte Krüger.

»Nein, das Berliner Landgericht hat ein Widerspruchsverfahren gegen die Nichterteilung eines Patents durch das Deutsche Patentamt oder so ähnlich nicht angenommen.« Farnschläger studierte seinen Zettel und fuhr fort: »Sein damaliger Anwalt hatte sich nicht viel Mühe beim Schriftsatz gegeben. Der Widerspruch richtete sich gegen einen Mitbewerber in Berlin, daher auch eigentlich die Zuständigkeit des Berliner Landgerichts. Aber über Patentsachen entscheidet das Deutsche Patentgericht in München. Jedenfalls habe ich die damalige Kanzlei ausfindig machen können. 1986 war das.«

»Was für ein Patent?« fragte Carmen.

»Irgendwas mit Computern und Telefonen. Die technische Seite habe ich nicht verstanden. Der damalige Anwalt ist längst tot, aber die Sekretärin von damals gibt es noch. Sie hatte sogar noch Krömers Adresse.« Farnschläger machte eine Pause.

»Nun sag schon.« Krüger war richtig nett. »Spann uns nicht so auf die Folter.«

Farnschläger lachte. »Zu dick auftragen mußt du auch nicht. Es war eine Adresse in Stockholm.«

Krüger zog die Augenbrauen hoch.

»In Schweden«, fügte Farnschläger erklärend hinzu.

»Danke«, sagte Carmen. »Das kenne ich. In der Schule habe ich in Geometrie selten gefehlt.«

Krüger gluckste. »Also hast du in Schweden weiter nachgeforscht.«

»Genau«, sagte Farnschläger. »Und jetzt kommt's.« Immer diese Kunstpausen, dachte Krüger. Dieses Mal schwieg er.

»Okay, dann eben nicht«, sagte Farnschläger. »Ein Robert Krömer ist 1987 in Stockholm bei einer Segeltour in den Schären vor der Küste verschwunden. Keine Leiche, keine Beerdigung, nichts.«

»Und dann?« Krüger sah ratlos aus.

»Dann hatte ich eine Eingebung.« Farnschläger sah stolz aus. »Ich habe mir überlegt, falls es ihn doch noch gibt, und danach sieht es ja wohl aus, muß er irgendwo seinen Lebensunterhalt verdient haben. Also habe ich – wegen des Patents, ihr versteht – mir die Firmen angesehen, die unter ihren Produkten Computer und Telefone hatten. Und bei Nokia bin ich auf deren Webseite auf einen Rolf Karlsson mit Bild gestoßen, der von 1987 bis 1995 dort tätig war und Robert Krömer *verdammt* ähnlich sieht. 'tschuldigung.« Er warf Carmen einen weiteren Blick zu.

Krüger überlegte, ob er sein Terrain abstecken mußte, entschied sich aber dagegen.

»1987 übrigens hat Nokia das erste tragbare Mobiltelefon auf den Markt gebracht, unter anderem entwickelt von?«

»Wissen wir doch«, sagte Krüger. »Rolf Karlsson.«

»Genau. 1996 ist Karlsson dann ins Finanzgeschäft eingestiegen und leitet heute diesen Hedgefonds auf den Bahamas namens ...«

»Kaimaninseln«, sagte Krüger.

»Stimmt. Die beiden verwechsele ich immer. Also die Firma heißt *Abbot & Shark*.«

»Kredithai«, sagte Carmen. »Der mit den Hörnern. Paßt doch. Aber wer ist dann der Geistliche mit dem Heiligenschein?«

»Vielleicht Rolf Knörer«, sagte Krüger und klärte seine Gesprächspartner über Karlssons weiteren Namen auf. »Den neuen Namen benötigte er, weil nach Robert Krömer bestimmt gesucht wurde.«

»Aber warum dann direkt zwei Namen?« fragte Farnschläger.

»Keine Ahnung«, sagte Krüger. »Eine Vorsichtsmaßnahme? Damit er sich auch noch in Deutschland bewegen kann? Ich weiß es nicht. Kollege, hast du eigentlich was zum angeblichen Verschwinden und zum neuen Namen gefunden?« fragte er.

Farnschläger schüttelte den Kopf.

»Nicht? Dann legen wir das mal für den Moment zur Seite. Was ist mit dem Bruder der 1975 ermordeten Studentin, diesem Italiener? Hast du das auch was herausgefunden?«

»Ich nicht, aber Kaul. Warte mal.« Farnschläger drehte seinen Zettel um. »Salvatore d'Angelosanto«, sagte er. »Könnte fast aus einer Oper von Verdi stammen. Der einsame Held, der, nachdem seine Angebetete den Schleier genommen und ins Kloster gegangen ist, im Morgengrauen ...«

»Kollege!« sagte Krüger.

Carmen überlegte, welche Oper das sein könnte, gab aber sofort wieder auf.

»Ist ja gut«, sagte Farnschläger. »Die Eltern d'Angelosanto sind kurz nach dem Krieg aus Sizilien nach Deutschland eingewandert. Sie hatten für damalige Verhältnisse sehr viel Geld. Nach einem Intermezzo in Frankfurt haben sie im Oberbergischen, genauer gesagt, in Gummersbach, eine Papiermühle betrieben. Es gab immer mal wieder ein Scharmützel mit der Stadt wegen des Gestanks und der Abwasserbelastung, aber der Vater, Roberto d'Angelosanto, erwies sich als großzügiger Spender und Mäzen, so daß es nie zu einem Gerichtsverfahren kam. Ob Mafiagelder in der Mühle steckten, hat man nie herausbekommen, sagte Kaul der dortige Stadtarchivar.«

»Und der Sohn hat das alles geerbt?« fragte Carmen.

»Ja«, sagte Farnschläger. »Er hatte zwar noch einen Bruder, der ist aber unter nie geklärten Umständen im Kölner Rotlichtmilieu ums Leben gekommen. Nachdem auch noch seine Schwester ermordet worden war, haben die Eltern den Betrieb verkauft. Für fünf Millionen.«

»Ist das viel für den Laden?« fragte Carmen.

»Ich stelle hier die Fragen«, sagte Krüger. »Ist das viel?«

Alle drei lachten.

»Nach damaligen Verhältnissen vielleicht schon, aber es war auch noch Grundbesitz dabei, auf dem dann, passenderweise, ein Schwimmbad errichtet worden ist.«

»Zwecks weiterer Geldwäsche«, sagte Carmen und gluckste.

»Nach dem Tod seiner Eltern hat Salvatore das gesamte Geld in Aktienspekulationen gesteckt.«

»Heißt das so? Das mit dem Geld, meine ich. Woher weiß Kaul denn das nun schon wieder?« fragte Krüger.

»Das war nicht schwer, sagte Kaul«, sagte Farnschläger. »d'Angelosanto war immer ordnungsgemäß gemeldet; Kaul mußte dann nur seinen richterlichen Beschluß vorlegen und hat prompt von den jeweiligen Ortsbanken Auskunft erhalten.«

»Am Telefon?« fragte Carmen.

»Weiß ich nicht. Jedenfalls hat er 1998 beim Börsengang der ELSA, irgendeiner AG in Aachen, am Neuen Markt ordentlich investiert und ordentlich verdient. Das verdiente Geld hat er sehr geschickt weiter investiert, so daß er 2005 – neuere Zahlen hat Kaul nicht bekommen können – etwa siebenundzwanzig Millionen besaß. Parallel dazu hat er studiert, dann in Schottland geheiratet und eine Universitätskarriere begonnen. Er hat den Mädchennamen seiner Frau angenommen, Macdonnell. Wo seine Frau abgeblieben ist, weiß ich nicht.«

»Habt ihr das schon meinem Kollegen Blackmore mitgeteilt?« fragte Krüger.

»Ich glaube schon. Kaul wollte das machen, aber ob er drüben auf der Insel jemanden erreicht hat, entzieht sich meiner Kenntnis.«

»Zusammengefaßt«, sagte Krüger, »bedeutet das, daß die für die Morde in Oxford und Bonn in Frage kommenden Herren schwerreich sind, anscheinend beide mit ehrlicher Arbeit. Und beide sind heute in Bonn. Danke für die Aufklärung, Herr Kollege. War mir ein Vergnügen.«

»Was machen wir jetzt?« fragte Carmen und sah auf die Uhr des barocken Rathauses. Halb fünf.

»Farnschläger und ich müssen jetzt wieder zu Langenargen, Dienstbesprechung. Und du?«

»Ich wollte noch ein paar Besorgungen machen«, sagte Carmen.

»Schuhe?« Krüger gluckste.

Carmen versuchte, beleidigt auszusehen. »Nein, nur die profanen Dinge des Lebens: Aufschnitt, Spülmittel, Sekt, *Monopoly*.«

»Brot und Spiele – später?«

Carmen wurde rot. Farnschläger war mit seinem Mobiltelefon beschäftigt und hatte nichts mitbekommen.

»*Sorry*«, sagte Krüger. »War nicht so gemeint.«

Carmen hatte ihren Lehrerinnenblick zu Hilfe genommen. »Der Sekt geht auf Ihre Rechnung, Herr Kommissar.«

»Schon klar«, sagte Krüger.

»Und *Monopoly* ist meinem Neffen sein Geburtstagsgeschenk.« Sie zwinkerte ihm zu, stand auf, grüßte Farnschläger und verschwand in Richtung der Marktstände.

Mindestens grammatikalisch war die Situation gerettet, dachte Krüger.

Krügers Armbanduhr zeigte Viertel nach zehn. Sein Funkgerät gab ein Vibrieren von sich. Gleichzeitig hörte er Schritte. Vorsichtig spähte er durch die Sträucher. Ein Mann kam den Weg zum Aussichtspunkt mit den beiden Kanonen herauf. Kurz vor Krüger blieb er stehen und sah sich suchend um. Hatte er ihn entdeckt?

Im gleichen Augenblick löste sich aus dem Schatten des klotzigen Heinrich-Heine-Denkmals, das Schneiders hämischen Anmerkungen dazu zufolge wohlmeinende Stadtväter 1982 für siebzigtausend DM angekauft und mitten auf der ehemaligen Rodelbahn vom Alten Zoll herab aufgestellt hatten, der Schatten eines weiteren Mannes. Krüger wunderte sich, wie er dort unbemerkt hatte hingelangen können.

»Psst, Karlsson, sind Sie das?« sagte der Schatten.

Der Angesprochene drehte sich um.

Soweit hatte Krügers Plan also funktioniert. Die beiden Verdächtigen hatten die Szene betreten. Jetzt mußte er nur noch herausfinden, ob die beiden, wie es eigentlich auf der Hand lag, mit den Morden in Verbindung zu bringen waren. Hoffentlich konnte er die Unterhaltung gut verfolgen. Er war sich nicht sicher, ob Langenargens Richtmikrophone aufgrund der Entfernung alles aufzeichnen konnten.

»Oder soll ich besser sagen: Herr Krömer?«

»Und Sie heißen?« fragte Karlsson.

»Salvatore Macdonnell.«

»Nie gehört.«

»Aber meinen Mädchennamen müßten Sie kennen, d'Angelosanto.«

Die beiden Männer standen sich jetzt gegenüber und fixierten sich. Karlssons Haltung war abwartend, leicht defensiv; er hatte die Arme vor der Brust verschränkt. Macdonnell sah angriffslustig aus, fast schien es, als wolle er sein Gegenüber anspringen. Die linke Hand hielt er in der Außentasche seiner Lederjacke versteckt.

Karlsson schüttelte den Kopf. »Nie gehört.«

»Sie wiederholen sich. Warum sind Sie dann überhaupt gekommen?«

»Och, der Abend ist lau, ewig an der Hotelbar zu sitzen ...«

»Karlsson, ich bin nicht zum Spaß hier.« Macdonnell war wütend und stieß den Schweden zu Boden.

Karlsson rappelte sich wieder auf und sagte: »Jetzt hat der Spaß ein Ende.« Plötzlich hatte er eine Pistole in der Hand und zielte auf Macdonnell.

Krüger setzte sich vorsichtig auf den Boden. Ewig weiter zu hocken, das ging nun überhaupt nicht. Ein Zweig knackte unter seinem linken Fuß, und die beiden Kontrahenten sahen sich um.

»Haben Sie das eben auch gehört?« fragte Macdonnell.

Karlsson nickte.

»Hier ist doch alles abgesperrt.«

»War vielleicht nur ein Tier. Neulich gab es Ratten im Hofgarten, habe ich in der Zeitung gelesen.«

»Keine Anspielungen«, sagte Macdonnell und zog seine linke Hand aus der Jackentasche. Der Revolver, den er in der Hand hielt, sah schon beeindruckend aus. Krüger fragte sich, wie er an ihn gekommen war. In der Gepäckkontrolle am Flughafen wäre er damit bestimmt aufgeflogen.

»Und jetzt schießen wir beide, und alle sind glücklich?« fragte Karlsson. »Das Schießen schaffen Sie doch mit links.«

Macdonnell faßte den Revolver fester. »Nun tun Sie man nicht so *cool*. So heißt es doch, oder?«

»Ich will hier nicht den ganzen Abend verbringen. Wer sind Sie, und was wollen Sie von mir?«

»Ich nehme Ihnen nicht ab, daß Sie nicht wissen, wer ich bin. Aber sei's drum. Sie erinnern sich an die verschwundene Studentin, 1975, hier in Bonn, nach der Seminarfete?«

Karlsson schüttelte den Kopf. »1975 sagen Sie? Keine Ahnung.«

Macdonnells hohe Stimme überschlug sich fast. »Dann sage ich es Ihnen. Sie sind Robert Krömer, geboren in Gelsenkirchen, und haben damals unter anderem mit meiner Schwester in Bonn studiert. Geschichte.«

Krüger lauschte und fragte sich, wann Karlsson wohl genügend in die Enge getrieben sein würde.

»Und ich soll mit diesem Robert Krömer identisch sein? Ich kann Ihnen gerne meinen schwedischen Paß zeigen.«

Jetzt folgte von Macdonnell die Geschichte, die Krüger von Farnschläger schon kannte.

Karlsson ließ seinen Kopf hängen und studierte seine Schuhe. Dann gab er sich einen Ruck. »Gut. Kann sein. Wie haben Sie mich denn gefunden?« fragte er.

»Das hat ein bißchen Geld gekostet. Der Stundenlohn eines nicht ganz so billigen und sehr effektiven Detektivs ist nicht gerade niedrig. Und wenn er dann noch einige Wochen recherchiert … Warum haben Sie überhaupt Ihren Namen geändert?«

Das wollte Krüger auch gerne wissen.

»Nun«, sagte Karlsson. »Es gab da diese Erfindung. Betraf die Verbindung von Telefon und Computer. Steckt heute in jedem iPhone. In den Achtzigern war das ziemlich revolutionär. Das Dumme war nur, daß die Erfindung nicht von mir war. Eine Patentierung in Deutschland scheiterte. Irgendwann bot sich die Gelegenheit, den Geistesblitz meines damaligen Bekannten, nun, zu akquirieren. Wir machten beide eine Bootstour, er ging, unvorsichtig, wie er war, über Bord. Dann kenterte leider der Kahn, und ich verschwand ebenfalls. War ziemlich praktisch.«

»Ihr schmieriges Lächeln kann ich sogar im Halbdunklen sehen.«

Krüger auch, dachte Krüger.

»Wieso? Es war doch nichts passiert. Es gab keine trauernden Witwen, und Nokia war sehr zufrieden, etwas später. Jedenfalls, nachdem ich meine Erfindung dort in bares Geld umwandeln konnte. Ein neuer Name war dazu ganz sinnvoll. Die ganze Unternehmung hat mich nur eine Knieverletzung gekostet, als ich über Bord gegangen bin. Seitdem hinke ich leider.«

»Tut mir schrecklich leid.« Macdonnells Sarkasmus war wahrscheinlich auch auf der anderen Rheinseite noch zu hören. »Wo waren Sie am 20. Juni 1975?«

»Keine Ahnung.« Karlsson schüttelte seinen Kopf. Seine ehemals dunkle Lockenmähne hatte sich in graue, vom heutigen Modestandpunkt aus zu lange Haare verwandelt.

»An Bord der *Verona*. Hier ist das Foto dazu. Sie stehen neben meiner Schwester Maria.«

»Aber … woher … und wieso erst jetzt?« stotterte Karlsson. Seine Überlegenheit schien verschwunden.

»Das Bild habe ich einem Fotoalbum dieses jungen Mannes entnommen. Ich habe mal seine Wohnung in seiner Abwesenheit, nun, besichtigt. Er ist jetzt Professor in Oxford. War, muß ich besser sagen.«

»Sie meinen doch nicht Professor Schubert?«

Macdonnell nickte.

»Dann haben *Sie* ihn ins Jen…, aus dem Fenster befördert?«

»Dazu sage ich nichts. Sie reden zuerst. Sie haben meine Schwester auf dem Gewissen. Schubert war es nicht. Hat er mir jedenfalls gesagt.«

»Wann? Und woher haben Sie überhaupt das Foto? Sie können mich gar nicht kennen; Sie klopfen nur auf den Busch.«

»Mein Kollege in Oxford, Professor Watkins, war 2007 zu einem Treffen irgendeiner Bonner Wirtschaftsvereinigung nach Düsseldorf geflogen, zusammen mit einem weiteren Kollegen, Professor Schubert. War mehr eine Vergnügungsreise; man konnte mitten im Semester ein paar Tage Urlaub machen. Schubert hat mir hinterher eine dort entstandene Aufnahme gezeigt. Und mir fiel sofort Ihre Ähnlichkeit mit dem jungen Mann auf dem alten Bootsfoto auf, das meinen Eltern anonym nach dem Verschwinden ihrer Tochter zugeschickt worden ist.«

»Das war wahrscheinlich Minski mit seinem Mitgefühl.«

Krüger versuchte angestrengt, sich im Geiste Notizen zu machen. Wo war die Kamera von damals? Wer hatte das Foto den Eltern gesandt? Er konzentrierte sich auf den Schlagabtausch zwischen den beiden Männern auf dem Weg vor ihm. Der Wind hatte aufgefrischt, und es hatte zu nieseln begonnen. Krüger dachte an Jack Wolfskin, der in seiner Wohnung auf der faulen Haut lag. Den Anorak hätte er jetzt gut gebrauchen können. Sein Jackett war nach diesem Abend bestimmt schrottreif.

Macdonnell hatte nicht zugehört. Er sagte aufgeregt: »Nach den ganzen Jahren hatte ich endlich eine Spur. Bis dahin hatte ich nie herausgefunden, mit wem meine Schwester befreundet war. Natürlich, manchmal kam damals eine Postkarte aus Bonn, auf der ihre vier Freunde erwähnt waren, aber immer nur mit Spitznamen. Wenn wir uns sahen oder telefonierten, war ausschließlich die Rede von Max, Beethoven, Hendrix und Hölderlin. Damals habe ich darüber nicht nachgedacht. Aber weil ich keine richtigen Namen kannte, habe ich nie herausfinden können, wer die

Freunde meiner Schwester in ihrem letzten Lebensjahr waren. Und ob vielleicht ihr Mörder unter ihnen war. Jetzt gab es plötzlich ein aktuelles Foto, auf dem alle zu sehen waren. Schubert hatte sich gegenüber seinem Studium am meisten verändert. Die Haare waren ausgefallen, und ich hätte ihn nie in Verbindung mit dem fröhlichen Studenten auf dem Foto gebracht.«

»Das hätten wir also«, sagte Karlsson. »Aber wieso nehmen Sie an, daß ich Ihre Schwester umgebracht habe?«

»Schubert war es nicht. Habe ich eben schon gesagt.«

»Wann hat er das denn gesagt?«

Macdonnell zögerte. Krüger horchte angespannt. Der Bruder von Maria d'Angelosanto hob seinen Revolver und sagte: »Ach, ist auch egal. Bevor Schubert aus dem Fenster fiel.«

»Sie waren das?«

Macdonnell nickte. »Ich wußte ja nicht, wer von den vier Studenten sie ... Und Maria war definitiv an Bord, was das Foto beweist, und sie ist definitiv nicht nach Hause gekommen, wie ihre Freundin aus der Bonner WG ausgesagt hat. Also konnte es niemand außer den vieren gewesen sein. Ergo bin ich Schubert etwas zu nahe getreten ...«

»Es bleibt immer noch Professor Minski.«

»Den konnte ich nicht mehr fragen. Der war schon tot, als ich vorhin in der Universität nach ihm fragte.«

»Sie waren das nicht?«

»Nein. Beweisen kann ich das allerdings nicht.«

»Ich war es auch nicht«, sagte Karlsson und schwieg. Er schien zu überlegen.

Krüger verstand jetzt nichts mehr. Wenn keiner der beiden Professor Minski umgebracht hatte ...

»Jedenfalls löste das erfreulicherweise ein Problem. Der gute Max hat sich als Erpresser betätigt. Er sagte, er habe ein Tagebuch von Maria mit interessanten Einzelheiten. Hat mich ziemlich viel Geld gekostet, damit er seinen Mund hielt. Das Tagebuch hat er trotzdem nicht herausgerückt. Ich hab noch versucht, ihn Pfingstsamstag auf seinem Mobiltelefon zu erreichen, aber da war er schon tot.«

Das Klingeln im Wandschrank, dachte Krüger.

»Ach, ihn haben Sie auch bezahlt?« fragte Macdonnell und ließ seinen Revolver sinken, der ihm zu schwer zu sein schien.

»Wieso *auch*? Hat Schubert seinen Mund doch nicht gehalten?«

»Er sagte zu mir bei unser, äh, Auseinandersetzung, er habe etwas Geld gebraucht.«

»Diese armen Professoren«, sagte Karlsson. »Das waren doch nur *peanuts*. Wobei Schubert laut geworden ist, nachdem sein Geld in Amerika untergegangen ist. Ich wollte mich eigentlich selbst um die Sache kümmern, aber Sie sind mir ja dankenswerterweise zuvorgekommen.« Er grinste schief.

»Sind Sie daher wieder in Bonn? Um nach Minski zu sehen?«

»Könnte man so sagen. Minski hat mich schon eine Menge gekostet. Apropos Geld – können wir das Ganze nicht wie zwei Ehrenmänner finanziell regeln?«

»Das *Ehrenmänner* habe ich überhört«, sagte Macdonnell. »Und Geld benötige ich nicht; die Papiermühle meiner Eltern hat mir genug gebracht.«

»Gut, lassen wir das. Weiter im Text. Bleibt noch Schmidtbauer beziehungsweise Hendrix.«

»Den habe ich gefragt. Der war es auch nicht. Der hatte Todesangst, als ich auf ihn geschossen hatte. Er konnte nur noch *Nein!* sagen, bevor er ohnmächtig wurde. Also sind Sie und Professor Minski übrig. Minski war es nicht, da bin ich mir jetzt sicher. Gerade haben Sie nämlich nicht aufgepaßt.« Der Revolver hatte jetzt ungefähr Hüfthöhe wieder erreicht. Der Regen hatte zugenommen. Krüger hatte den Revers seines Jacketts hochgeschlagen, was aber auch nicht verhinderte, daß ihm Wasserspritzer von den Kastanienbäumen über ihm in den Nacken tropften. Er fröstelte und unterdrückte einen Niesreiz.

»Wieso? Und warum wollen Sie den Mörder überhaupt umbringen? Angekratzte Familienehre?«

Mit allem hatte Krüger gerechnet, nur nicht mit Macdonnells Reaktion auf diese Frage. Er fing an zu weinen.

»Das macht sie doch auch nicht wieder lebendig. Ein feines Mädchen, nur ein bißchen, wie soll ich sagen, spröde … Anders formuliert, der Liebe ziemlich abgeneigt.« Karlsson schien Macdonnell zu einer Reaktion provozieren zu wollen.

Macdonnell wischte sich mit der linken Hand die Tränen aus den Augen. »Sie hat sich Ihnen verwehrt, dann haben Sie ihr Gewalt angetan und sie danach über Bord geworfen?«

»So ähnlich«, sagte Karlsson kühl.

»Sie geben also zu, meine Schwester umgebracht zu haben? Warum sonst hätten Sie eben zugegeben, an die damals beteiligten Studenten Schweigegeld gezahlt zu haben?«

»Weil Ihnen das Wissen und mein Geständnis nichts mehr nützt«, sagte Karlsson und schoß.

Macdonnell schrie auf, ließ seinen Revolver fallen und hielt sich seine rechte Schulter.

»Zugriff!« schrie Krüger in sein Funkgerät. Um ihn herum brach das Chaos aus.

Eine Blendgranate explodierte. Gleichzeitig fielen Schüsse. Männer schrien. Polizisten des SEK tauchten auf. Aus den Regentropfen war ein heftiger Schauer geworden.

Ein weiterer Schuß war zu hören, Karlsson taumelte und versuchte gleichzeitig, mit der linken seine rechte Hand festzuhalten. Seine Pistole war verschwunden. Langenargen hatte anscheinend auch die Hundestaffel alarmiert, denn heftiges Gebell war zu hören. Ein Schäferhund schoß auf Karlsson zu.

Krüger war in Deckung gegangen und lag flach auf dem Boden.

Zwei Polizisten fixierten Macdonnell; zwei weitere kümmerten sich um Karlsson. Der Hundestaffelführer hatte seinen Hund zurückgepfiffen und sah seinen Kollegen zu. Gleichzeitig war Sirenengeheul zu hören, und ein Rettungswagen kam mit Höchstgeschwindigkeit über die Rasenfläche herangefahren. Das Fahrzeug mußte auf dem nassen Rasen heftig abbremsen und blieb erst kurz vor dem Denkmal stehen. Zwei weitere Polizeiwagen und ein Polizeibus näherten sich dem Schauplatz. Mehrere Scheinwerfer tauchten das Geschehen in ein fast zu grelles Licht.

Dann war plötzlich alles still.

Krüger stand auf, versuchte, in einer Reflexbewegung den nassen Dreck auszuklopfen, in dem er gelegen hatte, und näherte sich den Protagonisten. Karlsson lag auf dem Rücken; über ihm stand einer der martialisch vermummten Polizisten des SEK und hielt seine Maschinenpistole auf ihn gerichtet. Macdonnell wurde gerade abgeführt.

»Sie sind verhaftet«, sagte Krüger. Dann bekam er weiche Knie und mußte sich gegen das Denkmal lehnen.

»Lassen Sie mich durch, ich bin Ärztin«, war plötzlich eine leicht heisere Frauenstimme zu hören. Zwei Polizisten machten Platz und folgten mit ihren Augen Carmen, die zu Krüger rannte und sich neben ihn kniete.

»Ist schon okay«, sagte Krüger. »Meine Hausärztin.«

* * *

Donnerstag, 19. Juni. *Morgen ist endlich das Historikerfest. Wie ich mich freue! Mit Müh und Not habe ich noch eine Karte für die Schiffstour ergattern können. Warum der Dampfer allerdings den Namen einer italienischen Stadt trägt, hat sich mir nicht erschlossen. Heute mittag war ich im Studentischen Filmclub in Hörsaal I und habe Hitchcocks Film »Blackmail« gesehen (14–15.30 Uhr). Ich weiß nicht genau, ob ich ein schlechtes Gewissen haben muß, weil ich das todlangweilige Pädagogikseminar dafür geschwänzt habe. Egal. Und ich freue mich auf die Jungs morgen. Hendrix fährt leider nicht mit; dem wird immer schlecht auf dem Wasser. Und ich grusel mich ein wenig vor Hölderlin mit seinem stechenden Blick. Der geht bestimmt über Leichen, wenn er ein Ziel erreichen möchte. Aber Beethoven kommt und vor allem Max. Ich glaube, ihn liebe ich, meinen »Jungen«.*

28

Freitag, 28. Mai 2010 – Bonn

Irgendwo klingelte ein Wecker. Krüger setzte sich auf und rieb sich schlaftrunken die Augen. Wo war Carmen? Er sah sich um. Mist – das hier war seine eigene Wohnung in der Adolfstraße. Ach ja, um drei Uhr morgens war er nach dem Tohuwabohu gestern abend und den polizeilichen Routinen nach dem Abtransport der beiden Täter so todmüde gewesen, daß er lieber in seine eigenen vier Wände gefahren war, um sich angezogen ins Bett fallen zu lassen. Die Schuhe hatte er noch rechtzeitig ausziehen können. Er sah auf die Uhr. Es war acht. Wer wollte schon so früh etwas von ihm?

Jetzt fing auch noch sein Mobiltelefon an zu klingeln. Gleichzeitig gab sein Festnetztelefon Geräusche von sich. Krüger angelte nach seinen Filzpantoffeln, über die sein Vater sicher gelacht hätte, und schlurfte in die Küche, wo die beiden Telefone lagen.

»Morgen, ausgeschlafen?« fragte Langenargens höchst muntere Stimme aus dem Festnetzhörer. Das Mobiltelefon schwieg wieder.

Den frühen Vogel holt die Katze, dachte Krüger; wir werden sehen. »Was gibt's denn schon?« fragte er.

»Können Sie um zehn im Präsidium sein? Kollege Blackmore aus Oxford hat sich angesagt.«

Oha, dachte Krüger, die beiden Herren von gestern abend scheinen wichtig zu sein. Er wollte allerdings nicht zu sarkastisch sein und seinem englischen Kollegen zubilligen, daß er seinen eigenen Fall gerne persönlich abschließen wollte. »Das kann ich nicht genau sagen.«

»Ich könnte das auch als Anordnung formulieren«, sagte Langenargen.

»Sie tun es aber nicht. Ich nehme das als Zustimmung zu einer Unternehmung, die etwas Zeit kostet und die ich Ihnen gerne als erledigt nach zehn vortragen würde, *Sir.*«

»Okay.«

Auf seinen Chef war Verlaß, fand Krüger.

»Aber nur, wenn es mit dem aktuellen Fall zusammenhängt.«

»Welchen Fall meinen Sie genau? Ich weiß von mindestens zweien. Naja, einer ist nicht unbedingt als aktuell zu bezeichnen.«

»Was Ihre Fälle angeht, Krüger, so machen Sie mir bitte eine Aufstellung über die Art, der Grad der Aktualität und den jeweiligen Fortschritt.« Langenargen gluckste.

»Sofort?«

Als Antwort legte der Chef auf. Woher wohl seine gute Laune kam? Wahrscheinlich von der Tatsache, daß er, Langenargen, durch die Tatsache, daß später am Vormittag die beiden mit den Morden in Bonn und Oxford befaßten Kommissare bei ihm sitzen und später einen sauber getippten Bericht abliefern würden, von jeglichem tatsächlichen Papierkram zu Karlsson & Co. entlastet wäre.

Die Parkplatzsituation hatte sich nicht verbessert. Um neun Uhr parkte Krüger sein Auto wieder vor dem Haus der Bonner Theatergemeinde am Bonner Talweg, dieses Mal allerdings auf dem Gehweg, und ging zum Petrus-Krankenhaus. Der Pförtner hinter der Glasscheibe seines holzverkleideten mehreckigen Empfangs war derselbe wie bei seinem letzten Besuch. War der wirklich erst zwei Tage her?

»Immer noch hier?« fragte Krüger.

»Ich wohne hier«, sagte der Pförtner und grinste. »Herr Kommissar«, fügte er hinzu.

Krüger sah an sich hinunter. Er sah aus wie immer, fand er. Anscheinend fanden das die anderen auch, denn regelmäßig sagte man ihm auf den Kopf zu, daß er Polizist sei.

»Ihr Kollege ist übrigens schon vorhin gegangen.«

Krüger kam nicht ganz mit. »Welcher Kollege?«

»Na, der in Uniform auf der Intensivstation.«

»Ist er denn abgelöst worden?«

»Nein. Soviel ich weiß, ist der Stuhl vor dem Zimmer von Professor Schmidtbauer jetzt unbesetzt. Genau wie der Stuhl meines Kollegen hier. Der ist allerdings schon seit dem ersten Januar frei.«

Krankenhaushumor, dachte Krüger. Eine Stufe besser als Galgenhumor. »Und Professor Schmidtbauer?«

»Der ist weiterhin vorhanden. Von einer vorzeitigen Entlassung weiß ich nichts.« Der Pförtner nickte ihm zu und wandte sich wieder seiner Lektüre zu. *Soll und Haben* konnte Krüger entziffern. Wahrscheinlich marxistische Kriegslektüre, dachte er. Las man das heute wieder? Dergleichen war doch seit den siebziger Jahren *out*.

Dieses Mal fuhr Krüger mit dem Fahrstuhl in den dritten Stock und klingelte an der Tür zur Intensivstation. Tatsächlich waren weder ein Polizist noch der dazugehörige Stuhl zu sehen. Wenig später klopfte Krüger an Schmidtbauers Tür und trat ein, ohne eine Antwort abzuwarten.

»Da sind Sie ja endlich«, flüsterte der Dekan. »Ich hatte schon gestern nach Ihnen gefragt. Setzen Sie sich doch.«

Krüger zog einen Stuhl ans Bett und nahm Platz. »Tut mir leid«, sagte er. »Es kam etwas dazwischen. Worum geht es denn?«

»Erst müssen Sie mir eine Frage beantworten.«

Krüger nickte.

»Haben Sie ihn?«

»Wen soll ich haben?«

»Den Schützen. Frage- und Antwortspielchen brauche ich nicht. Sie können doch auch denken.« Schmidtbauer war erbost.

»'tschuldigung. Ja, wir haben ihn. Sie meinen doch Hölderlin?«

Schmidtbauer konnte wenigstens wieder nicken. »Hat er was gesagt?«

»Ich habe seine Unterhaltung mit einem zweiten Täter verfolgen können.« Krüger erzählte von Macdonnell und Karlsson.

»Ich wußte es! Ich habe es von Anfang an gewußt. Maria hat immer sehr freundlich – Sie meinen doch meine Kommilitonin Maria in dieser Geschichte?«

Krüger nickte.

»Maria hat immer freundlich von ihrem großen Bruder erzählt. Mir war eigentlich immer klar, daß der irgendwann auftauchen und nach dem Täter suchen würde. Aber warum hat er solange gebraucht, Jahrzehnte?«

»Weil er wie ich auch nur die Spitznamen des Täters und der anderen Beteiligten kannte. Nur Professor Minski war unter seinem Vornamen bekannt, aber auch nur unter ihm; einen Nachnamen gab es damals nicht. Erst durch einen Zufall hat der Schütze – der jetzige Professor Macdonnell aus Oxford – die richtigen Namen vor drei Jahren herausgefunden.«

»Und dann hat er gedacht, einer der vier Studenten muß ja seine Schwester auf dem Gewissen haben.«

»Genau.« Ich lasse Schmidtbauer erst einmal reden, dachte Krüger. Vielleicht überreicht er mir dann das letzte fehlende Puzzleteil dieses Falles. Er holte sein Mobiltelefon heraus, schaltete den Videorecorder ein und sagte: »Dann schneide ich unsere Unterhaltung jetzt mit.«

»Geht klar.«

Krüger fragte sich, ob Floskeln sich auch durch Tröpfcheninfektion verbreiten konnten.

»Komisch«, sagte Schmidtbauer. »Den Bruder habe ich Dienstagabend zum ersten Mal gesehen. Die einzige Ähnlichkeit mit seiner Schwester, zumindest in meiner Erinnerung, liegt in seinen dunklen Haaren. Wie heißt er noch richtig? Seine Schwester sprach immer nur von Salva.«

»Salvatore d'Angelosanto«, sagte Krüger.

»Macdonnell kann ich mir leichter merken. Ich fasse zusammen: Er sucht also den Mörder seiner Schwester, nachdem er herausgefunden hat, was sowieso in allen Zeitungen stand, daß nämlich seine Schwester nach der Bootstour während der Seminarfete verschwunden und später als Wasserleiche wieder aufgetaucht ist. Da er nicht weiß, wer es getan hat, klappert er die vier der Reihe nach ab und bringt vorsichtshalber den ersten direkt um. Schubert in Oxford? Richtig?«

Krüger nickte.

»Dann findet Macdonnell heraus, daß es sich bei Professor Minski in Bonn um den Studentenfreund Max seiner Schwester handelt beziehungsweise läßt es über den Detektiv herausfinden.«

»Ist auch korrekt.«

»Hier kommt Macdonnell leider zu spät, weil mein geschätzter Kollege bereits verstorben ist.«

Täuschte Krüger sich oder hatte Schmidtbauer feuchte Augen bekommen? Er konzentrierte sich und hörte weiter zu.

»Der nächste auf der Liste bin ich. Also marschiert Macdonnell ins Dekanat, wo ich zufälligerweise noch bin, fragt mich nach meinem damaligen Spitznamen Hendrix und schießt. Anschließend rennt er direkt wieder weg, wohl in der Annahme, er habe bestens getroffen. Leider bin ich noch soweit ansprechbar, daß ich Ihnen wenigstens den Spitznamen den Täters nennen kann …«

»… so daß wir über Professor Minskis Schwester in Oxford seinen richtigen Namen herausgefunden haben. Über Professor Minski haben Sie und Macdonnell nicht gesprochen?«

Schmidtbauer schüttelte energisch den Kopf, was ihn ein lautes Stöhnen kostete. »Haben wir nicht.«

»Dann bleiben immer noch drei Personen, die als Täter für den Mord an der Bonner Studentin in Frage kommen«, sagte Krüger.

Schmidtbauer schüttelte wieder seinen Kopf, dieses Mal allerdings entschieden langsamer. »Ich falle aus«, flüsterte er. »Ich war nicht mit an Bord des Rheinschiffes.«

Krüger setzte sich auf. »Aber Sie sind doch auf dem Bild.«

»Das war vor dem Ablegen des Schiffes. Die Aufnahme hat der Kapitän gemacht. Ich bin dann mit der Kamera wieder von Bord gegangen. Ich werde bei jeder Bootstour seekrank.«

»Warum haben Sie das Foto damals nicht der Polizei gegeben?«

»Das ging nicht.« Schmidtbauers Stimme war wieder sehr leise.

»Warum nicht?«

»Hölderlin hatte was gegen uns in der Hand. Falls wir zur Polizei gehen würden, könnten wir unser Studium vergessen, sagte er.«

»Woher wußten Sie denn, daß Hölderlin der Täter war?«

»Max und Beethoven hatten sich noch der Suche nach Maria angeschlossen, aber weder sie noch Hölderlin gefunden. Der hatte sich im Maschinenraum versteckt und danach so getan, als hätte er sich ebenfalls an der Suche nach seiner Kommilitonin beteiligt.«

»Wollen Sie mir sagen, was Karlsson als Druckmittel eingesetzt hat?«

Schmidtbauer nickte wieder, dieses Mal vorsichtig.

»Für das Geschichtsstudium mußte man damals die Kenntnisse dreier Fremdsprachen durch Übersetzungsklausuren nachweisen. Englisch, Französisch und eine alte Sprache. Ich hatte aber weder Latein noch Griechisch auf der Schule gehabt. Abitur habe ich auf einem Wirtschaftsgymnasium gemacht.«

»Und da hat Karlsson, wenn wir jetzt mal diesen Namen verwenden, Ihnen unter die Arme gegriffen?«

»Ja, den Lateintest haben wir gleichzeitig geschrieben. Er war schon in der Schule brillant. Seinen Text hatte er in der halben Zeit fertig. Anschließend hat er meine Übersetzung mit ein paar Fehlern mehr in einer verstellten Schrift erledigt. Sie verstehen – kein Sprachtest, kein Studium.«

Krüger bezweifelte das. Aber ein verzweifelter Neunzehn- oder Zwanzigjähriger hatte das damals sicher anders gesehen.

»Und Schubert?«

»Beethoven?« fragte Schmidtbauer. »Hölderlin konnte auch Französisch. Schubert hatte zwar Latein und Griechisch auf der Schule, aber nur eine moderne Fremdsprache, Englisch. Das Gleiche anders herum.«

»Okay«, sagte Krüger. »Fehlt noch Minski.«

»Minski ist Legastheniker. Das konnte er damals natürlich niemandem sagen und heute erst recht nicht. Ich weiß nicht einmal, ob es den Begriff schon gab. Jedenfalls hat Hölderin fleißig Minskis Hausarbeiten und Referate erledigt. Bis zu jener Bootstour.«

Alles etwas dünn, dachte Krüger, aber was macht man als Teenager, wenn man Angst hat?

»Ein wenig hatten wir drei uns aber auch abgesichert.«

Krüger sah ihn gespannt an.

»Hat man irgendwelche, wie heißt das doch bei Ihnen, *Habe* der Studentin an Bord gefunden?«

»Die Akten darüber sind leider vernichtet.«

»Konnte man auch nicht«, sagte der Dekan. »Maria hatte einen kleinen Rucksack mit, den ich, als das Schiff wieder angelegt hatte und die Besatzung sie trotz genauer Suche nicht gefunden hat, an mich genommen hatte. Max, Beethoven und ich haben das Tagebuch, das im Rucksack lag, und ihren Ausweis behalten. Den Rest habe ich am Bonner Bahnhof in eine Mülltonne geworfen.«

»Das Tagebuch haben wir; das war bei Professor Minski. Allerdings fehlt das letzte Blatt«, sagte Krüger.

»Dazu gleich etwas. Marias Personalausweis hat Beethoven behalten – Professor Schubert. Er hatte ihn immer hinter einem Bild auf seinem Schreibtisch aufbewahrt, hat er mir mal gesagt.«

Krüger machte sich eine zusätzliche Notiz in seinem Notizbuch mit dem Vermerk »Blackmore«.

»Dann haben Sie regelmäßig Kontakt gehabt?«

»Nein, überhaupt nicht. Alle Jubeljahre haben wir mal telefoniert. Und uns dann eben 2007 wiedergetroffen.«

»Okay. Und was haben Sie aufgehoben?«

»Damals nichts. Aber nach einigen Jahren dann die letzte Seite des Tagebuchs. Die mit den Adressen. Ich habe sie immer bei mir. Ich habe sie aus dem Tagebuch getrennt, als ich mal bei Max eingeladen war. Ich dachte, ich bräuchte auch eine kleine Versicherung.« Er grinste schief.

»Wie sind Sie denn da ’rangekommen?«

»Max hatte das Tagebuch hinter einer Schublade in seinem Schreibtisch aufbewahrt. Hat er mir mal gezeigt. Irgendwann später ist bei ihm eingebrochen worden, aber nur der Fernseher und ein Fotoapparat sind gestohlen worden. Wahrscheinlich irgendein Junkie, der Geld brauchte. Danach hat er das Tagebuch irgendwo in der Universität versteckt.«

»Haben Sie Ihre Tagebuchseite hier?«

»Sie müßte in meiner Brieftasche liegen.« Schmidtbauer deutete auf den Schrank in der Zimmerecke.

Krüger nahm das Jackett des Professors heraus, öffnete die Brieftasche und fand eine zusammengefaltete Seite mit einer schönen Mädchenhandschrift, der gleichen wie im Tagebuch. »Die nehme ich mal mit.«

Schmidtbauer nickte und sagte: »Wir konnten also nicht zur Polizei gehen, das verstehen Sie doch?«

»Keine Hilfe, nirgends?«

Schmidtbauer schüttelte den Kopf.

»Okay, dann haken wir das ab. Was ist mit Professor Minski?«

Schmidtbauer schwieg und hatte wieder die Augen geschlossen. Er atmete gleichmäßig.

Krüger überlegte, ob er ihn wecken sollte.

»Keine Angst, ich schlafe nicht ein«, sagte der Dekan. »Ich bin nur immer noch sehr müde. Aber ich würde gerne reinen Tisch machen. Also, was wollen Sie wissen?«

»Alles.«

»Wissen Sie über Minski und mich Bescheid?«

»Ich kann es mir zumindest denken. Nachdem Schubert tot, Sie angeschossen, Hölderlin verhaftet, Minski aus dem Fenster gefallen worden ...«

»Lassen Sie mich doch mal reden«, sagte Schmidtbauer.

Punkt neunzehn Uhr stieß Krüger die Tür zum *La Vita* in Bonn-Kessenich auf und sah sich um. Der junge Mann vom letzten Mal, der hier nebenberuflich als Kellner arbeitete, kam auf ihn zu.

»Ihr Freundin ist schon da.«

Krüger stand das Fragezeichen ins Gesicht geschrieben.

»Ich habe ein ganz gutes Personengedächtnis«, sagte der junge Mann. »Hilft bei soziologischen Studien.«

Krüger lachte. »Würde mir auch gut tun, so ein Gedächtnis; ich muß mir viele neue Gesichter und Namen merken, immer nur für eine begrenzte Zeit, dann kann ich sie wieder vergessen. Gleichzeitig oder wenig später kommen neue dazu.«

»Hm. Was sind Sie denn von Beruf? Konzertveranstalter? Impresario? Wobei – heute müssen Sie sich keine Namen mehr merken, glaube ich. Die vielen neuen Sternchen am Pophimmel, bis die oben sind, ist es längst wieder hell.«

Der junge Mann gefiel Krüger. »Nein, ich bin mehr mit den Gestalten auf der dunklen Seite der Macht beschäftigt.«

»Anwalt?«

»Wenn Sie es genau wissen wollen: Kriminalhauptkommissar. Aber das behalten Sie hier bitte für sich.«

Der Kellner salutierte und grinste gleichzeitig.

Krüger sah sich erneut um.

»Durch die Tür neben dem großen Pizzaofen und dann rechts. Ein oder zwei Engländer sind da auch.«

Krüger dankte und ging nach nebenan.

An Carmens Tisch saßen schon Schneider und die englische Kollegin, außerdem ein Herr mit weißem Hemd und Krawatte im taubengrauen Anzug. Oder war es taubenblau? Krüger war sich nicht sicher; sein Augenarzt hatte das aus ihm unverständlichen Gründen als »Rot-Grün-Schwäche« bezeichnet.

Blackmore stand auf, streckte Krüger seine Hand entgegen und sagte: »DCI John Blackmore, nice to meet you. And I promise to speak slowly, very slowly.«

Krüger lächelte erfreut, ergriff die Hand, kratzte sein aktives Englisch zusammen und entgegnete: »Erster Kriminalhauptkommissar Krüger, nice to meet you, too. And I speak slowly, too.«

Blackmore lachte.

Wirklich nett, dachte Krüger, dann komme sogar ich mit, wenn jetzt alle weiter auf Englisch reden. Er setzte sich neben Carmen, die ihm einen kleinen Kuß auf seine Wange gab und unter dem Tisch länger seine Hand drückte.

»Schön, daß du wieder da bist«, sagte sie leise. »Unbeschädigt. Nach der Nacht!«

Schneider stupste Krüger freundschaftlich in die Seite. »Na, hast du deinen Fall auch gelöst?«

»Mehr oder minder.«

»Was ist denn minder daran?«

»Naja, eigentlich hatte ich ja nur Vermutungen, die etwas durch die Spurensicherung gedeckt waren. Schmidtbauer hat mir dann den Rest gege…, äh, gesagt.«

»Haben Sie schon bestellt?« fragte Rosie. »Eigentlich wollte ich etwas typisch Deutsches essen, aber das gibt es in Bonn nicht, sagte Dr. Winterthur.«

Krüger lachte. »Hat sie das gesagt? Ich weiß nicht, ob die Dame aus Brandenburg überhaupt kulinarische Ahnung hat.« Die Bemerkung kostete ihn einen Rippenstoß von Carmen. »Wo ist sie überhaupt?«

»In Düsseldorf, beim LKA«, sagte Langenargen, der gerade an den Tisch getreten war.

»Hat sie die Stelle?« fragte Schneider.

Langenargen überhörte die Frage.

Blackmore stand wieder auf, um Langenargen zu begrüßen. Krüger tat es ihm nach; er fand Gefallen an der altmodischen Höflichkeit des englischen Kollegen.

»Fehlen noch Kaul und Paulsen«, sagte Krüger.

»Die lassen sich entschuldigen«, sagte Langenargen. »Ich glaube, die haben ihre Rolle als Penner gestern abend zu ernst genommen; sie waren wirklich ziemlich betrunken. Die beiden müssen heute mal früh ins Bett.«

Der Kellner kam mit den Getränken und nahm die Bestellungen auf.

»*Well*«, sagte Blackmore. »Zu den Hausaufgaben.« Er nahm seinen Block aus der neben ihm stehenden Aktentasche und schlug ihn auf. »Vielleicht ist es eine gute Idee, jetzt die noch offenen Fragen zu besprechen.« Er sah sich um.

Krüger nickte. »Mögen Sie dann bitte auch anfangen, *Sir*?«

Blackmore grinste. »John reicht.«

»Danke«, sagte Krüger. »Krüger.«

Langenargen verdrehte die Augen.

»Okay, das scheint ein anderes Thema zu sein«, sagte Blackmore, der Krüger gehört und Langenargens Reaktion darauf gesehen hatte. »Also, mich würde interessieren, was jetzt aus Macdonnell und Karlsson wird.«

»Das kann ich beantworten«, sagte Langenargen. »Nach Paragraph 3 des Gesetzes über die Internationale Rechtshilfe in Strafsachen können die beiden ausgeliefert werden, wenn die im Ausland begangene Tat auch bei uns eine Straftat ist. Sie können also Macdonnell mitnehmen, wenn er aus dem Krankenhaus entlassen wird.«

»Und Karlsson?« fragte Schneider.

»Das wird schwierig«, sagte Langenargen. »In Schweden hat er sich strafbar gemacht, weil sein Bekannter vor Stockholm verschwunden worden ist. Hier hat er den Dekan niedergeschossen und auch Macdonnell. Das müssen wohl die Anwälte entscheiden.«

»Kann ich ihn denn befragen?« fragte Blackmore.

»Selbstverständlich«, sagte Langenargen.

»Wieso hat er eigentlich noch einen deutschen Namen, Robert Knörer?«

»*Well*«, sagte Krüger, »Krömer war doch, wie sagt man, *verbrannt*, nachdem er ertrunken zu sein schien. Nach der Bootsgeschichte hieß er dann in Schweden Karlsson. Fehlte noch ein deutscher Name, um umgehindert nach Deutschland reisen zu können. Und neue Papiere bekommt man für viel Geld an jeder Straßenecke.«

»Welche Ecken?« fragte Langenargen, dem aber niemand antwortete.

»Sie haben doch auch einen Anspruch auf Karlsson. Ihnen sind doch Kosten durch die Verfolgungsjagd in Oxford entstanden, oder?« fragte Schneider.

»Das verbuchen wir mal unter Trainingszeiten für die motorisierte Polizei«, sagte Blackmore.

Rosie grinste. »Das konnten die beiden Kollegen, die aus meiner Sicht etwas langsam waren, ganz gut gebrauchen.«

Ihr Chef lachte. »Ich schlage vor, wir gehen die Beteiligten der Reihe nach durch«, sagte er. »Dann haben wir für die Gerichte hinterher schon die halbe Arbeit erledigt. Okay? Im Großen und Ganzen kennen Sie auch unsere aktuellen Fälle, denke ich. Professor Margaret Dunwood.«

Rosie sagte: »Ich habe vorhin mit Thompson telefoniert. Er sagte, sie hätten die schriftliche Aussage von Professor Dunwood, die alles bestätigte, was wir schon wußten – Autowerkstatt, Besuch im Nachbardorf, Fahrt zur Südküste, Autopanne, Übernachtung, Fähre, Verhör. Und das Bügeleisen gehört ihr. Sie fragte, ob es einen Riß habe. Sie hätte es mal ausgebessert.«

»Abgehakt. Watkins?«

Krüger und Langenargen verfolgten das Gespräch zwischen Chef und Mitarbeiterin aufmerksam. Die beiden gingen sehr effektiv miteinander um, keine überflüssigen Gesten, wenige Nebensätze. Fakten, Fakten, Fakten.

»Der sitzt wahrscheinlich kleinlaut bei sich zuhause. Moreland hat mit seiner neuesten Flamme gesprochen, Barbara Myers, die sein Alibi bestätigt hat.« Rosie wandte sich an Krüger und sagte erklärend: »Watkins ist der Don Juan des St John's College. Kein Erstsemester ist vor ihm sicher. Vielleicht ändert sich das jetzt endlich.«

»Wieso braucht das College einen Don Juan?« fragte Schneider. »Ich dachte, da leben nur Asketen und sonstige Theologen.«

Blackmore gluckste. »Irrtum. Im St John's kann man fast alles studieren. Die Mädchen auch.«

Das trug ihm einen strafenden Blick von Rosie ein.

»Ich kann ja mal eine Namensänderung vorschlagen«, sagte Blackmore. »Aber das wäre wohl zuviel der Ehre für Professor Watkins.«

»Ich dachte, Miss Myers hätte Macdonnells Alibi bestätigt?« fragte Rosie. »Hat sie mir gegenüber jedenfalls getan.«

»Hat sie auch. Sein Alibi wurde für abends benötigt«, sagte Blackmore. »Watkins' Alibi betraf den Mittag.«

»Oha«, sagte Krüger. »Die Jugend von heute, kaum an der Uni und schon mit zwei Professoren …«

»Krüger!« sagte Carmen.

»Was ist das eigentlich?« fragte Langenargen und legte eine kleine Anstecknadel auf den Tisch. »Haben wir gestern abend am Schauplatz des Verbrechens gefunden.«

»*Le lieu du crime*. 1986. Mit Cathérine Deneuve«, sagte Schneider.

Die anderen verstanden gar nichts.

»Der Filmtitel eben. Schauplatz des Verbrechens.«

»Ich dachte, du kennst dich nur in der Popmusik aus?«

»Danke, die Herren«, sagte Langenargen und sah Blackmore an, der die Nadel vom Tisch aufgenommen hatte.

»Das ist das Abzeichen des National Trust, unser nationalen Denkmalvereinigung. Hat wohl Macdonnell verloren. Anscheinend hatte er mehrere davon. Dann wäre auch das geklärt.« Er blickte in fragende Gesichter. »Ein gleiches Abzeichen hat die Spurensicherung am Tatort im College gefunden. Professor Schubert hielt die Nadel noch umklammert. Okay. Schubert ist sowieso der nächste auf meiner Liste.«

»Ist tot«, sagte Rosie.

»Ermordet von seinem Kollegen Salvatore Macdonnell«, sagte Krüger. »Hat der gestern abend selbst gesagt. Und ich habe es selbst gehört. Ist er eigentlich wieder bei Bewußtsein?«

»Ist er«, sagte Langenargen. »Und er hat sein Geständnis Karlsson gegenüber mir gegenüber wiederholt.«

»Wie ist er eigentlich an seine Kanone gekommen?« fragte Blackmore.

»Die hat er in seinem Bonner Zimmer aufbewahrt«, sagte Langenargen. »Er war tatsächlich die ganzen Jahre unter seinem alten deutschen beziehungsweise italienischen Namen in Bonn gemeldet. Aber weder seine Nachbarn noch sein Vermieter haben ihn jemals zu Gesicht bekommen.«

»Kaltblütig«, sagte Carmen und schüttelte sich. »Ist jahrelang der Kollege und plötzlich, eines Tages … Widerlich.«

»*Widderlich*«, sagte Schneider mit kölschem Akzent.

»Wie bitte?« fragte Blackmore auf Deutsch.

»Ach nichts«, sagte Schneider. »Fiel mir nur gerade ein. Musik von 1993.«

»Gut«, sagte Blackmore. »Ach, noch etwas. Hatte Macdonnell einen grauen Anzug an? Wir haben doch diesen kleinen Faden an der Anzugnadel in Oxford gefunden.«

»Gestern abend nicht«, sagte Krüger. »Aber in seinem Zimmer hier hingen zehn Maßanzüge aus London.«

»Saville Row?« fragte Rosie. »Die Straße mit den Schneidern«, fügte sie erklärend hinzu.

»Weiß ich nicht«, sagte Krüger. »Aber wir können gerne die Anzugetiketten überprüfen.«

»Ist jetzt auch nicht mehr so wichtig«, sagte Blackmore. »Damit haben wir unsere Professoren durch. Kommen wir zu den Studenten und Angestellten. Jessica Boulton.«

»Die Studentin von Professor Schubert. Sie ist ebenfalls tot«, sagte Rosie. »Wissen wir inzwischen, von wem sie schwanger war?«

»Watkins, sagt Dr Fortescue«, sagte Blackmore. »Das hat jedenfalls die DNA-Untersuchung in Culham ergeben.«

»Das Culham Science Center liegt im Süden von Oxford«, erklärte Rosie flüsternd Krüger, »auf dem ehemaligen Gelände der Streitkräfte. Ist inzwischen eines der führenden Laboratorien des Vereinigten Königreiches.«

»Watkins hat schon genug durchgemacht, glaube ich«, sagte Blackmore. »Die Schwangerschaftsgeschichte behalten wir für uns. Weiter.«

»Debbie Reynolds, die Fakultätssekretärin, können wir gleich mit abhaken«, sagte Schneider. »Sie hat die Studentin erschlagen, mit dem Bügeleisen. Ihr Geständnis habe ich live mitgehört.«

Carmen schüttelte sich. »In welchen Kreisen sich Mörder inzwischen bewegen …«

»Bitte nochmal mit Einzelheiten«, sagte Langenargen.

Schneider tat ihm den Gefallen.

»Daß sie Sie angerufen hat und auf Karlsson hingewiesen hat, war also nur ein Ablenkungsmanöver?« fragte Schneider.

Blackmore nickte. Er war angenehm überrascht, wie genau sein deutscher Kollege die Akten gelesen hatte.

Das Essen kam. Der Kellner schaffte es, irgendwie fünf Teller gleichzeitig zu balancieren, ohne einen Tropfen Sauce zu verschütten.

»Beeindruckend!« sagte Blackmore.

»Danke, *Sir*«, sagte der Kellner.

Rosie grinste.

»*Well*«, sagte Krüger. »Damit ist England für erste erledigt.«

Blackmore gluckste. »Schön formuliert. Dein Satz bezieht sich zwar auf unsere *crime scene*, klingt aber nach Fußball. Gary Linekers Spruch kennen Sie? Nein? Ich zitiere: *Fußball ist ein einfaches Spiel: 22 Männer jagen 90 Minuten lang einem Ball nach, und am Ende gewinnen die Deutschen.* Aber unsere Fälle gewinnen wir gemeinsam.«

Nachdem sich das Gelächter gelegt hatte, sagte Krüger: »Aber noch sind ein paar Bälle im Spiel. Gehen wir jetzt mal nach Deutschland. Unsere Liste mit Namen. Frau Dr. Metzig?«

Carmen erklärte Rosie flüstend, um wen es sich dabei handelte.

»Oje«, sagte Langenargen. »Die sitzt, glaube ich, noch unten im Verhörzimmer. Die habe ich vergessen.«

»Echt jetzt?« fragte Krüger.

Langenargen setzte noch eins drauf. »Ich hatte Ihnen doch eine SMS gesandt, daß ich mich nicht mehr um die Dame kümmern konnte. Der Polizeipräsident kam dazwischen.«

»Mit seinem Golf?« fragte Schneider.

»Der fährt schon ewig Audi«, sagte Langenargen und merkte zu spät, daß Schneider ihn auf den Arm genommen hatte. Er lachte etwas gequält.

»Eine SMS habe ich nicht bekommen«, sagte Krüger. »Der Akku ist schon wieder leer.«

Langenargen konnte seinen Augen auch in die andere Richtung verdrehen.

Blackmore und Rosie hatten wie in Wimbledon das Geplänkel rechts und links von ihnen verfolgt. Jetzt fragte Blackmore: »Wie lange dürfen Sie Verdächtige denn festhalten? Bei uns geht das mit etwas umständlichen Prozeduren bis maximal sechsundneunzig Stunden.«

Langenargen schüttelte den Kopf. »Höchstens zwei Tage, genauer gesagt, bis dreiundzwanzig Uhr neunundfünfzig des Folgetags. Habe ich aber nicht.« Etwas lahm setzte er hinzu: »War ein Witz eben.«

Den hast du wahrscheinlich mittags nicht richtig geprobt, dachte Krüger.

»Frau Dr. Metzig ist längst wieder frei«, sagte Langenargen. »Wir haben uns nett unterhalten. Ich habe mir ihre Bemerkungen über meinen ruppigen Mitarbeiter Krüger angehört; sie hat mir erzählt, warum sie kurzzeitig von der Bildfläche verschwunden war.«

»Okay«, sagte Blackmore. »Jetzt etwas mehr Substanz bitte. Ihre Professoren. Minski ist tot.«

»Richtig«, sagte Krüger. »Macdonnell war es dieses Mal nicht. Karlsson, also Robert Krömer, sein Kommilitone, auch nicht. Das Ganze war etwas anders. Wollt ihr die epische Langfassung oder eine kurze knackige Zusammenfassung?«

»Ja, bitte«, sagte Carmen laut.

»Wo soll ich denn anfangen?« fragte Schmidtbauer.

»Vielleicht bei den E-Mails in Ihrem Rechner«, sagte Krüger.

»Meinen Computer haben Sie sich also angesehen, ohne mich zu fragen?« Schmidtbauers Stimme war etwas lauter geworden.

»Routine«, sagte Krüger. »Und ich wüßte gerne etwas über den langen Text von Professor Minski, den wir auf Ihrem Notebook gefunden haben.«

Schmidtbauer wurde blaß und sagte ausweichend: »Den habe ich Korrektur gelesen.«

»In Ihrem Zustand und in Ihrer Position wurde ich Lügen, glaube ich, ausklammern.«

Schmidtbauer gab sich einen Ruck, was ihn zu einem erneuten Stöhnen veranlaßte. »Ist ja gut. Eingespielte Verhaltensmuster, sorry. Der Text ist von mir und nicht von Max. Habe ich doch vorhin gesagt – wegen seiner Legasthenie. Max hat mir zwar die Richtung vorgegeben – mit Ethik kenne ich mich auch nur teilweise aus –, aber das meiste ist von mir. Satzbau und Rechtschreibung sowieso. Max und ich fanden, daß es dringend an der Zeit war, eine etwas umfangreichere Veröffentlichung von ihm auf den Markt zu bringen.«

»Und was war die Gegenleistung?«

Schmidtbauer guckte verständnislos. »Wieso? Er war doch mein Freund.«

»Okay«, sagte Krüger. »Was wußte Frau Dr. Metzig davon?« Er berichtete dem Dekan von den auf Minskis Rechner gefundenen E-Mails.

»Ach das. Die war nur sauer, daß Minski ihr keine Empfehlung geben wollte, hinter der er nicht hundertprozentig stand, ehrlich wie er eigentlich war. Sonst hatte das nichts zu bedeuten. Und diese Ehrlichkeit, dieses ethische Handeln – nur das zu tun, was nach den geltenden Maximen als korrekt galt –, das ich seit Studienzeiten so an ihm schätzte, war plötzlich verschwunden. Seit dem Treffen bei der Mittelstandsvereinigung. Die anderen kamen mit dicken Autos, und er hatte immer noch seinen alten Volvo. Die anderen besaßen Ferienhäuser im Ausland, und er fuhr jahrein, jahraus nach Dänemark. Hat er mir jedenfalls erzählt. Er hatte sein Leben satt. Er wollte auch viel Geld besitzen.«

»Und dann hat er Karlsson erpreßt?«

»Ja, ziemlich schnell nach dem zufälligen Zusammentreffen bei der Mittelstandsvereinigung. Und damit war für mich eine absolute Grenze überschritten. Das hat letztlich dazu geführt, daß ...« Schmidtbauer unterbrach sich mitten im Satz und wischte sich eine Träne ab.

»Wollen Sie mir nicht erzählen, was wirklich im Dienstzimmer von Professor Minski, zwei Stockwerke über dem Dekanat, passiert ist?«

Schmidtbauer schwieg und nahm ein Taschentuch zur Hand, mit dem er sich über die Augen fuhr.

»Sie haben keine Musik gehört, nicht wahr?« fragte Krüger freundlich.

»Nein«, flüsterte Schmidtbauer. »Ich war in Max' Zimmer. Er las irgendetwas. Er hatte seinen neuen grauen Anzug an und neue Schuhe. Ich habe ihn dann gefragt, ob er sich wieder auf Freiersfüßen befände. Frau Dr. Metzig sei doch auch hübsch.«

Wie verschieden doch die Geschmäcker sind, dachte Krüger.

»Er zuckte nur die Achseln. Weiter habe ich ihn gefragt, ob das Geld noch nicht aufgebraucht sei, das er doch von Hölderlin bekommen habe. Wieder keine Reaktion. Und dann bin ich laut geworden.«

»Haben Sie seine Wohnung in Bad Honnef mal gesehen?«

»Ach, Sie haben sich auch die teure Einrichtung und die Bilder angeschaut?«

Krüger nickte.

»Ich war regelmäßig da. Mal zur Besprechung des großen Manuskripts, *meines* Manuskripts, mal zum Kartenspiel, mal nur so. Irgendwann hat Max mir eröffnet, woher das Geld stammte.«

»Schweigegeld von Robert Krömer? Sie fanden das nicht gut?«

»Herr Kommissar! Max lehrt das Fach Ethik und verhält sich in seinem Privatleben völlig gegenteilig? Erpreßt jemanden? Was würden Sie denn dazu sagen?«

Wahrscheinlich dasselbe, dachte Krüger. »Und Sie haben ihm Vorhaltungen gemacht?«

»Natürlich. Er hat doch genügend Geld gehabt als Professor ohne Familie; ein C4-Lehrstuhl garantiert ein überdurchschnittliches Einkommen. Er sagte nur was von Hamsterrad und beruflichem Frust. Anderen in seinem Alter ginge es viel besser.«

»Sie haben doch auch Geld bekommen.«

Schmidtbauer sah jetzt richtig böse aus. »Aber nicht behalten! Das Geld hat mir Max in vorauseilendem Gehorsam geschickt. Wahrscheinlich hatte er ein schlechtes Gewissen, weil ich ihm seine Veröffentlichungen verfaßt habe. Den Betrag habe ich postwendend rücküberwiesen.«

»Der Freitag vor einer Woche«, erinnerte ihn Krüger. »Der 21. Mai.«

»Ich weiß«, sagte Schmidtbauer. »Jedenfalls hatte ich da die Nase voll. Der neue Anzug war der Tropfen, der das Faß für mich zum Überlaufen brachte. Morgens gab es Ärger mit dem Senat, mittags eröffnete mir eine Studentin, die ich gerne als wissenschaftliche Mitarbeiterin im nächsten Semester gehabt hätte, daß sie schwanger sei und zu ihrem Freund nach Rostock ziehen wolle, und nachmittags kam die Nachricht von der Deutschen Forschungsgemeinschaft, daß ein Projekt, für das ich ein Jahr lang Vorarbeiten gemacht hatte, abgelehnt worden war. Und dann noch Max mit seiner Überheblichkeit.«

»Sie haben also Ihrem Ärger Luft gemacht?«

»Ja, ein Wort gab das andere. Irgendwann hatte Max genug und stand auf. Er ist, Entschuldigung, *war* etwas größer als ich und baute sich drohend vor mir auf. Ich habe ihm dann einen Faustschlag verpaßt, weil er mich beleidigt hatte.«

»Was hat er denn gesagt?«

»*Du mit deinem weichen Herz. Du tust mir echt leid mit deiner Ehrlichkeit*. Oder so ähnlich.«

Für einen wahren Theologen wahrscheinlich eine so verletzende Bemerkung, daß Schmidtbauer in seiner beruflichen und privaten Ehre zutiefst gekränkt war, dachte Krüger. Daß der Satz von einem Freund kam, verstärkte das Ganze noch. »Max war Ihr engster Freund?«

Schmidtbauer nickte. »Nach dem Mord an Maria 1975 haben wir das Historische Seminar nicht wieder betreten und sind zum Wintersemester nach Tübingen gegangen. Unser Geschichtsstudium gaben wir auf, ohne das groß besprechen zu müssen, und sind zur Volltheologie gewechselt. Wir hatten beide so einen Schock, daß wir das Geschehene zumindest durch einen Beruf, der den Menschen in ihren schlimmsten Notlagen helfen kann, verarbeiten wollten. Ungeschehen machen konnten wir es ja nicht mehr.«

»Wie ging es weiter?« fragte Krüger.

»Aus dem Faustschlag heraus entwickelte sich ein Handgemenge, so würde ich es nennen, das dann leider ...« Schmidtbauer versagte die Stimme.

Krüger wartete, bis der Dekan sich wieder gesammelt hatte.

»Jedenfalls waren wir im Zuge der Auseinandersetzung in die Nähe des offenen Fensters geraten, was ich nicht gesehen hatte. Ich hatte ihn gewürgt und noch einmal zugeschlagen, so wütend war ich. Max verlor das Gleichgewicht, stolperte über einen Blumentopf, der von seinem Schreibtisch heruntergefallen war, geriet mit dem Rücken gegen das offene Fenster und stürzte nach draußen.« Schmidtbauer nahm erneut sein Taschentuch. Die Tränen flossen. Er flüsterte: »Er war doch mein Freund.«

»Ein Unfall«, sagte Krüger. »Ich denke, es war ein Unfall.«

Alle schwiegen. Inzwischen war das Dessert aufgegessen, und Cappuccino, Espresso sowie der eine oder andere Grappa hatten den Tisch erreicht. Auf dem Tisch brannten zwei Kerzen; draußen war es dunkel geworden.

Blackmore sagte schließlich: »Nicht einmal Totschlag, meiner demütigen Meinung nach. Was meinen Sie?«

Langenargen schüttelte den Kopf. »Glaube ich auch nicht. Das letzte Wort hat natürlich der Staatsanwalt, aber – der Tod seines besten Freundes ist Strafe genug, finde ich.«

»Können Sie herausfinden, ob der Ausweis des ermordeten Mädchens hinter dem Bild in Professor Schuberts Wohnung ist?« fragte Krüger.

»Sofort?« Blackmore grinste und zückte sein Mobiltelefon. »Ich rufe mal eben *The Monks* an. Bei uns ist es eine Stunde früher.«

Welche Mönche? Krüger kam nicht ganz mit. Auch Langenargen schien keine Ahnung zu haben.

Rosie kicherte und klärte die beiden leise auf.

»Ich bin's«, sagte Blackmore. »Fahrt ihr mal eben zur Wohnung von Professor Schubert und seht auf dem Schreibtisch in seinem Arbeitszimmer nach, ob der Ausweis einer deutschen Studentin hinter dem Bild ...«

Krüger hörte nicht mehr zu. Er war müde; der Tag war doch sehr lange gewesen. Nach dem Krankenhausbesuch bei Professor Schmidtbauer war er ins Präsidium gefahren, um schon einmal anzufangen, den mit jedem großen Fall verbundenen Papierkram zu erledigen. Formulare, Formulare, Formulare – wozu er nie Lust hatte. Um vier hatte er festgestellt, daß er den ganzen Tag noch nichts gegessen hatte, und Carmen angerufen. Carmen war allerdings beschäftigt gewesen und hatte ein Essen im *La Vita* um neunzehn Uhr vorgeschlagen. Ein trockenes Brötchen aus der Kantine und ein Cappuccino halfen etwas über den Hunger weg. Langenargen war mit Akten befaßt gewesen; Krüger hatte es für opportun gehalten, seinen Chef, den Besuch aus Oxford und die Kollegen auf das abendliche Treffen hinzuweisen. Schneider war mit Blackmore zwecks Tatortbesichtigung in Bonn unterwegs.

Blackmore sagte gerade: »Damit sind alle offenen Fragen geklärt beziehungsweise alle Probleme beantwortet. Kommen wir jetzt zum gemütlichen Teil.« Er schielte auf seine Uhr.

»Moment!« sagte Krüger. »Ihr wolltet doch Beweise?« Er berichtete von der herausgetrennten Tagebuchseite und gab sie seinem Chef.

Langenargen faltete das Blatt, das nach fünfunddreißig Jahren schon brüchig war, vorsichtig auseinander. »Elf Adressen«, sagte er. »Und die ersten vier sind Marias damalige Freunde – Spitznamen und Anschriften. Und, wartet mal, hier ist hinter Hölderlin ein Stern. Sieht aus wie eine Fußnote, allerdings furchtbar klein geschrieben. Diese Akademiker, selbst in Adressenverzeichnissen mit Anmerkungen zu hantieren ...«

»Darf ich das Blatt nochmal sehen, *Sir?*« fragte Krüger und erhielt das Blatt zurück. »Hier steht in Rot: *Falls mir etwas zustößt: unbedingt Hölderlin befragen.* Als ob sie eines Todesahnung gehabt hätte …«

»Jedenfalls«, sagte Blackmore, »ist damit doch auch Ihr alter Fall geklärt.« Er hob sein Glas Pinot Grigio. »Auf unsere Zusammenarbeit!«

Nach dem Anstoßen sagte Carmen fröhlich grinsend: »Eine offene Frage bleibt allerdings noch. Krüger, was ist eigentlich mit deinem Vornamen?«

Danksagung

Während der Arbeit an diesem Roman hatte ich Gelegenheit, mehrere Fachleute nach vielen für mein Manuskript notwendigen Einzelheiten der Polizeiarbeit zu befragen. Sehr hilfreich war der Einblick in die Arbeit der Bonner Kriminalpolizei, den mir Polizeihauptkommissar *Christoph Schnur* und Kriminalhauptkommissar *Robert Scholten* von der Pressestelle des Polizeipräsidiums in Bonn-Ramersdorf gegeben haben. Die Arbeit der Oxford Police Departments Criminal Investigations Division erläuterten mir *Francine Rodrigues*, Press Officer, und *Michelle Nichols*, Head of Corporate Communications, beim Thames Valley Police HQ in Kidlington bei Oxford. Prof. Dr. *Burkhard Madea*, Leiter des Instituts für Rechtsmedizin der Universität Bonn, beantwortete meine Fragen zum Ablauf einer Obduktion. *Peter James*, britischer Kriminalautor aus Brighton/Sussex, klärte mich über die Arbeit eines »Coroner« und des »Home Office Pathologist« (ein Pathologe am britischen Innenministerium) auf. Weitere Informationen dazu erhielt ich von Mr *D. M. Salter*, HM Senior Coroner for Oxfordshire. Rechtsanwalt *Jörg D. Ziegler* in Rheinbach schließlich setzte mir geduldig juristische Paragraphen und Spitzfindigkeiten auseinander. Ihnen allen gebührt mein großer Dank. Alle Fehler und Unstimmigkeiten im Roman sind ausschließlich mir zuzurechnen.

Hamburg, im Oktober 2014